O de ODIO

colección andanzas

Libros de Sue Grafton
en Tusquets Editores

ANDANZAS

A de adulterio

B de bestias

C de cadáver

D de deuda

E de evidencia

F de fugitivo

G de guardaespaldas

H de homicidio

I de inocente

J de juicio

K de Kinsey

L de ley

M de maldad

N de nudo

O de odio

P de peligro

FÁBULA

A de adulterio

B de bestias

C de cadáver

O SUE GRAFTON
de ODIO

Traducción de Antonio-Prometeo Moya

TUSQUETS EDITORES

Título original: *O is for Outlaw*

1.ª edición: mayo 2000
2.ª edición: octubre 2001

© de la traducción: Antonio Prometeo Moya, 1997
Diseño de la colección: Guillemot-Navares
Reservados todos los derechos de esta edición para
Tusquets Editores, S.A. - Cesare Cantù, 8 - 08023 Barcelona
ISBN de la obra completa: 84-7223-147-X
ISBN: 84-8310-135-1
Depósito legal: B. 37.336-2001
Fotocomposición: Foinsa - Passatge Gaiolà, 13-15 - 08013 Barcelona
Impreso sobre papel Offset-F Crudo de Papelera del Leizarán, S.A. - Guipúzcoa
Liberdúplex, S.L. - Constitución, 19 - 08014 Barcelona
Impreso en España

Para mi nieta Kinsey,
con todo mi amor

AGRADECIMIENTOS

La autora desea agradecer la inapreciable ayuda que ha recibido de las siguientes personas: Steven Humphrey; agente Peggy Moseley, del Departamento de Policía de Los Angeles; capitán Ed Aasted y sargento Brian Abbott del Departamento de Policía de Santa Barbara; Pat Zuberer, Barbara Alexander y Betsey Daniels, bibliotecarios, y Ronetta Coates, estudiante, del instituto masculino de enseñanza media de Louisville; Beverly Herrlinger, coordinador de estudios de la Oficina de Admisión del instituto de enseñanza media del condado de Jefferson; Ray Connors; Kathy Humphrey, directora de comunicaciones del senado del estado de California; Marshall Morgan, doctor en medicina y jefe de Urgencias del Centro Médico de la UCLA; H. Ric Harnsberger, doctor en medicina, profesor de ENT/Neurorradiología y director de la sección de Neurorradiología, Centro Médico de la Universidad de Utah; Barry y Bernice Ewing, Eagle Sportschairs; Lee Stone; Harriet Miller, alcaldesa de Santa Barbara; Danny Nash, del registro civil del condado de Jefferson, Louisville, Kentucky; Erik Raney, ayudante, de la comisaría del sheriff del condado de Santa Barbara; Kevin Rudan, agente destacado del Servicio Secreto; Don y Marilyn Gevirtz; Julianna Flynn; Ralph Hickey; Lucy Thomas y Nadine Greenup, bibliotecarios del Centro Médico Reeves, Cottage Hospital; Denise Huff, enfermera diplomada, Urgencias del Cottage Hospital; Gail Abarbanel, directora del departamento de violaciones del Centro Médico de Santa Monica/UCLA; Jay Schmidt; Jamie Clark; y Mary Lawrence Young.

Nota de la autora

Una sencilla nota para aclarar el marco temporal abarcado por mi alfabeto del crimen. A los lectores confusos por lo que pudieran parecer errores en el cálculo de edades y fechas, les pido que tengan en cuenta que *A de adulterio* transcurre en mayo de 1982, *B de bestias* en junio de 1982, *C de cadáver* en agosto de 1982, etcétera. Como los libros siguen un orden cronológico, la vida de Kinsey Millhone discurre más despacio que la de los demás. Por lo tanto, Millhone está atrapada en un pliegue del tiempo. Aunque no es culpa suya, en la actualidad todavía vive y trabaja en 1986, sin acceso a teléfonos móviles, ni a Internet ni a los equipos de alta tecnología que actualmente utilizan los investigadores privados para buscar a personas desaparecidas, obtener información o recoger datos financieros. Por el contrario, confía en la persistencia, la imaginación y el ingenio, las herramientas de trabajo del sabueso tradicional a lo largo de una dura historia. Puede que algún día la autora dé un salto en el tiempo narrativo y permita a Millhone aterrizar en el presente sin obligarla a sufrir el proceso normal de envejecimiento.

Hasta ahora he procurado no mencionar lugares comunes del momento ni asuntos sucedidos en fechas concretas. El lector encontrará pocas referencias, si es que encuentra alguna, a canciones, películas, modas, manías o acontecimientos contemporáneos. *O de odio* es una excepción, ya que alude a la guerra del Vietnam, que terminó en 1971, quince años antes de los incidentes descritos en la novela. Por exi-

11

gencias narrativas, he puesto algunos personajes de ficción en episodios históricos. También he introducido algunos personajes novelescos en instituciones académicas y foros políticos, en los que sus homólogos de la vida real sin duda negarán su presencia. Desde mi punto de vista, el placer de la ficción consiste en que mejora los hechos y adorna la realidad. Aparte de eso, y como solía decir mi padre: «Sé que es verdad porque lo hice yo».

Atentamente,
Sue Grafton

1

La expresión latina *pro bono*, como muchos abogados saben, traducida a vuelapluma significa «para los buenos» y se aplica al trabajo que se hace gratis. No es que yo practique la ley, pero suelo ser lo bastante inteligente para no regalar mis servicios. En este caso, mi cliente estaba en coma, lo cual dificultaba el cobro. Naturalmente, se puede enfocar la situación desde otro punto de vista. De vez en cuando aparece un asunto antiguo, un compromiso en la agenda de la vida que creíamos haber solucionado hacía tiempo. De pronto aparece otra vez, al principio de la página, pugnando por llamar nuestra atención a pesar de que no estamos en absoluto preparados para ello.

Primero hubo una llamada telefónica de un desconocido, luego una carta que apareció catorce años después de enviarse. Así supe que había cometido un grave error de juicio y terminé poniendo en peligro mi vida por querer rectificar.

Había terminado un caso importante, yo estaba agotada, mi cuenta corriente llena, y no me sentía con ánimo para aceptar más trabajo. Había imaginado tomarme unas breves vacaciones, tal vez un viaje a algún sitio barato donde pudiera holgazanear al sol y leer la última novela de Elmore Leonard, mientras saboreaba un combinado de ron con una sombrilla de papel clavada en la fruta. Tal era el alcance y la complejidad de mis fantasías por entonces.

La llamada se produjo el lunes 19 de mayo a las ocho de la mañana, mientras estaba en el gimnasio. Había empezado a hacer pesas de nuevo: lunes, miércoles y jueves por la mañana, después de la carrera de las seis. No estoy segura de dónde salió la motivación después de dos años de abandono, aunque probablemente tenía que ver con la idea de la muerte, sobre todo la mía. Al comenzar la primavera, un tipo me había dislocado dos dedos para convencerme de su punto de vista. Ya me habían dado en otra ocasión un balazo en el brazo derecho y mi impulso en ambas ocasiones había sido ir a la máquina de las pesas. Para que nadie crea que soy masoquista o propensa a los accidentes, debería decir que me gano la vida como investigadora privada. La verdad es que el investigador medio no lleva armas, no suele sufrir acosos ni persecuciones y raras veces se hiere con algo más que con el borde de un papel. Mi vida profesional viene a ser tan aburrida como la del resto de la gente. Sólo cuento las excepciones, por aquello de la ilustración espiritual. Procesar acontecimientos me ayuda a tener la cabeza en su sitio.

Quienes estén familiarizados con mis datos personales pueden saltarse este párrafo. Para los no iniciados, soy mujer, tengo treinta y seis años, me he divorciado dos veces y vivo en Santa Teresa, California, que está a unos ciento cincuenta kilómetros al norte de Los Angeles. Ocupo un pequeño despacho en el bufete de Kingman y Ives, licenciados en derecho. Lonnie Kingman es mi abogado cuando se presenta la ocasión, y asociarme con su firma me pareció sensato cierta vez que andaba buscando sitio. Me había hecho detective ambulante desde que me habían despedido sin ceremonias del último empleo, investigar reclamaciones por incendios provocados y fallecimientos sospechosos para la compañía de seguros La Fidelidad de California. Ahora llevo unos dos años con Lonnie, pero sigo teniendo un ligero deseo de vengarme de LFC.

Desde que me había puesto a levantar pesas mi tono muscular había mejorado y estaba más fuerte. Aquella mañana había seguido la rutina habitual por partes; dos series, con quince repeticiones, de estirar y encoger las piernas, hacer abdominales, trabajar la zona lumbar, remar de lado, fortalecer los pectorales, además de trabajar los hombros y ejercitar con varios ejercicios los bíceps y los tríceps. Así, llena de carburante y eufórica, llegué a casa y eché el vistazo habitual al contestador automático. La lucecita de los mensajes parpadeaba. Dejé la bolsa de deportes en el suelo, las llaves en la mesa y pulsé la tecla mientras buscaba un bolígrafo y un papel, por si necesitaba anotar algo. Todos los días, antes de salir de la oficina, desvío las llamadas desde el bufete de Lonnie hasta mi casa. Así, si no hay más remedio, puedo quedarme en cama todo el día, hablando con el público sin tener que vestirme.

Era una voz masculina, algo crujiente, y el mensaje decía: «Señorita Millhone, soy Teddy Rich. La llamo desde Olvidado para hablarle de algo que podría ser de sus intereses. Hoy es lunes y son las ocho de la mañana. Espero que no sea demasiado pronto. Llámeme cuando pueda. Gracias». Daba un número de teléfono con el prefijo 805 y tomé nota, como estaba mandado. Eran las 8:23, así que había llamado hacía menos de media hora. Olvidado tiene 157.000 habitantes y está a cincuenta kilómetros al sur de Santa Teresa por la autopista 101. Movida por algo que podía ser de «mis intereses», marqué el número que había dejado. El timbre sonó tantas veces que creí que su contestador estaba roto, pero finalmente descolgó el señor Rich, cuya voz característica reconocí en el acto.

–Hola, señor Rich. Soy Kinsey Millhone, de Santa Teresa. Me ha llamado usted.

–Hola, señorita Millhone. Me alegro de oírla. ¿Cómo se encuentra usted hoy?

–Bien. ¿Y usted?

–Bien. Gracias por preguntar y gracias por llamar tan pronto. Se lo agradezco.

–Claro, no hay problema. ¿En qué puedo servirle?

–Bueno, espero ser yo quien le sirva a usted –dijo–. Soy barrendero de guardamuebles. ¿Conoce la expresión?

–Me temo que no. –Acerqué una silla y me senté, pues

me di cuenta de que Ted Rich se iba a tomar su tiempo para explicarlo. Ya lo había catalogado como vendedor o charlatán, un individuo totalmente prendado de los pequeños encantos que tal vez poseyera. No deseaba lo que quería venderme, pero decidí escucharlo de todas formas. Aquello de ser barrendero de guardamuebles era nuevo para mí y valoré la novedad.

—No quisiera aburrirla con detalles —dijo—. Básicamente, lo que hago es ir a las subastas que organizan los locales guardamuebles cuando alguien se retrasa en el pago mensual.

—No sabía que hicieran eso con los morosos. Parece razonable. —Saqué la toalla de la bolsa de deportes y me la pasé por la frente. Tenía aún el pelo húmedo de los ejercicios y cada vez más frío, y suspiraba por meterme en la ducha antes de que los músculos se me pusieran rígidos.

—Desde luego. Cuando los arrendatarios de los guardamuebles se pierden durante más de sesenta días, el contenido sale a subasta. De lo contrario, ¿cómo iba la compañía a recuperar las pérdidas? Los barrenderos nos presentamos y pujamos a ciegas por el contenido, desembolsamos siempre entre doscientos dólares y mil quinientos, con la esperanza de que sea un chollo.

—¿Por ejemplo? —Me incliné para desatarme las Sauconys y me las quité. Los calcetines de gimnasia olían a rayos y sólo los había llevado una semana.

—Bueno, casi todo es basura, pero a veces hay suerte y se barre algo bueno. Herramientas, muebles; cosas que pueden convertirse en dinero contante y sonante. Sin duda se preguntará qué tiene que ver esto con usted.

—Me ha pasado por la cabeza —dije con dulzura, previendo el rollo. Por sólo unos centavos al día, también usted podrá adquirir puñetitas abandonadas para poner mono su hogar.

—Sí, claro. Bueno, pues el sábado pasado me quedé con un par de locales de almacenaje. No había gran cosa, pero mientras rebuscaba encontré unas cajas de cartón. Miré el contenido y di con el nombre de usted en unos documentos personales. Me preguntaba en cuánto valoraría usted recuperarlos.

—¿Qué clase de documentos?

—Déjeme ver. No cuelgue. Francamente, no esperaba que llamara tan pronto, de lo contrario los habría puesto en la mesa, delante de mí. —Oí mover papeles al fondo—. Aquí está. Tenemos un diploma del Instituto de Santa Teresa y toda una colección de recuerdos que parecen escolares: dibujos, fotos de clase, la libreta de calificaciones de la Escuela Elemental Woodrow Wilson. ¿Le despierta algún recuerdo?

—¿Está mi nombre en esos papeles?

—Kinsey Millhone, ¿verdad? Millhone con dos eles. Aquí se habla de una redacción de historia titulada «La misión San Juan Capistrano», con una maqueta de la misión hecha con cartones de huevos. Clase de la señorita Rosen, cuarto curso. Le puso un aprobado raso. «La redacción está bien, pero el proyecto está mal presentado», dice. Yo también tuve una maestra así. Menuda zorra —comentó, por decir algo—. Ah, aquí hay algo más. Un diploma donde consta que terminó usted el bachillerato en el Instituto de Enseñanza Media de Santa Teresa el 10 de junio de 1967. ¿Cómo lo estoy haciendo hasta ahora?

—Bien.

—Bueno, ahora le toca a usted —dijo.

—No es que tenga importancia, pero ¿cómo ha dado conmigo?

—Estaba chupado. Sólo tuve que llamar a información telefónica. El apellido Millhone no es habitual, así que apliqué el viejo refrán que dice que por el humo se sabe dónde está el fuego y lo demás. Me moví suponiendo que andaría usted cerca. Claro que podía haberse casado y haber cambiado de apellido. Pero aposté por el riesgo. En cualquier caso, el asunto es si le apetece recuperar estos objetos.

—No entiendo cómo han ido a parar a Olvidado. Yo nunca he alquilado allí ningún local guardamuebles.

Le oí empezar a dar rodeos.

—Yo no he dicho que estuviera en Olvidado. ¿Lo he dicho? Voy a las subastas de toda California. Mire, no quiero parecer grosero, pero si está dispuesta a soltar unos dólares, quizá podamos llegar a un acuerdo para que recupere la caja.

Vacilé, molesta por la tosquedad de la maniobra. Recordaba mi abnegación en la clase de la señorita Rosen, lo abatida que me sentí con aquella nota después de tanto trabajar. La cuestión era que tenía tan pocos recuerdos personales que cualquier cosa sería un tesoro. No quería pagar mucho, pero tampoco quería quedarme con las ganas de echarles un vistazo.

—Los papeles no creo que tengan mucho valor, ya que no era consciente de haberlos perdido —dije. El individuo ya me caía mal y aún no lo conocía en persona.

—Oiga, no estoy aquí para discutir. No tengo intención de aprovecharme de usted ni nada por el estilo. ¿Quiere hablar de valor? Pues hablemos de valor. Usted manda —dijo.

—¿Por qué no me deja pensarlo y lo llamo luego?

—Bien, de eso se trata. Si encontramos un momento para vernos, le echa un vistazo a los objetos y luego toma una decisión. De lo contrario, ¿cómo va a saber si tienen algún valor para usted? Para venir aquí hay que darse un viaje, pero supongo que tendrá usted coche.

—Sí, podría acercarme.

—Estupendo —dijo—. ¿Qué planes tiene para hoy?

—¿Hoy?

—No hay momento como el presente, es mi lema.

—¿A qué viene tanta prisa?

—No tengo prisa, pero sí varios compromisos el resto de la semana. Ingreso unos dólares repartiendo mercancías y el garaje ya está hasta los topes. ¿Tiene tiempo hoy o no?

—Podría sacarlo.

—Bien, entonces será mejor que nos encontremos cuanto antes y veamos si podemos llegar a un acuerdo. Hay un

18

bar en la misma calle de mi almacén. Estoy a punto de salir y estaré allí más o menos dentro de una hora. Digamos entre las nueve y media y las diez menos cuarto. ¿Que no aparece? Me voy al vertedero y así no pierdo el tiempo.

—¿En cuánto está pensando?

—¿Se refiere al dinero? Digamos treinta tochos. ¿Qué le parece?

—Exorbitante —respondí. Le pedí la dirección. Vaya tipo.

Me duché, me puse los vaqueros y la camiseta de siempre, llené el depósito del VW y me dirigí hacia el sur por la autopista 101. El «viaje» hasta Olvidado duró veinticinco minutos. Siguiendo las instrucciones de Ted Rich, me metí por la salida de Olvidado Avenue y giré a la derecha al final de la rampa. A media manzana de la carretera había un amplio centro comercial. El terreno que lo rodeaba, antiguamente dedicado a la agricultura, había ido convirtiéndose en una plantación de coches nuevos y usados. Las cuerdas con restallantes banderas de plástico definían unas cosas parecidas a tiendas de campaña que se alzaban sobre la asfaltada parcela donde las filas de vehículos reflejaban el tibio sol de mayo. Flotando en el aire, anclado a unos diez metros del suelo, había un minizepelín con forma de tiburón. El significado se me escapaba, pero ¿qué sé yo de estas cosas?

Al otro lado del centro comercial, las especialidades parecían repartidas equitativamente entre los puestos de comida rápida, las licorerías y las copisterías donde hacían fotos de pasaporte. Incluso había unas oficinas de servicios jurídicos instantáneos; pleitea mientras esperas. «Bancarrotas, 99 dólares. Divorcios, 99... Divorcios + hijos, 99 dólares + gastos de gestión... *se habla español*.» El bar que me había indicado Rich era, por lo visto, el único de la zona que parecía una empresa familiar.

Aparqué allí mismo, entré y me puse a mirar a los escasos clientes en busca de uno que encajara en la descripción de Rich. Me había dicho que medía un metro con noventa y que era guapo como un actor de cine, aunque luego se había echado a reír, lo que me inclinó a creer lo contrario. Dijo que estaría pendiente de la puerta para verme llegar. Vi que un hombre levantaba la mano a modo de saludo y me indicaba por señas que me acercase a su reservado. Su cara era un cuadrado grande y rojizo, y el bronceado le llegaba hasta el escote triangular de la camisa vaquera de trabajo. Era de pelo moreno, lo llevaba peinado hacia atrás y tenía las sienes coronadas por la huella de la gorra de béisbol que había en la mesa. Nariz ancha, párpados caídos y bolsas bajo los ojos. Se le notaban todos los pelos que se le habían escapado al afeitarse. Tenía los hombros musculosos y unos antebrazos fuertes hasta donde dejaba ver la camisa arremangada. Se había quitado una cazadora marrón oscuro que yacía limpiamente doblada en el rincón del reservado.

—¿El señor Rich? Soy Kinsey Millhone. ¿Qué tal? —Nos estrechamos la mano por encima de la mesa y juraría que me midió con la misma atención que yo a él.

—Llámeme Teddy. Estupendo. Le agradezco que haya venido. —Miró el reloj mientras me sentaba enfrente de él—. Por desgracia sólo dispongo de quince o veinte minutos. Le pido perdones por estas prisas, pero nada más hablar con usted me llamó un individuo de Thousand Oaks que quiere un presupuesto del tejado.

—¿Es usted techador?

—De profesión. —Buscó en el bolsillo de los pantalones—. Le daré una tarjeta por si necesita que le hagan alguna cosa. —Sacó un estuche de plástico y extrajo unas tarjetas—. Mi especialidad es los tejados nuevos y las reparaciones.

—¿Y qué más?

—Oiga, yo hago lo que haga falta. Limpieza en caliente, reparación de grietas, ampliación de tragaluces, toda clase de vigas, aleaciones, tejas, arcillas, baldosas, lo que usted quiera. Mi radio de actividades es la reparación y la prevención. Puedo hacerle una rebaja..., por ejemplo, el diez por ciento si me llama este mismo mes. ¿En qué condiciones vive en su casa?

—De inquilina.

—Seguro que tendrá un casero que necesita que le reparen tejados. Guarde las tarjetas. Llévese todas las que quiera. —Me alargó unas cuantas, en abanico y boca abajo, como si fuera a hacer un truco de baraja.

Me hice con una y la miré. En la tarjeta figuraban su nombre, el teléfono y un apartado postal. Su empresa se llamaba TEJADOS SUPERIORES, y las letras formaban una especie de compás muy abierto, que imitaba la forma de los tejados a dos aguas. El lema de la empresa era: «Toda clase de tejados».

—Pegadizo —dije.

Había estado esperando mi reacción con cara seria.

—Acaban de hacérmelas. El nombre se me ocurrió a mí. Antes era «Tejados Ted». Ya ve, sencillo, básico, con un toque personal. Estuve en el negocio diez años, pero luego llegó la sequía y el mercado se secó...

—Por así decirlo —apunté.

Sonrió, enseñando una abertura entre los incisivos superiores.

—¡Oiga, eso ha estado bien! Me gusta su sentido del humor. Verá qué bueno es éste. Si te cae el tejado encima, no pierdas la azotea. ¿Lo capta? La azotea..., la cabeza.

—Es gracioso —dije.

—Bueno, tenía muchísimo tiempo libre. Tuve que cerrar y declararme en bancarrota. Mi mujer me abandonó, el perro murió y me destrozaron el camión. Me fue mal durante una temporada larga. Pensaba empezar otra vez, ahora que parece que se acerca el mal tiempo. Lo de «Tejados Superiores» es una especie de juego de palabras.

—¿De veras? —dije—. ¿Y qué me dice del asunto de los guardamuebles? ¿De dónde lo sacó?

—Tuve que hacer algo cuando lo de los tejados se me vino encima. Por así decirlo —añadió guiñándome un ojo—.

Decidí probar la limpieza de pisos y demás. Había escondido de la parienta y de los acreedores algún dinero y lo utilicé para ponerme otra vez en marcha. Para empezar bien hay que invertir unos cinco o seis mil tochos. Me engañaron un par de veces, pero por otra parte lo estoy haciendo bastante bien, y no porque lo diga yo. —Llamó la atención de la camarera, le enseñó la taza y me miró—. ¿Puedo invitarla a un café?

—No estaría mal. ¿Cuánto tiempo lleva en eso?

—Cerca de un año —dijo—. Nos llaman chamarileros, o tahúres de los guardamuebles, a veces revendedores, buscadores de tesoros. ¿Cómo se hace? Miro los periódicos para ver si hay subastas. También estoy suscrito a un par de boletines informativos. Nunca se sabe lo que se va a encontrar. Hace un par de semanas pagué doscientos cincuenta tochos y encontré un cuadro que valía más de mil quinientos. Salté de alegría.

—Me lo imagino.

—Desde luego, hay reglas, como todo en esta vida. No se puede tocar lo que hay en los locales de almacenaje ni se puede entrar antes de la subasta, y no se admiten devoluciones. Puedes pagar seiscientos dólares y quedarte únicamente con un montón de revistas viejas, y es una lástima, pero así es el mundo, etcétera, etcétera.

—¿Y se puede vivir de eso?

Se removió en el asiento.

—Sin llamar la atención. Es sólo un entretenimiento entre un tejado y otro. Lo bueno que tiene es que oficialmente resulta insignificante, así que la parienta no me puede reclamar una pensión. Fue ella quien abandonó la casa y allá se las componga, eso es lo que yo digo.

La camarera apareció junto a la mesa con una cafetera en la mano, le rellenó la taza y me sirvió otra a mí. Teddy y la camarera cambiaron unas frases de cortesía. Yo aproveché para echar leche al café y rasgué la punta de un sobre de azúcar, aunque no suelo tomar. Cualquier cosa para matar el rato hasta que aquellos dos dejaran de hablar. Me dio la sensación de que él bebía los vientos por ella.

Cuando se fue la camarera, Teddy se dedicó a mí. Vi la caja junto a él, en el banco. Advirtió mi mirada.

—Veo que siente curiosidad. ¿Quiere echar un vistazo?

—Claro —dije.

Fui a acercarme a la caja, pero Teddy levantó la mano y dijo:

—Antes suelte cinco tochos. —Se echó a reír—. Tendría que haberse visto la cara que ha puesto. Vamos. Era una broma. Sírvase usted misma. —Levantó la caja y me la pasó por encima de la mesa. Medía un metro de lado, no pesaba mucho y sobre el cartón había una película de polvo. La tapa había estado sellada, pero habían cortado la cinta adhesiva y doblado los laterales. Puse la caja en mi banco y aparté los laterales. Parecía que la habían rellenado de cualquier manera. Era como el último paquete que se hace cuando se está de mudanza; chucherías que no nos atrevemos a tirar pero con las que no sabemos realmente qué hacer. Una caja así podía permanecer cerrada en el sótano durante diez años sin que ni un solo objeto te estimulara a echar un vistazo. Por otra parte, si tuviéramos necesidad de inventariar el contenido, aún nos sentiríamos demasiado ligados a aquellos objetos para tirarlos a la basura. En la siguiente mudanza terminaríamos metiendo la caja en el camión, con las demás, y acumulando trastos como para llenar..., bueno, un local guardamuebles.

Al primer vistazo supe que eran cosas que me apetecía tener. Además de los recuerdos de la escuela primaria, vi el diploma del instituto que me había mencionado, el libro escolar de mi promoción, libros de texto y algo más importante, carpetas con los apuntes fotocopiados de mis clases en la academia de policía. Treinta *tochos* no eran nada comparados con aquel botín de recuerdos.

Teddy escrutaba mi cara y cuantificaba símbolos de dólar en mi reacción. Descubrí que evitaba mirarlo a los ojos

23

para que no se diera cuenta de hasta dónde llegaba mi interés. Para hacer tiempo le pregunté:

—¿De quién era el espacio del guardamuebles donde estaba? Creo que no lo ha dicho.

—De un tal John Russell. ¿Amigo suyo?

—Yo no lo llamaría amigo, pero lo conozco —dije—. En realidad es una especie de broma, como un alias. «John Russell» es un personaje de una novela de Elmore Leonard con título castellano: *Hombre*.

—Bueno, traté de ponerme en contacto con él, pero no tuve suerte. Hay demasiados Russell en esta parte de California. Dos docenas son John, diez o quince Jack, pero ninguno era él. Lo comprobé.

—Le dedicó bastante tiempo.

—Y que lo diga. Me costó un par de horas decidirme a dejarlo y decir basta. Lo intenté en toda esta zona: Perdido, condado de Los Angeles, Orange, San Bernardino, condado de Santa Teresa, así hasta San Luis. No hay rastro del fulano, así que supuse que estaba muerto o que se había ido de California.

Tomé un sorbo de café sin decir nada. La leche y el azúcar hacían que el café supiera como un caramelo.

Teddy inclinó la cabeza con aire desconcertado.

—¿Y es usted investigadora privada? En el listín telefónico venía como Investigaciones Millhone.

—Exacto. Fui policía durante un par de años; allí conocí a John.

—¿Es poli este tipo?

—Ahora no, pero entonces sí.

—No se me había ocurrido..., quiero decir, a juzgar por la basura que había metido en aquel local habría dicho que era un vagabundo. Es la impresión que me dio.

—Algunas personas estarían de acuerdo.

—Pero usted no, me parece. —Me encogí de hombros y no dije nada. Teddy me miró con astucia—. ¿Qué tiene que ver con usted?

—¿Por qué lo pregunta?

—Vamos. ¿Cuál es el nombre verdadero de este individuo? Podría localizárselo, como si fuera un caso de personas desaparecidas.

—¿Para qué? Hace años que no nos hablamos, así que no significa nada para mí.

—Pero ha despertado mi curiosidad. ¿Por qué ese alias?

—Estuvo en la brigada de estupefacientes a finales de los sesenta y principios de los setenta. Se perseguía mucho la droga entonces. John trabajaba de infiltrado y su verdadero nombre lo volvía paranoico.

—Un poco gilipollas, ¿no?

—Puede —dije—. ¿Qué más había en el guardamuebles?

Dio un manotazo de desestimación.

—Casi todo era inservible. Una máquina de cortar césped y una aspiradora rota. Había una caja grande con trastos de cocina: un rodillo de amasar, una ensaladera de madera de un metro de anchura por lo menos, un juego de platos hondos de loza..., ¿cómo se llama? La mierda esa del Fiestaware. Me dieron un montón de calderilla por aquello. Equipo de esquí y raquetas de tenis; nada en buenas condiciones. Había también una bicicleta vieja, el motor de una moto, neumáticos y partes de un coche. Ese Russell tenía que ser una urraca, no podía tirar nada. Ayer fui y lo coloqué casi todo en el mercadillo local.

El corazón me dio un vuelco. La ensaladera grande de madera había sido de mi tía Gin. El Fiestaware no me importaba, aunque también había sido suyo. Me habría gustado tener la oportunidad de comprar el rodillo. La tía Gin lo había utilizado para hacer unos bollos pegajosos... Una de sus pocas habilidades culinarias..., amasando antes de espolvorear la canela y el azúcar. Era mejor olvidarlo; no tenía sentido desear algo que ya no estaba allí. Es extraño que de repente tuviera tal atractivo un objeto en el que yo no había pensado durante años.

Señaló la caja.

—Treinta tochos y es suya.

—Veinte. Ni siquiera vale eso. Todo es basura.

—Veinticinco. Vamos. Por el viaje por el sendero de la memoria. No volverá a ver nada igual en toda su vida. El viaje sentimental, etcétera, etcétera. Debería comprarlo ahora que tiene la oportunidad.

Saqué del bolso un billete de veinte dólares y lo puse en la mesa.

—Nadie le daría ni un centavo.

Teddy se encogió de hombros.

—Pues lo tiraré. ¿A quién le importa? Veinticinco y trato hecho.

—Teddy, el viaje hasta el vertedero le costaría quince y aquí hay cinco más.

Miró el dinero, luego a mí y recogió los billetes con un exagerado suspiro de asco de sí mismo.

—Por suerte me ha caído bien, o estaría cabreado como una mona. —Dobló el billete y se lo guardó en el bolsillo—. No ha contestado a mi pregunta.

—¿Cuál?

—¿Qué representa ese tipo para usted?

—Nada especial. Un amigo de hace mucho tiempo..., nada que le afecte a usted.

—Ah, ya veo. Lo he captado. Así que es «un amigo». Interesante desarrollo. Pues tuvo que estar usted muy pegada a él para que al final se quedara con sus cosas.

—¿Por qué dice eso?

Se tocó la sien.

—Tengo mente lógica. Analítica, ¿verdad? Apuesto a que podría ser detective, así como usted.

—Seguro que sí, Teddy. No veo por qué no. La verdad es que dejé unas cajas en casa de John en mitad de una mudanza. Mis trastos se mezclarían con los suyos cuando se fue de Santa Teresa. A propósito, ¿cómo se llama la empresa guardamuebles?

Su expresión se volvió cautelosa.

—¿Por qué lo pregunta? —dijo con un tono ligeramente burlón.

—Porque John podría rondar todavía por esta zona.

Teddy negó con la cabeza antes de que yo terminara de hablar.

—No sirve. Perdería el tiempo. Mírelo de esta forma. Si utilizó un nombre falso, lo más probable es que también diera un teléfono y una dirección falsos. ¿Para qué va a contactar con la empresa? No le dirán nada.

—Apuesto a que puedo conseguir información. Así me gano la vida últimamente.

—Usted y Dick Tracy.

—Lo único que le pido es el nombre.

Sonrió.

—¿En cuánto lo valora?

—¿En cuánto lo valoro?

—Sí, es un pequeño trato. Veinte tochos.

—No sea idiota. No voy a pagarle. Es ridículo.

—Pues hágame una oferta. Soy un tipo razonable.

—Mentira.

—Sólo digo que me rasque la espalda y yo le rascaré la suya.

—No creo que haya muchas empresas guardamuebles en la zona.

—Mil quinientas once, si cuenta los condados adyacentes. Por diez tochos, le diré en qué ciudad está.

—No.

—Vamos. ¿De qué otro modo la va a encontrar?

—Estoy segura de que se me ocurrirá algo.

—¿Quiere apostar? Cinco tochos a que no.

Miré el reloj y me levanté.

—Me gustaría seguir charlando, Teddy, pero usted tiene un compromiso y yo tengo que trabajar.

—Llámeme si cambia de idea. Podríamos buscarlo juntos. Podemos formar una sociedad. Apuesto a que podría usted sacar provecho de un tipo con mis contactos.

—Sin duda.

Recogí la caja de cartón, emití unos murmullos de despedida y volví al coche. Dejé la caja en el asiento del copiloto y me puse al volante. Instintivamente bajé el seguro de las dos puertas y di un largo suspiro. Tenía palpitaciones y sudor en la espalda. John Russell era el alias de un antiguo inspector de la policía de Santa Teresa que se llamaba Mickey Magruder..., mi primer ex marido. ¿Qué rayos estaba pasando?

2

Me hundí en el asiento y escruté el paisaje desde mi posición a media asta. Vi una furgoneta blanca al final de la zona de aparcamiento. Estaba cargada de cubos y lonas, artilugios sin duda esenciales para un artista techador. Había una caja de herramientas de tamaño extragrande junto a la parte trasera y una escalera de aluminio extensible en el otro extremo, montada sobre unos calces de metal antideslizante que medían cosa de treinta centímetros. Moví el espejo retrovisor y estuve vigilando hasta que Ted Rich salió del bar con la gorra y la cazadora puestas. Llevaba las manos en los bolsillos y silbaba para sí mientras se dirigía a la camioneta y sacaba las llaves. Cuando oí que ponía el motor en marcha, me incliné para quitarme de su vista. Me erguí en cuanto pasó y estuve siguiéndolo con los ojos hasta que giró a la izquierda y se metió en la masa de tráfico que avanzaba hacia el acceso de la autopista, en dirección sur.

Esperé hasta que se hubo ido, bajé del VW y me dirigí a la cabina telefónica que había al lado de la entrada del aparcamiento. Puse su tarjeta en el estrecho estante de metal, abrí la guía y busqué los organismos de la administración local. Di con el número que me interesaba y saqué la calderilla que tenía en el fondo del bolso. Introduje las monedas en la ranura y marqué el número de la estafeta de correos que figuraba en la tarjeta de Rich. El otro teléfono dio dos timbrazos y activó un mensaje grabado que me dio las explicaciones de costumbre. Todas las líneas estaban ocupadas y me atenderían cuando me tocase el turno. Según el mensaje, correos agradecía mi paciencia, lo que demuestra lo poco que nos conoce esta gente.

Cuando finalmente contestó una voz femenina, le di el apartado de TEJADOS SUPERIORES, tal vez conocido como Tejados Ted. Minutos más tarde había comprobado el contrato de alquiler del apartado y me había dado la dirección correspondiente. Le di las gracias y colgué. Metí otra moneda y marqué el número de la tarjeta. Como sospechaba, no respondió nadie, pero el contestador de Rich se activó enseguida. Me alegró saber que Ted Rich era el oficial instalador de materiales de techado a prueba de incendios que ostentaba el número uno en Olvidado. El mensaje también aseguraba que mayo era el mes de la impermeabilización, de lo cual no me había dado cuenta. Lo más importante era que Teddy no estaba en casa y, al parecer, no había nadie más allí.

Volví al coche, saqué de la guantera un mapa de Olvidado y miré el callejero. Con las coordenadas de número y letra, localicé la calle; no se encontraba muy lejos de donde yo estaba. ¡Oh, albricias! Arranqué, di marcha atrás y, en menos de cinco minutos me planté delante de la casa donde Teddy tenía su empresa de tejados.

Encontré plaza para aparcar seis puertas más abajo y me quedé sentada en el coche mientras mis ángelas buena y mala justaban por la posesión de mi alma. Mi ángela buena me recordó que había prometido reformarme. Me recitó las ocasiones en que mi indigna conducta habitual no me había deparado «más que dolor y sufrimiento»..., por decirlo con sus mismas palabras. Lo cual era una verdad como un castillo, pero mi ángela mala aducía que la presente era la única oportunidad que tenía de conseguir la información que me interesaba. Si Rich me hubiera dicho el nombre de la empresa guardamuebles, yo no tendría que hacer aquello, así que era culpa de Rich. En aquellos momentos, el susodicho iba camino de Thousand Oaks para presupuestar un tejado. El viaje de ida y vuelta duraría aproximadamente treinta minutos, más otros treinta de charla, que es como los hombres hacen los negocios. Nos habíamos despedido a las diez. Eran las diez y cuarto, así que (con suerte) no volvería hasta cuarenta y cinco minutos más tarde por lo menos.

Saqué las ganzúas del bolso, que había dejado en el asiento trasero bajo el montón de ropa que allí suelo llevar. Durante las vigilancias utilizo con frecuencia prendas de camuflaje, como los transformistas, para cambiar de aspecto. En la presente ocasión elegí un mono azul que parecía bastante profesional. La insignia de la manga, que yo misma había cosido de acuerdo con mis necesidades, decía SERVICIOS MUNICIPALES DE SANTA TERESA y sugería que trabajaba para el departamento de obras públicas. Supuse que, a cierta distancia, ningún ciudadano de Olvidado notaría la diferencia. Hice contorsiones en el asiento para ponerme el mono encima de los vaqueros y la camiseta. Subí la cremallera y metí las ganzúas en un bolsillo. Recogí la carpeta sujetapapeles, con su correspondiente fajo de impresos comerciales, cerré el coche con llave y fui hasta el camino de grava de la casa de Ted Rich. No había vehículos estacionados cerca.

Subí los escalones delanteros y llamé al timbre. Esperé, hojeando los impresos de la carpeta y haciendo como que escribía algo oficial con el boli que pendía del extremo de una cadena. Volví a llamar, pero no hubo contestación. Qué sorpresa. Fui a la ventana y me puse una mano sobre las cejas para mirar a través del cristal. Aparte de que no había el menor rastro del inquilino, el aspecto del lugar parecía reflejar las costumbres de un hombre acostumbrado a vivir solo, un aura ejemplarizada por la presencia de una Harley Davidson en medio del comedor.

Miré a mi alrededor. No había nadie en la acera ni vecinos mirando desde el otro lado de la calle. A pesar de todo, fruncí el entrecejo, haciendo gran alarde de mi desconcierto. Miré el reloj para dar a entender que yo por lo menos llegaba con puntualidad a la cita imaginaria. Bajé los escalones delanteros y rodeé la casa por el camino del garaje. El patio trasero estaba vallado y los arbustos habían crecido tanto que tocaban los cables eléctricos que cruzaban la propiedad. En el patio no había un alma. Las puertas del garaje biplaza estaban aseguradas con recios candados.

Subí los escalones del porche trasero y me detuve a comprobar si había algún vecino que llamaba ya al 911. Convencida de que nadie me observaba, miré por la ventana de la cocina. Las luces estaban apagadas en todos los cuartos visibles. Probé a abrir. Cerrado. Miré la Schlage, preguntándome cuánto tardaría en ceder a mi ganzúa. Al bajar la mirada, vi que en la parte inferior de la puerta había una gatera de buen tamaño. Vaya, ¿qué es esto? Me agaché, empujé la chapa oscilante y me quedé mirando el linóleo de la cocina. Recordé lo que me había contado Ted Rich acerca de su divorcio y de la muerte de su querido chucho. El agujero del perrito parecía lo bastante grande para admitirme a mí.

Dejé la carpeta en la barandilla del porche y me puse a gatas. Con mi metro sesenta de estatura y mis cincuenta y tres kilos de peso no me resultó difícil la entrada. Con los brazos por delante de la cabeza y el tronco inclinado, empecé a introducirme por el agujero. Cuando tuve dentro la cabeza y los hombros me paré a hacer un rápido escrutinio, para asegurarme de que no había nadie más en la casa. En aquella postura sólo podía ver las sillas y la mesa de cromo y formica, que estaba llena de platos sucios, y el gran reloj de plástico que había en la pared. Me moví despacio, girando sobre mi eje para poder ver el resto. Ya estaba con medio cuerpo dentro y entonces caí en la cuenta de que había olvidado preguntar a Rich si había comprado otro perro. A mi izquierda, a la altura de los ojos, vi un recipiente de plástico de medio litro y un plato grande de plástico, lleno de comida deshidratada para perros. Al lado había un hueso de cuero con huellas de dientes que parecían hechas por una criatura de muy malas pulgas. Medio segundo después, el objeto de mis pensamientos apareció en escena. Probablemente se había alertado al oír ruido y dobló la esquina derrapando para ver qué ocurría. No tengo inclinaciones caninas y a duras penas distingo una raza de otra, exceptuando los chihuahuas, los galgos y otras muy conocidas. Aquel animal era grande, tal vez cuarenta kilos de peso ligero en un esqueleto de huesos fuertes. ¿Qué mierda estaba haciendo cuando toqué el timbre? Lo menos que podía haber hecho era ladrar como es debido para ahuyentarme. Era de color pardo y tenía la cara grande, la cabeza gorda y el pelo corto y reluciente. Su pecho era macizo y su polla parecía un Gloria Cubana de quince centímetros con pelo. A lo largo de la espina dorsal le corría una cresta de pelaje hirsuto, como de una indignación permanente. Se detuvo en seco y allí se quedó, con una expresión que era una mezcla perfecta de confusión e incredulidad. Casi podía ver el signo de interrogación dibujándose encima de su cabeza. Al parecer, de acuerdo con su experiencia, pocos humanos trataban de colarse por su puerta privada. Dejé de retorcerme para darle tiempo a que evaluara la situación. Yo no debía de representar ninguna amenaza inmediata porque ni atacó ni ladró ni me mordió cruelmente en el cuello o en los hombros. Al contrario, parecía pensar que se esperaba algo de él en materia de buena conducta, aunque era evidente que tenía problemas para decidir cuál era su deber. Dio un gemido, pegó la panza al suelo y se arrastró hacia mí. Me quedé donde estaba. Durante un momento permanecimos cara a cara, yo soportando su nutritivo aliento y él meditando sobre la vida. Parece que los perros y yo siempre acabamos entrando en relaciones de este modo.

—Hola, qué tal —dije finalmente, con una voz que esperaba que fuera agradable (desde la perspectiva del perro).

El chucho puso la cabeza sobre las patas y me dirigió una mirada de preocupación.

—Escucha —dije—, espero que no te importe que entre del todo, porque si cualquier vecino mirase ahora por la ventana, vería mi trasero asomando por la gatera del perro. Si tienes alguna objeción, habla ahora o calla para siempre. Esperé, pero el chucho ni siquiera enseñó las encías. Utilizando los codos para hacer palanca, entré totalmente mientras murmuraba «buen perro», «qué chucho más majo» y otras frases zalameras. Su cola empezó a golpear el suelo con el ritmo de la esperanza. Puede que yo fuera la amiguita que su papá había prometido enviarle para jugar con él.

Una vez dentro de la cocina, empecé a estirarme. Esta operación, en la mente del perro, me convertía en un animal que podía necesitar un feroz ataque. Se irguió de un salto, agachó la cabeza, echó las orejas hacia atrás y se puso a gruñir, con lo cual su caja torácica vibró como un enjambre de abejas que se trasladan. Me agaché y volví a mi posición sumisa del principio.

—Buen chico —murmuré, y entonces bajé la mirada humildemente.

Esperé a que el perro revisara los parámetros de su responsabilidad. El gruñido se desvaneció en el debido momento. Volví a levantarme. Toleraba verme a cuatro patas, pero en cuanto hacía ademán de levantarme, empezaba a gruñir. No nos engañemos, aquel perro sabía de qué iba el asunto.

—Eres muy estricto —dije.

Esperé unos momentos y volví a intentarlo. El esfuerzo me valió esta vez un furioso ladrido.

—Vale, vale.

Aquel grandullón empezaba a sacarme de quicio. En teoría, me hallaba lo bastante cerca de la gatera para intentar la fuga, pero me daba miedo sacar la cabeza y dejar el trasero sin protección. Tampoco me convencía sacar antes los pies, ya que el perro podía agredirme de cintura para arriba mientras estaba clavada en el agujero. El reloj de cocina hacía tictac como si fuera una bomba y me obligaba a tomar una decisión. ¿Los bastidores o las candilejas? Ya imaginaba a Ted Rich corriendo hacia mí por la autopista. Tenía que hacer algo. Todavía a cuatro patas, di un paso al frente. El perro vigilaba, pero no hizo ningún gesto amenazador. Poco a poco avancé por el suelo de la cocina, camino de la parte delantera de la casa. El perro me acompañó, con las garras tintineando en el sucio linóleo y la atención totalmente centrada en mi cansino desplazamiento. Entonces me di cuenta de que en realidad no había pensado hacer nada de aquello, pero había estado tan pendiente de los fines que no había desarrollado los medios como debía.

Así, como una niña con su pelele azul, crucé el comedor, pasé por delante de la moto y entré en el salón. Estaba alfombrado y no tenía nada de interés. Me arrastré por el pasillo. El perro iba a mi lado, con la cabeza gacha para nivelar nuestras miradas. Creo que debería decir ya que lo que estaba haciendo no era habitual en un detective. Mi conducta era más bien propia de una persona que se propone perpetrar un pequeño robo y es demasiado tenaz e impetuosa para utilizar medios legítimos (en el caso de que a la persona en cuestión se le ocurra alguno). Las fuerzas del orden habrían calificado mis actos de invasión de la propiedad privada, robo con allanamiento y (dado que llevaba las ganzúas en el bolsillo) posesión de herramientas de ladrones... Código Penal de California, secciones 602, 459 y 466 respectivamente. Yo no había robado nada (todavía) y el objeto tras el que andaba era puramente intelectual, pero de todas formas era ilegal colarse por una gatera y andar a cuatro patas por el pasillo. Pillada con las manos en la masa, me detendrían y condenarían, y quizá perdiera mi licencia y mi medio de vida. Pues qué jolines. Y todo por un hombre al que había abandonado ocho meses y pico después de la boda.

La casa no era grande: un cuarto de baño, dos dormitorios, el salón, el comedor, la cocina y el lavadero. He de decir que el mundo es muy aburrido a treinta centímetros de altura. Sólo podía ver patas de sillas, rotos de la moqueta y un zócalo interminable y polvoriento. No es de extrañar que los animales domésticos, al quedarse solos, se meen en las alfombras y mordisqueen los muebles. Pasé ante una puerta que tenía a la izquierda y que llevaba a la cocina y al lavadero adjunto. Cuando llegué a la siguiente puerta de la izquierda, me asomé y reconocí el terreno, agitando mentalmente la cola. Una cama de matrimonio sin hacer, mesita de noche, una cómoda, una cama para el chucho y ropa sucia por los suelos. Di media vuelta y me dirigí a la habitación que había al otro lado del pasillo. Rich la utilizaba como estudio y despacho. A lo largo de la pared de mi derecha había una fila de archivadores con abolladuras y un escritorio de roble con arañazos. También había un sillón vibratorio y un televisor. El perro se subió al sillón con expresión culpable, temiendo que le propinase un zarpazo en el peludo trasero. Sonreí para animarme. Por mí, el perro podía hacer lo que le diera la gana.

Me dirigí hacia el escritorio.

—Me voy a levantar para echar un vistazo, así que no te pongas nervioso, ¿entendido?

El perro se aburría ya y bostezaba con tantas ganas que oí un crujido en el fondo de su garganta. Me puse de rodillas con mucho cuidado e inspeccioné la superficie del escritorio. Allí, en un montón de papeles, se encontraba la respuesta a mis oraciones: un fajo de documentos entre los que estaba el recibo por lo que había pagado Rich a Guardamuebles de San Felipe, con fecha del sábado 17 de mayo. Me metí el papel en la boca, volví a ponerme a gatas y avancé hacia la puerta. Como el perro había perdido interés, pude recorrer más aprisa lo que quedaba de pasillo. Doblé la esquina con rapidez y correteé por el suelo de la cocina. Cuando llegué a la puerta trasera, me apoyé en el tirador y me puse en pie. Hazañas como ésta ya no me resultan tan fáciles como antes. Las rodilleras del mono estaban llenas de suciedad y me sacudí unas cagarrutas con una mueca de asco. Me saqué el recibo de la boca, lo doblé y me lo guardé en el bolsillo.

Cuando miré por la puerta trasera para verificar si había moros en la costa, vi mi carpeta sujetapapeles en la barandilla del porche, donde la había dejado. Empezaba a hacerme reproches por no haberla escondido en un sitio menos visible cuando oí un rumor de gravilla y la furgoneta de Rick apareció en mi campo visual. Se detuvo, puso el freno de mano y abrió la puerta. Cuando bajó, yo ya había retrocedido seis zancadas, casi levitando mientras huía por la cocina hacia el lavadero, detrás de cuya puerta abierta me escondí. Rich había cerrado la furgoneta y, al parecer, se dirigía al porche trasero. Le oí subir los peldaños. Hubo una pausa durante la que pareció que hablaba consigo mismo. Probablemente acababa de ver mi carpeta y estaba preguntándose por su significado.

El perro lo había oído, como es lógico, se levantó de un salto y echó a correr hacia la puerta trasera. El corazón me latía con tanta fuerza que parecía una lavadora en la fase de centrifugado. Veía vibrar mi pecho izquierdo contra la parte delantera del mono. No me atrevo a jurarlo, pero creo que es posible que me meara un poco en las bragas. Además, me di cuenta de que la pernera del mono asomaba por el hueco de la puerta. Apenas me hube escondido cuando Rich entró y dejó la carpeta en el mármol de la cocina. El perro y él cambiaron un saludo ritual. El perro, ladridos alegres y lengüetazos; Rich, una serie de órdenes y sugerencias que no parecieron tener ningún efecto en particular. El perro, distraído por la alegría de recibir al amo en casa, había olvidado mi intrusión.

Oí a Rich cruzar el salón, dirigirse por el pasillo hasta su despacho y encender el televisor. Mientras tanto, al perro debió de hacerle cosquillas la leve hilacha de algún recuerdo, porque se dedicó a buscarme con la nariz pegada al linóleo. Jugar al escondite..., pues qué bien..., ¿y qué tonta se ha escondido? Me cazó enseguida, en cuanto vio el mono. Para demostrar lo inteligente que era, pegó el ojo a la ranura antes de darle un tirón a la pernera. Movió la cabeza adelante y atrás, gruñendo de entusiasmo mientras me tiraba del dobladillo. Sin pensarlo dos veces, asomé la cabeza y me llevé un dedo a la boca. Ladró entusiasmado, pero me soltó, y se puso a dar saltos, esperando que jugara con él. Tengo que decir que era vergonzoso ver a un chucho de cuarenta kilos divirtiéndose tanto a mi costa. Rich, al ignorar la causa, berreaba órdenes al perro, que se debatía entre la obediencia y la emoción del descubrimiento. Rich lo llamó otra vez y el perro se fue dando saltos y fuertes ladridos. Cuando llegó al estudio, Rich le dijo que se sentara y, al parecer, se sentó. Lo oí ladrar otra vez para avisar a su amo de que había presa a la vista.

No me atreví a esperar. Moviéndome en un silencio que esperaba fuera absoluto, avancé hacia la puerta trasera y la entreabrí. Estaba a punto de huir cuando me acordé de la carpeta, que en aquel momento estaba en el mármol de la cocina, donde la había dejado Rich. Me detuve lo imprescindible para recogerla, abrí la puerta y la cerré con mucho cuidado. Bajé los escalones del porche y torcí a la izquierda, siguiendo el camino del garaje, golpeándome el muslo con la carpeta, como si no pasara nada. Quería echar a correr en cuanto llegara a la calle, pero me esforcé por ir al paso para no llamar la atención sobre mi éxodo. No hay nada más llamativo que un civil corriendo por la calle como si lo persiguieran animales salvajes.

3

El regreso a Santa Teresa transcurrió sin incidentes, aunque estaba tan llena de adrenalina que tenía que hacer un esfuerzo deliberado para no acelerar. Veía polis por todas partes; dos en un cruce dirigiendo el tráfico porque un semáforo se había estropeado; otro en la rampa de acceso a la autopista, acechando tras unos arbustos; otro aparcado en el arcén, detrás de un motorista que esperaba la multa con resignación. Después de haber escapado de la zona de peligro, no sólo me esmeraba en el cumplimiento de la ley, sino que forcejeaba por recuperar cierto sentido de la normalidad, sea esto lo que fuere. El riesgo que había corrido en casa de Teddy había distorsionado mis percepciones. Al mismo tiempo, me había disociado de la realidad y me había conectado a ella con más firmeza, así que la «vida real» me parecía en aquellos momentos sosa y raramente deslucida. Los polis, las estrellas de rock, los militares y los delincuentes de profesión experimentan el mismo cambio de marcha, el mismo descenso de las alturas inefables hacia una indolencia que no admite sobornos; por eso tienden a juntarse con otros de su misma especie. ¿Quién más podría entender el colocón? Están anfetamínicos, tensos, desahuciados de su diminuto cerebro en las situaciones estimulantes. Y hay que restarle importancia repitiendo la experiencia hasta que la sensación desaparece y los sucesos colapsan y recuperan su tamaño normal. Yo todavía estaba rebosante de *speed* y con la visión turbia. El Pacífico latía a mi izquierda. El aire del mar parecía tan quebradizo como el cristal. Como eslabón contra pedernal, el sol de última hora de la mañana golpeaba las olas despertando tantas chispas que hubo un momento en que pensé que el mar ardería en llamas. Puse la radio y sintonicé una emisora de música ruidosa. Bajé las ventanillas y dejé que el viento me agitara el pelo.

Nada más llegar a casa, dejé la caja de cartón en la mesa, saqué del bolsillo el recibo del guardamuebles y metí el mono en la lavadora. No tendría que haber entrado en casa de Teddy de aquella manera. ¿En qué estaba pensando? Me volví majareta, sufrí un trastorno momentáneo, pero el hombre me había sacado de mis casillas. Sólo quería un poco de información y ya la tenía. Aunque no sabía qué hacer con ella. Lo que menos necesitaba era reanudar el contacto con mi ex.

Habíamos roto peleados y me había propuesto desterrar todos los recuerdos vinculados con él. Mentalmente había censurado toda referencia a nuestras relaciones y en la actualidad casi ni me permitía recordar su nombre. Mis amistades sabían que me había casado a los veintiuno, pero no con quién y menos aún lo de la separación. Había metido al fulano en una caja y lo había arrojado a lo más profundo de mi océano sentimental, donde había permanecido desde entonces. Lo raro era que, aunque mi segundo marido, Daniel, me había traicionado y había herido en lo más hondo mi orgullo, no había lesionado mi sentido del honor como Mickey Magruder. Aunque puedo ser descuidada con el código penal, me tomo muy en serio la ley. Mickey había traspasado la raya y había querido arrastrarme. Me marché en cuanto lo comprendí, sin preocuparme por los muchos efectos personales que dejaba cuando crucé el umbral.

La sobrecarga de productos químicos empezó a retirarse de mi organismo y sólo me dejó ansiedad. Entré en la cocina y me tranquilicé con el ritual del sándwich, untando mantequilla de cacahuete en dos rebanadas de suculento pan de siete cereales. Añadí seis variantes, que parecían grandes lunares verdes en la espesa pasta color caramelo. Corté el emparedado en diagonal y lo puse en una servilleta de papel mientras limpiaba el cuchillo con la lengua. Una de las ventajas de estar soltera es no tener que explicar las características del propio apetito en los momentos de tensión. Abrí una lata de Coca-Cola light y comí en el mostrador de la cocina, sentada en un taburete con la revista *Time*, que leí desde la última página hasta la mitad. Nunca parecía traer nada que me interesase en las primeras páginas.

Cuando terminé, hice una pelota con la servilleta, la tiré a la basura y volví al escritorio. Estaba lista para inspeccionar la caja de los recuerdos, aunque también medio asustada por lo que podía encontrar. Había mucho pasado escondido entre aquellos restos. Casi todos desechamos más información sobre nosotros de la que conservamos. Nuestros recuerdos no sólo se distorsionan a causa de nuestra defectuosa percepción de los acontecimientos memorizados, sino que además sufren la influencia de los olvidados. La memoria es como un sistema de estrellas gemelas: una es visible y la otra no, y la trayectoria de lo que vemos siempre resulta afectada por la gravedad de lo que está oculto.

Me senté en la silla giratoria y eché el respaldo hacia atrás. Puse la caja abierta en el suelo, a mi lado, y apoyé los pies en la mesa. Una mirada rápida sugería que, en el momento de irme, Mickey había embalado todo lo mío que había tenido a mano. Me lo imaginé arrastrando la caja por el piso, recogiendo mis pertenencias y metiéndolas al tuntún. Vi artículos de aseo ya secos, un cinturón, correo publicitario, revistas viejas sujetas con una goma, cinco novelas y dos pares de zapatos. Cualquier otra ropa que hubiera dejado, había desaparecido hacía tiempo. Probablemente la había metido en una bolsa de basura y había llamado al Ejército de Salvación, relamiéndose ante la idea de que muchos artículos queridos terminarían vendiéndose en un baratillo por un par de dólares. Debió de perdonar los recuerdos. De todos modos, algunos estaban allí, salvados de la purga.

Alargué la mano y revolví el contenido, dejando que mis

dedos seleccionaran por su cuenta entre los paquetes desconocidos, entre aquellos puñados de desplazados, olvidados y abandonados. El primer objeto que saqué era un fajo de libretas escolares de calificaciones, atadas con una delgada cinta de raso blanco. Mi tía Gin las había conservado por razones que se me escapaban. No era una mujer sentimental y la calidad de mi rendimiento académico no merecía recordarse. Era una estudiante del montón y no sentía ninguna inclinación particular por la lectura, las redacciones o la aritmética. Se me daba bien la ortografía y era buena para los trucos mnemotécnicos. Me gustaban la geografía, la música y el olor del pegamento LePage en el papel de construcción negro y naranja. Casi todos los demás aspectos de la escuela eran terroríficos. Detestaba recitar ante los compañeros, o que me llamaran a la pizarra malintencionadamente cuando ni siquiera había levantado la mano. A los demás alumnos parecía gustarles, pero a mí me temblaban las piernas. Vomitaba casi cada día y, cuando no me sentía mal en la escuela, inventaba cualquier excusa para quedarme en casa o para ir a trabajar con tía Gin. Víctima de la hostilidad de mis compañeros de clase, pronto aprendí que mi defensa más efectiva era hacerles ver las estrellas a mordiscos. Pocas cosas había tan satisfactorias como ver las marcas de mis dientes en la tierna carne de un brazo ajeno. Es probable que todavía haya personas que paseen por ahí la iracunda media luna de mis bocados.

Miré las libretas de calificaciones; todas eran parecidas y compartían un tema deprimente. Al repasar los comentarios anotados, vi que a mis profesores les gustaba la caligrafía y hacer funestas advertencias sobre mi destino final. Aunque maldita por mi «potencial», al parecer era una niña a la que había poco que recomendar. Según los comentarios, soñaba despierta, vagaba por el aula a mi aire, no terminaba las clases, casi nunca me levantaba de forma voluntaria para responder a una pregunta y, cuando lo hacía, solía responder mal.

«Kinsey es inteligente, pero parece estar en las nubes y tiende a ver sólo las cosas que le interesan. Su gran curiosidad está algo viciada por su inclinación a meterse en los asuntos de los demás...»

«Kinsey parece tener problemas para decir la verdad. Debería verla el psicólogo de la escuela para determinar...»

«Kinsey muestra excelente comprensión y dominio de los temas que la atraen, pero le falta disciplina...»

«No parecen gustarle los deportes de equipo. No coopera con los demás en los proyectos de clase...»

«Capaz de trabajar bien sola...»

«Indisciplinada. Rebelde.»

«Timorata. Se altera fácilmente cuando la reprenden.»

«Dada a desaparecer cuando las cosas no le salen como ella quiere. Abandona la clase sin permiso.»

Analicé mi yo infantil como si se tratara de un extraño.

Mis padres habían muerto en accidente de tráfico durante un puente del Día de los Caídos. Había cumplido cinco años el 5 de mayo y ellos murieron a fin de mes. En septiembre había empezado a ir a la escuela pertrechada con una fiambrera, el cuaderno, un lápiz del número dos y muchísima determinación enconada. Desde mi privilegiado punto de vista actual, veo el dolor y la confusión que no me había atrevido a sentir entonces. Aunque mi estatura era inferior a la normal y tuve miedo desde el primer día, era independiente, respondona y tan dura como una nuez. Había algunas cosas admirables en la niña que había sido: la capacidad para adaptarme, la resistencia y el inconformismo. Eran cualidades que aún tenía, aunque quizás en perjuicio mío. La sociedad valora más la cooperación que la independencia, más la obediencia que la individualidad, y por encima de todo la cordialidad.

El siguiente paquete contenía fotos del mismo periodo. En las fotos de clase, medía una cabeza menos que el resto. Mi tez era oscura y mi expresión solemne y nostálgica, como si deseara estar en otra parte, lo cual era verdad.

Mientras los demás miraban directamente a la cámara, mi atención se centraba siempre en algo que ocurría a los lados. En una foto, mi cara estaba borrosa porque había vuelto la cabeza para mirar a alguien de la fila de atrás. Incluso entonces la vida debía de ser más interesante si estaba un poco descentrada.

Lo que más me desconcertaba era que no había cambiado mucho con el paso del tiempo.

Debería haber estado buscando clientes en lugar de dejarme arrastrar por los recuerdos. ¿Qué había sucedido para que las pertenencias de Mickey terminaran vendiéndose en pública subasta? No era asunto mío, pero eso era justo lo que daba interés a la pregunta.

Volví a prestar atención a la caja y saqué una vieja grabadora del tamaño de un libro de tapa dura. Había olvidado aquel viejo chisme; me había acostumbrado a los aparatos del tamaño de una carta de la baraja. Había una cinta dentro. Pulsé la tecla de PLAY. Nada. Probablemente las pilas ya estaban gastadas el día que Mickey metió la grabadora en la caja, con todo lo demás. Abrí un cajón de mi mesa, saqué un sobre de pilas nuevas y puse cuatro en la grabadora. Volví a pulsar la tecla. Esta vez giraron los ejes y oí mi propia voz, informando con vaguedad sobre el caso en el que estaba trabajando entonces. Eran como datos históricos puestos en una piedra angular, para que los descubrieran cuando los que vivían entonces ya hubieran muerto.

Apagué el aparato y lo puse a un lado. Volví a rebuscar en la caja. Escondidos en un rincón, encontré cartuchos de la Smith & Wesson de 9 mm que Mickey me había dado como regalo de bodas. No había rastro de la pistola, pero recordé lo emocionada que me había sentido con el regalo. La superficie del cañón había sido antaño de color azul S&W y la culata era de nogal cuadriculado, con logotipos de S&W. Nos habíamos conocido en noviembre y nos casamos en agosto. Él llevaba en la policía casi dieciséis años, mientras que yo me había incorporado al departamento hacía sólo tres meses. Que me regalara un arma lo tomé como señal de que me veía como a un colega, una condición que concedía a pocas mujeres por aquellas fechas. Ahora me daba cuenta de que había más motivaciones. Quiero decir, ¿qué marido regala a su mujer una semiautomática durante la noche de bodas? Obedeciendo un impulso, abrí el cajón inferior para buscar un viejo cuaderno de direcciones en el que estaba la única información posterior que había tenido sobre él. Lo más seguro era que hubiera cambiado de teléfono media docena de veces, y también de domicilio.

Me interrumpió una llamada en la puerta. Bajé los pies del escritorio y fui a la entrada, miré por la mirilla y vi a mi casero en el porche. Henry llevaba pantalones largos, para variar, y miraba el jardín con expresión distraída. Había cumplido ochenta y seis años el día de San Valentín; alto y esbelto, aquel hombre no parecía envejecer. Él y sus cuatro hermanos, que tenían ochenta y ocho, ochenta y nueve, noventa y cinco y noventa y seis años, vienen de una familia con unos genes tan vigorosos que me inclino a creer que nunca se irán al otro barrio. Henry es atractivo, como lo son las antigüedades delicadas; habilidoso, de buen porte y con un acabado que sugiere casi nueve décadas de usos amorosos. Henry siempre ha sido leal, sincero, amable y generoso. Me protege de una manera algo extraña, pero que le agradezco. Abrí la puerta.

—Hola, Henry. ¿A qué se dedica? Hace días que no lo veo.

—Gracias a Dios que estás en casa. Me esperan en el dentista dentro de... —se detuvo para mirar el reloj—, unos dieciséis minutos y tres cuartos, y no puedo utilizar ninguno de los dos coches. Llevé el Chevy al taller, por la pintura que le cayó encima, y acabo de descubrir que el cinco puertas no arranca. ¿Puedes llevarme? Mejor aún, si me dejas el coche, te ahorraré el viaje. Voy a tardar un rato y no me gustaría hacerte perder el tiempo. —El Chevrolet de 1932 y color amarillo mantequilla había recibido unos arañazos al caerle encima varias latas de pintura que había en un estante del garaje, durante los temblores de tierra que se habían producido a finales de marzo. Henry cuidaba muy bien el coche y lo tenía inmaculado. El otro vehículo, el cinco puertas, lo utilizaba siempre que lo visitaban sus hermanos de Michigan.

—Lo llevaré yo. No tiene importancia —dije—. Voy por las llaves.

Dejé abierto mientras recogía el bolso del mostrador y sacaba las llaves. Fui por la chaqueta y cerré la puerta.

Dimos la vuelta a la esquina y cruzamos el jardín. Abrí la puerta del copiloto y rodeé el coche por delante. Henry se inclinó y abrió la portezuela del conductor. Me senté al volante, encendí el motor y salimos.

—Estupendo. Es genial. Te lo agradezco de veras —dijo Henry con voz de falsete.

Lo miré y vi la crispación que le tensaba la cara.

—¿Qué le están haciendo?

—Una codona aquí dedrás —respondió, con el dedo metido en la boca.

—Menos mal que no se trata de una funda.

—Antes me pegaría un tiro. Esperaba que no estuvieras, para cancelar la cita.

—No ha tenido suerte —dije.

Henry y yo compartimos una aprensión a los dentistas que bordea lo cómico. Aunque somos disciplinados con las revisiones, nos morimos cuando nos tienen que hacer cualquier cosa. A los dos se nos seca la boca, se nos revuelve el estómago, nos sudan las manos y no dejamos de gemir. Le toqué la mano, que estaba helada y ligeramente húmeda.

Henry frunció el entrecejo.

—No veo por qué tienen que hacerme esto. El empaste está bien, no causa ningún problema. Ni siquiera me duele. Es un poco sensible al calor y he tenido que renunciar a todo lo que tenga hielo...

—¿Es antiguo?

—De 1942..., pero no le pasa nada.

—Estará bien puesto.

—Ni más ni menos que lo que yo digo. En aquella época los dentistas sabían empastar un diente. Ahora es duración planificada. Un empaste tiene hoy una fecha de caducidad, como si fuera un envase de leche. Tienes suerte si te dura lo que tardas en pagar lo que cuesta. —Volvió a meterse el dedo en la boca y me miró—. ¿Ves? Sólo tiene quince años y ese tipo ya quiere cambiarlo.

—¿En serio? ¡Vaya estafa!

—¿Recuerdas cuando echaron flúor en las aguas municipales y todo el mundo dijo que era una conspiración comunista? Los dentistas difundieron el rumor.

—Desde luego que sí —dije, siguiéndole la corriente—. Lo vieron escrito en el cielo. Si no había caries, no había trabajo. —Hacemos los mismos comentarios siempre que a uno de los dos le toca ir al matadero.

—Ahora han inventado esa cirugía que te corta las encías hasta la mitad. Si no te pueden convencer, aseguran que necesitas un puente.

—Qué majadería —dije.

—Uno de estos días dejaré que me saquen los dientes y acabaré con todo —dijo, cada vez más taciturno.

Reaccioné con el escepticismo de costumbre.

—Yo no iría tan lejos, Henry. Tiene unos dientes muy bonitos.

—Preferiría guardarlos en un vaso. No soporto el taladro. El ruido me vuelve loco. ¿Y el roce cuando te quitan el sarro? Casi arranco los brazos del sillón. Parece una pala raspando la acera, un pico golpeando el hormigón...

—¡Vale! Pare ya. Está consiguiendo que me suden las manos. —Cuando llegamos al aparcamiento nuestra indignación era tal que me sorprendió que Henry estuviera dispuesto a acudir a la cita. Lo llamaron y yo me quedé en la sala de espera. Salvo la recepcionista y yo, no había nadie más, lo que me pareció algo preocupante. ¿Cómo es que el dentista sólo tenía un paciente? Me imaginé una estafa al seguro de enfermedad: clientes fantasma, doble contabilidad, facturas hinchadas por trabajos inexistentes. Un día cualquiera en la vida del doctor Dentífrico, estafador y timador a escala nacional con un fuerte ramalazo sádico. Al menos tenía números recientes de las mejores revistas.

En la otra habitación, por encima del burbujeo de la pecera, puesta para disimular los alaridos, se oía el zumbido de un taladro perforando el esmalte, camino del palpitante nervio que había debajo. Los dedos empezaron a pegárseme a las páginas de la revista *People*, dejando huellas húmedas y redondas. De vez en cuando oía las protestas ahogadas de Henry, y el sonido sugería resistencia y sangre saliendo a borbotones. Sólo pensar en su sufrimiento me ponía los nervios de punta. Al final estaba tan mareada que tuve que salir y sentarme en el miniporche, con la cabeza entre las rodillas.

Al final salió Henry, pasmado, aliviado y tocándose el labio dormido para comprobar si se le caía la baba. Para distraerle durante el regreso, le hablé de la caja de cartón, de las circunstancias en las que la habían llenado, de la paranoia de Mickey, del alias «John Russell» y de mi robo con allanamiento en casa de Ted Rich. Le gustó la parte del perro, pues a menudo me había dicho que me comprara uno. Tuvimos la habitual discusión sobre mí y los animales domésticos.

–Háblame de tu ex –me pidió–. Dijiste que era policía, pero ¿qué más hay?

–No pregunte.

–¿Qué crees que significa que no pagara el guardamuebles?

–¿Cómo voy a saberlo? Hace años que no hablo con él –contesté con voz irritada.

–No seas así, Kinsey. No soporto que me regatees la información. Quiero saberlo todo sobre él.

–Es demasiado complicada para entrar en detalles. Quizá se la cuente cuando la comprenda yo.

—¿Vas a hacer averiguaciones?

—No.

—Quizá le dio pereza pagar los recibos —dijo, tratando de picarme.

—Quizá. Lo dudo. Siempre fue cumplidor en eso.

—La gente cambia —dijo, encogiéndose de hombros.

—No, no cambia. Por lo que yo sé, no.

—Y por lo que yo sé, tampoco, ya que lo dices.

Permanecimos en silencio un rato, hasta que Henry volvió a hablar.

—¿Crees que tiene problemas?

—Si los tiene, se lo merece.

—¿No le ayudarías?

—¿Para qué?

—Bueno, no estaría mal comprobarlo.

—No voy a comprobar nada.

—¿Por qué no? Sólo tendrías que hacer un par de llamadas. ¿Qué te costaría?

—¿Qué sabe usted sobre lo que me costaría? Ni siquiera lo conoce.

—Sólo digo que como no estás ocupada..., al menos es lo que he oído decir.

—¿Le he pedido consejo?

—Creía que sí —dijo—. Estoy casi seguro de que querías que te animaran.

—Pues no.

—Ya veo.

—No buscaba eso. No me interesa ese hombre.

—Lo siento. Ha sido una confusión.

—Es usted la única persona a quien se lo permito.

Cuando volví a mi mesa, lo primero que vieron mis ojos fue el cuaderno de direcciones, abierto por la letra M. Lo metí en el cajón y cerré éste de golpe.

4

Me senté en la silla giratoria y le di un puntapié a la caja. Me tentaba la idea de deshacerme de ella, quedarme los papeles personales y tirar el resto a la basura. Pero no me atrevía, después de haber pagado veinte dólares. No es que sea tacaña... pero era una razón. La verdad es que sentía curiosidad. Me dije que mirar lo que había en la caja no me responsabilizaba de nada. No me obligaba a buscar a mi ex. Mirar aquellos objetos no me instigaría a emprender acciones en su beneficio. Si Mickey pasaba una mala racha, si se había metido en algún lío, pues bueno. *C'est la vie,* ¿qué pasa? No tenía nada que ver conmigo.

Acerqué la papelera, abrí los laterales de la caja y me puse a revisar el contenido. En el rato que había estado fuera, los duendes y las hadas no habían puesto orden en el desorden. Empecé a tirar los artículos de aseo: un tubo de dentífrico aplastado y un frasco de champú con una delgada capa pegajosa en el fondo. Algo había goteado y lo había puesto todo perdido, pegando las cosas con un engrudo canalla. Tiré un puñado de medicamentos sin receta, un viejo diafragma, una maquinilla de afeitar y un cepillo de dientes con las cerdas orientadas en todas direcciones. Parecía que lo habían utilizado para limpiar los intersticios de las baldosas del cuarto de baño. Debajo de los artículos de aseo estaba el correo publicitario. Cuando saqué el fajo, la goma que lo sujetaba se desintegró y lo tiré todo a la papelera. Salieron entonces a la superficie algunos sobres sueltos y los saqué de entre las revistas y los catálogos de esquinas gastadas. A primera vista era basura: una carta de una cuenta corriente cancelada hacía años, una circular de unos almacenes y un aviso de Publisher's Clearing House que decía que me habían seleccionado para concursar por un millón de dólares. El tercer sobre contenía un cargo contra mi tarjeta de crédito que esperaba haber pagado. Menuda desgracia, una mancha en mi crédito. Quizá fuera el motivo por el que American Express no me enviara ninguna tarjeta sin solicitar por aquella época. Y yo que me sentía tan superior... Puede que Mickey fuera un moroso, pero yo no. Volví la factura para abrirla. Tenía otro sobre pegado detrás, una carta que al parecer había llegado el mismo día. Abrí el segundo sobre rasgando el papel. El sobre no llevaba remite y no reconocí la letra. La escritura era apretada y angulosa, y las letras se inclinaban hacia la izquierda, como si estuvieran a punto de caerse. El matasellos decía Santa Teresa, 2 de abril de 1972. Había dejado a Mickey el día anterior. Saqué una hoja de papel rayado, que estaba escrita con la misma letra, doblada como hierba peinada por el viento.

«Kinsey,

»Mickey me izo prometer que no lo aria pero creo que deberias saberlo. Estuvo conmigo anoche, el empujo al tipo pero no fue nada importante. Lo se porque lo vi al igual que toda la gente que abía allí. Benny estaba bien cuando se fue. El y Mickey no pudieron ponerse en contacto despues porque nos fuimos a mi casa y estuvo alli asta medianoche. Le dije que testificaria pero dijo que no por Eric y su situación. Es inocente y necesita desesperadamente tu ayuda. ¿Que mas da donde estuviera si la cuestion es que no lo izo? Si le quieres deberias ponerte de su lado en lugar de ser tan pendon. Ser policia es lo unico que tiene en la vida por favor no se lo quites. Si no aces nada espero que encuentres la manera de vivir con los remordimientos porque lo undiras para siempre.

»D.»

Leí la nota dos veces, con la mente en blanco, salvo cuando reaccionaba clínicamente a las faltas de ortografía. Soy clasista en cuestión de gramática y me cuesta tomar en serio a quien no tiene tiempo de poner haches, acentos ni comas. Yo no había «undido» a Mickey. No había estado en mi mano salvarlo de nada. Me había pedido que mintiera en su favor y me había negado en redondo. Al fallarle, es probable que hubiera preparado aquella coartada con «D», fuera quien fuese. Parecía conocerme, pero no podía recordar quién era. D. Podía ser Dee, Dee Dee, Donna, Dawn, Diane, Doreen.

Mierda. Claro que sabía quién era.

Era una camarera que se llamaba Dixie y trabajaba en un bar de Colgate en el que se reunían Mickey y algunos colegas cuando salían de servicio. No era infrecuente que los hombres se juntaran por entonces a tomar unas copas al final de la jornada. A principios de los setenta solía haber fiestas para celebrar el fin de cada turno, veladas que a veces duraban hasta el amanecer. Tanto la embriaguez pública como la privada se consideran faltas contra la disciplina policial, al igual que los líos extramatrimoniales, contraer deudas y otras conductas indebidas. Son faltas que el departamento puede castigar porque se considera que un policía está «de servicio» las veinticuatro horas del día, ya que tiene que dar una imagen pública, y tolerar este proceder podría inducir a cometer infracciones semejantes mientras el agente está trabajando. Cuando llegaron quejas sobre las fiestas de los turnos, los agentes se trasladaron del municipio a la periferia y así desaparecieron de la atención del departamento. El Honky-Tonk, el bar donde trabajaba Dixie, era el favorito.

Cuando la conocí, Dixie debía de tener veinticinco años, cuatro o cinco más que yo. Mickey y yo llevábamos casados seis semanas. Yo era todavía una novata que trabajaba dirigiendo el tráfico, mientras que a él lo habían ascendido a inspector y lo habían destinado primero a estupefacientes y luego al grupo antiatraco, con el teniente Dolan, que más tarde pasó a homicidios. Dixie era la que organizaba las celebraciones cuando había un traslado o un ascenso, y todos entendíamos que era una excusa más para otra fiesta. Recuerdo estar sentada a la barra, charlando con ella mientras Mickey chupaba cerveza de barril y jugaba al billar con los amigotes o intercambiaba anécdotas de guerra con los veteranos de Vietnam. A los dieciocho años lo habían mandado a Corea, donde había estado catorce meses, y le gustaba hacer comparaciones entre la guerra de Corea y la que se desarrollaba en Vietnam.

Al marido de Dixie, Eric Hightower, le habían herido en Vietnam y había vuelto sin piernas. En su ausencia, Dixie había ido a una escuela de hostelería y trabajado en el Tonk desde que se marchó Eric. Ya en casa, se quedaba sentado en su silla de ruedas, con aire deprimido o de crispación histérica, según sus niveles sanguíneos de medicamentos y alcohol. Dixie lo mantenía sedado con un inquebrantable régimen a base de Bloody Mary, que parecía calmar su cólera. A mí me recordaba a una madre llena de obligaciones que no tiene más remedio que llevarse al niño al trabajo. Los demás nos comportábamos con educación, pero Eric no se esforzaba precisamente por hacerse querer. A los veintiséis años era ya un viejo y un resentido con la vida.

Yo la contemplaba con fascinación mientras preparaba un Mai Tai, ginebras con tónica, un Manhattan, martinis secos y brebajes repugnantes como ardillas rosa y crema de menta con hielo picado. Hablaba sin cesar, sin mirar apenas lo que estaba haciendo, calculando a ojo las medidas y añadiendo sifón o agua del grifo de la barra. A veces preparaba cuatro y cinco bebidas a la vez sin perder el compás. Su risa era ronca y grave. Intercambiaba sin parar comentarios procaces con los clientes, a los que conocía de nombre y circunstancia. A mí me impresionaba su seguridad arrogante. Pero también la compadecía por el marido, con su mal humor y sus evidentes limitaciones, que debían de alcanzar a la sexualidad. Aun así, nunca se me ocurrió que Dixie le pusiera los cuernos... y menos con mi marido. Debía de tener el cerebro reseco para no darme cuenta, a menos, claro está, que hubiera inventado todo aquello para proporcionar a Mickey la coartada que yo no había querido darle.

Dixie era de mi estatura, muy delgada, con una cara larga y estrecha, y una sucia cascada de pelo castaño que le llegaba a la espalda. Llevaba las cejas tan depiladas que no eran sino un par de líneas tenues que salían como surtidores desde el entrecejo. Se pintaba los ojos de negro carbón y llevaba unas pestañas postizas que hacían que los ojos le sobresalieran del plano de la cara. Normalmente no llevaba sujetador y se ponía unas minifaldas tan cortas que casi le impedían sentarse. A veces daba un giro total y se ponía largos vestidos de abuela o túnicas hindúes con pantalones de pernera muy ancha.

Volví a leer la nota, pero el contenido no había cambiado. Mickey y ella habían tenido una aventura. Eso se leía entre líneas, aunque me parecía difícil de creer. Mickey nunca había dado señales de interesarse por ella; o quizá sí y yo había sido demasiado imbécil para darme cuenta. ¿Cómo podía Dixie hablar conmigo si me la estaban pegando a mis espaldas? Por otra parte, la idea no era del todo incongruente con la forma de ser de Mickey.

Antes de conocernos, Mickey había tenido muchas aventuras, pero, en fin, estaba soltero y era lo bastante sensato para evitar compromisos sentimentales. A finales de los sesenta y principios de los setenta, el sexo era espontáneo, de pasatiempo, promiscuo y sin compromiso. Las mujeres se habían liberado con el advenimiento de la píldora anticonceptiva y la droga había borrado las demás inhibiciones. Era la época del amor libre, la psicodelia, la marginación, las protestas contra la guerra, los cuerpos pintados, los magnicidios, el LSD y las voces apagadas de muchachos tan colocados que se freían los ojos mirando al sol demasiado rato.

También era la época en que las fuerzas del orden empezaron a cambiar. En 1964, el Tribunal Supremo había fallado, en el caso Escobedo contra Illinois, que la negativa de la policía a cumplir la petición de Escobedo de consultar a su abogado durante el curso de un interrogatorio constituía una violación de la Sexta Enmienda. Dos años después, en 1966, en el caso Miranda contra Arizona, el Tribunal Supremo volvió a ponerse del lado del demandante, alegando violación de los derechos de la Sexta Enmienda. Desde entonces el clima reinante en las fuerzas del orden había sufrido un cambio y Harry el Sucio fue sustituido por una imagen de moderación, al menos en apariencia.

A Mickey le fastidiaban las limitaciones impuestas por la política y, sobre todo, las restricciones legales, pues pensaba que obstaculizaban su efectividad. Era un poli a la antigua. Se identificaba con las víctimas. Según él, las suyas eran las únicas reclamaciones que contaban. Que el delincuente se las apañe solo. Detestaba proteger al culpable y no tenía paciencia con los derechos de los detenidos. A veces me asaltaba la sospecha de que su actitud procedía de las novelas de quiosco que había leído en la adolescencia. Por favor, comprended que nada de esto era evidente para mí cuando nos conocimos. Yo no sólo estaba enamorada de su actitud, sino que babeaba de admiración ante lo que tomaba por mundología. Sospechaba que, a ojos de Mickey, ciertas reglas y normas sencillamente no iban con él. Trabajaba al margen de las pautas que casi todos sus compañeros habían acabado por aceptar. Mickey estaba acostumbrado a hacer las cosas a su manera; era un experto en lo que llamaba «métodos consagrados de persuadir a un sospechoso de que sea flexible en cuestión de imputaciones». Mickey solía decir esto en un tono que hacía reír a todo el mundo.

Sus compañeros besaban el suelo que pisaba y, hasta aquel mes de marzo, sus roces internos se habían limitado a una serie de infracciones menores. Entregaba tarde los informes y a veces era insubordinado, pero parecía saber instintivamente hasta dónde podía llegar. Había sido objeto de las quejas de dos ciudadanos; una por insultos y otra por emplear la fuerza. En ambos incidentes, el departamento había investigado y fallado a su favor. Sin embargo, la cosa estaba fea. Tenía en su interior una extraña mezcla de excentricidad y convencionalismo. En su vida privada, era escrupulosamente honrado; me refiero a impuestos, facturas y deudas personales. Era leal con sus amigos y discreto respecto de otros. Siempre cumplía con sus obligaciones... menos (al parecer) conmigo. Nunca traicionaba una confidencia ni delataba a un amigo o a un compañero. Entre los hombres era muy admirado. Entre las mujeres, la admiración bordeaba la idolatría. Lo sé porque yo también hacía aquello, elevar su inconformismo a algo digno de elogio en lugar de considerarlo ligeramente peligroso.

Al mirar atrás, veo que no quería saber la verdad sobre él. Había terminado los estudios de la academia de policía en abril de 1971 y el Departamento de Policía de Santa Teresa me contrató en mayo, nada más cumplir los veintiún años. Había conocido a Mickey en noviembre del año anterior y seguía deslumbrada por la imagen que proyectaba: experimentado, brusco, cínico y sabio. A los pocos meses nos enamoramos y en agosto ya estábamos casados..., y todo sin que ninguno de los dos conociera al otro. Una vez comprometidos, estaba decidida a verlo como al hombre que yo quería que fuera. Necesitaba creerlo. Lo veía como un ídolo, así que aceptaba su versión de los hechos incluso cuando el sentido común me decía que los estaba tergiversando.

En otoño de 1971, cuando Mickey volvió al grupo antiatraco, desarrolló lo que eufemísticamente se denominó «choque de personalidad» con Con Dolan, que era el jefe del grupo de delitos contra la propiedad. El teniente Dolan era un autócrata y un maniático de las normas, y los dos chocaron una y otra vez. Sus diferencias significaron para Mickey el final de las esperanzas de ascender.

Seis meses más tarde, en la primavera de 1972, Mickey dimitió para evitar otro lío con Asuntos Internos. En aquella época se hallaba bajo investigación por homicidio intencionado durante una pelea de bar. Su altercado con un vagabundo llamado Benny Quintero terminó con la muerte de este último. Esto fue el 17 de marzo, día de San Patricio, y Mickey estaba fuera de servicio, bebiendo en el Honky-Tonk con un puñado de colegas que apoyaron su versión de los hechos. Aseguró que el hombre estaba borracho, que era agresivo y que había manifestado conducta amenazadora. Mickey lo había llevado a la fuerza hasta el aparcamiento y allí se habían enzarzado en una breve pelea. Según Mickey, había dado unos empujones al vagabundo, pero sólo en respuesta a la agresión del borracho. Los testigos juraban que no le había propinado ningún golpe. Benny Quintero se marchó y esto fue lo que todos afirmaron, hasta que se descubrió su cadáver al día siguiente, magullado y sangrante, tirado a un lado de la autopista 154. Asuntos Internos inició una investigación y el abogado de Mickey, Mark Bethel, le aconsejó que tuviera la boca cerrada. Como Mickey era el principal sospechoso y se enfrentaba a la posibilidad de que lo acusaran de homicidio, Bethel hizo lo que pudo para cubrirle las espaldas. Asuntos Internos puede obligar a testificar, pero tiene prohibido dar información a la fiscalía del distrito. De todas formas, podía haber serias consecuencias. Dada la angustiante necesidad de agentes honrados, el Departamento estaba dispuesto a seguir con el caso. Mickey dimitió para evitar el interrogatorio. Si no se hubiera ido, lo habrían despedido de todas formas por negarse a declarar.

El día que Mickey devolvió la placa, la pistola y la radio, sus compañeros estaban indignados. Las normas del Departamento prohibían que sus superiores hicieran declaraciones públicas y Mickey silenció su marcha, lo que lo volvió más heroico a ojos de sus colegas. La impresión que dio fue que, a pesar del trato recibido, su lealtad al Departamento estaba por encima de su derecho a defenderse de las acusaciones, totalmente inventadas e injustas. Fue tan convincente que lo creí hasta el mismísimo instante en que me pidió que mintiera para ayudarle. Se había abierto una investigación policial y por ahí fue por donde yo entré. Al parecer, había cuatro horas de aquella noche para las que Mickey no tenía coartada. Se negó a decir dónde había estado o qué había hecho durante el tiempo transcurrido desde que salió del Honky-Tonk y llegó a casa. Era sospechoso de haber seguido al vagabundo y haber terminado el trabajo en algún otro sitio, pero Mickey lo negaba todo. Me pidió que lo cubriera y entonces fue cuando me largué.

Lo dejé el 1 de abril y pedí el divorcio el día 10. Unas semanas más tarde, la autopsia reveló que Quintero, un veterano de Vietnam, había sufrido una herida en la cabeza. Le había alcanzado una bala perdida y llevaba una placa de acero inoxidable en el cráneo. La causa oficial de la muerte fue una hemorragia lenta en el interior del cerebro. Cualquier ligero golpe habría provocado la fatal pérdida de sangre. Además, el informe toxicológico señalaba un nivel de alcohol del 0.15, con rastros de anfetaminas, marihuana y cocaína. No había pruebas reales de que Mickey se hubiera encontrado con Benny después de la pelea en el aparcamiento. El fiscal de distrito rehusó presentar cargos y Mickey salió del apuro. Pero el daño ya estaba hecho. Lo habían apartado del ayuntamiento y, poco después, también de mí. En los años transcurridos, mi desencanto había acabado por desaparecer. Aunque no quería verlo, tampoco le deseaba ningún mal. Lo último que había oído era que trabajaba de guardia jurado; un abnegado policía rebajado a trabajar de noche con una imitación del uniforme policial.

Volví a leer la carta, preguntándome qué habría hecho si la hubiera recibido entonces. Un escalofrío de inquietud me recorrió la columna. Si decía la verdad, yo había contribuido realmente a su hundimiento.

Saqué el cuaderno de direcciones y se abrió, como por arte de magia, por la página en la que figuraba Mickey. Descolgué el teléfono y marqué el número. Sonó dos veces y me saludó un doble pitido y el habitual mensaje enlatado diciendo que aquel número con prefijo 213 estaba fuera de servicio. Tal vez había marcado mal, podía comprobar el número y marcarlo de nuevo. Para asegurarme, volví a marcarlo y oí el mismo mensaje. Colgué y traté de pensar en alguna otra posibilidad a la que aferrarme.

5

No había visitado la casa de Chapel Street durante quince años. Aparqué delante y entré en el patio por una pequeña verja de hierro. La casa era de madera blanca, un feo edificio de planta y media, con un mirador en una esquina y un estrecho porche lateral. Las dos ventanas del primer piso parecían apoyarse en el mirador y había un sencillo adorno de madera en el tejado a dos aguas. Construida en 1875, la casa era sosa, y le faltaba encanto y detalles de época para que los conservacionistas de la historia local la protegieran. En la calle, el flujo de tráfico de dirección única impedía olvidarse del centro de Santa Teresa, que estaba sólo a dos manzanas. La finca se vendería probablemente en unos años y la casa terminaría su existencia como tienda de muebles de segunda mano o como pequeño negocio familiar. Al final la derribarían y la parcela se pondría a la venta como solar comercial de primera clase. Supongo que no todas las viviendas unifamiliares antiguas se pueden librar de la bola de hierro de la demolición, pero no tardará en llegar el día en que la historia de la gente normal se borrará totalmente. Las mansiones de los ricos quedarán donde están, las más impresionantes reconvertidas para uso de museos, academias de arte e instituciones de beneficencia. Una casa de clase media como aquélla tenía pocas probabilidades de aguantar otro cambio de siglo. Por lo pronto se hallaba a salvo. El jardín estaba bien cuidado y la pintura exterior parecía nueva. Sabía por experiencia que el patio trasero era espacioso, con una sección de suelo de ladrillo, una barbacoa y árboles frutales.

Pulsé el timbre. En la casa resonó con aspereza una nota chirriante. Peter Shackelford, llamado «Shack», y su mujer, Bundy, habían sido amigos íntimos de Mickey desde mucho antes de que nos conociéramos. Los dos se habían casado dos veces; Shack estaba divorciado y Bundy era viuda. Shack había adoptado a los cuatro hijos de Bundy y los había criado como si fueran propios. En aquellos tiempos, la pareja celebraba fiestas a menudo y con lo primero que se les ocurría: pizzas, comida preparada por cada uno de los comensales, barbacoas, platos de cartón y de plástico, y todo el mundo ayudaba a limpiar. Solía haber niños de pañales y criaturas correteando por el césped. Los niños mayores jugaban al Frisbee o corrían por el patio haciendo el gamberro. Con los padres en escena, la disciplina era informal y democrática. Cualquiera que estuviese cerca de un vándalo estaba autorizado a intervenir. En aquellos tiempos no me felicitaba tanto como ahora por no tener hijos y de vez en cuando me quedaba mirando a los pequeños mientras sus padres soltaban amarras.

Mickey y Shack habían ingresado en la policía de Santa Teresa casi al mismo tiempo y habían trabajado muy unidos. No fueron compañeros en sentido estricto, pero a ambos, más otro policía llamado Roy Littenberg, «Lit», los llamaban los Tres Mosqueteros. Lit y Shack formaban parte del grupo del Honky-Tonk el año que se hundió Mickey. Yo esperaba que uno u otro supiera su paradero y su situación actuales. También necesitaba que me confirmasen el contenido de la carta. Tenía el convencimiento de que Mickey era responsable de la paliza que había causado la muerte de Benny. No estaba segura de lo que haría si a la postre resultaba que tenía una coartada verídica para aquella noche. La idea me encogía el estómago de ansiedad.

Shack abrió la puerta medio minuto después, aunque tardó otros diez segundos en reconocerme. El retraso me permitió fijarme en los cambios que había experimentado. En la época en que nos tratábamos debía de andar cerca de los cuarenta. Ahora rondaba los cincuenta y le sobraban más de diez kilos. La fuerza de gravedad había tirado de todas las superficies de su cara, determinada ahora por una serie de arrugas orientadas hacia abajo; cejas espesas sobre párpados caídos, mejillas abolsadas, bigote poblado y una boca grande cuyas comisuras le caían hacia la papada. El pelo, abundante y entrecano, lo llevaba muy corto, como si todavía estuviera sujeto a las normas del departamento. Llevaba pantalón corto, sandalias de playa y una camiseta ancha y blanca por cuyo cuello abierto asomaba una alfombra de pelo blanco. Al igual que Mickey, Shack hacía pesas tres veces por semana y el ángel de la fuerza revoloteaba todavía en su forma de moverse.

—Hola, Shack. ¿Qué tal estás? —saludé cuando comprendí que había recordado mi identidad. No me molesté en sonreír. No era una visita social y suponía que sus sentimientos hacia mí no serían ni amistosos ni cálidos.

Su voz, al contestar, fue sorprendentemente amable.

—Siempre supuse que aparecerías.

—Pues heme aquí —dije—. ¿Puedo pasar?

—¿Por qué no?

Se hizo a un lado para dejarme entrar en el pasillo antes que él. Dados los ecos del pasado, el silencio que reinaba me pareció antinatural.

—Si no tienes inconveniente, vamos detrás. No paso mucho tiempo en esta parte de la casa. —Cerró la puerta y recorrió el pasillo en dirección a la cocina.

Hasta una mirada superflua habría bastado para ver que la mitad de los muebles se había esfumado. En el salón vi una mesa de café, varias consolas y una silla de madera de respaldo recto. Los círculos del tamaño de un botón de gabardina que se veían en la moqueta indicaban el lugar donde habían estado el sofá y los sillones. La librería empotrada que flanqueaba la chimenea estaba vacía. En vez de libros había varias fotografías de sesenta centímetros por setenta y cinco, con multitud de caras sonrientes, de pequeñines, niños y adultos. Casi todas las fotos eran retratos de estudio, pero había también algunas ampliaciones de instantáneas tomadas en reuniones familiares.

—¿Te estás mudando?

Negó con la cabeza.

—Bundy murió hace seis meses —dijo—. La mayor parte de los muebles eran suyos y dejé que los chicos se los llevaran. Lo que ha quedado me basta y me sobra para lo que necesito.

—¿Están en las fotos?

—Ellos y sus críos. Nos dieron trece nietos entre los cuatro.

—Enhorabuena.

—Gracias. Jessie, la menor..., ¿la recuerdas?

—¿La de pelo moreno y rizado?

—Sí. La más salvaje de la banda. No se ha casado hasta la fecha, pero adoptó a dos niños vietnamitas.

—¿A qué se dedica?

—Es abogada en Nueva York. De empresas.

—¿Vive alguno cerca?

—Scott vive en Sherman Oaks. Los demás se han desperdigado por todas partes, pero me visitan siempre que pueden. Cada seis u ocho meses me monto en la Harley y me doy una vuelta. Son buenos chicos, todos. Bun realizó un buen trabajo. Yo soy un sustituto lamentable, pero hago lo que puedo.

—¿A qué te dedicas ahora? Oí que habías dejado la policía.

—Hace un año. La verdad es que no doy golpe.

—¿Todavía haces pesas?

—No puedo. Sufrí una lesión. Un accidente mientras estaba de servicio. Un borracho se saltó un semáforo en rojo y embistió de lado contra el coche patrulla. Él murió en el acto y a mí me dejó para el desguace. Me fracturó cinco vértebras y acabé por aceptar la baja permanente. Un derecho compensatorio de los trabajadores.

—Lástima.

—No tiene sentido quejarse de cosas que no puedes cambiar. El dinero paga las facturas y me da tiempo libre. ¿Y tú? He oído decir que eres investigadora privada.

—Llevo en ello varios años.

Me condujo por la cocina hasta el porche acristalado que recorría la parte trasera de la casa. Parecía vivir como yo, confinado a una zona como un animal doméstico que se queda solo mientras sus dueños se encuentran en el trabajo. La cocina estaba totalmente en orden. En el escurreplatos sólo había un plato, un tazón para los cereales, una cuchara y una taza de café. Probablemente empleaba siempre los mismos utensilios y los fregaba entre una comida y otra. ¿Para qué guardar nada si vas a tener que utilizarlo? Había algo acogedor en la imagen de aquellos utensilios. Por lo visto, vivía casi de forma exclusiva entre la cocina y el porche trasero. A un lado había un futón, plegado como si fuera un sofá, y con las mantas bien dobladas y las almohadas encima. Había un televisor en el suelo. El resto del porche estaba lleno de herramientas de bricolaje: un banco de carpintero, un taladrador, una lijadora, un par de abrazaderas en forma de C, un torno, una sierra de mesa y un surtido de cepillos de carpintero. Estaba repasando dos muebles. Había una cómoda desmantelada, esperando que le hicieran más caso. Se había volcado una silla de cocina y las patas sobresalían con la misma rigidez que las de una comadreja muerta. Shack debía de dormir todas las noches con el embriagador perfume de la trementina, la cola, el aceite y las virutas de madera. Vio mi expresión y dijo:

—Ventajas de estar soltero. Puedes hacer lo que quieras.

—Amén —dije.

Bundy había cosido las cortinas y las había colgado de varillas puestas a media altura ante la fila de ventanas. El algodón a cuadros verdes y blancos, que probablemente no se arrugaba, parecía nuevo todavía: impecable, bien lavado, con anillas pequeñas para colgarlo. Los ojos se me llenaron inexplicablemente de lágrimas y tuve que fingir que miraba el patio trasero, visible a través de los cristales. Quedaban muchos árboles de entonces, inclinados como la espalda de un anciano, buscando la tierra desde una altura antaño orgullosa de sí misma. La valla estaba coronada por una capa de campanillas moradas y la tela metálica cedía bajo el peso de las plantas. La parrilla de la barbacoa se había oxidado y para sustituirla había una parrilla portátil cerca de los peldaños traseros.

Shack se apoyó en la pared con los brazos cruzados.

—¿Cuál es el motivo de la visita?

—Estoy buscando a Mickey. El único número que tengo está fuera de servicio.

—¿Tienes algún asunto con él?

—Quizá. No estoy segura. ¿Necesito tu aprobación para llamarlo?

Shack parecía pasárselo bien. Bundy le había dado siempre mucha caña. Tal vez añorase el ruido y movimiento de la conversación. Vive solo mucho tiempo y olvidarás cómo es. La sonrisa se le aflojó un poco.

—No te ofendas, enana, pero ¿por qué no lo dejas en paz?

—Quiero saber si está bien. No es mi intención molestarlo. ¿Cuándo hablasteis por última vez?

—Estoy seguro de que está bien. Mickey es un gran tipo. No necesita a nadie que le ronde.

—Es justo —dije—, pero me gustaría asegurarme. Nada más. ¿Tienes su teléfono o su dirección actual?

Shack negó con la cabeza y su boca se curvó hacia abajo.

—No. Me llama cuando le viene bien. Entre llamadas, lo dejo en paz. Es el trato que hicimos.

—¿Y Lit?

—Roy Littenberg murió. El cáncer se lo llevó en menos de seis semanas. Hace tres años.

—Lamento saberlo. Me caía bien.

—Y a mí. Veo a su hijo de vez en cuando. Tim. Nunca imaginarías a qué se dedica.

—Me rindo.

—Compró el Honky-Tonk. Él y Scottie, el chico de Bundy, salen juntos cada vez que Scottie aparece por la ciudad.

—La verdad es que no recuerdo haber conocido a ninguno de los dos —dije—. Creo que estaban en Vietnam cuando Mickey y yo veníamos por aquí. —El mundo de Santa Teresa era un pañuelo y la siguiente generación se estaba incorporando al tejido—. ¿Conoces a alguien que pueda saber en qué está Mickey?

Shack me observó.

—¿Qué interés podía tener yo en ello?

—Podrías estar ayudándolo.

—¿Y el tuyo?

—Quiero la respuesta a algunas preguntas que habría tenido que formular entonces.

—¿Sobre Benny?

—Exacto.

Esbozó una sonrisa de astucia. Se llevó la mano a la oreja.

—¿He oído culpa?

—Si lo prefieres...

—Un poco tarde, ¿no crees?

—Probablemente. No estoy segura. El caso es que no necesito tu permiso. ¿Me vas a ayudar o no?

Meditó un instante.

—¿Qué me dices del abogado que lo representó?

—¿Bethel? Puedo intentarlo. Debería haber pensado en él. Es una buena idea.

—Estoy lleno de buenas ideas.

—¿Crees que Mickey era inocente?

—Desde luego. Me encontraba allí y lo vi. Aquel tipo estaba bien cuando se fue.

—Shack, tenía una placa en la cabeza.

—Mickey no le pegó. No le dio ningún puñetazo.

—¿Cómo sabes que no fue en su busca? Puede que los dos volvieran a encontrarse en otro lugar. Mickey no era precisamente famoso por su autodominio. Era una de mis quejas.

Shack negó con la cabeza. El gesto se convirtió en torsión de cuello, con crujido y todo.

—Disculpa. Tengo que ir al quiromasajista más tarde para que me vea este maldito cuello. Sí, es posible. ¿Por qué no? Quizá fuera más importante de lo que dijo Mickey. Te estoy contando lo que vi y no fue nada.

—De acuerdo.

—A propósito..., no es que sea asunto mío..., pero deberías haber estado con él. Es lo menos que podías haber hecho. Y no soy el único que lo piensa. Hay muchos que están resentidos contigo por aquello.

—Bueno, y yo me resentí de que Mickey me dijera que mintiese por él. Quería que dijera al fiscal del distrito que estaba en casa a las nueve de aquella noche y no a medianoche o a la una, o cuando llegara.

—Ah, es verdad —dijo con malicia—. Tú nunca mientes.

—No sobre asesinatos. Decididamente no.

—Y un cuerno. ¿De verdad crees que Magruder mató a un hombre a golpes?

—¿Cómo voy a saberlo? Es lo que quiero averiguar. Mickey se había salido de madre. Estaba obsesionado por el Poder y el Derecho de la ley y no le importaban los medios con tal de cumplir su trabajo.

—Sí, y si quieres mi opinión, debería haber habido más como él. Además, por lo que sé, no eres la más indicada para tirar la primera piedra.

—Eso te lo garantizo. Por eso ya no llevo uniforme. Pero no era mi culo el que estaba en peligro entonces, sino el suyo. Si Mickey tenía una coartada, debería habérmelo dicho claramente en lugar de pedirme que mintiera.

La expresión de Shack cambió y dejó de mirarme a los ojos.

—Vamos, Shack —añadí—. Sabes muy bien dónde estaba. ¿Por qué no me pones al corriente para que podamos terminar con esto?

—¿Por eso has venido aquí?

—Principalmente —contesté.

—Sólo puedo decirte una cosa: no estaba en la 154 incordiando a un veterano. Estaba a varios kilómetros de distancia.

—De acuerdo. Te creo. ¿Probamos otra cosa? Mickey tenía una amante. ¿Te acuerdas de Dixie Hightower? Según ella, aquella noche estaban los dos «montándoselo», por utilizar la expresión de entonces.

—Así que se tiraba a Dixie. Jooope. ¿Y qué pasa? Entonces todo el mundo jodía con todo el mundo.

—Yo no.

—Quizá no después de casarte, pero eras igual que todos..., quizá no tan abierta ni tan sincera.

Pasé por alto el comentario y volví al tema en cuestión.

—Alguien podría haberme avisado.

—Creíamos que lo sabías. Ninguno de los dos se molestaba mucho en ocultarlo. Recuerda todas las veces que te fuiste del Honky-Tonk antes que él. ¿Qué creías que hacía? ¿Ir a la escuela nocturna? Se la pulía. Vaya problema. Dixie era una camarera promiscua. No representaba ninguna amenaza para ti.

Me tragué la indignación, desechándola por improductiva. Necesitaba información, no explicaciones. La traición es la traición y el momento en que se sabe carece de importancia. Que Dixie fuera o no una amenaza para aquel matrimonio no tenía nada que ver. Incluso quince años después, me sentía humillada e indignada. Cerré los ojos para desengancharme emocionalmente, como si estuviera en el escenario de un homicidio.

—¿Estás seguro de que estaba con ella aquella noche?

—Digámoslo de otro modo; los vi salir juntos del Tonk. Ella se fue en su coche y él en el suyo detrás. Las noches en que su maridito estaba en casa, iban a aquel motel de mala muerte de la carretera del aeropuerto.

—Fantástico. Qué bien. Qué considerados. ¿Estuvieron allí aquella noche?

—Es probable. No podría jurarlo, pero apostaría a que sí.

—¿Por qué no declaraste en su favor?

—Lo habría hecho, claro. Habría llegado hasta el final, pero no tuve ocasión. Mickey devolvió la placa y allí se acabó todo. Si no lo encuentras, puedes preguntarle a ella.

—¿A Dixie?

—Claro. Anda por aquí.

—¿Dónde?

—Tú eres la investigadora. Busca en la guía. Todavía está casada con aquel no sé qué..., el tullido...

—Se llamaba Eric.

—Eso es. Dixie y él ganaron una fortuna y compraron una propiedad. Dos mil metros cuadrados o algo así. Grande.

—Bromeas.

—No. Es la verdad, te lo juro. Viven en Montebello, en una de aquellas fincas.

—¿Cómo lo hizo? La última vez que lo vi era un alcohólico sin esperanza.

—Se hizo de Alcohólicos Anónimos y se enmendó. Una vez sobrio, se puso a construir sillas de ruedas de diseño. Trabajos a medida con todos los artilugios necesarios, según la discapacidad. Ahora hace también sillas deportivas y prótesis. Tiene una empresa en Taiwan y también fabrica piezas para otras compañías. Dona una montaña de dinero a hospitales infantiles de todo el país.

—Bien por él. Me alegro de saberlo. ¿Y ella? ¿Qué hace?

—Lleva la vida de Riley, convertida en señora de Gotrocks. Miembro del club de campo y lo que haga falta. Si los ves, salúdalos de mi parte.

—Quizá lo haga.

Después de dejar a Shack, fui a la oficina y miré la correspondencia. No había nada interesante ni asuntos urgentes. Muchos de mis casos estaban en el limbo, pendientes de llamadas o respuestas a solicitudes varias. Ordené el escritorio y limpié la cafetera. Quité el polvo a las hojas del falso ficus. No tenía motivos para quedarme, pero no podía irme a casa. Estaba inquieta y el recuerdo de Mickey me asaltaba continuamente. ¿Me había equivocado? ¿Había obrado de forma apresurada, llegando a conclusiones que me convenían? Cuando murió Quintero ya estaba desencantada de Mickey. Quería escapar de aquel matrimonio, así que su participación en la muerte de Quintero me dio la excusa perfecta. Pero quizá no había más que eso. ¿Podía Mickey haber dimitido del departamento para salvar mi orgullo y, al mismo tiempo, para no poner en evidencia a Dixie? Si Mickey era inocente y yo hubiera sabido dónde se encontraba aquella noche, el asunto habría podido desarrollarse de otra forma y es posible que siguiera siendo policía. No quería creerlo, pero la idea estaba allí.

Me acosté en la moqueta y me puse un brazo sobre los ojos. ¿Tenía algún sentido obsesionarse por aquello? Todo había terminado y concluido. Habían pasado quince años. Fuera cual fuese la verdad, Mickey había optado por dimitir. Eso era un hecho. Yo lo abandoné y nuestras vidas cambiaron irremediablemente. ¿Por qué empeñarse en seguir con el asunto cuando no había ninguna manera de alterar el pasado?

Lo que estaba en juego era mi integridad..., fuera cual fuese mi sentido del honor. Conozco mis limitaciones. Conozco las faltas ocasionales de las que soy capaz, pero era imposible pasar por alto una transgresión de aquella magnitud. Mickey había perdido lo que más quería y quizá fuera su destino inevitable. Pero si yo había sido cómplice involuntaria de su caída, necesitaba admitirlo y aclarar las cosas con él.

6

Forbe's Run era un camino serpenteante de carril y medio de anchura, una cinta de asfalto cuyas curvas aumentaban conforme ascendía hacia el pie de las montañas. Las grandes ramas de los robles cubrían la calzada. No había ninguna casa a la vista, pero los rótulos e indicadores sugerían que había grandes propiedades al final de las desviaciones que se separaban del camino a intervalos. Miré los números mientras los rótulos saltaban de un lado a otro del camino, alternando pares e impares: 317, 320, 323, 326. La finca de los Hightower era el 329 y estaba rodeada por un pequeño muro de mampostería, para entrar había que cruzar unas puertas de madera que se abrieron electrónicamente en cuanto apreté el timbre. O los Hightower estaban esperando a alguien o no les preocupaba mucho quién apareciera en su puerta.

El camino de entrada mediría alrededor de medio kilómetro y hacía creer que al final habría una auténtica mansión inglesa, un edificio Tudor de tres plantas con tejado de pizarra de vertientes casi verticales. Lo que vi al final no era nada parecido. La casa era moderna; larga y baja, abrazando el terreno, con un tejado interminable que se levantaba hasta el caballete central. Vi cuatro chimeneas anchas de mampostería, grupos de palmeras y enormes rocas negras del tamaño de mi coche que debían de proceder de una erupción del Vesubio y haberse trasladado allí para impresionar. A la derecha había cuatro garajes yuxtapuestos.

Aparqué delante de la casa y me dirigí por el camino de

hormigón ancho y empinado. Una mujer de unos treinta años, con zapatillas de tenis, vaqueros y camiseta blanca, estaba en la puerta esperando mi llegada. Estaba claro que no era Dixie y, por un momento, me pregunté si no me habría confundido de casa.

—¿La señorita Yablonsky? —preguntó.

—La verdad es que no. Estoy buscando a Eric y Dixie Hightower. ¿Estoy en su casa?

—Ah, perdone. Claro. Creí que era otra persona. Estamos buscando empleados y esa mujer tenía que haber llegado hace media hora. ¿La espera la señora Hightower? —La mujer no me había dicho aún su nombre ni su posición en la casa...: doncella, ama de llaves, ayudante personal. Supuse que no se sentía obligada a presentarse.

—Soy una antigua amiga —contesté. Saqué una tarjeta y se la di.

La leyó, frunciendo el entrecejo.

—¿Investigadora privada? ¿Qué quiere?

—Espero que puedan ponerme en contacto con un conocido común. Un hombre llamado Mickey Magruder. Mi ex marido.

—Ah. Pase, pase y le diré a la señora Hightower que está usted aquí.

—¿Está Eric en casa?

—El señor Hightower ha marchado fuera de la ciudad, pero volverá pronto.

Entré en el vestíbulo y esperé llena de inquietud mientras la mujer se perdía de vista. A veces me aturde la riqueza, que parece tener una serie de normas propias. ¿Era libre de deambular por allí o debía esperar donde estaba? Había un banco de piedra pegado a la pared, formando ángulo. La mujer no había sugerido que me sentara y a mí me cuesta presuponer. ¿Y si era una escultura y se hundía con mi peso? Di un giro de ciento ochenta grados para ver el lugar como si fuera un ladrón, un pequeño juego que suelo practicar. Me fijé en las entradas y salidas, pensando en que podía haber allí una caja fuerte empotrada. Si tuviera que proteger la casa, ¿dónde escondería el equipo de vigilancia?

Los suelos eran de mármol pulido, claro como arena de playa. Vi antiguas criaturas marinas incrustadas en la superficie, todo un museo de fósiles a mis pies. De la derecha salía un ancho pasillo. El techo estaba a tres metros y medio de altura y en una de las paredes había ventanas que iban del suelo al techo. Las paredes estaban pintadas de un blanco de nieve y en ellas colgaban varios cuadros abstractos muy vistosos, óleos de casi dos metros de altura, probablemente muy caros y pintados por alguien ya muerto.

Ante mí había unas puertas dobles abiertas por las que se veía el salón, que no tendría menos de diez metros de largo. También había al fondo ventanales hasta el techo, aunque los de allí daban a un paisaje compuesto de pinos, robles, helechos gigantes, eucaliptos y, más atrás, las montañas. Escuché y, como no oí nada, entré de puntillas para verlo mejor. El inclinado techo de vigas de madera subía hasta alturas casi catedralicias. A la izquierda había una chimenea de mármol, con un fogón de ocho metros de lado. En el otro extremo de la sala había vitrinas con estanterías que contenían objetos artísticos variados. A la izquierda vi un bar empotrado. Los muebles eran sencillos: sillas y sofás sin brazos, tapizados en cuero negro, mesas de cromo y cristal, un piano de cola y luces incrustadas en el techo.

Oí pasos acercándose por el pasillo de mármol. Tuve el tiempo justo de volver dando zancadas a mi posición original en el vestíbulo cuando apareció Dixie. Llevaba vaqueros ajustados, botas de tacón de aguja y una americana beis encima de una corta camiseta sin mangas de color blanco. Sus joyas eran de baquelita, dos gruesas pulseras que tintineaban en su delgada muñeca. Aunque ya tenía cuarenta años, estaba muy delgada..., caderas estrechas, estómago plano y apenas culo del que hablar. Las hombreras de la chaqueta le daban aspecto de jugadora de rugby. Llevaba el pelo echado hacia atrás, una confusa masa muy chic de un color que sugería bastante ayuda química, un rojo entre ladrillo y ocre quemado. Ya no usaba pestañas postizas y tampoco se rodeaba los ojos con doble raya de maquillaje. Curiosamente, la ausencia de maquillaje hacía que sus ojos parecieran mucho más grandes y sus rasgos más delicados. Su piel era cetrina y tenía ojeras, arrugas en la frente, y en el cuello le sobresalían los tendones. Costaba creer que todavía no se hubiera permitido ningún rejuvenecimiento quirúrgico. Incluso así, tenía un aspecto fascinante. Había algo enérgico y a la vez frágil en su forma de estar. Me reconoció nada más verme y pronunció mi nombre con calidez artificial mientras alargaba la mano.

–Kinsey. Qué bien. Qué sorpresa tan increíble. Stephie me dijo que estabas aquí. Han pasado muchos años.

–Hola, Dixie. Tienes muy buen aspecto. No estaba segura de que me recordaras.

–¿Cómo iba a olvidarte? –dijo–. Siento que Eric no esté. –Su mirada me evaluó con apenas un parpadeo de interés. Como ella, yo llevaba vaqueros, aunque los míos carecían de diseño y eran de esa bayeta que sirve para lavar coches o quitar mechones de pelo del desagüe de la bañera. En los años que no nos habíamos visto había ascendido de posición social y adquirido un aire de elegancia casi indescriptible. No necesitaba ponerse diamantes, el plástico le bastaba. Su chaqueta estaba arrugada al estilo de las telas caras, la seda, el lino, ya sabéis de qué va esa mierda.

Miró el reloj, que llevaba en la cara interior de la muñeca. Era de la cosecha del cuarenta: esfera muy pequeña y rodeada de pequeños diamantes en una corona de cordón negro. Había visto versiones mejores en el mercadillo de los domingos, lo que demuestra cuánto sé de estas cosas. El suyo sería probablemente un ejemplar raro, reconocible a simple vista por quienes compraban en los mismos sitios finos que ella.

–¿Te apetece tomar algo? –preguntó–. Es casi la hora del cóctel.

Mi reloj marcaba las cuatro y diez.

—Claro, ¿por qué no? —dije. Casi hice un chiste sobre la crema de menta con hielo picado, pero llegó un tipo negro con chaqueta blanca y una bandeja de plata en la mano. ¿Camarero propio? Aquello se ponía bien.

—¿Qué te apetece?

—Con un chardonnay me conformo.

—Estaremos en el patio —anunció sin dirigirse directamente al fiel criado. Ay, ay, ay. Otro que añadir a la lista de sirvientes anónimos. Advertí que Dixie no había concretado lo que iba a beber ella.

La seguí por el marmóreo comedor. La mesa era un romboide color cereza, con sillas suficientes para sentarse doce comensales. Notaba algo raro y tardé unos instantes en descubrir qué era. No había a la vista peldaños, ni cambios de altura, ni alfombras, ni moquetas. Pensé en Eric en silla de ruedas y me pregunté si los suelos estarían libres de todo aquello por él.

Me pareció extraño que Dixie no me hubiera preguntado todavía por el motivo de mi imprevista llegada. Puede que llevara esperándome todos aquellos años, ensayando respuestas a conversaciones imaginarias. Ella había sabido siempre lo del polvo con Mickey, mientras que yo acababa de enterarme, lo que me ponía en situación desventajosa. No suelo enzarzarme en combates verbales con otras mujeres. Tales enfrentamientos son raros, aunque no carecen de atracción erótica. Pensé en todas las películas de fantasías masculinas en las que las mujeres se pelean como gatas de callejón, tirándose de los pelos mientras se revuelcan por el suelo. Me habían salido pocas oportunidades, pero era posible que las cosas cambiaran. Sentía que estaba tocando mi mezquina veta «interior».

Dixie abrió una puerta de cristal deslizante y salimos a un espacioso patio cubierto. El suelo era de piedra pulida y árboles de seis metros plantados en grandes macetas de terracota bordeaban la zona. Las ramas estaban llenas de jilgueros que piaban mientras saltaban de un punto de apoyo a otro. Al lado había unos cuantos muebles de exterior tapizados, una mesa de cristal y cuatro sillas con gruesos cojines. Todo parecía inmaculado y me pregunté dónde depositarían los pajarillos su caca blanquiverde.

—En realidad —dijo—, es una combinación de invernadero y pajarera. Las plantas son muestras de especies de América del Sur, proteos y bromúridos.

Murmuré «espléndido» porque no se me ocurrió nada mejor. Yo creía que el bromuro era un medicamento para la acidez de estómago. Dixie señaló el grupo de sillas. De alguna parte llegaba olor a comida; la estaban preparando en ese momento. El ajo y la cebolla salteados flotaban en el aire como un perfume suntuoso. Quizás apareciera uno de aquellos solemnes criados anónimos con una bandeja de canapés y puñetitas de cualquier cosa que pudiera devorarse sin manos.

En cuanto tomamos asiento reapareció el criado con las bebidas en la bandeja. Nos puso sendas servilletas de tela, por si se nos ocurría vomitar. La bebida elegida por Dixie era un martini seco en un vaso estilo años cuarenta. Dentro había un palillo con cuatro aceitunas verdes ensartadas como cuentas de un ábaco. Tomamos un sorbo. Mi chardonnay era delicado, con un remate largo y lento de vainilla; estaba claro que no era de tapón de rosca ni del supermercado de la esquina. Observé que Dixie retenía la ginebra en la lengua como si hubiera tomado la comunión. Dejó el vaso con un ligero golpe, buscó en el bolsillo de la chaqueta y sacó un paquete de tabaco y un pequeño encendedor de oro. Encendió el cigarrillo, aspirando con tal reverencia que parecía que fumar era otro sacramento. Cuando vio que la miraba, abrió la boca y expulsó una gruesa cuerda de humo que aspiró por la nariz.

—¿Ya no fumas?

Negué con la cabeza.

—Lo dejé.

—Bien hecho. Yo nunca lo dejaré. Toda esa palabrería sobre la salud es tremendamente aburrida. Y seguro que encima haces ejercicio. —Ladeó la cabeza como quien reflexiona, adoptando una pose de desconcierto—. Veamos. ¿Qué está de moda ahora? Haces pesas —dijo y me señaló con el dedo.

—También corro cinco días a la semana. No lo olvides —repliqué, señalándola yo también.

Tomó un sorbo.

—Stephie me ha dicho que buscas a Mickey. ¿Ha desaparecido?

—No que yo sepa, pero me gustaría ponerme en contacto con él. El único número que tengo está fuera de servicio. ¿Has sabido algo de él últimamente?

—Hace años que no —contestó. Una sonrisa se formó en sus labios; se observó las uñas—. Es una pregunta curiosa. No puedo creer que me la hagas. Estoy segura de que hay otros amigos con más probabilidades de saberlo.

—¿Por ejemplo?

—Shack. ¿Y quién era el otro poli? Lit no sé qué. Los tres eran uña y carne.

—Acabo de hablar con Shack. Así supe tu dirección. Roy Littenberg ha muerto. No sabía que Eric y tú todavía vivierais en la ciudad.

Me observó durante un momento a través del humo del cigarrillo. Miss Dixie no era tonta y comprendí que estaba analizando la situación.

—¿A qué viene todo esto?

—¿El qué?

—Tienes algo más en la cabeza, ¿me equivoco?

Busqué el bolso y saqué la carta del bolsillo exterior.

—He recibido tu carta —dije.

—Mi carta —repitió sin comprender, con la mirada puesta en el sobre.

—La que me enviaste en 1972 —aclaré—. Mickey la dejó en una caja con la correspondencia de aquel día. No me la mandó, así que no la he leído hasta hoy. —Por una vez pareció que me dedicaba toda su atención.

—No hablas en serio.

—Sí. —Levanté la carta como si fuera una paleta de puja en una subasta silenciosa—. No sabía que te estabas tirando a mi querido esposo. ¿Quieres hablar del tema?

Se rió y calló de repente. Sus dientes eran ahora tan perfectos como herraduras blancas que se articulasen en el fondo de su boca.

—Lo siento. Lo siento mucho. Espero que no te ofendas, pero eres tan boba cuando se trata de hombres...

—Gracias. Ya sabes cuánto valoro tu opinión.

—No hay nada de qué avergonzarse. La mayoría de las mujeres no tiene ni idea de cómo son los hombres.

—¿Y tú sí?

—Desde luego. —Dixie me observó por encima de la cinta de humo, midiéndome con los ojos. Se detuvo y se adelantó para sacudir la ceniza en un cenicero de cristal que había en la mesa, delante de ella.

—¿Cuál es tu teoría, Miss Dixie, si se me permite preguntar? —dije, imitando el acento del sur.

—Aprovecharse de ellos antes de que ellos se aprovechen de ti —respondió con una sonrisa tan fina como el cristal.

—Bonito. Romántico. Será mejor que lo apunte. —Hice como que escribía en la palma de la mano.

—Bueno, no es bonito, pero es práctico. Por si no te has dado cuenta, a casi todos los hombres les importa un comino los romances. Quieren llegar a tus bragas y quedarse ahí. ¿Qué más puedo decir?

—Eso lo describe casi todo —dije—. ¿Puedo preguntar por qué él? Por entonces había docenas de polis en el Honky-Tonk.

Dixie vaciló, al parecer meditando qué postura adoptar.

—Era muy bueno —dijo con un asomo de sonrisa.

—No te he pedido una evaluación. Me gustaría saber qué pasó.

—¿A qué viene esa actitud? Pareces muy... beligerante. Al final lo habrías dejado de todos modos, ¿por qué te preocupas?

—Usted dispense —atajé—. Es sólo por discutir.

Encogió delicadamente uno de sus delgados hombros.

—Estábamos liados desde mucho antes de que os conocierais. Lo dejó durante un tiempo y después volvió. ¿Por qué atribuirle nada? No estábamos enamorados, ni mucho menos. Puede que lo admirase, pero no puedo decir que me gustara mucho. Tenía un encanto a su manera brusca, aunque tú ya lo sabes. Yo ni siquiera lo llamaría aventura en sentido estricto. Era más como una adicción sexual..., un servicio mutuo que nos prestábamos. O debería decir que para mí era así. No sé lo que pensaba él. Es algo patológico. Probablemente no podía evitarlo, ni yo tampoco.

—Ah, por favor. No me vengas con esas idioteces de la adicción sexual. Vaya mierda —increpé—. ¿Nunca se te ha ocurrido pensar que la promesa matrimonial significa algo?

—La vuestra no parecía significar mucho. ¿Hasta que la muerte nos separe? Al menos, yo todavía sigo casada, que es más de lo que tú puedes decir. ¿O me equivoco? Pero qué maleducada soy. Puede que te hayas casado con otro y tengas un montón de hijos. Tendría que haberlo preguntado antes, pero no he visto ningún anillo.

—¿Estabas con él la noche que murió Benny Quintero?

Su sonrisa se desvaneció.

—Sí. —Directo. Sin titubeos, emociones ni artificios.

—¿Por qué no me lo dijo Mickey?

—¿De verdad habrías querido saberlo?

—Habría ayudado. No estoy segura de lo que habría hecho, pero habría tenido su importancia.

—Lo dudo. Tú eras muy chula entonces. En serio, eras una repelente total. La que lo sabía todo. Mickey quiso evitártelo.

—¿Y eso por qué?

—Porque estaba loco por ti. Me sorprende que tengas que preguntarlo.

—Sobre todo jodiendo como jodía contigo —dije.

—Conocías su historia cuando te casaste con él. ¿De verdad pensabas que sería monógamo?

—¿Por qué te fuiste de la lengua cuando Mickey te pidió que no lo hicieras?

—Temía que hiciera una barbaridad, que es lo que hizo.

—¿Sabía Eric lo de Mickey?

Titubeó un instante.

—Hemos llegado a un entendimiento...

—No hablo de ahora. ¿Lo sabía entonces?

Aspiró largamente del cigarrillo mientras meditaba la respuesta.

—La vida era difícil para Eric. Lo pasó muy mal para adaptarse al volver de la guerra.

—En otras palabras, no lo sabía.

—No había nada sentimental entre Mickey y yo. ¿Por qué causar un dolor innecesario?

—¿Y qué me dices de que vuestros cónyuges supieran la verdad sobre vosotros? Si no había amor..., si sólo eran servicios sexuales como aseguras..., ¿por qué no podíais decírnoslo? —Se quedó en silencio, mirándome fijamente—. No es una pregunta hipotética. Quiero saberlo —añadí—. ¿Por qué no fuisteis sinceros con nosotros si vuestra relación significaba tan poco? —Esperé—. Está bien, te ayudaré. ¿Quieres la respuesta? A ver qué te parece ésta. Porque os habríamos dado una patada en el culo y nos habríamos ido. No sé lo que habría hecho Eric, pero yo no consiento la infidelidad.

—Puede que haya cosas sobre la lealtad que no llegues a entender nunca —dijo.

Cerré los ojos. Quería agarrar las patas delanteras de su silla y tirarla hacia atrás, sólo por la satisfacción de oír cómo se golpeaba la cabeza contra el suelo de piedra. Pero me contenté con recitar en silencio lo que recordaba del código penal: «Se llama agresión a todo intento ilícito, con posibilidad real, de infligir daños a otra persona». «El ataque es el uso intencionado e ilícito de la fuerza o la violencia contra otra persona.»

Sonreí.

—¿Crees que estaba bien engañarnos? ¿Satisfacer tus caprichos a costa nuestra? Si crees que eso es lealtad, eres una mierda.

—No hace falta que seas grosera.

Alguien habló desde el otro lado del patio.

—Perdón. ¿Dixie?

Levantamos los ojos. Stephie estaba en el umbral.

Dixie parecía turbada por primera vez y el color le subió a las mejillas.

—Sí, Stephie. ¿Qué ocurre?

—La señorita Yablonsky está aquí. ¿Quiere hablar con ella ahora o le digo que venga en otro momento?

Dixie expulsó el humo con impaciencia y apagó el cigarrillo.

—Hazla pasar a mi despacho. Iré enseguida.

—Claro. Ningún problema. —Stephie cerró las puertas deslizantes, pero antes de retirarse nos miró un momento.

—Esto ya ha ido muy lejos —dijo Dixie—. Veo que te lo pasas bien montada en tu caballo blanco. Siempre te gustó apelar a la moral elevada...

—Sí. Es cierto. Me corresponde apelar en este caso.

—Cuando hayas terminado el vino, puedes irte con viento fresco.

—Gracias. Es extraño. No has cambiado en absoluto.

—Tú tampoco —dijo.

7

Iba por el camino del garaje, en dirección a la puerta de la calle, cuando vi acercarse otro vehículo. Era un todoterreno de un modelo que no había visto antes: reluciente, negro y cúbico, con Eric Hightower al volante. No sé si lo habría reconocido si no hubiera medio sospechado que era él. Reduje la velocidad del VW y di un bocinazo mientras bajaba la ventanilla. Llegó a mi altura, se detuvo y abrió también la ventanilla en respuesta a mi gesto. Bajo la camiseta corta, sus abultados hombros y bíceps parecían tersos y bronceados. En la época del Honky-Tonk tenía siempre la mirada vidriosa y su piel ostentaba la palidez de un hombre que había convertido en ciencia el mezclar los medicamentos con alcohol, LSD y hierba. Por entonces su barba era rala y el pelo negro lo llevaba suelto hasta los hombros o recogido en una coleta y atado con un trapo.

El hombre que me observó con expresión interrogante desde el asiento del conductor del todoterreno había recuperado la salud. Iba afeitado y llevaba el cráneo tan pelado como un recién nacido. Ya no había barba ni mirada vidriosa. Había visto fotos de Eric con uniforme antes de partir hacia Vietnam: joven y guapo, veintiún años, con muy pocas marcas de la vida. Tras dos expediciones de servicio, había vuelto al mundo demacrado y maltratado, malhumorado y retraído. Parecía tener muchas cosas en la cabeza, pero ninguna que supiera explicarnos a los demás. Y nadie se atrevía a preguntarle. Una mirada a su cara bastaba para convencernos de que lo que había visto era infernal y no podía detallarse. Retrospectivamente, sospecho que nos consideraba jueces y censores, cuando la verdad era que estábamos asustados de lo que veíamos en sus ojos. Mejor mirar a otro lado que sufrir aquella tortura.

—¿Busca algo? —dijo.

—Hola, Eric. Soy Kinsey Millhone. Nos veíamos a menudo hace años, en el Tonk de Colgate.

Observé que sus rasgos se despejaban y se iluminaban al deducir quién era yo.

—Hola. Pues claro. No es una broma. ¿Cómo te va? —Sacó el brazo izquierdo por la ventanilla y nos rozamos las yemas, que era lo más parecido a un apretón de manos que podíamos hacer sentados al volante. Sus ojos oscuros se veían despejados. En su época de borracho había sido delgadísimo, pero el envejecimiento le había añadido los siete kilos que le faltaban entonces. El triunfo social le sentaba bien. Parecía estable y firme.

—Tienes un aspecto estupendo —dije—. ¿Qué le ha pasado a tu pelo?

Se miró en el espejo retrovisor, pasándose una mano por el cráneo pelado.

—¿Te gusta? Es una sensación rara. Me lo corté hace un mes y no acabo de decidirme.

—Yo sí. Es mejor que la coleta.

—Bueno, eso no es del todo cierto. ¿Qué te trae por aquí?

—Estoy buscando a mi ex marido y pensé que podríais saber algo. —La posibilidad parecía lejana y me pregunté si me interrogaría sobre el asunto, pero lo dejó pasar.

—¿Magruder? Hace años que no lo veo.

—Eso me ha dicho Dixie. He hablado hace un rato con el colega de Mickey, Shack, y vuestros nombres salieron a relucir. ¿Recuerdas a Pete Shackelford?

—Vagamente.

—Pensó que a lo mejor lo sabías tú, pero parece que no, ¿verdad?

—Siento no poder ayudarte —dijo Eric—. ¿Cuál es el problema?

—No estoy segura. Es como si tuviera que saldar una deuda con él y me gustaría aclararlo.

—Puedo preguntar, si quieres. Aún veo a varios de aquellos tipos en el gimnasio y es posible que alguien sepa algo.

—Gracias, pero creo que puedo arreglármelas sola. Llamaré a su abogado y, si eso también falla, tengo otros caminos. Sé cómo funciona su cerebro. Mickey es retorcido.

Me miró a los ojos y sentí correr entre los dos una comunicación silenciosa como la sombra de una nube que pasara por el cielo. Su estado de ánimo pareció cambiar y con un movimiento del brazo abarcó la propiedad llena de árboles que nos rodeaba por todas partes.

—¿Qué te parece? Cuatro hectáreas y ya está pagado..., todo mío. Bueno, con las leyes californianas sobre la propiedad, la mitad solamente.

—Es muy bonito. Te lo has trabajado bien.

—Gracias. Tuve ayuda.

—¿Dixie o Alcohólicos Anónimos?

—Yo diría que los dos.

Una furgoneta de fontanero apareció por el camino y se puso detrás del todoterreno de Eric. Éste volvió la cabeza y agitó la mano para que el conductor supiera que le había visto y que nuestra charla no iba a durar todo el día. Se volvió hacia mí.

—¿Por qué no das media vuelta y regresas a la casa? Podríamos cenar todos juntos y pasar el rato recordando.

—Me encantaría, pero mejor no. Dixie tiene una entrevista y yo he de ocuparme de unas cosas. Quizás otro día. Te llamaré y pensaremos algo. —Puse una marcha sin quitar el pie del embrague.

—Estupendo. Hazlo. ¿Lo prometes?

—Palabra de honor.

El conductor de la furgoneta dio un bocinazo de impaciencia. Eric lo miró y volvió a agitar la mano.

—De todos modos, me alegro de verte. Cuídate.

—Tú también.

Subió la ventanilla y vi que aceleraba con ayuda de un aparato que había en el volante. Era el primer indicio que veía de que era paralítico. Dio un bocinazo al arrancar y yo continué por el camino, en dirección opuesta.

Fui a la ciudad, preguntándome por la naturaleza de la comedia humana. En unas horas se había dado la vuelta a dos de mis convicciones favoritas. Dada la brevedad de mi matrimonio con Mickey, siempre había creído que me había sido fiel. La idea había resultado falsa y la había tirado a la basura, junto con los restos de fe que quedaban. También sospechaba..., bueno, seamos sinceros..., estaba convencida de que Mickey había tenido que ver con la muerte de Benny Quintero. Ahora resultaba que no, así que también podía tirar aquella idea. Culpable de infidelidad, inocente de homicidio. Alguien con talento podría convertirlo en letra de canción *country*. Dixie lo había hecho, en cierto modo. ¿De veras me apetecía saber algo de aquella mierda? Supongo que no tenía elección. La cuestión era qué hacer con ello.

En cuanto llegué a la oficina, fui por la guía telefónica y busqué la sección de abogados en las páginas amarillas. Recorrí la columna con el dedo hasta que encontré el nombre de Mark Bethel en un pequeño recuadro. El anuncio decía DEFENSA PENAL y debajo de este encabezamiento especificaba lo siguiente: drogas, abusos de menores, armas, prevaricación, conducción con embriaguez, robos/estafas, agresión, malos tratos conyugales y delitos sexuales, lo cual me pareció que lo abarcaba todo, menos el asesinato, claro. Mark Bethel era el abogado de Mickey cuando éste dimitió del departamento, acción que llevó a cabo por consejo de Mark. A mí nunca me había gustado Mark y desde la brusca partida de Mickey había pocas razones para que nuestros caminos se cruzaran. En las pocas ocasiones en que lo había visto en la ciudad habíamos sido cordiales, fingiendo una calidez que ninguno sentía. Nos unían viejas historias y era una de esas desagradables alianzas que duraban más por la forma que por el contenido. A pesar de mi tibia actitud, tenía que admitir que era un excelente abogado, aunque en los últimos años había dejado a un lado la práctica profesional para apostar por la política: un republicano entre los muchos que aspiraban al escaño de Alan Craston en el Senado en las próximas elecciones de noviembre. Sus ambiciones políticas habían salido a la superficie en los últimos diez años. Se había aliado con la maquinaria del partido local, congraciándose con los republicanos a base de trabajar incansablemente en la campaña de Deukmejian para gobernador en 1982. Había abierto su casa de Horton Ravine y celebrado incontables y brillantes fiestas para recaudar fondos. Se había presentado y había ganado una plaza en la junta de gobierno del condado; luego se había presentado para el parlamento estatal. Lógicamente, su próximo paso tendría que haber sido el Congreso, pero se lo saltó y se presentó a las primarias para el Senado de la nación. Debió de creer que su perfil político bastaba para procurarle los votos que necesitaba para derrotar a Ed Zschau. Flaca oportunidad, en mi sentir, pero ¿qué sabía yo? Odio a los políticos: mienten con mayor descaro que yo y con mucha menos imaginación. A Bethel le fue útil haberse casado con una mujer con fortuna propia.

Me había contado un ruiseñor que la señora Bethel financiaba la mayor parte de su campaña. Se había ganado cierta reputación local por su capacidad de persuasión para recaudar fondos para numerosas organizaciones benéficas. Adoptara la causa que adoptase, no tenía el menor reparo en enviar peticiones de donativos con un sobre adjunto con franqueo pagado. Inevitablemente había varias cantidades para elegir: dos mil quinientos dólares, mil, quinientos o doscientos cincuenta. Si el acontecimiento benéfico era nocturno («media etiqueta no de rigor»..., la otra media sí), se me ofrecía la posibilidad de comprar una «mesa» para mis colegas a mil dólares el plato. Qué poco sabía que yo, por naturaleza, era tan roñica que habría arrancado el sello del sobre que tenía que enviarle. Mientras tanto, Mark conservaba el antiguo bufete, con una secretaria.

Marqué el número de Mark Bethel y contestó la secretaria con un inmediato:

—¿Podría esperar un momento?

Cuando quise decir que sí ya no estaba. Me colocaron una versión jazzística de *Scarborough Fair*.

La secretaria de Mark volvió a la línea.

—Gracias por esperar. Soy Judy. ¿Qué desea?

—Hola, Judy. Soy Kinsey Millhone, una antigua amiga de Mark. Creo que te conocí en la fiesta navideña de los Bethel hace un par de años. ¿No estará por ahí?

—Ah, hola, Kinsey. Me acuerdo de ti —dijo—. No, está en una reunión del comité y no es probable que venga en todo el día. ¿Quieres que te llame él por la mañana o hay algo que yo pueda hacer?

—Quizá —respondí—. Trato de ponerme en contacto con mi ex marido. Mickey Magruder, fue cliente suyo.

—Ah, conozco a Mickey —dijo, e inmediatamente me pregunté si lo conocería en el sentido bíblico de la palabra.

—¿Sabes si Mark tiene su dirección y su teléfono actuales?

—Espera y lo miraré. Sé que tenemos algo porque llamó hace un par de meses y yo misma hablé con él. —Oí rumor de páginas, como si hojease un cuaderno.

—Aquí está. —Me dio una dirección de Los Angeles, Sepulveda y un número, pero el número era diferente del que yo tenía. Las cifras eran las mismas, pero estaban en otro orden, un rasgo típico de Mickey. En su estado semiparanoico, había dado la información correcta, pero con los números cambiados para que nadie pudiera localizarlo. Pensaba que el domicilio propio era asunto personal y que los teléfonos estaban para la conveniencia de uno, no para la de los demás. Si los demás no podían llamarlo, no le importaba. No sé cómo se las arreglaba para recibir la correspondencia o una pizza. Estos asuntos le traían sin cuidado cuando su intimidad estaba en juego. Judy volvió a ponerse al habla y el número que recitó esta vez fue el mismo que yo tenía en mi agenda.

—Puedes tacharlo —dije—. Lo he marcado hace un momento y está fuera de servicio. Pensé que quizá Mickey se había mudado o cambiado el número.

Oí sus titubeos.

—Creo que no debería decirlo. Mark detesta que hable de los clientes, así que, por favor, no le digas que te lo he dicho...

—Desde luego que no.

—Cuando Mickey llamó..., debió de ser a mediados de marzo..., fue para pedir dinero. Bueno, no me lo pidió a mí. Es lo que oí después, cuando Mark habló con él. Mark dijo que Mickey había tenido que vender el coche porque no podía pagar los gastos ni el seguro, por no hablar de la gasolina. Tenía problemas económicos en los que ni siquiera Mark podía echarle una mano.

—Eso no tiene buen aspecto. ¿Le prestó dinero Mark?

—No estoy segura. Puede que sí. Mickey siempre fue un favorito de Mark.

—¿Podrías mirar las copias de los mensajes, por si Mickey dejó un número donde Mark pudiera localizarlo?

—Lo comprobaré, si quieres, pero recuerdo habérselo preguntado entonces, me dijo que Mark ya sabría cómo dar con él.

—Entonces es posible que Mark tenga otro número.

—Supongo que sí. Se lo preguntaré y también le diré que te llame.

—Te lo agradecería. Que me llame mañana y ya pensaremos algo. —Le dejé mi número y colgamos.

La noche no tuvo nada de especial: cené con Henry en el local de Rosie, que está a media manzana de mi casa, y después me acurruqué con un libro y leí hasta quedarme dormida, probablemente a los diez minutos.

Apagué el despertador segundos antes de que empezara a sonar. Me cepillé los dientes, me puse ropa de deporte y fui a correr mis cinco kilómetros. El carril de bicicletas que discurría paralelo a la playa estaba cubierto por la habitual niebla primaveral, el cielo era de un gris uniforme y el océano se mezclaba con el horizonte como si hubieran puesto un telón de plástico entre los dos. La temperatura era perfecta, un poco fresca, un poco húmeda. Me sentía ligera y fuerte, y corrí con una extraña sensación de alegría.

Ya en casa, me duché, me vestí y desayuné, subí al coche y tomé la carretera de San Felipe con el recibo del guardamuebles en el bolsillo. Hasta cierto punto, me había acicalado, lo que en mi caso no es decir mucho. Sólo tengo un vestido: negro, sin cuello y de manga larga, con un canesú sobrepuesto (una palabra cursi para decir pechera). Es sintético cien por cien, con garantía de no arrugarse (aunque seguramente inflamable) y tan versátil como todo lo que poseo. Con él puedo aceptar invitaciones para ir a casi todas las fiestas de alto copete, hacer de afligida en cualquier entierro, presentarme en los tribunales, hacer seguimientos y vigilancias, presionar a los clientes, entrevistar a testigos hostiles, negociar con delincuentes conocidos y parecer una contratada con buen sueldo y no una metomentodo independiente acostumbrada a los vaqueros, los cuellos altos y el calzado deportivo.

Antes de salir invertí unos minutos en rellenar un formulario de reclamación estándar que había copiado en la época en que trabajaba en la compañía de seguros La Fidelidad de California. Mientras me dirigía al sur por la 101, ensayé la actitud remilgada y burocrática que fingía cuando me hacía pasar por otra persona. Ser investigadora privada consiste a partes iguales en ingenio, determinación y perseverancia, con una buena dosis de habilidad interpretativa.

Tardé cuarenta y cinco minutos en llegar a San Felipe. El paisaje, visto desde la carretera, consistía básicamente en campos de naranjos y limoneros y grupos de aguacates, tierra cultivada y ocasionales puestos de venta donde ofrecían (¿qué otra cosa iban a ofrecer?) naranjas, limones y aguacates. Vi la compañía guardamuebles a un kilómetro de distancia. Estaba en un cruce de la calle principal y consistía en una serie interminable de construcciones de dos plantas que llenaban dos manzanas. El estilo arquitectónico sugería una prisión californiana recién construida, con valla metálica, reflectores y todo.

Doblé al llegar a la entrada. Los edificios eran idénticos: bloques de piedra artificial y puertas sin distintivos, con montacargas anchos y un andén de carga en cada extremo. Cada local de almacenaje estaba señalado alfabética y numéricamente con un sistema que no pude descifrar del todo. Las puertas de cada sección parecían codificadas con colores, aunque también podía tratarse de un detalle decorativo. No podía ser divertido diseñar una instalación de servicios que parecía una pared de cajas de galletas. Pasé por delante de varios callejones anchos. Las flechas me condujeron a la oficina principal, donde aparqué y bajé del coche.

Empujé la puerta de cristal y pasé a un amplio espacio de unos seis metros por seis, con un mostrador en el centro. En la parte más alejada del mostrador había archivadores que parecían de alquiler y un escritorio normal de madera. No era una empresa estratificada en la que la parte administrativa se sitúa en el lugar más alto. El único individuo de servicio parecía ser recepcionista, secretario y jefe de planta; estaba sentado ante una máquina de escribir, con un bolígrafo en la boca, y escribía con dos dedos algún tipo de memorando. Le eché casi ochenta años; tenía la cara redonda, muy poco pelo y unas gafas de lectura apoyadas en la punta de la nariz. La barriga le sobresalía como un monito sujeto al pecho de su madre.

—En un segundo estoy con usted —dijo sin dejar de escribir.

—Tómese su tiempo.

—¿Cómo se deletrea «alambricado»?

—A-l-a-m-b-i-c-a-d-o.

—¿Está segura? No parece correcto.

—Muy segura —contesté.

Cuando terminó, se puso en pie, quitó el papel de calco y metió el original y las copias en sendas carpetas azules. Se acercó al mostrador subiéndose los pantalones.

—No quería hacerla esperar, pero estaba en plena racha —dijo—. Cuando no hay mucho trabajo, escribo cuentos para mi bisnieto. Aún no ha cumplido los dos años y ya lee como un campeón. Le encantan las historias que papuchi escribe sólo para él. Éste va de un gusano que se llama Serpentín y sus correrías. Yo lo paso en grande y debería ver la carita que pone Dickie. Me imagino que un día los publicarán y estarán bien presentados. Una señora amiga mía se ha ofrecido a dibujar las ilustraciones, pero alguien me dijo que no es una buena idea. Supongo que los de Nueva York prefieren contratar a sus propios dibujantes.

—No lo sabía —dije.

Sus mejillas se colorearon ligeramente y su voz adquirió un tinte de timidez.

—Supongo que no conocerá a ningún agente que quiera echarle un vistazo.

—No, pero si oigo hablar de alguno, se lo comunicaré de inmediato.

—Eso estaría muy bien. Mientras tanto, ¿en qué puedo servirla?

Le enseñé mi carnet de La Fidelidad de California, que llevaba una vieja foto mía y el sello de conformidad de la empresa.

Su mirada fue de la foto a mi cara.

—Tendría que cambiar la foto. Ésta no le hace justicia. Usted tiene mucho mejor aspecto.

—¿De verdad? Gracias. Bueno, soy Kinsey Millhone. ¿Y usted...?

—George Wedding.

—Mucho gusto en conocerlo.

—Espero que no venda pólizas. Detestaría decepcionarla, pero estoy asegurado hasta las orejas.

—No vendo nada, pero me vendría bien un poco de ayuda. —Titubeé. Había preparado una historia. Había pensado enseñarle una reclamación firmada por el propietario de un inmueble con una lista de varios objetos perdidos en una inundación provocada por la rotura de unas cañerías. Era falsa, naturalmente, pero esperaba que George Wedding reaccionara con la suficiente indignación moral para poner las cosas en su punto. Lo que quería era la dirección y el teléfono que Mickey había dado al alquilar el almacén. Compararía aquella información con la que ya poseía, y así podría descubrir dónde narices estaba Mickey. Camino de San Felipe había desarrollado la patraña hasta llevarla a un grado convincente, pero ahora que estaba allí no me decidía a contarla. He aquí la verdad sobre las mentiras: que se las endosas a un pobre crédulo y queda como un idiota por no darse cuenta del engaño. Mentir contiene los mismos elementos hostiles que una broma en la que la «víctima» termina pareciendo imbécil ante sí misma y ridícula ante los demás. Estoy dispuesta a mentir a los funcionarios engreídos, cuando los malhechores me la juegan o cuando falla todo lo demás, pero me resultaba difícil mentir a un hombre que escribía historias de aventuras de gusanos para su bisnieto. George esperaba con paciencia a que continuara. Doblé la falsa reclamación por la mitad, hasta que el final de la página estuvo a unos centímetros del principio y las únicas líneas visibles eran las que informaban del nombre, la dirección y el teléfono de «John Russell».

—¿Quiere que le cuente la verdad?

—Sería estupendo —dijo con dulzura.

—Pues bien, la verdad es que La Fidelidad de California

me despidió hace unos tres años. Ahora soy investigadora privada y ando buscando a un hombre con el que estuve casada. —Señalé el nombre John Russell—. Éste no es su nombre auténtico, pero sospecho que la dirección está más o menos bien. Mi ex siempre altera el orden de las cifras para protegerse.

—¿Es un caso de la policía? Porque mis archivos son confidenciales, a menos que traiga una orden del juez. Si cree que este tipo utilizó su local de almacenaje con intenciones ilícitas..., por ejemplo para fabricar drogas..., tendrá que convencerme. Si no, no hay nada que hacer.

Habría jurado que George me estaba invitando a contarle un camelo, ya que había dejado claras las condiciones en las que podía persuadirlo de que me abriera los archivos. Sin embargo, al haber comenzado por la verdad, pensé que era preferible seguir con ella.

—Me lo está poniendo difícil. Ojalá pudiera contarle otra cosa, pero esto no tiene nada que ver con el mundo del delito..., al menos que yo sepa. Mmm..., vaya..., sí que cuesta. No estoy acostumbrada a esto —dije—. Este hombre y yo nos separamos peleados y acabo de enterarme de que lo juzgué mal. La conciencia no me dejará vivir hasta que aclaremos las cosas. Ya sé que suena cursi, pero es la verdad.

—¿Qué hizo usted? —preguntó George.

—No se trata de lo que hice. Es lo que no hice. Se vio mezclado en un asesinato... Bueno, no fue un asesinato en realidad, es mejor llamarlo homicidio. El caso es que no esperé a escuchar su versión de la historia. Di por sentado que era culpable y me fui. Ahora me siento mal. Prometí «en lo bueno y en lo malo» y le di lo malo.

—¿Y ahora qué?

—Ahora trato de seguirle la pista para disculparme. Quizá pueda rectificar... si no es demasiado tarde.

La cara de George era un estudio de cautela.

—No veo con claridad qué quiere de mí.

Le di el formulario, inclinando la cabeza para leer el en-

93

cabezamiento al mismo tiempo que él. Señalé las líneas importantes.

—Creo que esto es parcialmente cierto. Tengo dos versiones de su dirección. Si la de usted concuerda con ésta o si tiene además otra variante, quizá pueda averiguar cuál es la verdadera.

Leyó el nombre y la dirección.

—Recuerdo a este hombre. Era un moroso. Vaciamos su local y subastamos todo lo que había.

—Eso es lo que me preocupa. Creo que tiene problemas. ¿Cree que puede ayudarme?

Lo vi vacilar. Dejé la carpeta en el mostrador, girada hacia él. Vi que su mirada volvía a posarse en las líneas impresas. Fue hacia un archivador, miró las etiquetas de los cajones y abrió el tercero. Sacó una gruesa carpeta y la apoyó en el cajón abierto. Se chupó el pulgar y empezó a pasar hojas. Encontró la que buscaba, abrió las anillas, la sacó, copió la información y me dio el papel sin decir palabra.

8

Volví al despacho y pasé el resto del día pagando facturas, devolviendo llamadas y ocupándome de la correspondencia. No había ningún mensaje de Bethel. Si no tenía pronto noticias suyas, insistiría. Cerré el despacho a las cuatro y media y metí un plano de Los Angeles en el bolsillo exterior del bolso. Dejé el coche por el momento y fui andando a la biblioteca pública, donde abrí el plano y miré la zona de los distintos números de Sepulveda que había ido dando Mickey. A simple vista era imposible determinar el más probable. Tendría que ir a echar un vistazo. Ya era hora de conocer su situación presente y quizá de que habláramos. Guardaba una buena cantidad de dinero en el banco. Estaba deseosa de ofrecer ayuda a Mickey si no era demasiado orgulloso para aceptarla. Volví al despacho, recogí el coche y recorrí el corto camino hasta mi casa. Ni siquiera sabía los detalles y ya me sentía mal por el papel que había representado en su caída.

Al llegar vi a dos caballeros esperando en la puerta. Supe en el acto que eran policías; correctamente vestidos, bien afeitados y con expresión amable y atenta, la ley y el orden en cuerpo y alma en aquella tarde de mayo. Sentí un escalofrío en todo el esqueleto y un hormigueo en las manos, y la piel de la espalda se me iluminó de repente, como si fuera un parpadeante anuncio de neón que dijera CULPABLE-CULPABLE-CULPABLE. Lo primero que se me ocurrió fue que Teddy Rich había denunciado el allanamiento de morada y que habían enviado a un técnico para que comprobara las huellas digitales. Las mías habrían aparecido en la parte interior y exterior de la gatera, en el borde del escritorio, en el tirador de la puerta trasera y en tantos sitios que me resultaba imposible recordarlos. Había sido policía durante dos años e investigadora privada desde entonces. (También había sido detenida una vez, pero ahora no me apetece hablar de eso, gracias.)

El caso es que mis huellas estaban en las bases de datos de la policía y el ordenador me habría situado en casa de Teddy Rich. Los policías me preguntarían qué había estado haciendo allí. ¿Qué podía decirles? ¿Había una explicación inocente? No se me ocurría ninguna que pudiera salvarme. El perro, desde luego, me identificaría en una rueda de reconocimiento, tirándome de la pernera del pantalón, ladrando alegremente, saltando y babeándome los zapatos mientras los agentes me esposaban y se me llevaban. Podía negociar mi confesión allí mismo o esperar a la sentencia y ponerme a merced del tribunal.

Vacilé en el sendero del jardín, con las llaves en la mano. Seguro que la policía tenía casos más urgentes que atender. ¿Por qué iban a molestarse en enviar un técnico? La idea era ridícula. Aquellos individuos podían no ser policías a fin de cuentas. Quizá Teddy había averiguado lo que yo había hecho y había enviado a dos matones para que me rompieran los codos, las rodillas y otras articulaciones de interés. Saludé con voz cantarina:

—Hola, ¿me buscan a mí?

Debían de tener una edad parecida, treinta y tantos; eran esbeltos y complementarios, uno moreno y el otro rubio. El rubio llevaba un maletín en la mano izquierda, como si se dedicara a las ventas a domicilio. Fue el primero en hablar.

—¿La señorita Millhone? —Vestía una camisa de cuadros rojos bajo una chaqueta deportiva de mezclilla y el nudo de la corbata, también de color rojo, le oprimía la nuez. Los pantalones eran de algodón oscuro, arrugados en la entrepierna por haber estado demasiado rato en el coche.

—La misma.

Alargó la mano derecha.

—Soy Felix Claas. Éste es mi compañero, John Aldo. Somos agentes del Departamento de Policía de Los Angeles. ¿Podemos hablar con usted?

Aldo me alcanzó dos tarjetas y abrió la cartera para enseñarme la placa. El agente Aldo era un grandullón musculoso, de metro noventa y ciento diez kilos, si no me equivocaba. Llevaba algo grasiento el pelo negro y sus ojos oscuros estaban hundidos bajo unas espesas cejas negras que se le juntaban en el puente de la nariz. Vestía pantalones de poliéster y una americana colgada del brazo, cuidadosamente doblada. La camisa de algodón de manga corta dejaba al descubierto una esterilla de pelo sedoso en los antebrazos. Parecía un hombre que prefiriese llevar sudadera. Había oído que se llamaba John, pero en su tarjeta ponía *Gian*, que es lo mismo pero en italiano, así que rectifiqué mentalmente. Con el sofoco y el miedo se me había olvidado el nombre del primer agente. Miré de nuevo las tarjetas. Felix Claas era el rubio, Gian Aldo el moreno.

Claas volvió a hablar, sonriendo de forma agradable. Su cabello rubio parecía húmedo y lo llevaba peinado hacia atrás y con raya a un lado. Sus cejas y pestañas eran de un pajizo casi invisible, así que sus ojos azules parecían pelados. Tenía los labios gordezuelos y de un rosa inusual, y un hoyuelo en la mejilla.

—Gran ciudad la que tienen aquí. Nada más cruzar la frontera del condado, la presión sanguínea me bajó varios puntos.

—Gracias. Somos afortunados. No varía en todo el año. A veces tenemos algo de bruma marina en verano, pero desaparece hacia el mediodía, así que es difícil quejarse. —Puede que aquello tuviera que ver con alguno de mis antiguos casos.

El agente Aldo intervino.

—Hemos tenido una charla con el teniente Robb. Espero que no sea un mal momento para usted.

—En absoluto. Es perfecto. ¿Son amigos del teniente?

—Bueno, no, señora, no lo somos. Habíamos hablado con él por teléfono, pero no lo hemos conocido personalmente hasta hoy. Parece simpático.

—Jonah es estupendo. Hace años que lo conozco —dije—. ¿De qué se trata?

—Es un caso en el que estamos trabajando. Nos gustaría hablar con usted dentro, si no tiene inconveniente.

—No tardaremos mucho —dijo el agente Claas—. Quince o veinte minutos. Seremos lo más rápidos que podamos.

—Por supuesto. Pasen. —Abrí la puerta y les hablé por encima del hombro—. ¿Cuándo han llegado?

—Hace una hora más o menos. Llamamos a su oficina, pero nos dijeron que no estaba. Sin duda acababa usted de salir.

—Tenía que hacer unos recados —dije, preguntándome por qué me sentía obligada a darles explicaciones. Crucé el umbral y me siguieron. En los últimos años había tenido que ir a Los Angeles en el curso de varias investigaciones. Un caso que había investigado para La Fidelidad de California me había puesto en evidencia ante unos granujas. Era muy probable que tuviera que ver con aquello. El elemento delictivo forma un subconjunto especial, ya que los mismos nombres aparecen una y otra vez. Siempre es interesante saber en qué andan los malos.

Hice una fotografía mental de mi casa, vagamente consciente del aspecto que tendría para unos extraños. Pequeña, inmaculada, tan compacta como el interior de un barco, con armarios empotrados y todo. La cocina a la derecha; el escritorio y el tresillo a la izquierda. Moqueta deshilachada azul oscuro y una pequeña escalera de caracol que conducía al altillo. Dejé el bolso en un taburete del mostrador de la cocina, di seis pasos y accedí a la salita.

Los dos policías esperaban en el umbral, con educación.

—Siéntense —dije.

—Gracias —dijo Aldo—. Bonito lugar. ¿Vive sola?

—En realidad, sí.

—Suerte que tiene. Mi novia es una dejada. No hay manera de que mi casa tenga un aspecto tan limpio.

Claas se sentó en el pequeño sofá empotrado en el entrante de la ventana, con el maletín delante, en el suelo. Aunque Claas y Aldo parecían igual de locuaces, Claas era más reservado, casi estirado en el hablar, mientras que Aldo parecía relajado. El agente Aldo tomó asiento en una silla de director de cine y yo lo hice en la otra. Me senté, sintiéndome ligeramente manipulada, aunque no sabía por qué. Aldo se arrellanó en la silla con las piernas abiertas y las manos colgando entre las rodillas. La lona de la silla se combó y todo el armazón crujió bajo su peso. Tenía los muslos muy gordos y su postura parecía a la vez indolente y amenazadora. Claas le dirigió una mirada y se sentó bien, con el tórax erguido.

Claas se volvió hacia mí.

—Sabemos que estuvo casada con un antiguo subinspector de policía llamado Magruder.

Aquello me pilló desprevenida.

—¿Mickey? Es verdad. ¿Esta visita tiene que ver con él? —Sentí un poco de miedo. Las conexiones formaban ahora una figura que no era capaz de reconocer. Fuera lo que fuese, tenía que estar relacionado con sus últimos apuros financieros. A lo mejor había atracado un banco, o chantajeado a alguien, o desaparecido por arte de magia. A lo mejor había pendiente alguna orden judicial y habían encargado a aquellos dos que le siguieran la pista. Oculté mi incomodidad con una carcajada—. ¿Qué ha hecho?

La expresión de Claas se mantuvo lejana.

—Por desgracia, el señor Magruder fue víctima de un tiroteo. Pudo escapar..., está vivo, pero no muy bien. Ayer conseguimos identificarlo. En el momento de la agresión no llevaba papeles encima, así que figuró como persona indocumentada hasta que investigamos sus huellas dactilares.

—¿Le han disparado? —Sentí que yo misma volvía al

comienzo de la línea con la punta del lápiz. ¿Había oído bien?

—Sí, señora.

—Pero está fuera de peligro, ¿verdad?

El tono de Claas se situó entre la neutralidad y el pesar.

—A decir verdad, no está muy bien. Los médicos dicen que se ha estabilizado, pero permanece conectado a una máquina. No ha recuperado la conciencia y, cuanto más dure este estado, menos probable es que se recupere del todo.

O que no se recupere, entendí. Parpadeé. ¿Mickey agonizando o muerto? El agente seguía hablando, pero yo sufría sordera temporal. Levanté la mano.

—Un momento. Lo siento, pero no acabo de comprenderlo.

—No hay prisa. Tómese su tiempo —dijo Aldo.

Tragué un par de bocanadas de aire.

—Todo esto es muy extraño. ¿Dónde está Mickey?

—En el hospital de la Universidad de California-Los Angeles. Ahora está en la UCI, pero puede que lo trasladen al Provincial, según cómo se encuentre.

—Siempre tuvo un buen seguro de vida, si es cuestión de dinero. —La idea de que Mickey fuera al Provincial no me cuadraba. Yo seguía respirando profundamente, arriesgándome a sufrir una hiperventilación por conservar la compostura—. ¿Puedo verlo?

Se hizo un silencio momentáneo y Claas dijo:

—Todavía no, pero creo que podremos hacer algo al respecto. —La posibilidad no parecía entusiasmarle y no insistí.

Aldo me observaba con preocupación.

—¿Le ocurre algo?

—Estoy bien. Pero sorprendida —contesté—. No sé lo que pensé sobre el motivo de su visita, pero no era esto. Nunca se me habría ocurrido que le hubiera sucedido nada malo. Siempre fue muy combativo y parecía invencible..., al menos a mí me lo parecía. ¿Qué ocurrió?

—Es lo que intentamos aclarar —dijo Claas—. Le dispararon dos veces, en la cabeza y en el pecho. Un patrullero lo descubrió tirado en la acera poco después de las tres de la madrugada. El arma, una pistola semiautomática, apareció pegada al bordillo, a unos tres metros de él. Era un barrio comercial, con muchos bares, así que es posible que el señor Magruder se viera envuelto en alguna discusión. Tenemos un par de hombres peinando la zona. De momento no hay testigos y estamos procediendo hacia atrás, para averiguar sus actividades anteriores al tiroteo.

—¿Cuándo fue?

—La madrugada del 14 de mayo. El miércoles de la semana pasada.

—¿Nos permite que le hagamos un par de preguntas? —dijo Claas.

—Desde luego. Por favor.

Casi esperaba que uno sacara un cuaderno, pero no apareció nada. Miré el maletín y me pregunté si estarían grabando la conversación. Claas seguía hablando.

—Estamos eliminando posibilidades. Es sobre todo para llenar lagunas, si puede ayudarnos.

—Lo intentaré, por supuesto. No estoy segura, pero dispare —dije. Di un respingo por dentro, por la expresión que había elegido.

Claas se aclaró la garganta. La voz le salió más ligera y aflautada.

—La última vez que habló con su ex marido, ¿le mencionó algún problema? ¿Amenazas, conflictos laborales? Algo de ese estilo.

Relajé los hombros con alivio.

—Hace catorce años que no hablo con él.

Entre los dos fluyó algo, una de esas conversaciones silenciosas que los matrimonios aprenden a sostener con la mirada. El agente Aldo prosiguió.

—¿Posee usted una Smith & Wesson de nueve milímetros?

—Poseí una hace mucho. —Estaba a punto de decir más,

pero decidí contener la lengua hasta descubrir adónde conducía aquello. La caja vacía que había albergado inicialmente la pistola seguía en el contenedor de cartón que estaba junto al escritorio, a tres metros de los agentes.

—¿Podría decirnos cuándo la compró?

—No la compré. Mickey la adquirió y me la dio como regalo de bodas. Fue en agosto de 1971.

—Extraño regalo de bodas —dijo Aldo.

—Mickey es un tipo extraño —expliqué.

—¿Dónde está la pistola en este momento? ¿En alguna parte de la casa?

—Ni idea. No la veo hace años —dije—. Di por hecho que Mickey se la llevó cuando se mudó a Los Angeles.

—Así que no ve la pistola aproximadamente desde...

Miré a uno y otro conforme se perfilaban las consecuencias de lo que hablábamos. Había sido un poco lenta de reflejos.

—Un momento, ¿le dispararon con esa arma?

—Digámoslo del siguiente modo: la pistola encontrada en el escenario del crimen era la suya. Todavía estamos esperando el informe de balística.

—No creerán que tengo algo que ver.

—Su nombre apareció en el ordenador en calidad de propietaria. Estamos buscando un punto de partida y éste tenía sentido. Si el señor Magruder llevaba la pistola, es posible que alguien se la quitara y le disparara con ella.

—Eso me deja fuera de sospecha —dije en tono de burla. Ojalá me hubiera mordido la lengua. El sarcasmo es la peor táctica que se puede adoptar con la policía. Es mejor hacerse la humilde y la cooperadora.

Se produjo un silencio entre los dos. Parecían cordiales y de confianza, pero sabía por experiencia que habría diferencias apreciables entre la versión que me daban y la que sostendrían. Aldo sacó del bolsillo una barra de chicle y la partió por la mitad. Se guardó una mitad y desenvolvió la otra. Se metió el chicle en la boca. Parecía desinteresado por el momento, pero yo sabía que pasarían el viaje de regreso cotejando notas, comparando sus reacciones e intuiciones con la información que les había dado.

Claas se removió en el sofá.

—¿Puede decirnos cuándo fue la última vez que habló con el señor Magruder?

—Es Mickey. Por favor, utilicen el nombre de pila. Aun así es muy duro. Se fue de Santa Teresa en 1972. No recuerdo haber hablado con él después del divorcio.

—¿Puede decirnos qué contactos ha tenido con él desde entonces?

—Acaba de preguntarlo. Ninguno.

Claas me miró fijamente a los ojos, creo que con alguna intención.

—No ha hablado con él en los últimos meses —dijo; no era una pregunta, sino una afirmación bañada en escepticismo.

—No. Definitivamente no. No he hablado con él.

Mientras el agente Claas intentaba atraer mi atención, vi que Aldo observaba la salita con discreción. Su mirada iba de objeto en objeto, evaluando de forma metódica todo lo que estaba a la vista. Escritorio, carpetas, caja, contestador automático, estanterías de libros. Casi oí lo que pensaba: ¿cuál de estos objetos no pega aquí? Vi que su mirada volvía al envase de cartón. Hasta el momento yo no había dicho una palabra sobre los problemas de Mickey para pagar el guardamuebles. En principio no me parecía que ocultar la información supusiera cometer nada ilegal. ¿Qué justicia estaba obstruyendo? ¿A quién estaba ayudando y protegiendo? Yo no había disparado a mi ex. No estaba detenida ni bajo juramento. Si me parecía aconsejable, hablaría después con los agentes, cuando «recordara» algo pertinente. Todo esto me pasó por la cabeza en una fracción de segundo, mientras procuraba cubrirme el trasero. Si los agentes se dieron cuenta de mi inquietud, no dijeron nada. Tampoco esperaba que se quedaran con la boca abierta ni que cambiaran miradas significativas.

El agente Claas volvió a carraspear.

—¿Y él? ¿Se ha puesto en contacto con usted?

Confieso que en mi respuesta se coló una ligera irritación.

—Seguimos con lo mismo, ¿no?, yo hablo con él, él habla conmigo. Nos divorciamos hace años. No tenemos ninguna razón para seguir en contacto. Si hubiera llamado, habría colgado el teléfono. No quiero hablar con él.

El tono de Aldo fue ligero, casi humorístico.

—No se enfade, mujer. El pobre hombre está fuera de combate.

Noté que me ruborizaba.

—Disculpen. Pero así están las cosas. No somos de esas parejas que se vuelven cariñosas después de firmar los papeles. No tengo nada contra él, pero nunca me ha interesado ser su mejor amiga... ni que él fuera mi mejor amigo, desde luego.

—A mí me ocurre lo mismo con mi ex —dijo—. Sin embargo, a veces surge algo..., ya sabe, una carta certificada o noticias de un viejo conocido. Hay que enviarle la correspondencia al ex cónyuge, aunque no puedas ni verlo. No es infrecuente que un ex envíe al otro una nota si se produce algo que les afecta.

—Mickey no escribe notas.

Claas se removió en el asiento.

—¿Qué hace entonces? ¿Llamar por teléfono?

Cada vez me ponía más tensa. ¿Por qué insistía?

—Miren. Lo digo por cuarta o quinta vez. Mickey y yo no nos hablamos. En serio. Lo juro. Palabra de *girl scout* y todo eso. No somos enemigos. No sentimos hostilidad hacia el otro. Pero no tenemos esa clase de relación.

—¿De verdad? ¿Cómo la llamaría usted? ¿Amistosa? ¿Distante? ¿Cordial?

—¿Qué es esto? —pregunté—. ¿Qué importancia tiene? En otras palabras, vamos, por favor. No pueden ustedes hablar en serio. ¿Por qué iba a disparar a mi ex marido con mi propia pistola y dejarla allí? Tendría que estar loca.

Aldo sonrió para sí.

—Las personas pierden los estribos. Nunca se sabe de qué son capaces. Sólo buscamos información. Le agradeceríamos cualquier cosa que pudiera decirnos.

—Cuéntenme su teoría —pedí.

—Aún no tenemos teoría —dijo Claas—. Queremos descartar ciertas hipótesis. Si usted cooperase, nos ahorraría mucho tiempo.

—Estoy cooperando. Esto es cooperación, por si no están acostumbrados a verla. Pero le están ladrando al árbol que no es. Ni siquiera sé dónde vivía Mickey últimamente. —Me miraron con fijeza—. Es la verdad.

El agente Claas formuló la siguiente pregunta sin consultar notas.

—¿Puede decirnos dónde estaba el 27 de marzo?

La mente se me quedó en blanco.

—No tengo ni la más remota idea. ¿Dónde estaban ustedes? —dije. Habría jurado que mis manos estaban a punto de temblar. Tenía los dedos fríos y, sin pensarlo siquiera, crucé los brazos y me metí las manos en las axilas. Sabía que daba la impresión de ser testaruda y estar a la defensiva, pero de repente me había puesto nerviosa.

—¿No tendría una agenda que pudiera consultar?

—¿Saben qué? Creo que deberíamos dejar esta conversación. Si han venido aquí porque piensan que estoy complicada en un tiroteo, tendrán que hablar con mi abogado, porque ya estoy harta de esta basura.

El agente Aldo pareció sorprendido.

—Ah, por favor. No es para tanto. No la estamos acusando de nada. Es un intercambio de información.

—¿Qué intercambio? Yo les cuento cosas, pero y ustedes, ¿qué me han dicho ustedes a mí? ¿O es que me he perdido esa parte?

Aldo sonrió, impasible ante mi quisquillosidad.

—Le hemos dicho que ha resultado herido y usted nos ha dicho que no se hablaba con él. ¿Lo ve? Nosotros contamos y luego cuenta usted. Es como un diálogo. Estamos negociando.

—¿Por qué me han preguntado dónde estaba el 27 de marzo? ¿A qué ha venido eso?

Contestó Claas.

—Hemos investigado sus cuentas telefónicas. Había una llamada a este número que duró treinta minutos. Supusimos que habían estado hablando ustedes dos. A menos que aquí viva otra persona, cosa que ha negado.

—Que se vea —repliqué, alargando la mano.

Se inclinó para buscar en el maletín, que estaba entreabierto, y sacó un fajo de facturas de teléfono que me tendió sin decir palabra. En primer lugar estaba la factura de abril del teléfono de Mickey, con las llamadas de marzo desglosadas. Miré la cabecera y vi que el teléfono de la cuenta era el mismo que tenía yo. Por entonces seguía sin haber pagado el mes de febrero. El aviso de la compañía telefónica advertía que si no pagaba en el plazo de diez días, le cortarían la línea. Recorrí con la mirada la lista de las llamadas de tarifa especial y las interprovinciales. Sólo había dos, ambas a Santa Teresa. La primera había sido el 13 de marzo, al bufete de Mark Bethel. Judy lo había mencionado. La segunda había sido a mi número. No cabía la menor duda, habían efectuado aquella llamada el 27 de marzo a la una y veintisiete minutos, y había durado media hora exacta.

9

No recuerdo cómo soporté el resto de la conversación. Al final se fueron, me agradecieron hipócritamente toda la ayuda que les había prestado, y yo les aseguré con hipocresía que me pondría en contacto con ellos si tenía algo que aportar a su investigación. Nada más cerrarse la puerta fui al cuarto de baño y me metí en la bañera vacía para espiar con discreción por el ventanuco mientras los agentes Claas y Aldo, hablando en voz baja, subían a un coche que parecía oficial y se iban. Habría dado cualquier cosa por saber de qué hablaban..., en el caso de que la charla fuera sobre Mickey o sobre mí. Quizás hablaban de deportes, un tema que me trae completamente sin cuidado.

En cuanto se marcharon volví al escritorio y pasé las hojas del calendario de mesa hasta la página del 27 de marzo. Aquel jueves figuraba totalmente en blanco, al igual que los dos días adyacentes: ni citas, ni reuniones, ni acontecimientos profesionales o sociales. Lo más probable era que hubiese pasado el día en el despacho, haciendo Dios sabe qué. Había esperado que el calendario prendiera una chispa en mi memoria, pero hasta el momento seguía desconcertada. Sólo sabía que yo no había hablado con Mickey ni el 27 de marzo ni ningún otro día durante los últimos años. ¿Había entrado alguien en mi casa? Era una posibilidad escalofriante, pero ¿qué otra explicación podía haber? Mickey podía haber marcado mi número y hablado con otra persona. También era posible que otra persona que no fuera Mickey hubiera llamado desde su casa, estableciendo así una conexión que en realidad no existió. ¿Quién podía ir tan lejos? Una o varias personas que quisieran matar a mi ex marido y señalarme a mí.

Aquella noche llovió y fue una de las escasas tormentas tropicales que a veces vienen de Hawai sin avisar. A las dos y media me despertó el golpeteo de las gruesas gotas en el tragaluz. El aire que entraba por la ventana olía a salmuera y a gardenias. El mes de mayo suele ser frío y seco en California. Al llegar el verano, la vegetación languidece, falta de humedad, y el proceso de deshidratación vuelve los chaparros tan frágiles como los antiguos papiros. Las colinas se tiñen de dorado, los arcenes despiden un fulgor amarillo borroso y se forman nubes de color mostaza sobre las cunetas. En agosto, la temperatura sube hasta veintisiete grados centígrados y la humedad relativa desciende. Los vientos bajan a toda velocidad por las montañas y se escurren por los desfiladeros. Entre el sol que hace, los vientos que soplan del desierto y la desecación general, el paisaje está listo para la cerilla del pirómano. La lluvia representa un alivio momentáneo, pues retrasa lo inevitable durante un par de semanas. Lo paradójico es que la lluvia hace poco más que estimular el crecimiento de la vegetación, que, a su vez, provee a la naturaleza de más combustible.

Cuando volví a despertarme, a las seis menos un minuto, ya no llovía. Me puse la sudadera y el pantalón de deporte, salí a correr y volví a casa con el tiempo justo para meter un petate en el coche y partir hacia el gimnasio. Levanté pesas durante una hora, haciendo los ejercicios rutinarios. Aunque sólo llevaba dos meses de práctica, ya se veían los resultados: hombros y bíceps volvían a adquirir forma.

A las nueve me encontraba otra vez en casa. Me duché, desayuné, metí algunos objetos en la riñonera, recogí el bolso, dejé una nota en la puerta de Henry y tomé la carretera de Los Angeles. El tráfico era rápido y los coches que se dirigían hacia el sur por la 101 pasaban como cohetes. A aquella hora del día, la carretera solía estar llena de vehículos comerciales: camionetas y furgonetas, camiones descubiertos y de mudanzas, autocares escolares vacíos y remolques cargados de coches sin estrenar que se dirigían a los concesionarios de Westlake y Thousand Oaks. Al subir la cuesta y descender hacia el valle de San Fernando, vi que el vaporoso velo de la contaminación ya había empezado a acumularse. Al menos los Montes de San Gabriel, casi siempre ocultos a la vista, eran visibles ahora. Cada vez que recorría aquel camino había más obras en curso. En lo alto de una colina podía aparecer un pueblo entero y detrás de cualquier arboleda podía surgir una comunidad de viviendas idénticas. Las vallas publicitarias pregonaban la disponibilidad de urbanizaciones desconocidas hasta entonces.

Dos aviones amarillos trazaban círculos en lo alto, uno delante, el otro detrás, en una especie de vigilancia aérea concentrada en los que nos hallábamos abajo. El arcén estaba alfombrado de basura y en cierto momento pasé ante uno de esos sorprendentes nudos de huellas de neumáticos que desafían toda explicación. Cuando llegué a Sherman Oaks, giré a la derecha por la autovía de San Diego. La vegetación del arcén sufría el azote del viento que levantaba el tráfico incesante. Los rascacielos comerciales obstruían la vista, como espectadores de un desfile que no respetaran a los demás. Tomé la salida de Sunset y fui hacia el este, hasta que el campus de la Universidad de California-Los Angeles empezó a asomar por la derecha. Doblé en aquella dirección por Hilgard, luego a la derecha otra vez por Le Conte y a la derecha por Tiverton, donde entré en un aparcamiento. No había ninguna plaza a la vista en la planta superior. Empecé a descender por los niveles subterráneos, dando vueltas y más vueltas hasta que por fin encontré un sitio en el sótano C-1. Cerré el coche y subí en el ascensor. Por la vasta plaza de hierba y hormigón se accedía tanto a la Clínica Oftalmológica Jules Stein como al Hospital y Centro Médico de la UCLA. Fui hacia la puerta principal y entré en el vestíbulo, de paredes de granito pulido y una moqueta en dos matices de gris y con una franja salmón en el borde. La recepción, a la derecha, estaba llena de gente que esperaba información sobre amigos o familiares operados. Dos chicas con pantalón corto y camiseta jugaban a las cartas en el suelo. Había niños de pocos meses en sillas especiales y otro algo mayor que dormía en un cochecito, sudando y poniéndose colorado. Los demás adultos leían el periódico o hablaban en voz baja. El tráfico de visitantes no cesaba. Las sillas y los macetones eran cubos modulares de color gris. A la izquierda tenía la tienda de regalos, con una fachada de un curioso matiz entre malva y orquídea. En el escaparate había arreglos florales de muestra, por si a alguien se le ocurría ir de visita sin un ramillete.

Delante mismo, encima del mostrador, la palabra INFORMACIÓN destacaba con grandes letras. Esperé turno y al final pregunté a la señorita Lewis, la voluntaria de información sobre pacientes, por la habitación de Mickey Magruder. Debía de andar por los setenta años y tenía los párpados tan curtidos como una tortuga. La edad le había abierto profundos pliegues en la frágil piel de las mejillas y tenía los labios estirados y apretados, como una bolsa de cordones. Echó un rápido vistazo a los archivos y empezó a negar con la cabeza y con cara de pesar.

—No veo a nadie con ese nombre. ¿Cuándo lo ingresaron?

—El catorce. Puede que esté registrado con el nombre de Michael. Es el que figura en su partida de nacimiento.

Anotó el nombre y consultó otra posible fuente. Tenía los nudillos artríticos, pero su letra era elegante.

—Bueno, no sé qué decirle. Es posible que lo hayan dado de alta.

—Lo dudo. Me dijeron que estaba en coma en la UCI.

—Bueno, puede que lo hayan trasladado al complejo de Santa Monica, en la Calle 16. ¿Quiere que llame?

—Sí, por favor. Vengo de Santa Teresa y no soportaría volver sin haberlo encontrado.

La observé superficialmente mientras marcaba el número y hablaba por teléfono. Al poco rato colgó, al parecer sin éxito.

—Allí no lo tienen registrado. Puede probar en el Hospital St. John o en Cedars-Sinai.

—Estoy casi segura de que lo trajeron aquí. Hablé ayer con unos agentes de policía, ellos me lo dijeron. Fue ingresado a primera hora del miércoles de la semana pasada. Le habían disparado dos veces, así que puede que entrara por urgencias.

—Me temo que eso no servirá de mucho. Lo único que tengo es el nombre del paciente, el número de la habitación y el diagnóstico. No tengo información sobre ingresos.

—Si lo hubieran trasladado, ¿se lo habrían comunicado?

—Posiblemente.

—¿Hay alguna otra persona con la que pueda hablar? —pregunté.

—No se me ocurre con quién, a menos que quiera hablar con administración.

—¿Podría probar en Cuidados Intensivos? Puede que si usted describe las heridas, sepan dónde está.

—Bueno —dijo titubeando—, hay una asistenta social de Traumatología. Seguro que sabe si el paciente fue víctima de un acto de violencia. ¿Quiere que la llame?

—Hágalo, por favor. Le estaré muy reconocida por su ayuda.

Detrás de mí había ya varias personas haciendo cola, deseosas de información e inquietas por el retraso. La señorita Lewis no parecía decidirse, pero descolgó otra vez e hizo una llamada interna. Después de un par de frases, bajó la voz e inclinó la cara, así que no pude leer en sus labios. Casi ni me miró al colgar.

—Si no le importa esperar, dicen que enviarán a alguien.

—¿Ocurre algo?

—Que yo sepa no, querida. Por lo pronto, la asistenta social no está en su despacho..., aunque es probable que ande por allí cerca. La encargada de la UCI la está buscando y me avisará cuando la encuentre.

—¿Quiere decir que Michael está aquí?

El hombre que estaba detrás de mí protestó:

—Oiga, señora, denos una oportunidad.

La señorita Lewis enrojeció.

—Yo no he dicho eso. Lo único que sé es que la asistenta social podría informarle si usted la espera y habla con ella. Si quiere sentarse...

—Gracias. ¿No lo olvidará?

—Yo mismo se lo diré, joder —dijo el hombre.

Estaba demasiado distraída para enzarzarme en una competición de gritos y le cedí el puesto. Me dirigí a una silla vacía. Mientras iba camino de Los Angeles no había pensado que las cosas se desarrollarían así. Me había imaginado al lado de la cama de Mickey, con algún sentimiento de redención, la oportunidad de reparar errores... Ahora se me había pegado su paranoia. ¿Le había pasado algo? ¿Me habían ocultado información los detectives Claas y Aldo? Cabía la posibilidad de que lo hubieran ingresado con un nombre falso. A las víctimas de las agresiones, como a los ricos y famosos, se les permite a menudo, como medida de precaución. Si tal era el caso, no se me ocurría la manera de convencer a nadie de que me dijera aquel alias. Sólo sabía que no iba a desistir hasta que tuviera noticias de él.

Alguien había olvidado un ejemplar manoseado de la revista *Sunset*. Me puse a hojearlo para olvidar la preocupación que sentía por Mickey. Necesitaba *centrarme*. Necesitaba serenidad, un momento de calma para calcular a quién iba a darle un puntapié y con qué fuerza. Me detuve en un artículo sobre cómo construir un patio de ladrillo, con planos y todo. Cada diez o quince segundos levantaba los ojos, miraba el reloj, observaba a los visitantes, a los pacientes y al personal del hospital que entraban en el vestíbulo, salían de la cafetería y cruzaban las puertas con ventanilla. Convenía cavar en el terreno hasta cuarenta centímetros de profundidad, y poner una capa de grava y otra de arena antes de colocar los ladrillos. Elegí el diseño de raspa para mi próximo patio. Pasaron treinta minutos. Leí todos los artículos sobre horticultura y seguí con las recetas bajas en calorías que utilizan hierbas y fruta del tiempo. No quería comer nada que tuviera que poner bajo una toalla húmeda antes de cocinarlo.

Alguien se sentó en la silla contigua. Levanté la cabeza y vi a Gian Aldo con cara de cabreo. La mujer del mostrador me había delatado.

—Imaginé que era usted —dijo Aldo—. ¿Qué cojones pasa? Me llamaron para decirme que había aquí una mujer alborotando para sonsacar el número de la habitación de Mickey a una pobre y confiada voluntaria.

Me ruboricé.

—Yo no he «alborotado». Ni siquiera he levantado la voz. He venido para saber cómo se encontraba. ¿Dónde está el problema?

—Dijimos que se nos avisara si venía alguien preguntando por la habitación de Magruder.

—¿Cómo iba a saberlo yo? Estoy preocupada, muy preocupada. ¿Va eso contra la ley?

—Depende de sus intenciones. Podría ser usted quien le disparó..., ¿no se le había ocurrido?

—Pues claro que sí, pero yo no le disparé —dije—. Estaba preocupada por él y pensé que me sentiría mejor si lo veía.

Las oscuras cejas de Aldo se juntaron y habría jurado que se esforzaba por moderar su actitud.

—Debería habernos avisado. Habríamos venido a recibirla y se habría usted ahorrado el tiempo y el alboroto.

—Su objetivo principal en la vida.

—Mire, estaba en una reunión cuando me llamaron. No tenía por qué salir corriendo. Pude haberla dejado aquí, sentada, sufriendo. Es lo que se merece. —Paseó la mirada por el vestíbulo—. En estos momentos, mi principal objetivo es proteger a Magruder. Estoy seguro de que se dará cuenta del riesgo que corre, ya que no tenemos la menor idea de quién le disparó ni por qué.

—Eso lo entiendo. —Podía ver la situación desde su punto de vista. Era una investigación activa y yo no había hecho más que estorbar al pasarme por alto el protocolo. Como Mick era mi ex y la pistola encontrada era mía, mi súbita aparición en el hospital había sido de lo más inoportuno—. Lo siento. Ardo en deseos de saber algo y tiendo a tomar atajos. Debería haberles llamado a ustedes. La culpa ha sido mía.

—No nos preocupemos por eso ahora. —Miró el reloj—. Tengo que volver al trabajo, pero antes, si le parece bien, puedo dejar que esté en la UCI un par de minutos.

—¿No puedo quedarme a solas con él?

—No —dijo—. Por dos razones: primera, que todavía está inconsciente, y segunda que soy responsable de que siga con vida. Soy responsable ante el departamento, sin condiciones, excepciones ni objeciones. No quiero parecer grosero, pero así están las cosas.

—Bueno, pues adelante —dije, reprimiendo un brote de rebeldía. Estaba claro que tenía que ceder en todo. Aquel hombre era oficialmente el guardián de la puerta. Y ver a Mickey era más importante que resistirse a la autoridad o ganar una discusión.

Me levanté al mismo tiempo que él y lo seguí por el vestíbulo como un perro amaestrado. Giramos a la derecha por el pasillo, sin decirnos nada. Llamó al ascensor. Mientras esperábamos, sacó un paquete de chicles y me ofreció uno. Decliné la invitación. Sacó una barrita, la partió por la mitad, le quitó la envoltura y se la metió en la boca. Las puertas del ascensor se abrieron. Entré detrás de él y nos pusimos cara a cara mientras subíamos. Por una vez, no me molesté en memorizar el camino. No tenía sentido urdir nada para encontrar a Mickey sola. Si cometía alguna torpeza, el agente Aldo me empapelaría, y con papel de estraza.

Entramos en el módulo 7-E de la Unidad de Cuidados Intensivos, donde al parecer conocían de vista al agente Aldo. Mientras sostenía una breve conversación con las enfermeras del mostrador de recepción, aproveché la oportunidad para orientarme. La atmósfera era curiosa, la luz tenue y el nivel sonoro estaba amortiguado por la moqueta gris y azulada. Había diez o doce camas, cada una en un cubículo que quedaba dentro del radio visual de la sala de enfermeras. Unas ligeras cortinas de color verde y blanco, casi todas echadas en aquel momento, separaban las camas. Allí tenían a los pacientes que se encontraban entre la vida y la muerte, atados a la vida por las hebras más delgadas. Sangre y bilis, orina, médula espinal, todos los ríos del cuerpo se recorrían y cartografiaban mientras el alma seguía avanzando. A veces, entre respiración y respiración, un paciente caía y entraba en la gran corriente de la que todos salimos y a la que todos hemos de volver.

Aldo se acercó a mí y me condujo al otro lado del mostrador, hasta la cama en que yacía Mickey. No lo reconocí, aunque una rápida mirada a Aldo me confirmó que era él. No respiraba por sí mismo. En la parte inferior de su cara había un esparadrapo ancho. Tenía la boca abierta, con un tubo transparente y grueso como el de una aspiradora que terminaba en un aparato de ventilación. Habían levantado la mitad superior de la cama, como si expusieran al enfermo de forma permanente. Estaba en un lado de la cama, casi tocando el lateral, parecido a la barandilla de una cuna. Le habían puesto un gorro de gasa. La herida de bala le había dejado los dos ojos negros e hinchados como si se hubiera peleado a puñetazos. La piel ofrecía un matiz grisáceo. En el dorso de la mano tenía un tubo que le proveía de fluidos procedentes de las numerosas bolsas que colgaban de una estructura metálica. Podía contar las gotas una por una, la tortura china del agua aprovechada para salvar vidas. De debajo de las mantas salía otro tubo que iba a parar a un recipiente de orina que se llenaba bajo la cama. El pelo que quedaba a la vista parecía raleante y grasiento. Una fina película de humedad le cubría la piel. Los años de exposición al sol aparecían ahora como una imagen en una película bañada en líquido de revelar. Distinguí vello en el borde de sus orejas. No tenía los ojos completamente cerrados. A través de las estrechas ranuras lo veía seguir una película invisible o quizás un texto escrito. ¿Dónde estaba su mente mientras su cuerpo yacía tan inmóvil? Desconecté mis emociones fijándome en el equipo que rodeaba la cama: un carrito, un fregadero, un cubo de basura de acero inoxidable con una tapa de presión, una silla de ruedas, una caja de guantes y un rollo de papel de cocina; artículos prácticos que difícilmente hablaban de muerte.

La presencia del agente Aldo daba un extraño aire de irrealidad al momento. El pecho de Mickey subía y bajaba con un ritmo regular, ya que un efecto fuelle obligaba a sus pulmones a hincharse. Bajo la bata del hospital se veían vendas blancas de gasa y un tubo. Cuando le conocí tenía treinta y seis años. Ahora tenía cincuenta y tres, la misma edad que Robert Dietz. Por primera vez me pregunté si mi relación con Dietz había sido un deseo inconsciente de reparar lo que le había hecho a Mickey. ¿Tan evidentes eran mis procesos internos?

Me quedé mirando a Mickey, lo vi respirar y me fijé en el esfigmómetro que llevaba en el brazo. Se inflaba y desinflaba a intervalos con un sonido quejumbroso. La lectura digital aparecía entonces en el monitor que había encima de su cabeza. Su presión arterial parecía estabilizada en 12,5 y 8,0, con el pulso a 74. Es embarazoso recordar el amor cuando el sentimiento ha muerto; toda la pasión y el romanticismo, el sentimentalismo y los excesos sexuales. Después acabas preguntándote en qué coño estabas pensando. Mickey me había parecido sólido y seguro, un hombre cuya experiencia admiraba, cuyas opiniones valoraba, cuya confianza en sí mismo envidiaba. Lo había idealizado sin darme cuenta siquiera de lo que hacía, y en él proyectaba mi sen-

116

tido de la verdad pura. No entendía entonces que buscaba en él las virtudes que me faltaban o que todavía no había desarrollado. Habría negado hasta la muerte que estaba buscando una figura paterna, pero es lo que en realidad pasaba. Volví a ser consciente de la presencia de Gian Aldo, que miraba a Mickey con un silencio parecido al mío. ¿Podíamos decir otra cosa que tópicos y convenciones? Finalmente hablé yo.

—Vuelva a su trabajo. Le agradezco lo que ha hecho.

—A mandar —dijo.

Me acompañó por el hospital y cruzamos la plaza hasta el aparcamiento. Apreté el botón del ascensor y esperó conmigo como estaba mandado.

—Está bien así, gracias —dije, dándole a entender que podía irse.

—No importa —replicó, dándome a entender que nunca jamás.

Cuando llegó el ascensor, entré, me di la vuelta y me despedí con la mano mientras las puertas se cerraban. Fui por mi coche, lo abrí, introduje la llave de contacto y puse la marcha atrás. Cuando tracé los tres círculos necesarios para llegar a la planta superior, me estaba esperando en la salida, con el motor en marcha. Salí del aparcamiento, accedí a Tiverton y cuando llegué a Le Conte, doblé a la izquierda. El agente Aldo hizo lo mismo, siguiéndome hasta que llegué a la autovía. Seguía imponiendo su autoridad y el detalle no se me escapaba. Comprendía su interés por verme lejos, aunque me sentía como la mala de una película del Oeste a la que echan del pueblo. Veía su coche por el retrovisor, ya que no hacía ningún esfuerzo por disimular el seguimiento. Al oeste por Sunset, al norte por la 405 y luego hacia la 101, formábamos un convoy de dos vehículos a cien kilómetros por hora. Empecé a preguntarme si iba a escoltarme hasta Santa Teresa.

Me fijé en las calles que cruzaba: Balboa, White Oak, Reseda... ¿Es que aquel hombre no tenía fe? ¿Qué creía que iba a hacer, dar media vuelta y volver a la UCLA? En Tampa vi que empuñaba el micrófono de la radio, al parecer para responder a una llamada. El tema debía de ser urgente porque de súbito se desvió y cruzó dos carriles para dirigirse a la salida. Mantuve la velocidad constante con la mirada fija en el retrovisor, para ver si reaparecía. El agente Aldo era listo y si yo hacía el menor intento de cambiar de dirección se daría cuenta. Dejé atrás Winnetka, DeSoto y Topanga Canyon. No vi ni rastro de él. Por una vez mis ángelas estaban de acuerdo. Una decía: nadie es perfecto, y la otra: amén.

Tomé la siguiente salida.

10

Mickey había sido astuto al decir que vivía en Sepulveda. Según la guía Thomas, hay infinitas variantes. Sepulveda Boulevard nace, por lo visto, en el norte del valle de San Fernando. La arteria traza luego una línea hacia el sur, a menudo pegada a la autovía de San Diego hasta Long Beach. Las denominaciones Sepulveda Norte y Sepulveda Sur saltan adelante y atrás, dando constancia de sus continuos cambios de sentido conforme atraviesa municipios del área metropolitana de Los Angeles. Están los bulevares Sepulveda Este y Oeste, Sepulveda Lane, Sepulveda Place, Sepulveda Street, Sepulveda Eastway, Sepulveda Fire Road Este y Sepulveda Westway. Al mezclar las cifras, Mickey se aseguraba de que nadie pudiera descubrir su situación exacta. En realidad, sus direcciones se reducían a tres variantes de cuatro dígitos: 2805, 2085 y 2580.

Ordené las direcciones de menor a mayor, 2085, 2580 y 2805. Pensé que aunque la economía le hubiera obligado a vender el coche, tenía que desplazarse. Podía haber utilizado una bicicleta o el transporte público para ir de su casa al trabajo..., a menos, claro, que también se hubiera quedado sin él. Probablemente compraría cerca de casa y frecuentaría los restaurantes próximos cuando no tuviera ganas de prepararse comida..., lo cual (si el pasado era indicativo) ocurriría casi siempre. Los agentes habían dicho que el tiroteo se había producido en un barrio comercial, con muchos bares cerca. En mi cerebro estaba formándose ya una imagen mental. Mickey nunca había tenido en propiedad ninguna casa, así que lo que yo buscaba era un piso de alquiler y, si conocía bien al hombre, sin lujos.

Recorrí las manzanas de Sepulveda que había seleccionado y que eran interminables. Aunque aquello no era lo peor de Los Angeles, la ruta no era precisamente turística. Había vallas publicitarias por todas partes. Los postes de teléfono se perfilaban contra el cielo y los haces de cables se extendían en todas direcciones. Dejé atrás gasolineras, una copistería, tres clínicas veterinarias, un 7-Eleven y un establecimiento con neumáticos de oferta. Los numerales iban en aumento, de un lavadero de coches a una empresa de rótulos y anuncios, de un solar en construcción a un autoservicio de aceites y lubricantes, pasando por una tienda de recambios de coche. En aquella zona, si no buscabas madera ni comida rápida, podías comprar artículos de piel rebajados o satisfacer las necesidades lúdicas en el Party Smarty.

No tuve la sensación de estar en territorio de Mickey hasta llegar al número 2800, ya en Culver City. El edificio 2805 era de viviendas, tenía tres plantas y forma de H, y la fachada se había pintado de un color gris apagado. Las galerías estaban combadas y las puertas correderas de aluminio y vidrio parecían difíciles de abrir. Las manchas, semejantes a estalactitas, chorreaban por el estuco desde la azotea. Los hierbajos crecían ya en las grietas del hormigón. Por la parte sur discurría una acequia seca, llena de tierra, cascotes y desperdicios. La valla de rejilla que señalaba la frontera de la propiedad yacía apoyada contra la fachada lateral del complejo de viviendas, cubierta de matojos secos.

Pasé de largo, en busca del cruce siguiente, donde vi un establecimiento de informática, un laboratorio fotográfico, un almacén de pinturas, un mercadillo, unos billares, una cafetería que no cerraba, dos bares y un chino, los favoritos de Mickey. Vi un camino de entrada y, en cuanto el tráfico me lo permitió, doblé y pasé a la parte derecha de la calle, delante del número 2805. Encontré sitio para aparcar dos puertas más abajo, apagué el motor y me quedé sentada en el coche, palpando la atmósfera, por decir algo grandioso. El edificio se parecía al que Mickey ocupaba cuando nos conocimos. Ya entonces me sorprendió, como ahora, por su indiferencia al medio ambiente. El cartel de la fachada decía «Estudios y apartamentos de 1 y 2 habitaciones YA EN ALQUILER», como si fuera la última novedad.

El paisaje consistía en un grupo de palmeras con un follaje verde oscuro que parecía haber sufrido una agresión con machete. El tráfico de la zona era denso y cuando me di cuenta estaba mirando los coches que pasaban en ambas direcciones y preguntándome si el agente Aldo estaría en camino y me pillaría en la escena. La sola idea me puso los pelos de punta. No es que me hubiera prohibido aparecer por allí, pero no le haría ninguna gracia saberlo.

Puse en marcha el coche y me alejé de la acera. Recorrí media manzana y giré a la derecha en el primer cruce, luego otra vez a la derecha y seguí por el callejón que corría por detrás del edificio y al final se interrumpía en la acequia. Habían aplastado la valla de rejilla para poder saltar al cauce. Me detuve junto a los cubos de basura y di media vuelta para dejar el coche orientado hacia la entrada del callejón. Tardé un minuto en recoger la riñonera del asiento trasero y en meter en ella las ganzúas, la linterna de bolsillo, el juego de miniherramientas y los guantes de goma. Me até la riñonera a la cintura, cerré el coche y me puse en camino.

Recorrí con cautela el pasaje que había entre el edificio de Mickey y el complejo contiguo. Por la noche tenía que estar aquello muy oscuro, ya que las luces municipales o se habían desprendido o se las habían llevado. A un lado había una hilera de contadores del agua corriente, pintados de gris, un auténtico peligro para las espinillas. Estirándome un poco, es decir, dando brincos de zulú, conseguí echar un vistazo por las ventanas protegidas con rejas de hierro. Casi todo eran dormitorios en los que a duras penas cabía una cama de matrimonio. Los inquilinos aprovechaban los alféizares para poner objetos caseros: cajas de galletas, fotos enmarcadas o botes grandes de mahonesa rebosantes de estuches de condones. En un alféizar crecía una bonita planta de marihuana.

El edificio de Mickey carecía de vestíbulo, pero había un pequeño zaguán delante de la escalera con una serie de buzones de metal con los nombres pulcramente grabados en rectángulos de plástico rojos, azules y amarillos. Ni siquiera Mickey podía eludir las normas del servicio de correos. Conté los buzones y comprobé que había veinte viviendas distribuidas en tres plantas, pero no tenía manera de saber cuáles eran las de una y dos habitaciones ni cuáles los estudios. La vivienda de Mickey era la 2-H. El encargado vivía en la planta baja, en la 1-A, que quedaba a mi derecha. La etiqueta del buzón decía Hatfield, B & C. Decidí posponer las presentaciones hasta haber hecho un reconocimiento de la vivienda de Mickey.

Subí al primer piso por la escalera, siguiendo la sucesión de puertas y ventanales al exterior que jalonaban cada planta. Aquellas ventanas no tenían rejas. El apartamento de Mickey estaba en la esquina, en la parte trasera del edificio y a mano derecha. La puerta estaba precintada por la cinta amarilla de la policía, que formaba una gran X. Un aviso oficial advertía de las incontables y horribles consecuencias que habría si se profanaba el santuario del escenario del crimen. La galería daba la vuelta a la esquina y seguía por la parte trasera del edificio, así que las ventanas traseras de Mickey daban al callejón de abajo, con la acequia a la derecha. En aquella parte del edificio se había construido otra escalera, seguramente para cumplir las normas del departamento de incendios. Era muy probable que Mickey hubiera considerado aquello una suerte a medias. Aunque la reclusión permitía a un intruso en potencia entrar por sus ventanas, a él le permitía escapar con más facilidad. Cuando me asomé por la barandilla, vi mi VW en la calle, como un leal corcel, tan cercano que habría podido saltar y salir al galope en un abrir y cerrar de ojos.

Todas las ventanas correderas de Mickey tenían el pestillo echado. Conociéndolo como lo conocía, habría introducido listones de madera en el raíl de dentro, para que las ventanas sólo pudieran deslizarse un palmo. La cerradura de la puerta, sin embargo, parecía idéntica a las de los apartamentos contiguos. El encargado no había tenido muchas ganas de cambiar el modelo habitual por otro más efectivo. Inspeccioné los alrededores. El callejón estaba desierto y no vi rastros de ningún inquilino. Me puse los guantes de goma y comencé a trabajar con la ganzúa. Un amigo de Houston me había enviado hacía poco un juguete curioso: una ganzúa de pilas que, en cuanto se dominaba, era de una eficacia monstruosa. Me había costado un poco, pero había practicado en la puerta de Henry y ya tenía la técnica en el bote.

La puerta cedió a mi arte en menos de quince segundos y sin hacer más ruido que un cepillo dental eléctrico. Me guardé la ganzúa en la riñonera, despegué una punta de la cinta adhesiva amarilla y crucé el umbral, volviéndome el tiempo imprescindible para pegar la cinta donde había estado y cerrar la puerta. Miré el reloj y me concedí treinta minutos para hacer el registro. Supuse que si un vecino me había visto entrar, la poli de LA tardaría por lo menos ese tiempo en responder a la llamada.

En el interior reinaba la oscuridad. Las cortinas estaban echadas y el edificio de seis plantas que había al otro lado del callejón impedía la entrada de la luz solar. Mickey todavía fumaba. La nube tóxica flotaba en el aire y había impregnado la moqueta, las cortinas y los muebles tapizados. Inspeccioné las colillas que habían quedado en los ceniceros con un surtido de cerillas de madera. Todas las colillas eran de Camel, la marca que Mickey había fumado durante años, y ninguna tenía un borde rojo que sugiriese una compañía femenina. En el brazo del sofá había una novela de Elmore Leonard, abierta por la mitad. Mickey me había hecho conocer a Elmore Leonard y a Len Deighton. Yo, a cambio, le hablé de Dick Francis, aunque nunca supe si leyó a este autor británico con tanto placer como yo. Las paredes estaban cubiertas de paneles que pudieron parecer de pino, pero que ahora tenían una pegajosa película de alquitrán de tabaco. La salita y el comedor formaban una L. Los muebles eran toscos y grandes, de los que se compran en un mercadillo de ocasión o se encuentran en la acera el día de la recogida municipal de trastos viejos. Había una trituradora de papel pegada a una pared, pero la papelera estaba vacía. En la concepción del mundo de Mickey, ningún papel, ningún recibo, ninguna carta debía ir a la basura sin haberse cortado antes en pedacitos. Seguramente vaciaba la papelera con frecuencia y utilizaba más de un cubo de basura, para que los ladrones que entrasen no tuvieran forma de completar ningún documento de importancia. No cabía duda, Mickey estaba como una cabra.

Fui al comedor, para ello hube de pasar junto a cuatro sillas desiguales y una mesa alfombrada con correspondencia. Me detuve y rebusqué en el montón que había en un extremo. Me guardé de clasificar los sobres, ya que mi inclinación natural es separar las facturas de la publicidad. Vi extractos bancarios, pero no cartas personales, ni catálogos, ni cuentas de tarjeta de crédito. Las facturas de los servicios no me interesaron. ¿Qué me importaba a mí lo que gastaba en electricidad? Me moría por encontrar una factura del teléfono, pero no vi ninguna. Se las había llevado la policía. Recogí el puñado de extractos bancarios y me los metí por la cintura de los pantalones, en las bragas, donde formaron una crujiente faja de papel. Ya los miraría en casa. No había más facturas que parecieran útiles y las dejé donde estaban. Prefería mantener al mínimo las infracciones que iba cometiendo.

Salí del comedor y entré en una cocina estilo barco, tan pequeña que bastaban dos pasos para llegar a la pared del fondo. Cocina, frigorífico, fregadero y microondas. No había más entrada de luz que un ventanuco y daba al callejón. En el mármol había una pecera redonda de cristal en la que Mickey echaba las cajas de cerillas que llevaba encima al final de la noche y que eran como un plano de su recorrido por los bares. Los armarios superiores contenían una modesta colección de platos y tazas de café, más los complementos básicos: cereales deshidratados, leche en polvo, azúcar, condimentos, servilletas de papel y dos botellas precintadas de bourbon Early Times. Los armarios de abajo estaban repletos de latas: sopa, judías, carne fiambre, atún en aceite, tamales, espaguetis, compota de manzana y leche evaporada. Debajo del fregadero, en la basura, vi una botella de whisky medio vacía. Encajadas entre las cañerías, conté hasta diez garrafas de veinte litros de agua. Era el equipo de supervivencia de Mickey, por si estallaba la guerra o los extraterrestres invadían Los Angeles. El frigorífico estaba lleno de cosas que no olían bien. Mickey había guardado sobras sin envolverlas adecuadamente y el resultado era una selección de trozos de queso duro como las piedras, una patata medio florecida y con brotes que parecían verrugas, y medio tomate seco y encogido.

Volví sobre mis pasos. A la izquierda de la salita una puerta daba al dormitorio, con un cuartito que hacía de armario ropero y un lavabo detrás. La cómoda estaba llena de calzoncillos, camisetas, calcetines y pañuelos. En el cajón de la mesita de noche vi objetos interesantes: un diafragma y un pequeño frasco de colonia con pulverizador, y con la mitad de la etiqueta del precio pegada a la base. Al parecer, se había comprado la colonia en los almacenes Robinson, puesto que todavía se veía una parte del nombre. Quité el tapón y olí. Aquello se parecía una barbaridad a los lirios del valle de los primeros días de nuestro romance. La madre de Mickey debía de haber usado un perfume parecido. Recordé que pegaba los labios a mi cuello cuando me lo ponía. Dejé el frasco. Había un paquetito hecho con un pañuelo de papel del tamaño de una barra de chicles. Desdoblé el papel y saqué una delgada cadena de oro de la que colgaba un corazoncito del mismo metal, con una rosa pequeñísima esmaltada en el centro. No es por hacerme la cínica, pero Mickey me había regalado una cosa así a la semana de liarnos. Algunos hombres lo hacen: encuentran un mecanismo que funciona una vez (regalar una rosa roja) y lo repiten con todas las mujeres que aparecen en su vida.

En el cuarto ropero vi colgados dos uniformes azul oscuro con insignias en las mangas, dentro de una bolsa de lavandería. Metí la mano dentro de la bolsa y toqué la insignia, de un azul más claro. Las palabras Pacific Coast Security (Servicio de Seguridad de la Costa del Pacífico) estaban bordadas en oro siguiendo el contorno. También vi un par de chaquetas deportivas, seis camisas de vestir, cuatro pantalones vaqueros, dos pantalones anchos, un pantalón oscuro y una cazadora de cuero negro que conocía muy bien. Era la que llevaba la primera vez que salimos, la misma que llevaba la primera vez que me besó. Yo todavía vivía con tía Gin, así que no había manera de meternos en casa para portarnos mal. Mickey me arrastró contra la puerta de la caravana y la piel de su cazadora emitía un crujido característico. El beso duró tanto que resbalamos hasta el suelo. Yo era Eva Marie Saint con Marlon Brando en *La ley del silencio* de Elia Kazan, un beso que sigue estando entre los mejores del cine de todos los tiempos. No como las escenas de amor de la actualidad, en las que el chico le mete la lengua a la chica hasta la campanilla, como si quisiera hacerla vomitar. Habríamos hecho el amor allí mismo, en la puerta, si no hubiéramos estado a la vista de todo el parque de caravanas; además, no era de buena educación y podían detenernos.

Cabeceé y cerré el armario mientras un escalofrío sexual me recorría la columna. Fui a abrir la puerta contigua, que parecía dar a la galería trasera. La cerradura era nueva. No había llave en la cerradura, pero no debía de andar lejos. Mickey no facilitaba los allanamientos de morada, pero querría tener la llave a mano si había un incendio o un terremoto. Paseé la mirada por la habitación mientras recordaba sus trucos. Me arrodillé y fui palpando el borde de la moqueta. Cuando llegué al rincón, tiré de la punta, que estaba suelta. Saqué la llave del escondite. Abrí la puerta trasera y la dejé entornada por el momento. Volví al dormitorio y me quedé mirando hacia la salita. Sin duda la policía había pasado ya por allí y precintado el apartamento después, en espera de hacer una inspección más concienzuda. Procuré mirar la casa con los ojos de la policía y luego con los de mi experiencia personal. En el caso de Mickey, la cuestión no era cuánto se veía, sino cuánto estaba oculto. Era un hombre que vivía en estado de disposición crónica y, por lo que yo sabía, sus miedos no habían hecho más que aumentar en aquellos catorce años. A falta de un conflicto mundial, vivía con anticipación la insurrección civil: hordas incontroladas que invadirían el edificio, entrarían a la fuerza en todos los domicilios en busca de comida, agua y otros objetos de valor, como el papel higiénico. Sin embargo, ¿dónde tenía las armas? ¿Cómo había pensado defenderse?

Primero busqué en la cocina, dando golpecitos en los zócalos, por si alguno sonaba a hueco. Le había visto preparar otras «cajas de caudales», agujeros con delantera falsa en los que podía esconder dinero, pistolas y munición. Seguí con el fregadero. Saqué todas las garrafas de agua para dejar libre el suelo y la sucia plancha de madera que había al fondo. Moví la linterna de arriba abajo y de izquierda a derecha. Vi cuatro tornillos, uno en cada rincón, oscurecidos para que hicieran juego con la plancha. Metí la mano en la riñonera, abrí el estuche de miniherramientas, saqué un destornillador de pilas y me puse a extraer los tornillos. Te puedes agujerear la mano si lo haces como en los antiguos tiempos. Cuando quité los tornillos, la plancha salió con facilidad y dejó a la vista un espacio de quince centímetros de anchura por veinte de profundidad. Había cuatro pistolas en pequeños estantes pegados al fondo, y cajas de munición. Volví a colocar la plancha con cuidado y continué la búsqueda. Enfocaba aquello como una búsqueda de datos. Al igual que la policía, mi principal objetivo era averiguar por qué habían disparado contra Mickey. No quería llevarme nada suyo si no hacía falta. Y era mejor no tocar nada si podía evitarlo.

Al cabo de media hora había descubierto otros tres agujeros detrás de los interruptores de la luz de la salita. Los tres contenían documentos de identidad: partida de nacimiento, permiso de conducir, tarjeta de la Seguridad Social, tarjetas de crédito y dinero. Emmett Vanover. Delbert Amburgey. Clyde Byler. No reconocí ningún nombre y supuse que los había inventado o tomado de personas muertas cuyos datos había copiado del registro civil. En todos los documentos falsos aparecía la foto de Mickey. Por el momento lo dejé todo donde estaba. Había comprobado también que el respaldo del sillón podía quitarse y que en el hueco podían esconderse cosas. Los paneles de las paredes, aunque baratos, estaban firmemente fijados a las paredes, pero encontré prietos rollos de crujientes billetes de veinte dólares en los extremos de las barras metálicas de las cortinas de la salita y del comedor. Contando por encima calculé que había unos mil doscientos dólares.

En el cuarto de baño, debajo de la pila, desgajé un trozo de cañería, un tubo de cinco centímetros de diámetro que se había empotrado en la pared, cerca de los conductos del agua. Contenía monedas de oro. Volví a meterlas en el tubo y a poner éste en su sitio. El único lugar donde me llevé un chasco era de los favoritos de Mickey, el desagüe de la bañera. Hacía un agujero en el tapón de caucho y pasaba una cadena por él. Enganchaba el objeto a la cadena y lo dejaba colgando dentro del desagüe, con todos los pelos pegajosos y la espuma del jabón. En este escondite era donde solía guardar la llave de su caja fuerte. Tardé un minuto en doblarme por el borde de la bañera. El tapón estaba enganchado por una cadena a la ranura de seguridad que había debajo del grifo, pero cuando enfoqué el desagüe con la linterna, no vi nada colgando por el agujero. Pues qué bien. Me consolé pensando que al menos lo demás había salido bien. Lo más probable era que hubiese más escondites secretos, quizá de invención reciente y en los que ni siquiera había pensado, pero no podía haber hecho nada mejor en el tiempo que me había concedido. Y ya era hora de emprender la retirada.

Salí por la puerta trasera y cerré con la llave de Mickey. Me guardé la llave en el bolsillo, me quité los guantes de goma y los metí en la riñonera. Bajé las escaleras y llamé a la puerta del encargado. Había dado por supuesto que B. y C. Hatfield eran un matrimonio, pero resultó que eran dos hermanas. La que abrió la puerta debía de andar por los ochenta años.

—¿Sí?

Era gruesa de cintura y tenía el pecho grande. Llevaba un vestido de algodón sin mangas que había perdido casi todo el color. La tela, con flores estampadas en rosa y azul pálidos, me recordó los edredones antiguos. Tenía los pechos algodonosos, espolvoreados con talco, y parecían dos cúpulas de masa de pan sobresaliendo del molde. Sus antebrazos eran blandos y vi que llevaba las medias enrolladas hasta debajo de las rodillas. Calzaba zapatillas y, a causa de un juanete, le había cortado la punta a una.

—¿La señora Hatfield? —pregunté.

—Soy Cordia —dijo con cautela—. ¿Puedo ayudarla?

—Eso espero. Me gustaría hablar con usted sobre Mickey Magruder, el inquilino de la 2-H.

Me observó con unos ojos azules y acuosos.

—Le dispararon la semana pasada.

—Ya lo sé. Vengo del hospital, de visitarlo.

—¿Es usted policía?

—Soy una vieja amiga. —Me fulminó con la mirada—. Bueno, en realidad soy su ex mujer —rectifiqué, reaccionando a la mirada.

—La he visto dejar el coche en el callejón mientras barría el lavadero.

—Ah —dije.

—¿Estaba todo en orden?

—¿El qué?

—La 2-H. La casa del señor Magruder. Ha estado usted allí un rato largo. Treinta y dos minutos según mi reloj.

—Estupendo. No pasa nada. No entré, como es lógico.

—¿No?

—Hay un precinto de la policía en la puerta —repliqué.

—Y también un aviso muy grande que advierte de lo que le puede pasar a los infractores.

—Sí, lo he visto.

Esperó. Yo habría seguido hablando, pero tenía la mente en blanco. Mi plomos mentales habían saltado mientras me encontraba entre la verdad y la mentira. Me sentía como una actriz que hubiera olvidado el texto. No se me ocurría nada en absoluto.

—¿Quiere alquilarla? —preguntó.

—¿Alquilar qué?

—La 2-H. Creía que había venido por eso.

—Ah. Ah, sí. No es mala idea. Me gusta la zona.

—Hace bien. Bueno, podríamos comunicárselo cuando esté disponible. ¿Quiere pasar y rellenar una solicitud? Parece usted algo alterada. ¿Le apetece un vaso de agua?

—Se lo agradecería.

Al franquear la puerta entré directamente en la cocina. Me sentí como en otro mundo. Había un pollo guisándose en el fuego. Otra mujer de edad parecida estaba sentada a una mesa redonda de roble, con un mazo de cartas. A mi derecha vi un comedor formal: mesa y sillas de caoba y un aparador a juego con muchos platos. La distribución era completamente diferente de la del piso de Mickey. La calefacción debía de estar casi a treinta grados y el televisor que había sobre el mostrador de la cocina bombardeaba cotizaciones de bolsa a todo volumen. Ni Cordia ni su hermana le prestaban atención.

—Le traeré el impreso —dijo—. Ésta es mi hermana Belmira.

—Pensándolo bien, creo que será mejor que me lleve el

impreso a casa. Lo rellenaré y se lo enviaré después. Será más sencillo.

—Como quiera. Siéntese, por favor.

Acerqué una silla y me senté enfrente de Belmira, que manoseaba una baraja de tarot. Cordia fue al fregadero, abrió el grifo y llenó un vaso. Me dio el agua y luego abrió un cajón de la cocina para sacar un impreso. Volvió a su asiento, me dio el papel y recogió una labor de punto de varios colores, de quince centímetros de anchura y al menos cuarenta de largo.

Bebí el agua sin prisas. Miré el impreso mientras me esforzaba por recuperarme. ¿Qué me pasaba? Mi reputación de mentirosa estaba a punto de venirse abajo. Y ninguna de las dos hermanas se extrañaba de mi prolongada presencia.

—Belmira dice que es bruja, pero yo del asunto sé tanto como usted. —Miró hacia el comedor—. Dorothy tiene que estar por ahí. ¿Adónde ha ido, Bel? Hace una hora que no la veo.

—Está en el cuarto de baño —dijo Bel, que se volvió hacia mí—. No he oído su nombre, querida.

—Perdón. Me llamo Kinsey. Mucho gusto en conocerla.

—Encantada. —El poco pelo que le quedaba era de un blanco transparente que permitía ver fragmentos rosados del cráneo. Llevaba una bata oscura con estampados, sus hombros eran estrechos y huesudos, y sus muñecas tan planas y estrechas como el mango de un cazo—. ¿Cómo está usted? —preguntó tímidamente, mientras recogía las cartas. Tenía cuatro dientes de oro.

—Bien, gracias. ¿Y usted?

—Fantástica. —Sacó una carta y la puso boca arriba—. La sota de espadas. Es usted.

—Bel —dijo Cordia.

—Pero si es verdad. Es la segunda vez que me sale. Barajé en cuanto entró y saqué esta carta, y ahora vuelve a salir la misma.

—Pues saca otra. A Kinsey no le interesa.

—Háblenme de sus nombres —pedí—. Nunca los había oído.

—Se los inventó nuestra madre —dijo Bel—. Éramos seis chicas y nos puso el nombre por orden alfabético: Amelia, Belmira, Cordia, Dorothy, Edith y Faye. Cordia y yo somos las únicas que quedamos.

—¿Y Dorothy?

—Vendrá enseguida. Le gusta la compañía.

—Bel le echará las cartas en cualquier momento —dijo Cordia—. Le advierto que cuando empieza es difícil que lo deje. No le haga caso. Es lo que hago yo. No se preocupe, no herirá sus sentimientos.

—Yo sí me preocuparía —intervino Bel con voz débil.

—¿Es buena echando las cartas?

—No especialmente —terció Cordia—, pero hasta los asnos tocan la flauta por casualidad. —Había levantado la labor para que le diera la luz y seguía con la cabeza algo inclinada mientras las agujas tintineaban al chocar. El tejido le caía hasta el regazo—. Estoy haciendo una manta para las rodillas, por si quiere saberlo.

Mi tía Gin me había enseñado a hacer punto cuando tenía seis años, seguramente para que me distrajera cuando caía la noche. Aseguraba que era una habilidad que fomentaba la paciencia y la coordinación entre el ojo y la mano. Vi que Cordia se había saltado unos puntos unas seis filas atrás. Los nudos, como marineritos que hubieran caído al agua, se alejaban conforme aumentaban las filas de puntos. Iba a decírselo cuando apareció un gatazo blanco en el umbral. Tenía la cara aplastada de los persas. Se detuvo al verme y me miró con desconcierto. Había visto uno igual antes: pelo largo y blanco como la nieve, un ojo verde y el otro azul.

Bel sonrió al verlo.

—Aquí está.

—Es Dorothy —me informó Cordia—. La llamamos Dort para abreviar. ¿Cree usted en la reencarnación?

—No me lo había planteado hasta ahora.

—Nosotras tampoco hasta que apareció esta monada. Dorothy juraba siempre que se pondría en contacto con nosotras desde el Más Allá. Durante años aseguró que encontraría la forma de volver. Y hete aquí el milagro, que la gata del vecino parió el mismo día de su muerte. Ésta fue la única hembra y era exactamente igual que nuestra Dorothy. El pelo blanco, un ojo azul y otro verde. La misma personalidad y la misma conducta. Sociable, avasalladora e independiente.

—Incluso se tira los pedos igual que Dorothy —dijo Bel—. Silenciosos pero mortales. A veces tenemos que salir de la habitación.

Señalé la labor de punto.

—Me parece que se ha dejado unos puntos. —Me adelanté y los toqué con el dedo—. Si tiene un ganchillo por ahí, puedo arreglárselos.

—¿En serio? No estaría mal. Su vista parece mejor que la mía. —Cordia rebuscó en la bolsa de costura—. Veamos qué hay aquí. ¿Servirá esto? —dijo, alargándome una aguja de gancho.

—Perfecto. —Mientras empezaba la lenta tarea de arreglar los puntos, la gata saltó a mi regazo. Tiré la labor y exclamé—: ¡Uaaah!

Dorothy pesaba unos diez kilos. Me dio la espalda y levantó la cola como si fuera el mango de una bomba de agua, dejando al descubierto la espita mientras ponía las patas donde podía.

—Nunca hace eso. No sé qué le habrá pasado. Usted debe de caerle bien —dijo Belmira, poniendo las cartas boca arriba mientras hablaba.

—Yo estoy emocionada.

—Vaya, ¿qué le parece? El diez de bastos al revés. —Bel estaba organizando las cartas para interpretarlas después. Puso el diez de bastos junto a las otras, para formar seguramente una combinación misteriosa. La luna tapaba ahora la carta que me había asignado, la sota de espadas.

Bajé la cola de Dorothy y la inmovilicé con el antebrazo derecho mientras señalaba las cartas.

—¿Qué significa ésa? —Pensaba que la Luna tenía que ser buena, pero las hermanas cambiaron una mirada que me hizo pensar lo contrario.

—Te advertí que lo haría —dijo Cordia.

—La Luna significa enemigos ocultos, querida. Peligro, oscuridad y miedo. No es buena.

—No bromee.

Señaló otra carta.

—El diez de bastos al revés representa obstáculos, dificultades e intrigas. Y esta otra, el Ahorcado, representa lo mejor que puede esperar.

—No quiere oírlo, Bel.

—Sí quiero. Puedo controlarlo.

—Esta carta le pone la corona.

—¿Y eso qué es? Me da miedo preguntar —dije.

—El Ahorcado es buena carta. Representa sabiduría, pruebas, sacrificio, intuición, adivinación y profecía. Es lo que usted quiere, pero no tiene aún.

—Me está ayudando con el punto. Al menos espera a que termine.

—Puedo afrontar las dos cosas —comenté. Aunque la verdad era que la presencia de Dorothy me lo ponía difícil. La gata había dado media vuelta y ahora parecía empeñada en olerme el aliento. Alargó delicadamente la nariz. Tragué aire y le eché una bocanada en el hocico—. ¿Qué carta es ésa? —pregunté, mientras la gata me frotaba la barbilla con la cabeza.

—El rey de espadas, que está a sus pies. Es lo suyo, con lo que tiene que trabajar. Habilidad, valentía, capacidad, hostilidad, ira, guerra, destrucción.

—Lo de la ira ha estado bien.

—No total —corrigió Bel—. Si es total, está usted apañada. ¿Ve ésta? Esta carta significa dolor, aflicción, lágrimas, tristeza y desolación.

134

—Pues vaya caca.

—Exactamente. Yo diría que está usted con el culo al aire y sin papel higiénico a mano. —Belmira volvió otra carta.

Dorothy trepó por mi pecho, ronroneando. Puso la cara delante de la mía y nos miramos. Volví los ojos a la baraja. Hasta yo, que no creía en aquello, veía el problema en que estaba metida. Aparte del Ahorcado, había un tipo cargado de porras y otro que yacía boca abajo en el suelo, con diez espadas en la espalda. La carta del Juicio tampoco me pareció de buen agüero, y además estaba el nueve de bastos, con un tío raro empuñando una porra y ocho porras alineadas detrás. A esta carta le seguía un corazón atravesado por tres espadas, con nubes y lluvia encima.

Por entonces ya había arreglado los puntos y tendí la labor a Cordia por encima de Dorothy. Pensé que ya era hora de ir al asunto, así que pregunté a Cordia qué podía contarme sobre Mickey.

—No puedo decir que sepa mucho de él. Era muy reservado. Trabajaba de guardia de seguridad en un banco hasta que perdió el empleo en febrero. Solía verlo salir con el uniforme. Le quedaba muy bien.

—¿Qué pasó?

—¿Cuándo?

—¿Cómo perdió el empleo?

—Bebía. Debería saberlo si estuvo casada con él. A las nueve de la mañana apestaba a alcohol. No creo que bebiera a esa hora. El olor era de la noche anterior, el tufo le salía por los poros. Nunca se tambaleaba ni hablaba con la lengua gorda. No daba gritos ni decía vulgaridades. Siempre se portó como un caballero, pero estaba perdiendo terreno.

—Siento oír eso. Sabía que bebía, pero me cuesta creer que llegara al extremo de que la bebida interfiriera en su trabajo. Era policía cuando me casé con él, hace ya muchos años.

—Eso concuerda —dijo.

—¿Hay algo más que pueda contarme sobre él?

—Era tranquilo, no celebraba fiestas. Pagaba el alquiler con puntualidad, menos los últimos meses. No recibía visitas, salvo un sujeto repugnante con muchas cadenas.

Aparté la atención de Dorothy.

—¿Cadenas?

—Un motorista de esos. Clavos y cuero negro. Tenía mentalidad de vaquero y andaba contoneándose. Hacía tanto ruido que parecía que llevase espuelas.

—¿Y a qué se debía su presencia?

—No lo sé. A Dort no le gustaba. Era un grosero. La apartaba de un puntapié cuando quería olisquearle las botas.

—Ay, Señor —suspiró Bel—. El rey de copas... y está al revés. Eso no es bueno.

La miré con atención.

—¿El rey de tropas?

—De copas, querida. El rey de copas representa a un hombre falso, que se trae un doble juego; marrullería, drogas, escándalo..., de todo.

Aunque tarde, sentí un pinchazo de inquietud.

—Ya que tocamos el tema, ¿qué le hizo pensar que yo era policía cuando me abrió la puerta?

Cordia levantó los ojos.

—Esta mañana ha llamado un policía y dijo que vendría un agente a eso de las dos. Pensamos que sería usted, ya que estuvo allí tanto rato.

Sentí que el corazón me daba un vuelco y miré el reloj. Casi las dos.

—Verán..., será mejor que me ponga en camino y las deje seguir con lo suyo —dije—. Y... me pregunto si podrían hacerme un pequeño favor...

Bel echó otra carta y entonces habló:

—No se preocupe, querida. No diremos que ha estado aquí.

—Se lo agradezco.

—La acompañaré a la puerta trasera —dijo Cordia—. Así podrá llegar al callejón sin que la vean. La policía aparca delante de la puerta..., al menos es lo que ha hecho hasta ahora.

—¿Les puedo dejar un número de teléfono? Para que puedan avisarme si sucede algo —pregunté. Anoté mi número en el reverso de una tarjeta y Cordia, a su vez, apuntó el suyo al pie de la solicitud de arrendamiento. Ninguna cuestionó mi petición. Con un tarot como el mío, seguro que daban por sentado que necesitaba toda la ayuda que pudiera conseguir.

11

Camino de casa me detuve en un McDonald's a comprar una hamburguesa con queso, patatas fritas y una Coca-Cola pequeña. Cuando conseguí quitarme el pelo felino del labio, conduje con una mano mientras comía con la otra, gimiendo de placer. Es vergonzoso tener una vida en que a la comida basura se le otorga la misma puntuación que al sexo. También es cierto que obtengo más lo primero que lo segundo. A las cuatro y cuarto estaba en Santa Teresa. El único mensaje del contestador era de Mark Bethel, que el miércoles, a las once y media de la mañana, me devolvía por fin la llamada del lunes por la tarde.

Marqué su número mientras me bajaba la cremallera de los vaqueros y sacaba de las bragas la correspondencia bancaria de Mickey. Naturalmente, Mark no estaba, así que terminé hablando con Judy.

—Casi lo pillas. Se ha ido hace un cuarto de hora.

—Jolín. Bueno, siento que se me haya escapado. Acabo de llegar de Los Angeles. Tengo noticias de Mickey y puede que necesite su ayuda. Estaré en casa toda la tarde. Si puede llamarme, me gustaría hablar con él.

—Me temo que no volverá en todo el día, Kinsey, pero si quieres puedes localizarlo a las siete en el Lampara —dijo. El Lampara es un teatro y está en el centro de Los Angeles.

—¿Haciendo qué? —pregunté, aunque se me ocurrió una buena razón. Mark Bethel estaba entre los catorce candidatos republicanos que batallarían en las primarias que iban a celebrarse el 3 de junio, doce días después. Había oído en alguna parte que la Liga por un Gobierno Justo o una organización parecida había invitado a cuatro a defender su programa en un acto organizado por ella.

—Es un debate público... Robert Naylor, Mike Antonovich, Bobbi Fiedler y Mark hablarán de temas electorales.

—Suena emocionante —comenté, mientras me preguntaba quién estaba engañando a quién. El secretario de estado de California, March Fong Eu, había predicho que iban a obtener el resultado más bajo de los últimos cuarenta y seis años. Entre los candidatos que Judy había mencionado, sólo Mike Antonovich, el diputado conservador que representaba al condado de Los Angeles, tenía una leve posibilidad de ganar. Naylor era diputado por Menlo Park y el único del norte de California hasta que había aparecido Ed Zschau. Zschau era el que más probabilidades tenía de ganar. Corrían rumores que decían que lo apoyaban el *San Diego Union*, el *San Francisco Chronicle*, el *San Francisco Examiner* y el *Contra Costa Times*. Mientras tanto, a Bobbi Fiedler, diputada por el valle de San Fernando y política experimentada, le habían parado los pies cuando la habían acusado oficialmente de haber sobornado a otro candidato para que abandonara. La acusación resultó infundada y se había desestimado, pero los partidarios de Fiedler habían perdido entusiasmo y ella tenía problemas para recuperar el impulso. En cuanto a Mark, era su segundo intento en unas elecciones autonómicas y estaba muy ocupado gastando el dinero de su señora en espacios de televisión en los que se echaba incienso por llevar una campaña tan limpia. Como si a alguien le importara. La idea de asistir a un aburrido debate político bastaba para ponerme en coma.

Judy decía mientras tanto:

—Mark se ha estado preparando durante días, sobre todo en el Punto 51..., la Iniciativa de los Fondos.

—Ya.

—Y los Puntos 42 y 48. Está firmemente convencido de los dos.

—Bueno, ¿y quién no? —pregunté. Moví los papeles del

escritorio y vi una papeleta electoral debajo del periódico y de un montón de correspondencia. El Punto 48 limitaría las pensiones de los funcionarios. Bostezo, ronquido. El Punto 42 autorizaría al gobierno autonómico a emitir bonos por valor de ochocientos cincuenta millones de dólares para continuar la granja de Veteranos de California y el programa de créditos familiares–. No sabía que Mark fuera veterano de guerra –comenté por decir algo.

–Pues sí, se alistó nada más licenciarse. Te enviaré una fotocopia de su carnet.

–No tienes por qué hacerlo –dije.

–No es molestia. Ya he echado un montón al correo. Ya sabes que ganó el Corazón Púrpura.

–¿De veras? No lo sabía.

Mientras Judy parloteaba encontré las tiras cómicas del periódico y leí *Rex Morgan, doctor en medicina*, que era por lo menos igual de interesante. Judy se interrumpió:

–Vaya. Está sonando el otro teléfono. Será mejor que responda por si es él.

–No hay problema.

Nada más colgar, puse los pies encima de la mesa y presté atención al correo que había confiscado. Busqué el abrecartas y rasgué los sobres. Los extractos mostraban ingresos regulares de nóminas hasta finales de febrero, luego nada hasta finales de marzo, momento en que empezaban pequeños ingresos cada dos semanas. ¿El subsidio de desempleo? No recordaba cómo funcionaba. Debía de haber un periodo de espera, para procesar y aprobar las peticiones. En cualquier caso, el dinero ingresado no era suficiente para cubrir sus gastos mensuales y tenía que tirar de la cuenta de ahorros. El último balance daba unos mil quinientos dólares. Había encontrado dinero escondido en su casa, pero ni rastro de la libreta de ahorros. Me habría gustado encontrarla. Me extrañaba no haber topado con ella durante el registro. Tendría que contentarme con los extractos mensuales.

Comparando la actividad entre la cuenta de ahorros y la

cuenta corriente, vi que el dinero saltaba de una a otra y luego desaparecía por la puerta. Los cheques extendidos indicaban que había seguido pagando facturas. El alquiler del apartamento era de ochocientos cincuenta dólares al mes, y el último recibo se había pagado el 1 de marzo, según el cheque que se había cargado en la cuenta. Entre la segunda mitad de febrero y las tres primeras semanas de marzo había sacado dinero de la cuenta en tres ocasiones, en total mil ochocientos dólares. Parecía extraño dadas sus dificultades económicas, que ya eran bastante preocupantes de por sí para ponerse a derrochar el dinero. La policía debía de tener el extracto de abril, así que no se me ocurría la forma de saber si había pagado el alquiler o no el primero de aquel mes. Mi teoría era que había dejado de pagar el alquiler del guardamuebles en cierto momento de abril.

En abril debía ya el teléfono y sin duda le habían cortado la línea antes de que se le hubiera presentado la ocasión de ponerse al día. El dinero que había escondido era con bastante probabilidad el último recurso, calderilla que no quería gastar a menos que la situación se volviera desesperada. Quizá tuviera intención de desaparecer cuando hubiera agotado todos los fondos.

El 25 de marzo había un ingreso de novecientos dólares. Probablemente habían salido de la venta del coche. Un par de días después, el 27, había un modesto ingreso de doscientos dólares que le permitió pagar el gas y la luz. Reparé en que se había hecho el mismo día que me habían llamado por teléfono desde su casa. ¿Le habría pagado alguien para utilizar su teléfono? Habría sido muy raro. En cualquier caso, seguramente había imaginado que así evitaría el desahucio durante otro par de meses, transcurridos los cuales ¿qué pasaría? ¿Se iría del estado con la calderilla y la documentación falsa? Allí había algo que no me dejaba tranquila. Mickey era un fanático de los ahorros. Opinaba que todo el mundo debía guardar en el banco dinero suficiente para vivir seis meses..., en el banco o debajo del colchón, si parecía más seguro. Estaba tan obsesionado por el tema que hasta yo lo había convertido en costumbre desde entonces. Tenía que haber abierto otra cuenta de ahorros en alguna parte. ¿Había depositado el dinero en una cuenta a plazo fijo o en un fondo de pensiones de su trabajo? Ni siquiera sabía por qué lo habían despedido. ¿Se había emborrachado estando de servicio? Medité aquello y llamé al servicio de información del ayuntamiento de Los Angeles para que me dieran el número de Pacific Coast Security de Culver City. Tenía datos de sobra para fingir algo creíble. Sabía su fecha de nacimiento y su última dirección. Su número de la Seguridad Social habría sido una buena baza, pero sólo recordaba las últimas cuatro cifras: 1776. Mickey señalaba siempre que era el año en que se había firmado la Declaración de Independencia.

Marqué el número de Pacific Coast Security y oí los timbrazos mientras reflexionaba sobre lo que iba a decir; seguro que la verdad no. Cuando descolgaron, pedí que me pusieran con Personal. La mujer que respondió parecía a punto de irse a casa. Ya eran casi las cinco y probablemente estaría ordenando la mesa.

—Personal. Señora Bird —dijo.

—Sí, hola. Soy la señora Weston, del departamento de contabilidad del centro médico de la UCLA. Es a propósito de un paciente que ha ingresado en la UCI. Tenemos entendido que trabaja para Pacific Coast Security y nos preguntábamos si serían ustedes tan amables de comprobar la cobertura de su seguro.

—Por supuesto —contestó—. ¿Cómo se llama el empleado?

—Se apellida Magruder. M-A-G-R-U-D-E-R. Nombre de pila, Mickey. Puede que lo tengan registrado como Michael. La inicial del segundo nombre es B. Dirección, Sepulveda Boulevard número 2805; fecha de nacimiento, 16 de septiembre de 1933. Ingresado en urgencias el 14 de mayo. No tenemos el número completo de la Seguridad Social y nos gustaría que nos lo proporcionaran ustedes.

Oí la respiración de la mujer.

—Ya nos hemos enterado. Pobre hombre. Por desgracia, como ya dije a la policía, el señor Magruder ya no trabaja con nosotros. Terminó el 28 de febrero.

—¿Terminó significa que fue despedido?

—Exacto.

—Vaya por Dios. ¿Por qué?

Guardó silencio un momento.

—No estoy autorizada a decirlo, pero tuvo que ver con la b-e-b-i-d-a.

—Lástima. ¿Y su seguro médico? ¿Hay alguna posibilidad de que le prolongaran la cobertura?

—Según nuestros archivos, no.

—Vaya, sí que es raro. Tenía una tarjeta del seguro en la cartera cuando lo trajeron y pensábamos que estaba en vigor. ¿Sabe si lo contrató alguna otra compañía de la zona?

—Lo dudo. Nadie nos ha pedido referencias.

—¿Y el desempleo? ¿Solicitó el subsidio? Porque podría tener el SDI. —Sí, SDI, eso dije; como si estuviéramos tan acostumbrados a hablar del «Seguro De Incapacidad» que ni siquiera necesitáramos explicar qué era.*

—No sabría decirle. Tendrá que llamar allí.

—¿Y el dinero del fondo de pensiones? ¿Podía utilizar como crédito los descuentos de la nómina?

—No alcanzo a entender la importancia de lo que me explica. —Empezaba a inquietarse, como si se preguntara si no sería aquello una trampa o algo parecido.

—Lo entendería si supiera a cuánto suben sus gastos —repliqué con aspereza.

—Me temo que no puedo hablar de eso. Mucho menos con la policía por medio. Lo especificaron claramente. No debemos hablar con nadie sobre lo que tenga relación con él.

---

* En el original hay un juego de palabras imposible de reproducir en la traducción. «SDI» son las siglas de la Strategic Defense Initiative, más conocida como Guerra de las Galaxias, que impulsó el presidente Ronald Reagan en 1984. Recuérdese que la acción de la novela transcurre en 1986. *(N. del T.)*

—Aquí pasa lo mismo. Nos han dicho que avisemos al agente Aldo si alguien pregunta por su habitación.

—¿De veras? Con nosotros no tuvieron ese detalle. Quizá porque no trabajó aquí mucho tiempo.

—Considérese afortunada. Estamos en alerta roja. ¿Conocía personalmente al señor Magruder?

—Claro. Esta empresa no es muy grande.

—Debe de sentirse fatal.

—Pues sí. Es un hombre de verdad encantador. No me imagino por qué alguien querría hacerle eso.

—Es terrible —dije—. ¿Y su número de la Seguridad Social? Tenemos las cuatro últimas cifras, uno, siete, siete, seis..., pero la enfermera de urgencias no entendió bien lo que decía el herido. Necesito las cinco primeras cifras para los archivos. El jefe es muy quisquilloso.

Pareció sorprenderse.

—¿Estaba consciente?

—Bueno, ahora que lo dice, la verdad es que no lo sé. Debía de estarlo, al menos unos instantes. De otro modo, ¿cómo íbamos a saber lo que sabemos? —Advertí que vacilaba—. Es por él —añadí piadosamente.

—Un momento. —Oí que tecleaba en el ordenador y al poco me recitó las cinco primeras cifras.

Tomé nota.

—Gracias. Es usted un cielo. Muchas gracias.

Hubo una pausa y su curiosidad consiguió imponerse.

—¿Cómo está?

—Lo siento, pero no se me permite difundir esa información. Tendrá que preguntar al personal médico. Estoy segura de que sabrá usted apreciar la confidencialidad de estos asuntos..., sobre todo tratándose de la UCLA.

—Claro. Por supuesto. Bueno, espero que se encuentre bien. Déle recuerdos de parte de Ingrid.

—Se los daré.

En cuanto colgamos, abrí el cajón del escritorio y saqué un paquete nuevo de fichas rayadas de cartulina. Era el momento del trabajo administrativo. Comencé a tomar notas con rapidez, un detalle por ficha, y a ponerlas en un montón cuando las terminaba. Tenía mucho trabajo por hacer, días de preguntas acumuladas. Sabía algunas respuestas, pero no me quedó más remedio que dejar varias líneas en blanco. Antes imaginaba que podía guardarlo todo en la cabeza, pero la memoria corrige el estilo de los datos de un modo que elimina cualquier cosa que no parezca importante en el momento. Después son los detalles aislados y sin relación aparente los que a veces hacen que las piezas del rompecabezas encajen como por arte de magia. El solo acto de ponerlo por escrito estimula de alguna manera las conexiones del cerebro. No siempre ocurre en el mismo momento, pero sin la nota escrita, los datos desaparecen.

Miré el reloj. Eran las seis y cinco y estaba tan rota de cansancio que me dolía hasta la ropa. Silencié el timbre del teléfono, subí las escaleras de caracol, me desnudé, me quité los zapatos con los pies, me envolví en el edredón y me dormí.

Me desperté a las nueve y cuarto, aunque parecía medianoche. Me senté en la cama bostezando y procuré orientarme. Sentía encima una losa de cansancio. Aparté el edredón y fui a la barandilla. Abajo, en el escritorio, vi la luz del contestador automático parpadeando con alegría. Mierda. Si no hubiera sido por eso, habría vuelto a la cama para dormir hasta la mañana siguiente.

Me puse una bata y bajé las escaleras descalza. Apreté la tecla y escuché un mensaje de Cordia Hatfield, la encargada del edificio de Mickey.

—Kinsey, llámenos en cuanto llegue. Hay algo que debería saber.

Había llamado a las nueve menos cuarto y pensé que era buen momento para devolver la llamada. Marqué el número y Cordia descolgó antes de que sonara el primer timbrazo.

—¿Hola?

—¿Cordia? ¿Es usted? Soy Kinsey Millhone, de Santa Teresa. El teléfono ni siquiera ha sonado.

—Pues aquí sí. Escuche, querida, el motivo de mi llamada es que aquel policía volvió poco después de irse usted. Estuvo un rato largo en la 2-H y, cuando terminó, vino directamente aquí. Parecía nervioso y preguntó si había entrado alguien. Nos hicimos las tontas. Insistió mucho, pero ninguna de nosotras soltó una palabra.

—Ya. ¿Era ese alto y moreno, el agente Aldo?

—El mismo. Somos viejas. ¿Qué sabemos nosotras, si ya no nos quedan ni neuronas? No le mentimos exactamente, pero me temo que esquivamos un poco la verdad. Le dije que era muy capaz de cobrar los alquileres y de llamar al fontanero si se estropeaba un inodoro, pero que no me dedicaba a fisgar ni a espiar a los inquilinos. Lo que hagan es asunto suyo. Luego le enseñé el pie y le dije: «Con este juanete, suerte tengo de moverme por casa. Pero no puedo estar subiendo y bajando escaleras». Y el agente cambió de conversación.

—¿Qué lo puso nervioso?

—Contó que había desaparecido algo, aunque no quiso aclarar qué. Llevaba una caja llena de chismes y me dijo que había quitado el precinto policial. «Para lo que ha servido...», dijo textualmente. Estaba cabreado por aquello, de eso me di cuenta.

—Gracias por el aviso.

—No hay en absoluto por qué darlas. Ha sido un placer. La principal razón de mi llamada es que ya es usted libre de entrar, aunque no durará mucho. Los propietarios están presionando para echar al señor Magruder. Creo que el agente habló con la gestoría, así que ya saben que se halla en coma. Se han lanzado como fieras, aprovechándose de su estado de salud. Qué vergüenza. De todas formas, si a usted le interesa alquilar el apartamento, debería verlo antes.

—Puede que lo haga. Sí, me gustaría. ¿Cuándo iría bien?

—Cuanto antes mejor. Sólo está a dos horas de aquí.

—¿Se refiere a esta noche?

—Creía que era usted lista. Los propietarios le han enviado ya una notificación de que o paga en tres días o se marcha, así que teóricamente el sheriff podría cambiar la cerradura mañana por la mañana.

—¿No puede hacerse nada para impedirlo?

—Que yo sepa no.

—¿Y si pago lo que debe y el alquiler del próximo mes? ¿Impediría la intervención oficial?

—Lo dudo. Cuando un inquilino paga tarde o no paga, los propietarios pueden disponer del inmueble y alquilarlo a otra persona.

Pensé en el viajecito, cerrando los ojos con desesperación.

—Ojalá lo hubiera sabido mientras estaba allí.

—Si va a venir, dése prisa. Claro que es asunto suyo.

—Cordia, son casi las nueve y media. Si voy esta noche, tendré que hacer el equipaje y echar gasolina, lo que quiere decir que es probable que no llegue hasta la medianoche.

—No dije que además estaba casi desnuda.

—Para nosotras no es tarde. Bel y yo sólo necesitamos dormir cuatro horas, así que estamos levantadas hasta tarde. La ventaja de venir ahora es que dispondrá de todo el tiempo que quiera y no habrá por allí ni un alma.

—¿No verán los vecinos de Mickey que sus luces están encendidas?

—Nadie presta atención. Muchos trabajan y suelen acostarse a las diez. Y si se le hace muy tarde, puede pasar la noche con nosotras. Tenemos el único piso de tres dormitorios de toda la finca. La habitación de invitados es la de Dort, pero estoy segura de que no le importará tener compañía. Tuvimos una larga charla cuando se fue usted.

Dejé de oponer resistencia y respiré hondo.

—Está bien. Iré. Hasta luego.

Nada más colgar, me puse los vaqueros, el jersey de cuello alto y las zapatillas de tenis, que eran ligeras y silenciosas, útiles para trabajos de madrugada. Al menos había estado en el piso de Mickey y sabía qué me esperaba. Todavía tenía la llave de la puerta trasera, aunque me llevaría la ganzúa por si la necesitaba. Como no pensaba volver a las tantas de la madrugada, busqué el petate y metí la camiseta de tamaño extragrande que utilizaba de camisón. Siempre llevaba un cepillo de dientes, dentífrico y ropa interior limpia en el fondo del bolso. El espacio sobrante del petate lo llené con herramientas: guantes de goma, la ganzúa de pilas, el taladro y las brocas, el destornillador, bombillas, alicates, alicates de punta fina, lupa, espejito de dentista y dos linternas, una normal y otra con un brazo articulado por si había que mirar en aquellos lugares difíciles que a Mickey le gustaban tanto. Sospechaba que había descubierto casi todos sus escondites, pero no quería correr riesgos, ya que era mi última oportunidad de fisgar. Metí también otro petate, pero vacío y plegado. Pensaba confiscar todos los objetos ilegales de Mickey y llevármelos a casa hasta que él mismo me dijera qué quería que hiciera con ellos.

Me detuve en una gasolinera para llenar el depósito. Mientras el mozo limpiaba el parabrisas y comprobaba el aceite, entré en la tienda y saqué de una máquina un bocadillo grande y asqueroso (queso y carne de origen desconocido) y un ancho recipiente de plástico con un café que olía a recalentado. Adquirí un envase de leche, derramé parte del líquido negro y eché leche hasta el borde del vaso, más dos sobres de azúcar para asegurarme de que mi cerebro estaría activo.

A las diez y diez estaba ya en camino, con las ventanillas del VW bajadas y a una velocidad constante de noventa y cinco kilómetros por hora que hacía gemir el motor. Comí mientras conducía y me las arreglé para no derramarme el café encima. Había una sorprendente cantidad de coches en la carretera, y algunos camiones y furgonetas familiares, todos corriendo como el rayo. La oscuridad que nos rodeaba aumentaba la sensación de prisa, con faros y pilotos formando dibujos en constante cambio. En el tramo entre Santa Teresa y Olvidado se veía la luna encima del mar, semejante a una esfera de alabastro apoyada en una pirámide de luz. Las olas eran como perlas rumorosas que corrieran libremente hacia la playa. El primigenio olor de las algas impregnaba el aire nocturno como si fuera niebla. Las poblaciones y urbanizaciones costeras aparecían y desaparecían conforme se acumulaban los kilómetros. Las faldas de las colinas, perfectamente visibles de día, se habían reducido a puntos de luz que correteaban por lejanas murallas de oscuridad.

Subí la cuesta de Camarillo y seguí hasta el extremo occidental del valle de San Fernando. No había estrellas. La luz que se reflejaba en la contaminación de Los Angeles daba al cielo nocturno una iluminación fantasmal. Doblé hacia al sur por la 405 hasta National y luego hacia el este. Ya en Sepulveda, tiré a la izquierda y reduje la marcha, buscando el edificio de Mickey en el extraño paisaje nocturno. Aparqué en la calle y recogí el petate y el bolso. Cerré el coche con llave y recé para que el chasis, las ruedas y el motor siguieran allí por la mañana.

La luz de la cocina de las Hatfield estaba encendida. Llamé a la puerta y me abrió Cordia. Bel se había dormido sentada en la silla, por lo que Cordia y yo hablamos susurrando mientras me enseñaba la habitación de los huéspedes con cuarto de baño adjunto. Dorothy nos siguió como una huérfana, haciendo todo lo posible por situarse en el centro de la conversación. Tuve que detenerme más de una vez para acariciarle las orejas. Dejé el bolso sobre la cama. Dorothy tardó muy poco en decir que era suyo, aplastándolo con sus diez kilos. La última vez que la vi, parecía una clueca empollando huevos.

12

Subí las escaleras y recorrí la galería, iluminando el camino con la linterna grande. Los dos apartamentos ante los que pasé estaban a oscuras y tenían abiertas las ventanas de lo que supuse que eran dormitorios. Doblé la esquina y me dirigí a la puerta trasera de Mickey, que abrí con la llave que me había llevado. No supe si dejar la puerta abierta o cerrada y decidí cerrarla. Normalmente habría optado por dejarla abierta, por si tenía que salir corriendo, pero estaba nerviosa y no me gustaba la posibilidad de que entrara alguien sin que lo oyese. Fui a la salita. La única luz que vi era un delgado haz que llegaba de la galería por las cortinas de la L del comedor. Empuñé la linterna como si fuera una espada que cortara las sombras. Después de mi primera visita, el técnico en huellas dactilares le había dado a los cepillos y las brochas, y había dejado restos de polvo en todas las superficies. Hice una rápida incursión en la zona del comedor y la cocina, y luego en el dormitorio y el cuarto de baño, para convencerme de que estaba sola.

Volví a la salita y cerré las ranuras que dejaban las cortinas. Me puse los guantes de goma. Aunque la policía ya había estado allí y se había ido, no quería dejar rastros de mi paso. Me gusta pensar que había aprendido algo de mi pequeño vía crucis por la gatera de la puerta de Ted Rich. Encendí la luz y cambié la bombilla de sesenta vatios por otra de doscientos que llevaba conmigo. Incluso mirando por encima se notaba que el agente Aldo había estado allí. Los armarios de la cocina estaban abiertos. El correo había desaparecido y la pecera de las cajas de cerillas estaba volcada en la mesa del comedor. Imaginé a los polizontes inspeccionando la colección en busca de pistas, tomando nota de los bares y restaurantes que frecuentaba Mickey. Lo más probable era que sólo la mitad de las cajas correspondiese a lugares en los que había estado. El resto serían cajas que le habrían dado otras personas; era una afición que tenía desde pequeño, recortar carátulas de estuches y cajas y pegarlas en álbumes. ¿Quién sabe por qué a los niños les gustan estas tonterías?

Me puse a trabajar y vacié metódicamente los pequeños escondites que había hecho tras los interruptores. Los tres juegos de documentos falsos, tarjetas de crédito y dinero fueron a parar a mi petate. Pasé un rato largo en la cocina, revisando todos los envases con un peine de púas finas, y mirando dentro, detrás y debajo de todos los cajones. Volví a sacar las garrafas de debajo del fregadero y desatornillé la plancha del fondo. Esta vez me llevé las pistolas de los estantes y las metí en el petate con los documentos falsos.

Entré en el dormitorio y quité la colcha y las sábanas de la cama. Morbosa como soy, me entretuve mirando si había señales de recientes actos sexuales, pero no encontré nada. Tiré del colchón y lo examiné con atención, buscando indicios de que lo hubieran abierto y vuelto a coser. Buena teoría; cero resultados. Me metí boca arriba debajo de la cama y aparté el tejido transparente que cubría el fondo del somier. Encendí la linterna, pero nada tampoco. Puse el colchón en su sitio e hice la cama. Era peor que trabajar de camarera de hotel, cosa que ya había hecho en mi época. Me arrastré por todo el perímetro de la moqueta, levantándola de vez en cuando y sin encontrar más que un ciempiés que me dio un susto de muerte. Me dediqué al cajón de la mesilla de noche. El diafragma había desaparecido, así como el frasco de colonia y el pañuelo de papel con el corazón esmaltado y la cadena de oro. Vaya, vaya, vaya. Su última conquista debía de haberse enterado de lo del tiroteo. Se había

151

dado mucha prisa en borrar los rastros de la relación. Debía de tener llave propia y habría entrado después de mi primera visita. ¿Viviría en el mismo edificio? Era una idea que valía la pena investigar.

Pasé media hora larga en el cuarto de baño; levanté la tapa de la cisterna y utilicé el espejo de dentista y la linterna articulada para buscar objetos escondidos. Nada. Saqué todos los objetos del botiquín y descolgué éste de la pared para ver si Mickey había abierto otro agujero detrás. Nada. Miré dentro de la barra de la ducha e inspeccioné el barato armario de los útiles de aseo en busca de puertas falsas o paneles ocultos. Desatornillé la rejilla de la calefacción y di golpecitos en el zócalo para comprobar si sonaba a hueco. Desgajé la sección de tubería de debajo del lavabo. Las monedas de oro seguían allí. Las guardé en el petate y volví a empotrar el tubo. No hacía falta decir lo que habría hecho el siguiente inquilino cuando hubiera descubierto la falsa cañería. En el hueco eje del papel higiénico encontré un billete de cien dólares.

Pasé al cuarto ropero, registré bolsillos y miré detrás de la fila de ropa colgada, en busca de una posible pared falsa. Nada. Los mil bolsillos de la cazadora de cuero estaban vacíos. Pegado a la pared encontré el contestador automático, que probablemente había desenchufado después de que dejaran su teléfono «desconectado o dado de baja». Levanté la cubierta, pero la policía, por lo visto, ya se había llevado la cinta. Descubrí otro escondite detrás del interruptor de la luz. En una estrecha ranura que descubrí junto a un remache había un sobre cerrado. Lo metí en el petate para analizarlo después.

Había otro alijo por descubrir que había dejado para el final. Volví a la salita y apagué la luz. Fui de ventana en ventana, escrutando la oscuridad exterior. Eran las dos y media de la madrugada y casi todas las ventanas de los edificios cercanos estaban a oscuras. De vez en cuando se veía alguna luz, pero las cortinas estaban echadas y no había nadie mirando por las rendijas. No vi movimiento en las cercanías. El ruido del tráfico era prácticamente inexistente. Descolgué las cortinas y bajé las barras. Quité los topes e iluminé el interior. Saqué el dinero. Volví a colocar las barras y colgué las cortinas, presa de un repentino nerviosismo. Erguí la cabeza. ¿Había oído un ruido? Quizás habían quitado el precinto policial para tentarme y el agente Aldo estaba esperándome fuera. Le daría un ataque si me encontraba con un petate lleno de herramientas de robar, con las pistolas y los documentos falsos. Dejé apagada la luz del techo y me limité a utilizar la linterna de bolsillo mientras recorría el apartamento recogiendo herramientas y asegurándome de que no dejaba ningún rastro personal. Me daba la sensación de que me olvidaba de algo importante, pero sabía que abusaría de mi suerte si volvía para averiguarlo. Tenía tantas ganas de salir que casi no me enteré de los crujidos de la piedra artificial ni del carraspeo de una moto que se detenía en el callejón.

Con unos segundos de retraso comprendí que lo que había oído era una moto procedente de la calle delantera. El conductor debía de haber apagado el motor al entrar en el callejón y dejado que recorriera el resto del camino movida por su propio impulso. Fui a la ventana trasera y miré por la rendija de las cortinas. Desde aquel ángulo no se veía mucho, pero estaba casi segura de que alguien se movía en el callejón. Cerré los ojos y escuché. Al cabo de treinta segundos oí ruido de botas en los peldaños, con un tintineo a cada paso. Aquel hombre subía por detrás. Sin duda un inquilino o un vecino. Apagué la linterna y seguí el rumor de los pasos mientras el individuo doblaba por la galería trasera del edificio y llegaba a la puerta delantera de Mickey. Deseaba oírlo pasar de largo, pero lo que oí fue un golpe en la puerta y un susurro áspero.

–Eh, Magruder. Abre. Soy yo.

Crucé el dormitorio y fui a la puerta trasera, buscando la llave en el bolsillo de los vaqueros. Mi pulso era firme, pero el resto del cuerpo me temblaba tanto que no atinaba con la cerradura. Tenía miedo de utilizar la linterna, ya que el hombre había ido a la ventana del dormitorio y estaba llamando con impaciencia, con un golpeteo seco y resonante, como si diera en el cristal con un anillo.

—Abre y sal de una puta vez.

Se acercó de nuevo a la puerta principal y siguió llamando. Esta vez la aporreó con ganas y temblaron hasta los tabiques.

El vecino más próximo, cuyo dormitorio debía de estar pegado al de Mickey, gritó por su ventana:

—¡Calla, cabrón! ¡Que hay gente durmiendo!

El tipo de la puerta dijo algo más soez que no quiero repetir. Lo oí andar cascabeleando hacia la ventana del dormitorio del vecino, donde me lo imaginé reventándola con el puño. Dicho y hecho, porque al instante oí el puñetazo y estrépito de cristales, seguido por el asombrado grito del vecino. Aproveché el conmovedor episodio de fraternidad humana para encender la linterna e iluminar la cerradura. Giré la llave y ya casi había salido cuando me detuve. No volvería por allí en toda mi vida. A la mañana siguiente, llegaría el sheriff y cambiaría las cerraduras. Aunque podría entrar otra vez con la ganzúa, no quería correr el riesgo. Había limpiado todos los escondites, pero aún quedaba una cosa de valor. Dejé en el suelo los dos petates y volví al ropero de Mickey, saqué la cazadora de cuero y me la puse. Recogí las dos bolsas y salí por la puerta trasera, deteniéndome apenas lo imprescindible para cerrarla.

Estaba en mitad de la escalera cuando apareció una cara un poco más arriba. Por encima de la barandilla de hierro vi un revuelto pelo de panocha, una cara larga y huesuda, unos hombros estrechos y un pecho hundido dentro de una cazadora tejana sin mangas. Me eché un petate al hombro, me apreté el otro contra el costado y me puse a bajar los peldaños de dos en dos mientras el tipo de la cazadora corría hacia al rellano. Llegué al final de la escalera en el mismo momento en que él empezaba a bajarla. Reconocía cada paso que daba por el tintineo de sus botas, que debían de llevar cadenitas de adorno. Corrí de puntillas, procurando no darme con los contadores del agua que había a un lado.

El piso de las encargadas estaba completamente a oscuras, pero Cordia, tal como había prometido, había dejado abierta la puerta trasera. Giré el pomo y abrí. Sufrí una leve demora cuando el petate que llevaba al hombro tropezó con el dintel de la puerta. Di un tirón y conseguí meter los dos petates. Iba a cerrar cuando Dorothy salió por la puerta. Debía de haber llegado corriendo para ver qué pasaba y seguramente no había podido resistir la tentación de salir a dar una vuelta. Se detuvo nada más salir, sorprendida de encontrarse sola en la fría oscuridad a aquellas horas. Oí un golpe sordo y una maldición. El hombre debía de haberse enganchado el pie en un contador de agua y haber caído de bruces. Oí sus tacos y maldiciones mientras recuperaba la vertical y se dirigía cojeando hacia donde estábamos, con furia creciente. Si tropezaba con Dorothy, le retorcería el pescuezo y la tiraría por encima de la valla, lo que la obligaría a reencarnarse con otro aspecto. La sujeté por la cola y tiré de ella mientras la pobre intentaba asirse al cemento con las garras. La llevé maullando hasta la cocina a oscuras, cerré la puerta y eché el cerrojo.

Me desplomé en el suelo, abrazando a la gata con el corazón en la boca y jadeando. Oí que los pasos tintineantes se acercaban y se detenían en la puerta de las Hatfield. El tipo dio una patada a la puerta tan fuerte que tuvo que hacerse daño. Debía de llevar linterna porque vi pasar por la pared del fondo un haz de luz que iluminó por un breve instante la mesa de la cocina. La luz se movió adelante y atrás. Hubo un momento en que habría jurado que se había puesto de puntillas para iluminar la zona donde yo me encontraba. Mientras, Dorothy protestó por mi abrazo y consiguió liberarse. Quise atraparla, pero me esquivó. Me lanzó una mirada hosca y fue contoneándose hacia el comedor, derecha al haz de la linterna. Hubo un silencio largo y pesado. Temí que el tipo echara la puerta abajo, pero debió de pensárselo mejor. Finalmente oí el chirrido y tintineo de las botas mientras se alejaba por la galería.

Me acerqué a la puerta con la esperanza de oír que ponía la moto en marcha y se perdía rugiendo en la noche. Pero no hubo ningún ruido así. Me incorporé, recogí los petates y crucé el comedor, camino de la habitación de los huéspedes. La luz nocturna del pasillo iluminaba mi trayecto. Las puertas de los otros dormitorios estaban cerradas, y Cordia y Belmira estarían durmiendo sin enterarse, perdidas en el silencio envolvente de la semisordera, del jaleo que se había organizado. Ya en el cuarto de huéspedes, me quité los zapatos y me tendí en la cama, todavía con la cazadora puesta. Dorothy estaba ya en la cama. La almohada resultó que era suya y no me dejó utilizarla entera, sólo unos centímetros junto al extremo. La gata, todavía indignada, optó por lavarse de arriba abajo para consolarse de la ofensa que había supuesto que le tiraran de la cola con tanta brusquedad. Las cortinas del dormitorio estaban corridas, y cuando me di cuenta, estaba mirándolas y temiendo que un puño rompiera y atravesara el cristal. Los lengüetazos de Dorothy adquirieron una cualidad tranquilizadora. El calor de mi cuerpo había activado el aroma de Mickey que había en la cazadora. Humo de tabaco y Aqua Velva. Dejé de temblar y caí dormida con las patas de Dorothy en mi pelo.

Me despertó el olor del café. Todavía llevaba la cazadora de Mickey, pero me habían puesto en las piernas una pesada manta de pelo. Levanté la mano por encima de la cabeza para palpar la almohada, pero Dorothy se había ido. La puerta estaba entornada. La luz del sol llenaba de brillo las cortinas. Miré el reloj y vi que eran cerca de las ocho. Bajé los pies de la cama, me alisé el pelo y bostecé. Era ya demasiado mayor para andar de picos pardos por la noche.

Fui al cuarto de baño y me cepillé los dientes, me duché y me volví a vestir. Al final tenía el mismo aspecto que cuando había llegado.

Belmira estaba sentada a la mesa de la cocina, viendo en la tele un programa de entrevistas. Era muy poquita cosa, delgadísima y tan baja que casi no llegaba al suelo con los pies. Aquel día se había puesto un delantal blanco con peto encima de una bata con estampados rojos y blancos. Estaba pelando guisantes, con el escurridor en el regazo y una bolsa de papel al lado. Dorothy se encontraba en el mostrador, lamiendo el plato de la mantequilla.

Bel me sonrió tímidamente.

—El café está ahí —indicó—. El ayudante del sheriff ha llegado hace un momento con el cerrajero y Cordia ha subido a abrirles la puerta. ¿Ha dormido bien?

—No lo bastante, pero sí profundamente. —Fui hacia la cafetera, un modelo italiano pasado de moda que estaba en la encimera de la cocina. Había una taza en el mostrador, al lado de un cartón de leche. Me serví café y le añadí leche.

—¿Le apetece un huevo? También tenemos cereales. Cordi ha preparado avena con pasas. Es lo que hay. También tenemos azúcar moreno, ahí en ese bote.

—Voy a subir, a ver si pillo a algún vecino de Mickey antes de que se vaya a trabajar. Ya desayunaré cuando se haya ido el ayudante del sheriff. —Me volví en la puerta—. ¿Le ha hablado su hermana de una moto aparcada en el callejón?

Belmira negó con la cabeza.

Me dirigí a las escaleras con la taza de café. Vi el coche patrulla aparcado en la calle, no muy lejos de mi VW, que al parecer seguía intacto. El día era soleado y frío, y el aire olía ya a la concentración matutina de tubos de escape. Recorrí la galería del primer piso. Unos cuantos vecinos se habían reunido para ver trabajar al cerrajero. Quizá lo estuvieran enfocando como una fábula moral sobre lo que pasa cuando se deja de pagar el alquiler. Todos parecían vestidos de calle, menos una mujer con bata y zapatillas que también llevaba una taza de café en la mano. Como curiosos que pasaran junto a un accidente de carretera, parecían a la vez atraídos y repelidos por la imagen de la desgracia ajena. Me recordaba vagamente los incendios que habían pelado las colinas de Santa Teresa en 1964. Durante las largas tardes ahumadas, la gente formaba corrillos en la calle y se ponía a beber cerveza y a charlar mientras las llamas danzaban en los montes. Al parecer, la catástrofe derribaba las barreras sociales hasta el punto de crear un ambiente casi festivo.

Cordia Hatfield no quitaba ojo de la situación; estaba bajo el dintel con un jersey blanco sobre los hombros. La abultada bata de cuadros azules y blancos le llegaba hasta los tobillos y llevaba las zapatillas que dejaban el juanete al aire. Se volvió cuando me acerqué.

—Veo que ha encontrado el café. ¿Qué tal ha dormido?

—Dorothy no me dejó tocar la almohada, pero por lo demás, divinamente.

—Nunca le gustó compartir nada con los demás. Cuando volvió, quiso que su antigua habitación fuera para ella sola. Queríamos reservarla para los huéspedes, pero se negó a utilizar el cajón de sus necesidades hasta que se salió con la suya.

El vecino de Mickey, un cuarentón, salió de su apartamento poniéndose una chaqueta de mezclilla encima de una camiseta azul de Supermán. El brillante pelo castaño le llegaba hasta la cintura. Llevaba gafas grandes de metal con los cristales amarillos. El bigote y la barba de tres días enmarcaban una dentadura blanca y completa. Llevaba los tejanos rasgados y desteñidos, y calzaba unas botas vaqueras con una suela de siete centímetros. Detrás de él se veía la ventana rota del dormitorio, cubierta ahora con un cartón y una red de cinta adhesiva plateada.

—Hola, señora Hatfield —dijo—. ¿Cómo está usted?

—Buenos días. Estoy de película. ¿Qué le ha pasado a su ventana? Habrá que repararla.

—Lo siento. Ya me ocuparé yo. He llamado a un cristalero de Olympic y ha dicho que vendrá a echar un vistazo. ¿Han desahuciado a Mickey?

—Me temo que sí.

Estaba claro que el ayudante del sheriff sobraba allí, así que volvió al coche y se fue a lo suyo. El cerrajero hizo una seña a Cordia, que se disculpó, y los dos entraron a conferenciar. El vecino se había detenido para ver lo que había y saludaba ya a una pareja que salía del tercer apartamento de aquella parte. Los dos iban vestidos de calle. La mujer murmuró algo al marido y los dos siguieron hacia las escaleras. El vecino de Mickey reconoció mi presencia con un educado movimiento de cabeza.

—Hola, ¿qué tal? —murmuré.

—Bien, gracias. ¿Qué mierda está pasando aquí? ¿Este desgraciado está en coma y le cambian la cerradura?

—Creo que los propietarios son muy testarudos.

—Tienen que serlo —dijo—. ¿Qué tal está Mickey? ¿Es amiga suya?

—Supongo que se puede llamar así. Estuvimos casados.

—No joda. ¿Cuándo?

—A principios de los setenta. No duró mucho. Por cierto, me llamo Kinsey, y usted es...

—Ware Beason —dijo—. Pero todo el mundo me llama Wary. —Vi que aún estaba asimilando la información sobre mi relación conyugal con Mickey—. ¿Su ex mujer? No me lo creo. Nunca dijo nada.

—No estábamos en contacto. ¿Y usted? ¿Lo conoce desde hace mucho?

—Mickey ha vivido en este apartamento casi quince años. Yo llevo seis en el mío. Lo conocí en el Lionel's Pub, nos tomamos unas cervezas y empezamos a charlar. Le daba de comer a mi pez cuando me salía un concierto en alguna parte.

—¿Es usted músico?

Wary se encogió de hombros.

—Toco el teclado en un conjunto. Sobre todo los fines de semana, aquí, en plan local, pero a veces lo hago fuera

159

de la ciudad. También soy camarero en un bar naturista de National. ¿Te has enterado de lo que le pasó?

—Sí, aunque por pura casualidad. Ni siquiera supe que tenía problemas hasta principios de esta semana. Soy de Santa Teresa. Quise llamarlo desde allí, pero le habían cortado el teléfono. No pensé más en ello hasta que aparecieron dos policías diciendo que le habían disparado. Me quedé horrorizada.

—Sí, yo también —dijo—. Supongo que tardaron un poco en averiguar quién era Mickey. Se presentaron en mi casa el lunes a las siete de la mañana. Un tipo corpulento y creo que moreno...

—Sí. Con ése es con quien hablé yo. Pensé que era mejor venir por si podía hacer algo.

—¿Y cómo se encuentra? ¿Lo has visto?

—Bueno, todavía está en coma, así que no lo sé. Fui a verlo ayer y no tenía buen aspecto.

—Maldita sea. Es vergonzoso. Yo también debería ir, pero lo he estado retrasando.

—No te molestes. Antes tienes que decírselo a la policía. Sólo puedes visitarlo con su autorización; luego te acompañará alguien, para que no se te ocurra tirar de los tubos.

—Joder. Pobre tío. Es increíble.

—Sí que lo es —dije—. Por cierto, ¿qué fue ese jaleo de anoche? ¿Lo oíste? Fue como si alguien se hubiera vuelto loco y se hubiera puesto a aporrear las paredes.

—No jodas, tú. Era a mí a quien gritaba. Y mira lo que hizo, rompió el cristal de un puñetazo. Pensé que entraría a buscarme, pero se fue.

—¿Por qué estaba tan enfadado?

—Yo qué sé. Será algún amiguete de Mickey; al menos eso parecía por su forma de comportarse. A Mickey no le alegraba verlo.

—¿Venía a menudo?

—Cada dos semanas. Debían de tener algún negocio entre manos, pero no se me ocurre cuál.

—¿Desde cuándo venía por aquí?

—Quizá dos o tres meses. Aunque sería mejor decir que yo no lo había visto antes.

—¿Sabes cómo se llama?

Negó con la cabeza.

—No. Mickey no nos presentó. Parecía avergonzado de que lo vieran con él, y quién no, ¿verdad?

—No jodas.

—Ese tío es carne de presidio, auténtica escoria. Cada vez que veo en la tele *Los Más Buscados de América*, espero ver su cara.

—¿Lo dices en serio? ¿De verdad crees que lo busca la policía?

—No sé, pero ya lo buscará. Qué pajarraco.

—Es curioso. Mickey detestaba a la gente de mala vida. Estuvo en la policía, con los de estupefacientes. Así nos conocimos. Trabajábamos en el mismo departamento, en Santa Teresa.

—¿Tú también eres poli?

—Lo fui. Ahora soy I.P.

—Investigadora privada.

—Exacto.

—Ahora caigo. Estás investigando este asunto.

—Oficialmente no, pero tengo curiosidad.

—Oye, cuenta conmigo. Si puedo hacer algo, sólo tienes que decírmelo.

—Gracias. ¿Qué me dices del pajarraco? ¿Podría ser el que disparó a Mickey? A mí me pareció que estaba sonado.

—No, no creo. Si hubiera sido él no habría venido a aporrear su puerta, esperando que le abriera Mickey. Quien le disparó pensó que lo había matado. —Miró el reloj—. Tengo que irme. ¿Cuánto tiempo vas a quedarte por aquí?

—No estoy segura. Supongo que otra hora.

—¿Quieres desayunar? Yo iba a hacerlo. Hay un sitio a la vuelta de la esquina. Si tienes que volver, no tardarás más de media hora.

Dudé un momento. No quería abandonar el edificio, pero la verdad es que allí no había nada que hacer. Wary podía serme útil. Y algo más importante aún: estaba muerta de hambre. Dije que sí y hablé con Cordia para que supiera adónde iba.

Bajamos por las escaleras hablando.

—Si quieres —dijo—, después de desayunar te enseñaré dónde le dispararon. Fue a un par de manzanas de aquí.

13

Me saltaré la conversación del desayuno. No hay nada más aburrido que ver cómo se conocen otras personas. Hablamos. Intercambiamos breves esbozos biográficos, anécdotas sobre Mickey y teorías sobre el motivo de los disparos. En el ínterin descubrí que Wary Beason me resultaba simpático, aunque no tardé en borrar sus datos personales de mi memoria. Parecerá grosero, pero no esperaba volver a verlo. Era como el pasajero que se sienta a nuestro lado en el avión; podemos contactar con él, aunque el encuentro no tenga sentido ni consecuencias.

Agradecí que me enseñara el lugar en que habían disparado a Mick, un tramo de acera sin nada en particular, delante de una casa de joyas y numismática. El cartel del escaparate anunciaba monedas raras, sellos raros, relojes de bolsillo, antigüedades y monedas de todas clases. TAMBIÉN SE HACEN PRÉSTAMOS A BAJO INTERÉS. No creía que Mickey hubiera estado allí a las tres de la madrugada para negociar un préstamo.

Wary guardó silencio mientras yo miraba las tiendas cercanas. Había unos billares al otro lado de la calle. Supuse que la policía ya se habría presentado allí, y en un bar llamado McNalley que estaba a media manzana.

—Dijiste que solías beber con Mickey en el Lionel. ¿Está cerca?

—Por allí —indicó Wary, señalando con la mano.

—¿Hay alguna posibilidad de que Mickey hubiera estado allí aquella noche?

—Ninguna. Le habían prohibido entrar en el Lionel hasta que pagara lo que debía.

Se quitó las gafas y limpió los cristales amarillos con el borde de la camiseta. Las levantó para observarlas a contraluz y comprobar que no hubiera manchas. Volvió a ponérselas y esperó a ver qué más le preguntaba.

—¿Dónde estuvo entonces? ¿Se te ocurre algo?

—Bueno, no estuvo en el McNalley porque yo estaba allí. Sé que la policía ha preguntado en todos los bares de la calle. No averiguaron nada..., o eso dijeron.

—Andaba detrás de algo y se desplazaba a pie.

—No necesariamente. Que vendiera el coche no significa que fuera andando. Alguien podía llevarlo y traerlo de donde fuera. A tomar copas o a cenar. Podría haber estado en cualquier parte.

—Espera un poco. ¿Recuerdas cuándo vendió el coche?

—Hace un par de meses.

—¿Quieres decir a finales de marzo?

—Sí. En fin, el caso es que nadie lo vio salir de su casa aquella noche.

—¿Cuál es tu teoría entonces?

—Bueno, digamos, para ser fiel a lo dicho, que iba en el coche de otra persona. Salieron a cenar o a beber y terminaron cerrando el garito. A las dos de la madrugada volvieron a Culver City. El tío...

—O la tía.

Wary sonrió.

—Exacto... Quien disparó pudo haber dejado a Mickey en la esquina y alejarse una manzana como si se fuera a su casa. Detiene el coche. Espera en la oscuridad mientras Mickey recorre la manzana que los separa. En cuanto Mickey se pone a tiro, ¡pum!, le dispara dos veces. Luego tira la pistola y se larga antes de que alguien se dé cuenta de lo que ha pasado.

—¿De verdad crees que ocurrió así?

Se encogió de hombros.

164

—Yo sólo digo que podría haber sido así. La policía peinó todos los bares y billares en un radio de diez manzanas. Mickey no había estado en ninguno, pero saben que estuvo bebiendo en alguna parte porque tenía 0,14 de alcohol en sangre.

—¿Cómo te has enterado de eso?

—El policía, el moreno, lo comentó de pasada.

—¿De verdad? Qué interesante. ¿Cómo lo interpretaron? ¿Lo dijo alguien?

—No, y no se me ocurrió preguntar. Mickey llevaba siempre una copa de más. Seguro que su nivel de alcohol superaba el 0,1 cualquier día de la semana.

—¿Era oficialmente alcohólico?

—Suena mejor oficialmente borracho. Durante un tiempo dejó de beber, pero no aguantó mucho. En febrero se corrió una buena juerga, y creo que fue cuando lo echaron del trabajo. Quiso dejarlo otra vez, aunque no tuvo suerte. Aguantó un par de días y volvió a caer. Yo confiaba en él. Lo intentó. Pero no era bastante fuerte para conseguirlo solo.

De repente me sentí inquieta y tuve necesidad de moverme. Eché a andar y Wary me siguió, poniéndose a mi altura.

—¿Y la mujer a la que veía? —pregunté.

Me lanzó una extraña mirada, entre sorprendida y titubeante.

—¿Cómo lo sabes?

Me di un golpecito en la sien.

—Me lo dijo un pajarito. ¿La conoces?

—No. No me la presentó. Mickey se aseguró de eso.

—¿Por qué?

—Quizá pensó que podía quitársela.

—¿La viste alguna vez?

—De pasada. No para reconocerla. Siempre subía por la escalera de atrás y se iba por allí.

—¿Tenía llave?

—Debía de tenerla. Mickey nunca se iba sin echar la llave. Algunos días aparecía antes de que él volviera del trabajo.

—¿Tenía coche? ¿Viste algún vehículo aparcado detrás?

—No me fijé. Era asunto suyo. ¿Por qué iba a meterme?

—¿Con qué frecuencia aparecía?

—Yo diría que cada dos o tres semanas. No quiero ser grosero, pero estos pisos no están insonorizados. Y debo decir que el hecho de que Mickey consumiera alcohol no entorpecía el cumplimiento de su deber.

—¿Cómo sabes que era él? ¿No es posible que dejara el apartamento a otra persona? Quizá tenía un amigo que necesitaba un lugar para ser malo.

—Ah, no. Era él. Lo juraría. Llevaba liado con esa mujer al menos un año.

—¿Cómo sabes que sólo había una mujer? Podía haber habido toda una colección.

—Sí, supongo que sí.

—¿Hay alguna posibilidad de que viviera en el edificio? —pregunté.

—¿En este edificio? Lo dudo. Mickey se habría sentido agobiado si hubiera vivido tan cerca. Le gustaba su libertad. No quería que nadie lo vigilara. Por ejemplo, a veces se iba fuera el fin de semana; yo le habría preguntado, ya sabes, ¿qué tal el fin de semana? ¿Adónde has ido? Esas tonterías. A Mickey no le gustaban las preguntas. Si insistías, cambiaba de conversación.

—¿Y después del tiroteo? ¿Crees que la mujer ha estado aquí desde entonces?

—No podría asegurarlo. Entro a trabajar a las cuatro y no vuelvo hasta después de medianoche. Podría haber venido mientras yo me encontraba fuera. En realidad, ahora que lo pienso, creo que la oí ayer. Y anoche también..., antes de que llegara el burro motorizado. Vaya cretino. El cristalero dice que me costará cien dólares.

—Wary, fue a mí a quien oíste anoche. Entré y me llevé sus efectos personales antes de que cambiaran la cerradura.

Sospecho que su novia estuvo antes, porque faltaba un par de cosas.

Llegamos al edificio. Era hora de ponerse en camino. Le di las gracias por su ayuda. Anoté su teléfono y le alcancé mi tarjeta con el número de mi casa en el dorso. Nos separamos en la escalera.

Esperé a que Wary subiera y fui a casa de las Hatfield a recoger los petates. Me invitaron a almorzar, pero acababa de desayunar y tenía ganas de irme. Nos despedimos. Les di las más efusivas gracias, sin olvidarme de Dort. No me atreví a ser maleducada por si era realmente una reencarnación.

Iba ya a buscar el coche cuando me fijé en la fila de buzones que había debajo de las escaleras. El de Mickey estaba abarrotado. Me quedé traspuesta mirándolo. Por lo visto, la policía había descuidado el correo que llegaba. Me pregunté cuántos artículos del código civil y penal había violado hasta el momento. Seguro que una transgresión más no añadiría mucho a la sentencia. Rebusqué en el fondo del bolso, saqué las ganzúas y empecé a trabajar la cerradura. Era tan sencilla que habría podido abrirla con una horquilla del pelo, pero no llevaba ninguna. Saqué el correo y lo examiné a toda prisa. Lo que más abultaba era una revista barata y de formato grande, dedicada al arte de la supervivencia: anuncios para mercenarios, artículos sobre la nueva legislación sobre armas, tapaderas gubernamentales y derechos de los ciudadanos. Devolví la revista al buzón procurando que pareciera intacta. Los dos sobres que quedaban me los guardé en el bolso para mirarlos después. Aclaro ya que no contenían nada importante, lo que me decepcionó mucho. No tengo por qué ir a la cárcel por culpa de unas cartas de mala muerte.

Llegué a Santa Teresa a eso de la una y media, recogí el periódico y entré en casa. Lo dejé en el mostrador de la cocina, deposité los petates en el suelo y fui al escritorio. Ha-

167

bía varios mensajes en el contestador. Los oí mientras tomaba notas, consciente de que ya iba siendo hora de volver al trabajo remunerado. Puse rumbo a la oficina y dediqué el resto de la tarde a atender casos pendientes. Podía encargarme al mes de unos quince o veinte casos, siempre que no todos fueran urgentes. A pesar de tener dinero en el banco, no podía permitirme el lujo de descuidar los asuntos que ya estaba tramitando. Había pasado los tres últimos días investigando la situación de Mickey. Ya era hora de poner en orden los casos profesionales. Tenía que devolver llamadas, comprobar recibos y registrarlos en los libros de contabilidad. Había multitud de minutas que preparar y presentar, e informes que redactar aprovechando que mis notas eran recientes. Además tenía que escribir unas cuantas cartas serias a propósito de clientes que aún no me habían pagado (todos abogados, ojo) y de facturas que todavía no había pagado yo.

Mientras miraba en el calendario los días que tenía por delante recordé la llamada que había recibido desde el teléfono de Mickey el 27 de marzo. Aún no había mirado la agenda de la oficina para saber dónde había estado aquel día. Al igual que en la agenda que tenía en casa, la página de aquel jueves estaba en blanco. El 26 y el 28 de marzo aparecían igualmente en blanco, así que tampoco podía utilizarlos como trampolín de la memoria.

A las cinco y media cerré el despacho y volví a casa en medio de un tráfico que en Santa Teresa se considera de hora punta, lo que significa que en vez de tardar diez minutos en llegar tardé quince. El sol había evaporado por fin la recalcitrante niebla marina y el calor del coche me daba sueño. En el fondo creo que mis actividades nocturnas me pasaban factura. Aparqué a unos metros de mi domicilio y crucé la puerta del jardín. Mi casa estaba acogedora y encontrarme bajo su techo me confortó. El tiovivo emocional de los tres últimos días había generado en mi ánimo una extraña fatiga que se presentaba disfrazada de depresión. Fuera cual fuese el origen, me sentía como desnuda. Dejé el bolso en un taburete y doblé el mostrador para acceder al espacio de la cocina. No había comido nada desde el desayuno. Abrí la nevera y miré los estantes vacíos. Al pensar en los armarios de Mickey, me di cuenta de que mis provisiones no tenían mejor aspecto que las suyas. Qué absurdo que nos casáramos siendo tan iguales y tan diferentes al mismo tiempo.

Poco después de la boda, empecé a darme cuenta de que Mickey estaba fuera de control, al menos desde el punto de vista de una joven básicamente miedosa como yo. No me sentía a gusto con una conducta que a mí me parecía disoluta e inmoderada. Tía Gin me había enseñado a contenerme, por lo menos en las obras, ya que no en mi tendencia a las palabrotas. Al principio me había atraído el hedonismo de Mickey. Recordaba que había experimentado una alegría casi delirante al conocer su glotonería, su amor por la bebida y su insaciable deseo sexual. Lo que Mickey me ofreció fue un permiso tácito para explorar mi sexualidad, dormida hasta entonces. Conecté con su desdén por la autoridad y me fascinó su indiferencia ante el sistema, aunque su trabajo consistía en mantener la ley y el orden. Yo también había tendido a moverme fuera de las reglas aceptadas socialmente. En la escuela primaria, y después en el instituto, llegaba tarde o hacía novillos, atraída por los estudiantes de mala vida, en parte porque simbolizaban mi propia actitud desafiante y beligerante. Por desgracia, a los veinte años, cuando conocí a Mickey, había abandonado ya mis coqueteos con la conducta reprobable. Mientras Mickey empezaba a invocar sus demonios internos, yo ya estaba exorcizando los míos.

En la actualidad, quince años después, es imposible describir lo viva que me sentí durante aquel breve periodo.

Para cenar me preparé un bocadillo con ese divino ungüento de queso, pimiento y aceitunas de la casa Kraft que se vende en tarros. Corté limpiamente el pan en dos mita-

169

des y utilicé un trozo de papel de cocina como servilleta y como plato. Tras aquellos entremeses integrales, engullí un vaso de chardonnay y mi felicidad fue completa. Arrugué la vajilla y la tiré a la basura. Una vez cenada y con la mesa recogida, puse los dos petates en el mostrador de la cocina y saqué las herramientas y el botín que me había llevado de casa de Mickey. Dejé los objetos en el mostrador, esperando que su vista despertara una nueva interpretación.

Llamaron a la puerta. Abrí el periódico y lo puse encima de los objetos, como si lo estuviera leyendo con interés, para ponerme al día. Fui a la puerta, escruté por la mirilla y vi a mi casero, con una bandeja de dulces cubiertos por un plástico transparente. Henry es panadero retirado y se entretiene abasteciendo a las viudas del barrio cuando celebran reuniones. También provee al local de Rosie de una serie de productos de panadería y repostería: pan de molde, panecillos, tartas y pasteles. Confieso que no salté de alegría al verlo. Lo adoro, pero no siempre soy franca con él cuando se trata de mis correrías nocturnas.

Abrí la puerta y cambiamos plácemes y parabienes mientras Henry entraba. Quise llevarlo hacia el sofá para encauzar su atención, pero antes de darme tiempo a protestar apartó el periódico para hacer sitio a la bandeja. Allí estaban las cuatro pistolas, los documentos falsos, las tarjetas de crédito y el dinero. A juzgar por las apariencias, ahora me ganaba la vida atracando bancos.

Dejó la bandeja en el mostrador. Su sonrisa se desvaneció.

—¿Qué es esto?

Le puse la mano en el brazo.

—No pregunte. Cuanto menos sepa, mejor. Tiene que confiar en mí.

Me miró con desconcierto, con una expresión que no había visto antes: confianza y desconfianza, curiosidad, alarma.

—Pero quiero saber.

Me decidí en un segundo.

170

—Es todo de Mickey. Me lo llevé de su casa porque un ayudante del sheriff iba a cambiar la cerradura de la puerta.

—¿Por qué?

—Lo han desahuciado. Se me presentó la oportunidad de buscar y la aproveché.

—Pero ¿cuál es la historia?

—No lo sé. Mire, sé cómo funciona su cerebro. Mickey es un paranoico. Tiende a esconder cualquier cosa que tenga valor. Lo registré todo sistemáticamente y eso es lo que encontré. No podía dejarlo allí.

—¿Las pistolas son robadas?

—Lo dudo. Mickey siempre ha tenido pistolas. Lo más probable es que sean legales.

—Pero no lo sabes con seguridad. Mickey no te autorizó a hacer esto. ¿No tendrás problemas?

—Bueno, sí, pero ahora no puedo preocuparme por eso. No sabía qué más hacer. Lo estaban dejando en la calle. Esto estaba escondido en las paredes, detrás de paneles, en cañerías falsas. Y él está en el hospital, totalmente grogui.

—¿Qué pasa con sus pertenencias? ¿No tiene muebles?

—Toneladas. Probablemente encargaré que los lleven a un guardamuebles hasta que veamos cómo sale de ésta.

—¿Has hablado con los médicos?

—Ellos no pueden hablar conmigo. La policía se lo impide. En cualquier caso, remaché que no nos habíamos visto durante años, así que no puedo pedir citas diarias como si estuviera muy preocupada. No me creerían.

—Pero dijiste que no ibas a mezclarte en esto.

—Lo sé. Y no lo he hecho. Bueno, un poco sí. Por el momento ni siquiera sé lo que está pasando.

—Pues déjalo.

—Es demasiado tarde. Además, fue usted quien dijo que tenía que enterarme.

—Pero si nunca escuchas.

—Pues esta vez sí.

—¿Me escucharás si te digo que lo dejes?

—Desde luego. En cuanto sepa lo que pasa.

—Kinsey, esto es asunto de la policía. No puedes callar lo de este arsenal. Tienes que llamar a esos agentes...

—No, no quiero. No voy a hacerlo. No me son simpáticos.

—Al menos ellos pueden ser objetivos.

—Yo también.

—¿De veras?

—Sí, de veras. No haga eso, Henry.

—¿Qué es lo que hago?

—Censurar mi conducta. Me parte el corazón.

—Quizá debería partírtelo.

Apreté los dientes. Me sentía obstinada y cabezota. Estaba ya en lo más profundo y no podía salir.

—Lo pensaré.

—Será mejor que hagas algo más que pensarlo. Me preocupas, Kinsey. Sé que estás agitada, pero tú no eres así.

—¿Sabe qué le digo? Que así es exactamente como soy: embustera y ladrona. ¿Quiere saber más? No me siento mal por serlo. No me arrepiento en absoluto. Más aún. Me gusta. Me hace sentir viva.

Una sombra cruzó su rostro y algo familiar pareció eclipsarse. Se quedó callado un momento y luego dijo con dulzura:

—Bien. En ese caso estoy seguro de que no necesitas mis sermones.

Se fue antes de que pudiera responderle. La puerta se cerró en silencio. La bandeja de galletas se había quedado en el mostrador. Habría jurado que estaban todavía calientes, pues el aire se había llenado de olor a chocolate y el plástico que las envolvía estaba empañado por el vapor. No me moví. No sentía nada. En mi cerebro no había más que una frase. Tenía que hacerlo y lo había hecho. En mi interior había cambiado algo. Sentía los músculos de la cara rígidos por la obstinación. No había forma de olvidarlo, de alejarme de aquello, fuera lo que fuese.

Me senté ante el mostrador y apoyé los pies en el trave- saño del taburete. Doblé bien el periódico. Me hice con el sobre y lo abrí. Dentro había dos libretas de ahorros, seis tí- quets de caja registradora, un pasaje de Delta Airlines y un papel doblado. Primero examiné las dos libretas de ahorros. Una cuenta había llegado a tener un saldo de quince mil dó- lares, pero se había cancelado y se había retirado el dinero en enero de 1981. La otra cuenta se había abierto aquel mis- mo mes con un ingreso de cinco mil dólares. Al parecer, era el dinero del que había vivido últimamente. Vi que la can- tidad de seiscientos dólares se repetía en el debe y el haber, aunque con algunas incongruencias: Mickey sacaba seis- cientos pavos e ingresaba doscientos, lo que a primera vista significaba que se quedaba cuatrocientos en la cartera, dine- ro «para ir por ahí», como solía decir él. Imaginé que era el dinero con que pagaba las consumiciones de los bares, las comidas que hacía fuera y lo que comprase en las tiendas. Los seis tíquets de caja estaban fechados en 17 de enero, 31 de enero, 7 de febrero, 21 de febrero, 7 de marzo y 21 de marzo. La tinta estaba medio borrada, pero el nombre del establecimiento no era difícil de descifrar: el Honky-Tonk. Yo pensaba que había vendido el coche en marzo, dado que había ingresado novecientos dólares en la cuenta corriente. La pérdida del medio de transporte podía explicar el súbito cese de las visitas después de aparecer por allí tantos viernes por la noche. ¿Por qué desplazarse hasta Santa Teresa para tomar una copa cuando había bares en su barrio? Arrinco- né la pregunta, ya que no tenía manera de contestarla. An- tes de examinar el último objeto, saqué las fichas rayadas y anoté algunas cosas. Siempre siento la tentación de saltarme esta parte, pero había información que era necesario poner por escrito mientras seguía fresca en la mente.

Tras anotar lo que recordaba, además de la cantidad de dinero, los números de las tarjetas de crédito, los de las li- bretas de ahorros y las fechas de los tíquets, me di permiso para seguir y abrí el pasaje de la compañía Delta, que me despertaba mucha curiosidad. Los tíquets de vuelo se habían utilizado. Saqué el tíquet de ruta y el resguardo para el usuario. Mickey había ido en avión a Louisville, Kentucky, con escala en Cincinnati, el jueves 8 de mayo y había vuelto a última hora del lunes 12. Aquella improvisada excursión de cinco días le había costado, sólo en transportes, más de ochocientos dólares.

Miré el objeto que quedaba, el papel doblado, y leí las escasas líneas que contenía y que llevaban fecha de 15 de enero de 1981. Era un sencillo documento firmado por el hijo de Roy Littenberg, Tim, en el que éste reconocía haber recibido de Mickey Magruder la cantidad de diez mil dólares, sin intereses, que se comprometía a devolver en un plazo de cinco años. El plazo había vencido hacía cinco meses, el 15 de enero de 1986.

Empaqueté las pistolas y los demás objetos y los escondí en un lugar seguro. Luego fui por la cazadora y el bolso.

14

La arteria principal de Colgate tiene cuatro carriles y gran variedad de tiendas, desde casas de alfombras hasta peluquerías, con una gasolinera en cada cruce y un concesionario de automóviles en cada manzana. En Colgate, comunidad en expansión, ecléctica y sin pretensiones, vive la gente que trabaja en Santa Teresa pero no puede permitirse el lujo de vivir en esta última. La población de las dos comunidades es casi la misma, pero su talante es diferente, como hermanas cuya personalidad reflejara su posición relativa en el seno familiar. Santa Teresa es la más antigua: sobria y con estilo. Colgate es la más juguetona, más inconformista, más dispuesta a tolerar diferencias entre sus residentes. Todos los establecimientos cierran a las seis de la tarde menos los bares, los billares, los autocines y las boleras.

El aparcamiento del Honky-Tonk estaba casi igual que hacía quince años. Los coches habían cambiado. Mientras en los años setenta los clientes llevaban Mustangs y furgonetas pintadas con matices psicodélicos, las luces de la calle iluminaban ahora Porches, BMW y caravanas. Al cruzar el aparcamiento experimenté la misma curiosidad y excitación que cuando estaba soltera y salía de noche. Con mi presente nivel de sabiduría ni se me ocurriría repetir aquellas aventuras («cerrar bares», lo llamábamos nosotros), pero en aquellos tiempos las acometía. En los años sesenta y setenta es lo que se hacía para pasarlo bien. Así se conocía a los chicos. Así te colocabas. Lo que la Liberación de la Mujer «liberó» fue nuestra actitud hacia el sexo. Si antaño lo usábamos para negociar, ahora lo regalábamos. No sé a cuántas prostitutas dejamos sin trabajo por repartir «favores» sexuales en nombre de la libertad. ¿En qué estaríamos pensando? Lo único que conseguíamos al final eran borrachos llenos de ladillas.

El Honky-Tonk se había ampliado absorbiendo un local adjunto, un antigua tienda de muebles que anunciaba liquidaciones cada seis o siete meses. Había cola en la puerta, donde un gorila comprobaba los documentos de identidad con un escáner. A cada cliente, una vez dado el visto bueno, le estampaba con un sello una H y una T en el dorso de la mano, el logotipo del Honky-Tonk que por lo visto autorizaba a beber. Así los camareros no tenían que pedir la documentación a todos los clientes con cara infantil que pedían ron con Coca-Cola, el equivalente alcohólico del primer sostén.

Ya con el sello puesto, atravesé una nube de humo de tabaco tratando de hacerme una idea de la edad y la condición económica de los clientes. Había muchos universitarios desinhibidos y de aspecto sano, cuya ingenuidad y poco juicio todavía no tenían consecuencias graves. Los demás eran los pájaros solitarios de toda la vida, los mismos solteros y divorciados cuarentones que se medían con la mirada desde la primera vez que había pisado aquel bar.

Había serrín en el suelo. Las paredes, desde los zócalos pintados de oscuro hasta el techo de metal, estaban cubiertas de viejas fotos en blanco y negro que mostraban cómo había sido Colgate sesenta años antes: bucólico e intacto, con montañas que se veían desde cualquier lugar. Las imágenes estaban iluminadas por anuncios chillones de cerveza, luces de neón rojas y verdes que teñían los campos y ocasos ya desaparecidos.

También había innumerables fotografías de famosos del lugar y de clientes habituales, fotos tomadas el día de San Patricio, en Nochevieja y otras ocasiones en que el Tonk cerraba las puertas al público y acogía fiestas privadas. Vi dos fotos de veinte centímetros por veinticinco en las que aparecían Mickey, Pete Shackelford y Roy Littenberg. En una vestían el uniforme de policía y estaban en posición de firmes: aspecto solemne, rígidos, responsables de la ley y el orden. En la otra estaban ya más curtidos, se habían vuelto escépticos, tíos de ojos cansados que sonreían con el cigarrillo en la boca y el vaso en la mano, y pasaban el brazo con indiferencia por los hombros de los otros. Roy Littenberg tenía por lo menos diez años más que sus compañeros. Ahora estaba muerto y Mickey a punto de morir. Me pregunté si habría alguna manera de invocarlos entre los recuerdos y el humo: tres policías, semejantes a fantasmas, visibles mientras no volviese la cabeza para mirarlos de frente.

Había dos salas estrechas y largas que discurrían pared con pared, flanqueadas por reservados de madera. Las dos tenían su propio sistema de sonido, con vaharadas de música que retumbaban en los sentidos mientras iba de una a otra. En una estaba la barra y en la otra había una pista de baile rodeada de mesas. Otra sala, de adquisición reciente, tenía espacio para seis mesas de billar, todas ocupadas. Ellos jugaban al futbolín y a los dardos. Ellas entraban y salían en tropel de los lavabos, toqueteándose el rímel de los ojos y estirándose los pantis. Yo también entré y corrí a un escusado vacío para hacer mis necesidades. Oí a dos mujeres en el de al lado, una vomitando la cena y la otra animándola con sus comentarios.

—Ya está bien. No hagas fuerza. Lo estás haciendo estupendo. Ya saldrá.

Si me lo hubieran dicho en mi época, habría dado por supuesto que Bulimia era la capital de una nueva república báltica.

Cuando salí del escusado había cuatro mujeres haciendo cola y otras tres frente a los espejos. Esperé a que hubiera una pila libre y me lavé las manos mientras miraba mi reflejo. La iluminación fluorescente daba a mi cutis, por lo demás inmaculado, un aspecto enfermizo, resaltando las ojeras. Mi pelo parecía de estropajo. No me ponía lápiz de labios, aunque casi era preferible, porque se habría notado más el matiz amarillento que los años me ponían en la piel. Llevaba la cazadora negra de Mickey como talismán, los mismos vaqueros viejos y el jersey negro, aunque había cambiado las botas de entonces por calzado deportivo. Estaba haciendo tiempo para retrasar el instante en que tendría que sentarme a la barra y pedir una bebida. Las de la vomitona salieron del escusado, las dos delgadas como serpientes. La que había vomitado sacó un cepillo de dientes con pasta dentífrica incorporada y se puso a frotar. En cinco años, los ácidos del estómago le habrían corroído el esmalte, si es que antes no se desplomaba muerta.

Salí del lavabo y rodeé la pista de baile por la izquierda. Me acerqué a la barra y pedí una cerveza. A falta de taburetes vacíos, me la tomé de pie, fingiendo que estaba esperando a alguien. De vez en cuando miraba el reloj como si estuviera enfadada por el retraso. Estoy convencida de que engañé a muchos. Algunos hombres me tasaban de lejos, no porque estuviera buena, sino porque era carne desconocida a la espera de clasificación y marca.

Borré mi yo y me esforcé por ver las cosas desde el punto de vista de Mickey. ¿Qué furia lo había poseído para prestarle a Tim Littenberg aquel dinero? Mickey no era de los que corrían riesgos así. Prefería tener el haber disponible, aunque ganara pocos intereses. Sin duda era más feliz haciendo ingresos en la Caja de Ahorros de Barra-Cortina. Tim Littenberg, o su padre, debía de haber tenido un pico de oro para convencerlo. La nostalgia podía haber representado un pequeño papel. Lit y su mujer nunca habían sabido administrarse. Vivían esperando el ingreso de la nómina, gastaban más de lo que ganaban, contraían deudas y desbordaban el límite de las tarjetas de crédito. Si su hijo Tim había necesitado un aval, seguramente no tenían dinero suficiente para proporcionárselo. Fuera cual fuese el motivo, Mickey había corrido el riesgo. El acuerdo se había firmado

178

y se había entregado el dinero. No había visto ningún indicio de que se hubiera devuelto. Curioso. Mickey necesitaba el dinero, Tim había comprado el Honky-Tonk y el local había prosperado.

Quedó vacío un taburete cerca de la pared y me apoderé de él. Mis ojos volvieron a las fotografías e inspeccioné la que había a mi lado. Otra vez los tres mosqueteros. En aquélla estaban sentados a la barra con los vasos en alto, brindando con alguien que había a su izquierda. Dixie aparecía al fondo, con los ojos fijos en Mickey, una mirada hambrienta y posesiva. ¿Por qué no lo había comprendido entonces? ¿Era burra o qué? Entorné los ojos para concentrarme en las caras, una por una. Lit siempre había sido el más guapo de los tres. Era alto, estrecho de espaldas, de brazos y piernas largos, y dedos largos y bonitos. Tengo debilidad por las dentaduras sanas y la suya era perfecta y blanca; la única excepción era un colmillo torcido que daba a su sonrisa un atractivo infantil. Tenía la barbilla pronunciada y las quijadas anchas. La nuez de Adán se le movía al hablar. Lo había visto por última vez hacía unos cuatro años y sólo de pasada. Le habían salido canas en el pelo, tenía sesenta y tantos años y, por lo que me había contado Shack, por entonces ya estaba en las últimas.

Giré ligeramente sobre mi eje y barrí la zona con la mirada esperando ver a Tim. No conocía al hijo de Lit. Cuando me casé con Mickey y salíamos con sus padres, ya se había ido. Se había alistado en el ejército en 1970 y estaba en Vietnam. Muchos policías de Santa Teresa habían sido soldados, les entusiasmaba lo militar y apoyaban nuestra presencia en el sudeste asiático. La gente se había cansado ya de la guerra, pero aquel círculo no. Había visto fotos de Tim que los padres enseñaban a todos. Siempre aparecía sucio y contento, con un cigarrillo en los labios, el casco echado hacia atrás y el fusil apoyado en las rodillas. Lit nos leía párrafos de sus cartas en los que describía sus hazañas. A mí me parecía temerario y atrevido, demasiado entusiasta, un crío de veinte años que se pasaba el día colocado, deseoso de matar «amarillos» y de fanfarronear con los amigos al volver. Lo habían acusado después de un incidente particularmente desagradable en el que habían resultado muertos dos niños pequeños vietnamitas. Lit olvidó su locuacidad sobre el tema y, después de la expulsión con deshonor, dejó de hablar definitivamente de su hijo. Puede que Lit hubiera puesto en el Honky-Tonk sus esperanzas de que Tim se rehabilitase.

Casi en aquel preciso momento mi mirada cayó sobre un individuo que habría jurado que era él. Andaba por los treinta y cinco, como yo, y se parecía, al menos superficialmente, a Roy Littenberg. Tenía la misma cara delgada, las inconfundibles quijadas y la barbilla saltona. Llevaba una camisa morada con corbata malva, americana oscura, vaqueros y botas de ante de media caña. Estaba de charla con una camarera, probablemente de reprimenda, porque la mujer parecía agitada. Tenía el pelo liso y negro, muy brillante, cortado en ángulo y con trasquilones en el flequillo. El lápiz de ojos era de color negro y el de labios de un rojo intenso. Le eché treinta años, aunque de cerca podría haber parecido mayor. Afirmó con la cabeza, la cara inescrutable, y avanzó hacia donde yo estaba. Transmitió el pedido al camarero de la barra, manoseando mucho el cuaderno de notas para disimular su alteración. Encendió un cigarrillo con manos temblorosas, dio una larga chupada y expulsó el humo en una delgada columna. Dejó el cigarrillo en un cenicero de la barra.

Giré sobre mi eje otro poco.

—Hola —saludé—. Busco a Tim Littenberg. ¿Está por aquí?

Me miró, se fijó en la cazadora y luego volvió a mirarme a los ojos. Señaló hacia el hombre con el pulgar.

—Camisa morada —dijo.

Tim se había vuelto para saludar a un sujeto que llevaba una chaqueta de mezclilla y le vi indicar por señas al camarero que le sirviera una copa. Se estrecharon la mano y

Tim le dio golpecitos en el hombro, un gesto de cordialidad que probablemente no era muy profundo. Roy Littenberg había sido rubio. Su hijo era moreno. Formaba con la boca un puchero permanente y sus ojos eran más oscuros que los de su padre, hundidos y tiznados de sombra. Su sonrisa no afectaba a sus ojos. Su atención iba de una sala a otra. Sin duda calculaba sin parar la condición social de sus clientes, su edad y su grado de embriaguez, y se fijaba en cada carcajada y en cada conversación subida de tono, en busca de síntomas de violencia. Conforme pasaba el tiempo y corría el alcohol, más relajada, desinhibida, ruidosa y agresiva se volvía la gente.

Vi que se aproximaba a la barra y se quedaba a unos pasos. La camarera, que estaba muy cerca, se dio la vuelta de forma brusca con la bandeja, para no verlo. La mirada de Tim resbaló por la mujer, cambió de rumbo, se cruzó con la mía, se alejó y volvió. Esta vez se quedó fija.

—Hola. ¿Eres Tim? —pregunté, sonriendo.

—Sí.

—Soy Kinsey —dije, alargándole la mano—. Conocí a tu padre hace años. Lamenté enterarme de su muerte.

Nos estrechamos la mano. La sonrisa de Tim fue breve, quizá dolorida, aunque era imposible saberlo. Era delgado como su padre, pero si el semblante de Lit era abierto y despejado, el del hijo era reservado.

—Pide lo que quieras.

—Gracias, tengo bastante por ahora. Este lugar está muy animado. ¿Siempre está así?

—El jueves es un buen día. Los fines de semana aún hay más gente. ¿Es la primera vez que vienes? —Sabía guiar la conversación sin comprometerse. Tenía la cara medio vuelta y la mirada puesta en otra parte: educado pero no ferviente partidario de las relaciones con el prójimo.

—Venía hace años. Así conocí a tu padre. Era un gran tipo. —El comentario no pareció suscitar ninguna respuesta—. ¿Eres el administrador?

—El propietario.

—¿En serio? Perdona, no quería ofenderte —dije—. Es que he visto que estás pendiente de todo. —Se encogió de hombros—. Seguro que conoces a Mickey Magruder —añadí.

—Sí, conozco a Mickey.

—Oí decir que había comprado una parte del negocio, así que esperaba encontrarlo aquí. Es otro poli de los viejos tiempos. Tu padre y él eran colegas.

Tim parecía distraído.

—Los Tres Mosqueteros, ¿no? Hace semanas que no lo veo. ¿Me disculpas?

—Claro —dije. Cruzó la sala hasta la pista de baile para terciar en una discusión entre una mujer y su ligue. El hombre se le echaba encima y ella forcejeaba para mantenerlo erguido. Las demás parejas se habían apartado. Al final, la mujer le dio un empujón, enfadada y abochornada al mismo tiempo. Cuando llegó Tim ya había aparecido un gorila y ayudaba al borracho a llegar a la puerta atenazándole el brazo, como suelen hacer los patrulleros y las madres de los niños que alborotan en los grandes almacenes. La mujer se desvió hacia una mesa y recogió la cazadora y el bolso de mano con intención de seguirlo. Tim le interceptó el paso. Hubo una breve conversación. Esperaba que estuviera convenciéndola de que llamase un taxi y volviera a su casa.

Al rato volvió a mi lado.

—Disculpa —se excusó.

—Espero que no lo hayan metido en su coche.

—El de seguridad le ha quitado las llaves —dijo—. Dejaremos que se enfríe en la parte de atrás y nos encargaremos de que llegue entero a casa. Tiende a fastidiar a la gente cuando está así. Es malo para los negocios.

—Apuesto a que sí.

Dirigió una sonrisa a mi izquierda y me dio un golpecito en el brazo.

—Será mejor que vaya a comprobar qué tal se encuentra. Espero volver a verte.

—Puedes darlo por hecho —dije.

No hubo más que un ligero titubeo en su despedida.

—Que te vaya bien. Si quieres algo, sólo tienes que pedírselo a Charlie. —Miró al camarero y me señaló. El camarero asintió con la cabeza y Tim se fue.

Esperé un minuto, dejé la cerveza a medio tomar en la barra y fui a los teléfonos públicos que había en la salida trasera, cerca de la oficina. Quería saber dónde encontrarlo en las horas libres. Podía quedarme por allí hasta que cerraran el bar y seguirlo a casa, pero prefería algo más directo. Abrí la guía telefónica y busqué la dirección y el número de Littenberg, Tim y Melissa.

Me asomé por la izquierda y miré el pasillo en sombras en el que distinguí tres puertas sin distintivos, además de la que conducía a la oficina. Un camarero entró arrastrando una ráfaga de aire frío. Me erguí, introduje una moneda en el teléfono, marqué un número y escuché una grabación con una voz femenina que me puso al corriente de la hora, los minutos y los segundos. Yo decía «ajá, ajá», como si estuviera interesadísima. Esperé hasta que el camarero dobló la esquina, en dirección al bar.

Ya no había moros en la costa. Colgué y recorrí el pasillo, abriendo las puertas una por una. La primera daba a un cuarto de limpieza: cepillos, garrafas con desinfectante y trapos de cocina. La segunda puerta daba a las dependencias de los empleados; pegados a las paredes había taquillas metálicas, dos pilas, sofás pequeños y una colección de ceniceros, la mayoría llenos. No había el menor rastro del borracho y me pregunté adónde habría ido. La tercera puerta estaba cerrada con llave. Acerqué la oreja, pero no percibí ruido alguno.

El despacho de Tim estaba delante mismo. Crucé el pasillo y sujeté el pomo con cuidado. Lo giré poco a poco a la derecha y entreabrí la puerta. Tim estaba ante el escritorio, dándome la espalda, hablando por teléfono. No pude oír lo que decía. Esperaba fervientemente que no estuviera poniendo precio a mi cabeza. Cerré la puerta con suavidad y retiré la mano del pomo para evitar chasquidos y vibraciones. Hora de irse. No quería que me pillaran allí. Volví al pasillo principal y miré en ambas direcciones. No vi indicios de que hubiera sistema de alarma: ni células de infrarrojos, ni teclado numérico junto a la puerta trasera. Interesante.

Volví a casa sin apartar la mirada del espejo retrovisor. No había ninguna razón para pensar que la llamada de Tim tuviera que ver conmigo. Había ido derecho a la oficina después de que yo mencionara a Mickey, pero aquello sólo pasaba en las películas de serie B. ¿Por qué iba a querer deshacerse de mí? Yo no había hecho nada. No había dicho una palabra sobre los diez billetes que debía a Mickey. Me lo había guardado para la próxima vez. Por lo que sabía, Tim podía haberle devuelto el dinero.

Eran sólo las diez de la noche y había muchos coches en la carretera, pero ninguno de aspecto siniestro. Tim no tenía ni idea de quién era yo, así que no podía saber dónde vivía ni qué coche llevaba. Además, en Santa Teresa no hay bandas organizadas, al menos que yo sepa.

Cuando llegué a mi barrio, recorrí la manzana buscando un aparcamiento que no estuviera a oscuras. Sólo vi un coche desconocido, un Jaguar oscuro estacionado delante de mi casa, al otro lado de la calle. Doblé por Bay y esperé hasta convencerme de que no me había seguido nadie. Cerré el coche y recorrí andando media manzana. Me sentía idiota, pero quería escuchar a mi intuición. Sabía que los goznes de la puerta del jardín chirriarían, así que en lugar de entrar por allí, fui por el patio del vecino, siguiendo la valla de madera. Puede que fuera una imbécil, pero no podía evitarlo.

Cuando llegué al otro lado del garaje de Henry asomé la cabeza y miré por encima de la valla. Había dejado encendida la luz trasera, pero el pequeño porche estaba ahora a oscuras. Las luces de Henry también estaban apagadas. Una capa de niebla parecía planear sobre el césped como si fuera humo. Esperé sin moverme hasta que mis ojos se acostumbraron a la oscuridad. Como suele suceder, hasta la noche más oscura tiene su pequeña iluminación. La luna asomaba entre las ramas de un árbol. La luz caía formando un dibujo irregular. Escuché hasta que los grillos empezaron otra vez a cantar.

Dividí el patio trasero de Henry en secciones y las escruté una por una. Nada a mi izquierda. Nada cerca de los escalones traseros. Nada junto al árbol. La sombra del garaje formaba un triángulo en el patio, así que no podía ver las sillas al completo. Aun así habría jurado que había visto algo..., la cabeza y los hombros de alguien sentado en una tumbona. Podía ser Henry, pero no lo creía. Me agaché tras la valla. Di media vuelta y crucé el jardín del vecino hasta la calle. Las botas de cuero que llevaba no estaban pensadas para andar de puntillas por el césped mojado y resbalaba mientras avanzaba esperando no caerme de culo.

Cuando llegué a la calle, tuve que quitarme una cagarruta de perro del tacón, no fuera a ser que el olor me delatara. Busqué en el bolso hasta que encontré la linterna de bolsillo. Tapé el delgado haz de luz con la palma de la mano y lo orienté hacia el Jaguar. Las cuatro puertas estaban cerradas. Medio había esperado que la matrícula personalizada dijese AQUÍ ESTAMOS. Pero decía DIXIE. Bueno, aquello era interesante. Volví al patio trasero, esta vez por la casa del vecino de la izquierda de Henry, primero recorriendo con paso firme su camino de entrada y luego trazando un amplio círculo por el patio de Henry, pegada a los arriates. Desde aquella posición distinguía el perfil del pelo alborotado de Dixie. Debía de morirse por fumar. La sed de tabaco se impuso a la precaución mientras la observaba. Oí el chasquido de un encendedor. Levantó una mano para ocultar la llama y la acercó al extremo del cigarrillo, dando una chupada con un suspiro audible. Ningún arma a la vista, a menos que empuñara una con el pie.

Me acerqué por detrás de la tumbona.

—Hola, Dixie. Nunca enciendas luces. Todos los francotiradores del barrio podrían tenerte ya en el punto de mira.

Dio un respingo y casi se levantó del asiento mientras giraba la cabeza. Se sujetó al brazo de la tumbona y se le cayó el bolso del regazo. Vi que el cigarrillo volaba en la oscuridad y la brasa trazaba un arco precioso antes de caer y apagarse en la hierba mojada. Tuvo suerte de no tragárselo y de no morir asfixiada.

—¡Mierda, mierda! Me has dado un susto de muerte —susurró.

—¿Qué puñetas estás haciendo aquí?

Se puso una mano en el pecho para calmar los latidos del corazón. Se dobló por la cintura, hiperventilándose. No me impresionó particularmente la posibilidad de que sufriera un ataque al corazón. Si le daba, estaba lista. Yo no iba a hacerle la resucitación cardiopulmonar. Llevaba una especie de mono de mecánico, de una sola pieza y con cremallera delante. El *look* extragrande y ancho no surtía efecto, porque llevaba las mangas subidas hasta medio antebrazo, revelando lo canija que era. Se inclinó para recoger el bolso, que era de piel curtida y parecía de cartero.

Se lo puso bajo el brazo, se llevó una mano a la frente y luego a la mejilla.

—Tengo que hablar contigo —dijo, aún agitada.

—¿No se te ocurrió llamar antes?

—Pensé que no querrías verme.

—¿Por eso me esperabas a oscuras? ¿Te has vuelto loca?

—Lo siento. No quería asustarte. El anciano caballero de la casa estaba levantado cuando llegué, hace ya una hora. Lo vi en la cocina cuando entré en el patio, así que desenrosqué la bombilla de tu porche. No quería que se diera cuenta de mi presencia ni que se preguntara qué hacía aquí.

—¿Y qué haces aquí? Sigo sin enterarme.

—¿Podemos entrar? Te prometo que no estaré mucho rato. No he traído la cazadora y tengo frío.

Sentí un ramalazo de fastidio.

—Anda, vamos —dije.

Atravesé el patio. Cuando llegué al porche, giré la bombilla y se encendió la luz. Me seguía dócilmente. Saqué las llaves y abrí la puerta.

Lo primero que hice fue descalzarme.

—Límpiate los pies —dije enfadada antes de entrar en la salita.

—Perdona. Claro.

Le acerqué un taburete, entré en el espacio de la cocina y saqué una botella de whisky del armario de los licores. Alineé dos vasos largos, abrí la botella y puse un par de dedos en cada uno. Eché la cabeza hacia atrás y me metí el mío entre pecho y espalda. Tragué fuego líquido, la boca se me abrió y echó llamas invisibles. Joder, era una guarrería, pero me alivió. Sentí un escalofrío, el mismo que me da cuando engullo un antitusígeno. La vi más tranquila cuando la miré. También ella se lo había zampado con ganas, pero el whisky parecía impresionarla menos que a mí.

—Gracias. Lo necesitaba. Espero que no te importe que fume —dijo, buscando en el bolso como si ya le hubiera dado permiso.

—Puedes fumar en el jardín, pero aquí dentro no.

—Vaya, perdona —dijo, y dejó a un lado el paquete.

—Y deja de disculparte —la amonesté. Dixie había venido por algo y ya era hora de ir al grano—. Habla —añadí, como si fuera un perro a punto de hacer una pirueta.

Cerró los ojos.

—Lo que Mickey y yo hicimos fue imperdonable. Tienes todo el derecho del mundo a estar enfadada. El lunes, cuando viniste a casa, estuve muy desagradable. Te pido perdón, pero tu visita me desconcertó. Siempre pensé que habías recibido mi carta y que habías optado por no hacer nada. Supongo que disfruté culpándote por haber sido desleal. La tentación era fuerte. —Abrió los ojos y me miró.

—Sigue.

—Ya está.

—No, no está. ¿Qué más? Si eso es todo lo que tenías que decir, podías haberme escrito una nota.

Vaciló.

—Sé que te cruzaste con Eric al salir de mi casa. Te agradezco que guardaras silencio sobre lo de Mickey y yo. Podías haberme causado muchos problemas.

—Tú causaste los problemas. Yo no tuve nada que ver.

—Me doy cuenta. Lo sé. Pero nunca he estado segura de si Eric sabía algo.

—¿Nunca lo ha sacado a relucir?

—No.

—Considérate afortunada. Yo lo dejaría como está, si fuera tú.

—Lo haré, puedes creerme.

Me sentí dividida: una parte de mí estaba presente y la otra mirando de lejos. Lo que había dicho hasta el momento era verdad, pero había más. Puesto que carecía de la experiencia que tenía yo en el arte de mentir con las bragas puestas, fue inevitable que las mejillas se le colorearan ligeramente.

—Bueno ¿y qué? —pregunté—. ¿Quieres garantías de que tendré la boca cerrada en adelante?

—Sé que no te lo puedo pedir.

—No, no puedes. Por otra parte, no sé para qué iba a servir. Lo creas o no, que tú «me hicieras daño» no significa que tenga que imitarte. ¿Algo más?

Negó con la cabeza.

—Será mejor que me vaya. —Recogió el bolso y se puso a buscar las llaves—. Sé que te invitó a cenar. Eric siempre te ha apreciado...

¿De verdad?, pensé.

—Está deseando que vayas y yo espero que aceptes la invitación. Si la rechazas, pensará que es extraño.

—Déjate de tonterías. No os he visto desde hace catorce años, ¿por qué iba a parecer raro?

—Piénsalo, por favor. Dijo que probablemente te llamaría a mitad de semana.

—Muy bien. Lo pensaré, pero no te aseguro nada. Me sentiría incómoda.

—No tienes por qué. —Se levantó y alargó la mano—. Gracias.

Se la estreché y en aquel momento me pregunté si no estaríamos haciendo un pacto tácito. Fue hacia la puerta y se volvió cuando tenía la mano en el pomo.

—¿Cómo va la búsqueda de Mickey? ¿Ha habido suerte? —preguntó.

—Al día siguiente de ir a verte, vinieron por aquí dos policías. Le pegaron un tiro la semana pasada.

Dixie palideció.

—¿Ha muerto?

—Está vivo, pero muy mal. Puede que no salga.

—Qué horror. Es terrible. —Le costó trabajo, al igual que a mí, hacerse a la idea—. ¿Qué pasó?

—¿Quién sabe? Por eso vinieron a hablar conmigo.

—Pero tienen que saber algo. ¿Han detenido a alguien?

—Todavía no. Sólo sé lo que me dijeron. Lo encontraron en la calle, a un par de manzanas de su casa. Fue el miércoles de la semana pasada. Desde entonces está en coma.

—Yo... no sé qué decir.

—No tienes que decir nada.

—¿Podrías tenerme al tanto de lo que sepas?

—¿Por qué tendría que hacerlo?

—*Por favor* —dijo con voz frágil.

No me molesté en contestar. De pronto se fue, dejándome con los ojos clavados en la puerta. Me molestaba que pensase que teníamos el mismo derecho a la tristeza. Más aún: me pregunté qué quería Dixie en realidad.

15

El viernes por la mañana me desperté a eso de las seis, floja y derrotada. Todos mis huesos suplicaban que siguiera durmiendo, pero aparté el edredón y me puse la sudadera. Me cepillé los dientes y me pasé el peine por el pelo, cuyas puntas sobresalían en todas direcciones, como si estuviera electrizado. Me detuve en la puerta del jardín y me estiré para despejarme. Empecé con paso gimnástico y me puse a trotar cuando llegué al parque de la playa que hay en Cabana Boulevard.

El cielo matutino estaba cubierto de nubes y el aire era neblinoso. Sin la fulgurante luz del sol, los rojos y amarillos cálidos habían desaparecido del paisaje, y dejado una anodina paleta de colores fríos: azules, grises, madera, rata y verde ahumado. La brisa olía a movimiento portuario y a algas marinas. Durante la carrera noté que mi interior empezaba a animarse. El ejercicio intenso es la única droga legal que conozco, además del amor, claro. Por mal que te encuentres, corre, pasea, monta en bici, esquía o levanta pesas, y verás como recuperas el optimismo y la vida vuelve a parecerte fantástica.

Una vez recuperada de la carrera fui al gimnasio, que no suele estar atestado a esas horas, dado que los fanáticos que van antes del trabajo ya se han ido. El gimnasio es más bien espartano, de color gris pistola, con una moqueta del mismo color que el asfalto de la calle. Hay grandes espejos en las paredes. El aire huele a goma y a axilas sudadas. Los principales usuarios son hombres en diversas etapas de perfección física. Las mujeres que aparecen por allí tienden a formar dos categorías: las flaquísimas maniáticas de la forma física, que se machacan todos los días, y las fofas que se presentan después de un domingo de comilona. Estas últimas no duran, pero bien por ellas de todos modos. Es mejor hacer un poco de esfuerzo que no hacer absolutamente nada. Yo me encontraba entre ambos grupos.

Empecé con flexiones de piernas; los músculos me ardían mientras los trabajaba. Abdominales, lumbares, plataforma de los pectorales y luego los hombros y los brazos. Al principio de un ejercicio resulta deprimente pensar en números: la cantidad de partes corporales multiplicada por el número de ejercicios y la serie de repeticiones, pero el proceso es extrañamente fascinante, a pesar de que duele. De repente me encontré dándole a dos máquinas, alternando bíceps y tríceps. Salí poco después, sudorosa y estimulada. Más de una vez he estado a punto de dislocarme el brazo por darme después palmaditas en la espalda.

Una vez en casa, puse la cafetera eléctrica, hice la cama, me duché, me vestí y me comí un tazón de cereales con leche desnatada. Luego me senté con el café y leí el periódico local. Normalmente, y conforme pasan los días, mi tendencia a maltratarme, sobre todo con comida basura, acaba con mi flirteo con la salud. La grasa es mi perdición, cualquier cosa que contenga sal, aditivos, colesterol o nitratos. Rebozados, fritos o salteados en mantequilla, cubiertos de queso, con mahonesa, goteando jugo de carne... ¿Qué comestible no puede mejorarse con la preparación adecuada? Cuando terminé de leer el periódico, estaba casi muerta de hambre y tuve que echarme más café para engañar el estómago. Lo único que tomé luego fue una cucharada de crema de cacahuete, que chupeteé directamente de la cuchara mientras me sentaba ante el escritorio. Había decidido no ir al despacho, ya que el día anterior había puesto al corriente mis asuntos administrativos.

Saqué la tarjeta del agente Aldo, me la puse delante y llamé a Mark Bethel. La verdad es que ya había abandonado la esperanza de hablar con él en persona. Seguramente había ido a Los Angeles para hacer alguna aparición política. Le conté a Judy lo de Mickey y me endosó el habitual repertorio de expresiones de preocupación, asombro y consternación ante las incertidumbres de la vida.

—¿Crees que Mark podría ayudarte? —preguntó.

—Por eso llamo. ¿Te importaría preguntarle si podría hablar con el agente Aldo y averiguar qué está pasando? A mí no me lo van a decir, pero puede que hablen con él, ya que es el abogado de Mickey... Bueno, por lo menos lo era.

—Estoy segura de que lo hará. ¿Tienes el número?

Le recité el número y además le di el nombre del agente Felix Claas. También le dicté la verdadera dirección de Mickey en el municipio de Culver City, en el área metropolitana de Los Angeles.

—Tomo nota —dijo—. Mark tiene que llamar cuando termine. Tal vez pueda ponerse en contacto con el agente Aldo mientras está en Los Angeles.

—Gracias. Eso sería estupendo.

—¿Es todo?

—Sólo una cosa más. ¿Puedes preguntar a Mark qué pasará con las facturas de Mickey? Estoy segura de que están acumulándose y no me gustaría que su situación se pusiera peor de lo que está.

—Muy bien. Preguntaré. Ya se le ocurrirá alguna cosa. Le diré que te llame cuando llegue.

—No hace falta, a menos que quiera preguntar algo concreto. Bastará con que le cuentes lo que hemos hablado, le servirá como punto de partida.

Seguí sentada, preguntándome qué hacer a continuación. Una vez más, amontoné ante mí los objetos que me había llevado de casa de Mickey y los inspeccioné uno por uno. Factura del teléfono, el pasaje de Delta Airlines, los tíquets de caja del Honky-Tonk, las libretas de ahorro, los documentos falsos. Emmett Vanover, Delbert Amburgey, Clyde Byler, todos con datos personales falsos y la foto de Mickey pegada en el lugar correspondiente. Volví al pasaje de avión, que estaba a nombre de Magruder. Los billetes de vuelo no estaban, suponía que porque se habían hecho efectivos, pero el tíquet de ruta y el resguardo para el usuario todavía estaban en el sobre. Era un viaje muy caro para haberlo efectuado un hombre sin trabajo. ¿Tenía importancia? ¿Hasta qué punto? El viaje a Louisville podía haber sido personal. Era difícil saberlo, ya que no habíamos hablado durante años. Puse el pasaje en el escritorio, al lado de los demás objetos, y estuve alineándolos de diversas maneras, como si de la sucesión correcta de los hechos pudiera salir una historia.

Cuando era niña, mi tía Gin me surtía de cuadernos de pasatiempos. El papel siempre era barato y los juegos y rompecabezas servían para tenerme callada un rato; así ella podía leer durante una hora sin que la interrumpiera. Yo me tiraba en el suelo con mi lápiz del número dos y una caja de pinturas. Unas veces tenía que encontrar palabras en una sopa de letras y encerrarlas en una figura informal. Otras tenía que buscar objetos concretos en un dibujo intrincado. Mi favorito era «de punto a punto», en el que salía un dibujo uniendo con el lápiz una constelación de números seguidos, en cada uno de los cuales había un punto. Con la lengua entre los dientes, iba de un número a otro hasta que salía el dibujo. Era tan hábil que me bastaba mirar los espacios que había entre los puntos numerados para ver el dibujo sin haberlo hecho con el lápiz. No hacía falta mucho cerebro para aquello, pues solía ser un dibujo sencillo, un osito, un carro, un patito, en fin, bobadas. Sin embargo, aún recuerdo la alegría desbordante que sentía en el momento de la identificación. Con lo poco que sabía a los cinco años, ya me estaba entrenando para la futura profesión.

Lo que miraba en aquellos instantes era sólo una versión más compleja del «de punto a punto». Si conseguía averiguar el orden en que estaban relacionados los objetos, era probable que entendiera parte de lo que estaba ocurriendo en la vida de Mickey. Por el momento no encontraba los eslabones que encadenaban los sucesos. ¿A qué se dedicaba los meses antes del tiroteo? Los polis estarían preguntándose lo mismo, pero cabía la posibilidad de que a ellos les faltara la información que tenía yo... por haberla robado. En la rudimentaria conciencia que parecía estar desarrollándose en mi interior sabía que siempre podría optar por la Medalla al Buen Ciudadano si «me confiaba» al agente Aldo. Por lo general no escondo nada a la policía. Pero si profundizaba un poco, podía averiguar por mi cuenta lo que pasaba y disfrutar de la emoción del descubrimiento. No hay nada como el momento en que todo encaja por fin. ¿Por qué renunciar a él cuando con un pequeño esfuerzo podía conseguirlo? (Tales son las razones que se le ocurren a la señorita Millhone cuando incumple sus obligaciones civiles.)

Abrí el bolso y revolví el contenido hasta que encontré el teléfono de Wary Beason en el dorso de una tarjeta. Puede que Mickey le hubiera dicho algo del viaje en avión. Descolgué el teléfono y llamé a Culver City. Eran sólo las diez y cuarto. Quizá lo pillara antes de que saliese a desayunar. Volví a ver ante mí las gafas metálicas de Wary y su cabellera hasta la cintura. Dos timbrazos. Tres. Cuando por fin contestó, habría jurado que acababa de despertar de un profundo sueño.

—Hola, Wary. ¿Qué tal te va? ¿Te he despertado?

—No, no —dijo con buena voluntad—. ¿Quién es?

—Kinsey, de Santa Teresa. —Silencio—. La ex de Mickey.

—Ah, sí, sí. Ya sé. Perdona que no haya reconocido tu voz. ¿Qué tal estás?

—Bien. ¿Y tú?

—Fantástico. ¿Qué pasa? —Le oí cerrar la boca para reprimir un bostezo.

—Una pregunta rápida. ¿Te dijo algo Mickey del viaje que hizo a Louisville, Kentucky?

—¿Qué viaje?

—Fue la semana pasada. Salió el 8 de mayo y volvió el 12.

194

—Ah, sí. Sabía que se había ido, pero no me dijo adónde. ¿Por qué fue?

—¿Cómo voy a saberlo? Esperaba que tú me lo dijeras. Dada su situación económica, me cuesta entender por qué se fue durante cinco días. El billete de avión cuesta una fortuna y hay que añadir las comidas y el alojamiento.

—No puedo ayudarte. Lo único que sé es que fue a alguna parte, pero no me dijo por qué. Ni siquiera sabía que hubiera salido de California. A nuestro amigo no le gustaba volar. Me extraña que fuera en avión a alguna parte.

—¿Se lo dijo a alguien más? ¿A un vecino del edificio tal vez?

—Podría ser, pero lo dudo. No parecía confiar en nadie. Mira, ¿sabes qué podría servirte? Se me acaba de ocurrir. Cuando le cortaron el teléfono venía a mi casa a llamar. Me pagaba cuando podía, pero no me estafaba. Si quieres puedo buscar los números.

Cerré los ojos y murmuré unas breves oraciones.

—Wary, estaré en deuda contigo toda la vida.

—Cojonudo. Espera mientras miro en el escritorio.

Oí un golpe seco y supuse que había dejado el teléfono en la mesita de noche mientras recorría la casa en cueros. Pasó un minuto hasta que volvió a empuñar el teléfono.

—¿Estás ahí todavía?

—Desde luego.

—Tengo la carta aquí mismo. Mandan la factura el quince, así que llegó en el correo de ayer. Aún no la he abierto. Sé que llamó varias veces fuera del estado porque me dio diez dólares y dijo que pagaría la diferencia cuando llegara la factura.

—Vaya. ¿Oíste alguna vez lo que decía?

—No. Siempre me iba de la habitación. Entendía que era privado. Ya lo conoces. Nunca explicaba nada, sobre todo cuando se trataba del trabajo. Y si daba alguna información, era mínima.

—¿Por qué crees que tenía que ver con su trabajo?

—Supongo que por su actitud. Modalidad policía, por decirlo de algún modo. Se podía ver en su cuerpo y en su forma de comportarse. Incluso borracho sabía el terreno que pisaba. —Oí que revolvía papeles—. Sigo mirando —añadió con la atención dividida—. ¿Has sabido algo?

—¿De Mickey? No. Podría llamar a Aldo, pero me da miedo preguntar.

—Aquí está. Fenómeno. Vaya. Sólo hizo una. El 7 de mayo. Está aquí. Tienes razón. Llamó a Louisville. —Leyó el número—. En realidad llamó dos veces al mismo número. La primera conversación fue rápida, menos de un minuto. La más larga... diez minutos, poco después.

Arrugué el entrecejo.

—Tuvo que ser importante si tomó el avión al día siguiente.

—Un hombre de acción —dijo—. Oye, tengo que ir a vaciar la vejiga, pero te llamaré con mucho gusto si se me ocurre algo más.

—Gracias, Wary.

Colgué y me quedé mirando el teléfono tratando de «centrarme», como decimos en California. Si aquí eran las diez y veinte, en Kentucky sería la una y veinte. No sabía a quién había llamado, así que no pude idear ninguna mentira por adelantado. Tendría que inventarla sobre la marcha. Marqué el número.

—Instituto Masculino de Louisville —dijo una voz femenina—. Le habla Terry. ¿Qué desea?

¿Instituto Masculino? Terry parecía una estudiante que trabajaba en secretaría. Me quedé tan perpleja que no se me ocurrió nada.

—Vaya. Me he equivocado. —Colgué. Mi corazón empezó a galopar con un poco de retraso. ¿Qué era aquello?

Respiré hondo un par de veces y volví a marcar.

—Instituto Masculino de Louisville. Le habla Terry. ¿Qué desea?

—Bueno, por ejemplo, hablar con la secretaria del director.

—¿Con la señora Magliato? Un momento. —Terry me dejó en espera y al cabo de diez segundos se puso otra voz.

—Señora Magliato. ¿Qué desea?

—Algo muy concreto. Soy la señora Hurst, de Telefónica General de Culver City, California. El 7 de mayo efectuaron una llamada a este número desde Culver City y tenemos problemas con la factura. La llamada se cargó en la cuenta del señor Magruder, de nombre Mickey o Michael. El señor Magruder asegura que no ha hecho esa llamada y estamos averiguando la identidad de la persona que la recibió. ¿Podrían ayudarnos ustedes? Se lo agradeceríamos.

—¿Podría repetir el nombre? —Se lo deletreé—. No lo conozco —dijo—. Espere y preguntaré si alguien recuerda haber hablado con él.

Me dejó a la espera. Oí una emisora de radio local, pero el sonido era demasiado agudo para entender lo que se decía. La señora Magliato volvió al teléfono.

—Lo siento. Aquí nadie ha hablado con ese señor.

—¿Y el director? ¿No sería posible que hubiera recibido él la llamada?

—Es «ella», y ya le he preguntado. El nombre no le dice nada.

Recordé los nombres de los documentos falsos y acerqué los papeles.

—Veamos..., ¿qué me dice de Emmett Vanover, Delbert Amburgey y Clyde Byler? —Repetí los nombres antes de que me lo indicara y por lo visto se ofendió.

—Yo no hablé con ninguna de esas personas. Recordaría los nombres.

—¿Podría usted preguntar al personal de secretaría?

—Un momento —dijo suspirando. Tapó el micrófono y la oí repetir la pregunta. Siguieron unos murmullos y retiró la mano—. Nadie ha hablado con ellos.

—¿Con nadie de Culver City?

—No-oo —canturreó con dos notas.

—Bien. Gracias de todas formas. Le agradezco el tiempo

que me ha dedicado. —Colgué y estuve pensando un momento. ¿Con quién había hablado Mickey durante diez minutos? Con ella no, estaba claro. Me levanté y fui a la cocina, donde busqué un cuchillo de mantequilla y el tarro de Jif extracrujiente. Saqué una porción de crema de cacahuete con la hoja y me la pegué en el paladar, lamiéndola con la lengua hasta que la masa se me extendió por toda la boca.

—Muy buenas, soy la señora Kennison —dije con fuerza y con una voz que nada tenía que ver conmigo.

Volví al teléfono y a marcar el número. Cuando contestó Terry, le pregunté el nombre de la bibliotecaria.

—¿Se refiere a la señorita Calloway? —dijo.

—Exactamente. Lo había olvidado. ¿Puedes ponerme con ella?

Terry estuvo encantada de hacerme el favor y, diez segundos después, formulaba las mismas preguntas de antes, con una variación.

—Señora Calloway, soy la señora Kennison, de la fiscalía del distrito de Culver City, California. El 7 de mayo llamaron a ese número desde Culver City, la llamada se cargó a: apellido Magruder, nombre Mickey o Michael...

—Sí, yo hablé con él —dijo antes de que terminara mi historia.

—Oh, ah, fue usted. Es maravilloso.

—No sé si calificar de maravillosa la experiencia, pero fue agradable. Parecía un buen hombre..., bien hablado, educado.

—¿Recuerda usted la naturaleza de la consulta?

—Fue hace unas dos semanas. Puede que esté cerca de la jubilación, pero no sufro demencia senil..., vamos, todavía.

—¿Podría informarme al respecto?

—Podría si entendiera qué tiene que ver con esto la fiscalía del distrito. Me parece que aquí hay gato encerrado. ¿Cómo ha dicho que se llama usted? Porque tomaré nota y lo comprobaré.

Cuando a la gente le da por pensar es odioso. ¿Por qué no se ocupan de sus propios asuntos y responden a mis preguntas?

198

—Señora Kennison.

—¿Y la razón de su llamada?

—Lo siento, pero no estoy autorizada a decirlo. Es un asunto jurídico y hay secreto de sumario.

—Entiendo —dijo como si no entendiera.

—¿Puede decirme qué quería el señor Magruder?

—¿Por qué no se lo pregunta a él?

—Al señor Magruder le han pegado un tiro. En estos momentos está en coma. Es todo lo que puedo decirle sin que me emplacen por desacato.

Al parecer funcionó.

—Quería localizar a un antiguo alumno del Instituto —dijo.

—¿Podría decirme su nombre?

—¿Cómo ha dicho que se llama usted?

—Kathryn. Kennison. Si quiere, le doy mi número y me llama usted.

—Qué tontería. Podría ser cualquiera —dijo—. Acabemos con esto. ¿Qué es lo que quiere usted?

—Cualquier información que pueda darme.

—El alumno se llamaba Duncan Oaks, terminó el bachillerato en 1961. Fue una promoción excepcional. Todavía recordamos aquel grupo de vez en cuando.

—¿Ya era usted la bibliotecaria por entonces?

—Pues sí. Estoy aquí desde 1946.

—¿Conoció personalmente a Duncan Oaks?

—Todo el mundo conocía a Duncan. Fue ayudante mío los dos primeros años que estuvo aquí. El último año ya era fotógrafo del álbum anual, rey de la promoción y el más idóneo para triunfar por votación unánime.

—Suena a extraordinario.

—Lo era.

—¿Y dónde está ahora?

—Se hizo periodista y fotógrafo de un periódico local, el *Louisville Tribune*, pero me entristece decir que hace tiempo que dejó la profesión. Murió cumpliendo una misión en Vietnam. El *Trib* fue engullido por un grupo empresarial un año después, en 1966. Bueno, sea usted quien sea y busque lo que busque, creo que ya he dicho suficiente.

Le di las gracias y colgué, completamente a oscuras. Me puse a escribir notas mientras me quitaba la crema del paladar con el capuchón del bolígrafo. ¿Estaría buscando a un heredero? ¿Había emprendido Mickey una investigación particular para aumentar sus ingresos? Desde luego, tenía experiencia para ser detective privado, pero ¿qué investigaba exactamente y quién lo había contratado?

Oí que llamaban a la puerta, me estiré y vi a Henry con la cara pegada a la mirilla. Sentí un pinchazo de culpabilidad por lo ocurrido la noche anterior. Henry y yo no solemos discutir. En el presente caso, la razón era suya. No tenía por qué ocultar información que podía ser importante para la policía. En serio, me reformaría, estaba casi segura. Cuando abrí la puerta, me dio un puñado de sobres.

—Te traigo el correo.

—Henry, lo siento. No se enfade conmigo —me disculpé. Dejé el correo en el escritorio y le di un abrazo mientras él me daba golpecitos en la espalda.

—Fue culpa mía —dijo.

—No, no lo es. Es mía. Tenía usted toda la razón. Soy una cabezota.

—No tiene importancia. Ya sabes que me preocupo por ti. ¿Qué le pasa a tu voz? ¿Te has resfriado?

—Acabo de comer y se me ha quedado algo entre los dientes. Llamaré al agente Aldo hoy mismo y le contaré lo que sé.

—Me sentiría mejor si lo hicieras —dijo—. ¿Interrumpo? Podemos hacerlo en otro momento si tienes trabajo.

—¿Hacer qué?

—Dijiste que me llevarías. El del taller ha llamado para decir que el Chevy está listo.

—Lo siento. Claro. Cuánto ha tardado. Voy por la cazadora y las llaves.

Camino del taller, conté a Henry lo que sabía, aunque

me sentía incómoda, porque ni siquiera en aquellos instantes era totalmente sincera con él. No es que mintiera, pero omitía parte de la información.

—Ahora que me acuerdo —dije—. ¿Le he hablado de la llamada a mi casa?

—¿Qué llamada?

—Creo que no se lo mencioné. No sé qué hacer con ella. —Le conté la historia de la llamada de treinta minutos que me habían hecho a fines de marzo desde casa de Mickey—. Juro que no hablé con él, pero la policía no me cree.

—¿Qué día fue?

—El 27 de marzo, primera hora de la tarde, la una y media. He visto la factura.

—Estabas conmigo —dijo de repente.

—¿Sí?

—Desde luego. Fue al día siguiente de los temblores que derribaron las latas sobre mi coche. Llamé al seguro y tú me acompañaste al taller. El agente de seguros se reunió con nosotros allí.

—¿Fue aquel día? ¿Cómo lo recuerda?

—Tengo el presupuesto —dijo, sacándolo del bolsillo—. La fecha está aquí.

El episodio me vino a la memoria de repente. Hubo varios temblores la madrugada del 27 de marzo, unas sacudidas tan ruidosas como una manada de caballos galopando por el salón. Yo dormía profundamente, pero la cama se puso a vibrar y me desperté. El despertador señalaba las 2:06. Las perchas tintineaban y los cristales de las ventanas se agitaban como si los golpeara alguien que quisiera entrar. Me levanté de un salto y me vestí para salir a correr. Al cabo de unos segundos pasó el terremoto, pero vino otro detrás. Oí un chasquido de vidrios rotos en el fregadero. La fuerza del movimiento rocoso empezaban a agrietar las paredes. En la otra punta de Santa Teresa saltó un transformador y me quedé a oscuras.

Había bajado a toda prisa por la escalera de caracol

mientras revolvía el fondo del bolso en busca de la linterna de bolsillo. La encontré y la encendí. El haz de luz era débil, pero me iluminaba el camino. A lo lejos empezaban a oírse las sirenas. El temblor cesó. Aproveché el momento para recoger la cazadora vaquera y salir corriendo. Henry corría ya por el patio. Llevaba una linterna del tamaño de un radiocasete y me enfocó la cara con ella. Pasamos la hora siguiente encogidos en el patio trasero, temerosos de entrar en casa hasta saber que estábamos a salvo. Por la mañana descubrió los daños sufridos por su vehículo.

Lo seguí al taller con mi coche y volví con él. Cuando entré en casa, la luz del contestador estaba parpadeando. Pulsé la tecla de REPLAY, pero sólo oí un susurro que se prolongaba hasta el final de la cinta. Me molestó un poco, pero pensé que sería una broma y no le di más vueltas. Henry estaba a mi lado, oyó exactamente lo mismo y sugirió que podía haber sido un fallo del mecanismo producido al reanudarse el suministro eléctrico. Rebobiné la cinta para borrar el susurro y ya no volví a recordarlo. Hasta ahora.

16

Nada más llegar a casa llamé al agente Aldo, deseosa de hacer valer mi inocencia al menos en aquel pequeño punto. En cuanto descolgó el teléfono y se identificó, fui directa al grano.

—Hola, agente Aldo. Soy Kinsey Millhone, de Santa Teresa... —Doña Simpatía haciendo amistad con la policía.

Estaba en mitad del asunto de la llamada cuando me cortó por lo sano.

—Hace días que trato de localizarla —dijo secamente—. Es para notificarle que sé a ciencia cierta que cruzó usted el precinto policial y entró en el apartamento. Todavía no puedo demostrarlo, pero si encuentro una sola prueba, le aplicaré el artículo 135: destrucción u ocultamiento de pruebas. Y el 148, que, por si no lo sabe, es obstaculizar el cumplimiento del deber de un agente del orden, punible con una multa inferior a mil dólares o con un periodo inferior a un año en la penitenciaría del condado, o con las dos cosas. ¿Lo ha entendido bien?

Abrí la boca para defenderme, pero colgó. Yo también colgué, y con la lengua tan seca como la lija. Me sentía tan culpable y avergonzada que pensé que iba a darme una menopausia precoz. Me llevé la mano a la ardiente mejilla, preguntándome cómo habría sabido que fui yo. En realidad, no era la única culpable de allanamiento de morada. La novia fantasma de Mickey había entrado en su casa entre mis dos visitas y se había llevado el diafragma, la cadena y el frasco de colonia. Por desgracia, aparte de no saber quién era, no podía acusarla sin acusarme a mí misma.

Pasé el resto del día con el rabo entre las piernas. No me daban un varapalo así desde que tenía ocho años y tía Gin me pilló fumando un Viceroy experimental. En el presente caso, me había involucrado tanto en los problemas de Mickey que no podía permitir que me impidieran el acceso a su vida. Al llamar a Aldo para corroborarle mi inocencia había esperado enterarme del estado de la investigación. Lejos de ello, él me había corroborado que nunca me diría nada.

Dediqué la caída de la tarde a dar cuenta de un plato de rollos de ternera en el local de Rosie. Ella era partidaria de una *vese porkolt*, que en húngaro quiere decir cazuela de vísceras. Sentía tanto remordimiento que me habría comido mis propias entrañas, pero mi estómago se rebeló al pensar en corazones y riñones gordezuelos y cocidos con comino. Pasé la sobremesa nocturna sentada a mi escritorio, expiando pecados con el trabajo. Cuando todo lo demás falla, limpiar la casa es el remedio perfecto para casi todos los achaques de la vida.

Esperé a que llegara la medianoche y volví al Honky-Tonk. Llevaba la misma ropa que la víspera, que ya estaba sucia de mucho antes y necesitaba pasar por la lavadora. Tendría que dejar la cazadora de Mickey en el tendedero durante días. Era viernes por la noche y, si la memoria no me fallaba, el bar estaría abarrotado de marchosos de fin de semana. Cuando llegué vi el aparcamiento lleno hasta los topes. Di vueltas alrededor de las manzanas contiguas hasta que encontré un hueco que dejaba en aquellos instantes un Ford descapotable. Anduve manzana y media por el oscuro barrio de Colgate. Antaño había sido exclusivamente una zona de casas unifamiliares. La tercera parte albergaba ahora pequeñas empresas: una tapicería, una tienda de recambios de automóvil, un salón de belleza. No había aceras y tuve que ir por el centro de la calle y luego entrar por el aparcamiento de empleados que había al lado de la puerta trasera.

Rodeé el edificio para llegar a la puerta principal, donde

había una cola de ciudadanos, la mitad solteros y la mitad parejas, esperando que los admitiesen. Enseñé al gorila el permiso de conducir y vi que lo pasaba por el escáner. Pagué los cinco dólares que costaba entrar y recibí la bendición de tinta en el dorso de la mano.

Fue un vía crucis desfilar ante los fumadores que formaban de cuatro en fondo delante de la barra, tíos de ojos furtivos que querían parecer más modernos de lo que eran. Aquella noche la música que llegaba de la otra sala era en vivo. No veía al grupo, pero la melodía, o su equivalente, tronaba por los altavoces, que distorsionaban el ritmo hasta convertirlo en una matraca tribal. La letra era ininteligible, aunque probablemente consistía en sentimientos estudiantiles, servidos en pareados que rimaban de cualquier manera. El grupo parecía local y, a juzgar por lo que oía, sólo tocaba canciones propias. Había visto actuaciones parecidas en la televisión por cable a las tres de la madrugada, una tortura para los desvelados ocasionales como yo.

Deseaba haberme quedado en casa. Habría dado media vuelta para salir corriendo si no hubiera sido porque Mickey había estado allí seis viernes seguidos. Era incapaz de imaginar qué estaba haciendo. Quizá contar las bebidas para calcular los beneficios de Tim y estimar los suyos. Tal vez Tim le hubiese jurado que era pobre y que no ganaba dinero suficiente para devolver el préstamo. Si el barman de Tim le robaba, podía ser verdad. Los camareros de la barra tienen sus métodos y un investigador con experiencia, sentado a la barra, podía a la vez charlar con otros clientes y calcular los ingresos a ojo. Si de verdad estaba robando, a Mickey le habría interesado pillarlo con las manos en la masa y denunciarlo. También era posible que la presencia de Mickey se debiese a otra razón, a una mujer, por ejemplo, o a la necesidad de evadirse de su drama económico en Los Angeles. Además, un bebedor empedernido no necesita pretextos para entrar en un bar.

Eché un vistazo a mi alrededor. Todas las mesas estaban

ocupadas y los reservados repletos, con cuatro clientes por banco. El trozo de pista de baile que quedaba dentro de mi radio visual estaba tan abarrotado de cuerpos en movimiento que casi no quedaba ningún espacio libre. No había el menor rastro de Tim, pero vi acercarse a la camarera morena, abriéndose paso entre los clientes. Llevaba en alto la bandeja de vasos vacíos para esquivar los empujones. Llevaba un chaleco de cuero negro sin nada más debajo; tenía los brazos largos y desnudos y el escote de la prenda enseñaba tanto como ocultaba. El tinte negro del pelo contrastaba con la palidez lechosa de la piel. El lápiz de labios oscuro le ponía un aire de seriedad en la boca. Se inclinó hacia el camarero de la barra para hacerse oír por encima del barullo general.

He advertido un fenómeno cuando voy por la autopista. Si te vuelves y miras a otros conductores, ellos se vuelven y te miran a ti. Quizá sea un vestigio instintivo del paleolítico, cuando el hecho de que te «comieran con los ojos» podía significar que estabas en grave peligro de que te comieran con la dentadura. Allí pasaba lo mismo. Poco después de verla y mientras la observaba, se dio la vuelta instintivamente y nuestras miradas se cruzaron. Sus ojos se dirigieron a la cazadora de Mickey. Miré a otra parte, pero me di cuenta de que su expresión había cambiado.

A partir de aquel momento procuré evitarla y me fijé en lo que pasaba a mi alrededor. Percibía cierto tufillo a marihuana, pero no sabía de dónde llegaba. Me puse a observar las manos de la clientela, ya que los drogadictos no suelen sostener igual un porro que un cigarrillo. Los fumadores de tabaco suelen sujetar el cigarrillo entre el índice y el corazón, y se lo llevan a la boca con la palma de la mano abierta. El porrero forma una O con el pulgar y el índice, con el porro en medio y la palma ahuecada, para proteger la brasa. Lo que no sé es si se protege del viento o de las miradas ajenas. Mi época de drogadicta hace tiempo que pasó, pero el ceremonial parece que sigue siendo el mismo. He visto a las chicas pedir un porro formando la O de marras y acercándosela a la boca, lo que viene a significar: lía un canuto, cariño.

Di la vuelta a la barra, paseándome con indiferencia de mesa en mesa, hasta que vi al tipo con el porro entre los labios. Estaba solo en un reservado del fondo de la sala, cerca del pasillo que llevaba a los teléfonos y a los lavabos. Tendría treinta y cinco años y me resultaba vagamente familiar con aquella cara larga y estrecha. Era el clásico hombre que me atraía a los veinte años: silencioso, meditabundo y con un ligero matiz peligroso. Tenía los ojos claros y juntos. Lucía bigote y perilla, lo que contribuía a situarlo en el umbral de la dejadez. Vestía cazadora marrón y gorro negro de marinero. Un mechón de cabello claro le colgaba hasta el cuello. Se comportaba con cierta mundanidad; se veía en la caída de los hombros y en la suave sonrisa de saber demasiado que le bailoteaba en la boca.

Tim Littenberg salió del pasillo trasero y se detuvo en la entrada para ajustarse los puños de la camisa. El porrero y el propietario del bar se ignoraron con una indiferencia que me pareció fingida. Su conducta me recordó esas ocasiones en que dos amantes adulterinos se encuentran en una reunión social. Observados por sus respectivos cónyuges, se esfuerzan por evitar el contacto, pregonando su inocencia a los cuatro vientos, o eso creen ellos. El único problema es el aura de alerta exagerada que hay en la conducta de ambos. Cualquiera que los conozca detectará la farsa. Entre el hombre del reservado y Tim Littenberg corría una inconfundible brisa de reconocimiento. Los dos parecían mirar a la camarera morena, que a su vez era consciente de la presencia de ambos.

Minutos más tarde, la camarera daba la vuelta y llegaba al reservado. Tim echó a andar sin mirarla. El del porro se apoyó en los codos. Alargó el brazo, puso una mano en la cadera de la mujer y la atrajo para que se sentara. La camarera tomó asiento en el banco de enfrente, con la bandeja en medio, como para que el hombre, al ver los vasos vacíos, recordara que ella tenía otras cosas que hacer. El hombre le tomó la mano libre y empezó a hablarle con seriedad. No le veía la cara, pero no me pareció, desde donde yo estaba, que ella estuviera relajada ni con ganas de escucharlo.

—¿Conoces a ése? —preguntó una voz en mi oído derecho.

Me di la vuelta y vi que era Tim; me sorprendió la calidez de su voz entre el estruendo de la música y las agudas notas de las voces.

—¿A quién? —dije.

—Al hombre al que observas, el que está sentado en aquel reservado.

—Me resulta vagamente conocido —dije—. Pero la verdad es que trato de recordar dónde están los lavabos.

—Entiendo.

Lo miré un segundo a la cara y luego aparté los ojos, para despejar la intensidad con que se había fijado en mí.

—¿Recuerdas a Shack, el amigo de Mickey? —dijo.

—Claro. Hablé con él a principios de semana.

—Es su hijo Scottie. Thea, la camarera, es su novia. Te lo digo por si te lo estabas preguntando —añadió con un dejo de ironía.

—Bromeas. ¿Ése es Scott? No me extraña que me resultara conocido. He visto fotos suyas. Entiendo entonces que seguís siendo amigos.

—Desde luego. Hace años que conozco a Scott. No me gusta que haya droga en el establecimiento, pero tampoco quiero líos, así que hago la vista gorda cuando enciende un canuto.

—Ya.

—Me sorprende que hayas vuelto. ¿Estás buscando a alguien en particular o te sirvo yo?

—Esperaba encontrar a Mickey. Te lo dije la otra noche.

—Cierto. Me lo dijiste. ¿Quieres tomar algo?

—Quizá cuando termine la cerveza. De momento no.

Alargó la mano, me quitó el vaso y tomó un sorbo.

—Está caliente. Te traeré otra en una jarra helada. —Miró al camarero y levantó el vaso para indicar que quería más. Tim vestía un traje azul oscuro y una camisa de color sangre de toro. La corbata era azul claro, con una serie de tibias azules y rojas inclinadas. El penetrante olor del almizcle de su loción para después del afeitado llenaba el aire que nos separaba. Sus pupilas eran como cabezas de alfiler y había en su piel una tersura saludable. Aquella noche, en vez de parecer inquieto y con la cabeza en otra parte, se movía a un ritmo más lento, meditando cada ademán, como si anduviera pisando barro. Vaya, vaya, vaya. ¿En qué estaría metido? Sentí un escalofrío de miedo en la columna vertebral, como si fuera una gata en presencia de extraños.

Vi una jarra helada de cerveza que avanzaba hacia mí, pasando de mano en mano, como si fuera un cubo de agua durante un incendio. Tim me puso la jarra entre los dedos al tiempo que me apoyaba su otra mano en el centro de la espalda. Estaba demasiado cerca, pero con los empujones de la gente no podía quejarme. Quería apartarme, pero no había sitio.

—Gracias —dije.

Volvió a inclinarse y puso la boca cerca de mi oído.

—¿Qué pasa con Mickey? Es la segunda vez que vienes.

—Me dejó la cazadora. Quería devolvérsela.

—¿Hay algo entre vosotros?

—No es asunto tuyo.

Tim se echó a reír y apartó los ojos para posarlos en Thea, que en aquel momento salía del reservado. Scott Shackelford se quedó mirando la mesa, agotando el porro, apenas visible ya entre sus dedos. Thea recogió la bandeja y se dirigió hacia la barra, evitando mirar a Tim. Quizás estaba aún enfadada por lo que le había dicho el jefe la noche anterior. Yo no quería la cerveza, pero no veía sitio libre donde dejarla.

—Enseguida vuelvo —dije.

Tim me rozó el brazo.

—¿Adónde vas?

—A mear. ¿Te parece bien?

Volvió a reír, pero no de alegría.

Me abrí paso entre la multitud, rezando para que se olvidara de mí mientras estaba ausente. Dejé la jarra en la primera superficie libre que vi y seguí andando.

Los lavabos parecían estar en temporada baja cuando llegué, no había nadie más que yo. Me acerqué al ventanuco y lo abrí. Entró una ráfaga de aire fresco y vi salir el humo. El silencio fue como un tónico. Mi interior se resistía a la idea de abandonar aquel sitio. Si el ventanuco hubiera estado más abajo, habría salido por allí. Entré en un escusado y eché una meada, por hacer algo.

Estaba enjabonándome las manos cuando se abrió la puerta y entró Thea, que se acercó a la pila contigua y empezó a lavarse las manos como si le fuera la vida en ello. Su llegada no me pareció casual, ya que podía haber ido a las dependencias de los empleados, que estaban a la vuelta de la esquina. Me miró por el espejo y me dedicó una sonrisa desmayada, como si acabara de darse cuenta de que yo estaba allí.

—Hola —dijo, y le respondí lo mismo, dejando que definiera ella la conversación, puesto que la había iniciado.

Saqué una toalla de papel y me sequé las manos. Thea hizo lo mismo. Siguió un silencio y luego volvió a hablar.

—He oído que estás buscando a Mickey.

La miré, esperando que no se percatara de mi curiosidad.

—Me gustaría hablar con él. ¿Lo has visto esta noche?

—Hace semanas que no lo veo.

—¿De verdad? Qué raro. Me dijeron que solía venir los viernes.

—No. Últimamente no. A saber qué estará haciendo. Puede que esté fuera.

—Lo dudo. No me dijo nada.

Sacó del bolsillo un lápiz de labios, giró la base para que

saliera la barra de color y se retocó los labios. Una vez leí un artículo en una revista de modas (creo que para distraerme mientras esperaba mi turno en el dentista) que analizaba la forma en que las mujeres gastaban el carmín. Si en la punta había una superficie horizontal significaba una cosa, si inclinada, otra. No recordaba la teoría, pero la punta del lápiz de la camarera era una superficie horizontal y se acercaba peligrosamente al metal del tubo.

Volvió a girar la base, le puso la tapa y se frotó los labios para igualar el color. Corrigió una imperfección en la comisura de la boca y se observó en el espejo. Se llevó el pelo detrás de las orejas; lo tenía negro como el carbón. Reanudó la charla con indiferencia, sin ayuda por mi parte.

—¿Y por qué te interesas por él? —Utilizó la lengua para quitarse de los dientes un pegote de pintura.

—Es amigo mío.

Me observó con atención.

—¿Por eso llevas su cazadora?

—Es un buen amigo —dije y bajé los ojos para mirar la prenda—. ¿La reconoces?

—Es igual que la suya. Ya me fijé cuando viniste la otra noche.

—Anoche —puntualicé, como si ella no lo supiera.

—Sí, eso —dijo—. ¿Te la dio?

—Me la dejó. Por eso lo estoy buscando, para devolvérsela —dije—. He intentado llamarlo, pero su teléfono está desconectado.

Había sacado el rímel y se acercó al espejo para pasarse el cepillo por las pestañas, repartiendo grumos negros. Dado que trataba de sonsacarme, me dije que yo también podía hacer lo mismo.

—¿Y tú? —dije—. ¿Eres amiga suya?

Se encogió de hombros.

—No exactamente. Le sirvo cuando viene y charlamos de todo un poco.

—Nada personal.

—No. Tengo novio.

—¿Ese de ahí?

—¿Quién?

—El del gorro que está en el reservado.

Interrumpió lo que estaba haciendo.

—Pues sí. ¿Por qué lo preguntas?

—Estaba pensando en agenciarme un porro cuando vi que te sentabas. ¿Es de aquí?

Negó con la cabeza.

—De Los Angeles. —Hubo una pausa y luego añadió—. ¿Cuánto hace que sales con Mickey?

—No es tan sencillo concretarlo.

—Entonces es un asunto reciente —dijo, convirtiendo la pregunta en afirmación, para ahorrarse el interrogatorio.

Empecé a ahuecarme el pelo tal como lo estaba haciendo ella. Me incliné hacia el espejo y repasé un imaginario maquillaje recorriéndome la cuenca del ojo con el nudillo. Thea esperaba una respuesta. La miré sin expresión.

—Perdona. ¿Me has preguntado algo?

Sacó del bolsillo un paquete de Camel sin filtro y extrajo un cigarrillo. Lo encendió con una cerilla de madera que rascó en la suela del zapato.

—No sabía que estuviera saliendo con nadie.

—¿Quién, Mickey? Por favor. Siempre está ligando. Es el cincuenta por ciento de su atractivo. —Recordé el cenicero que había visto en el piso de Mickey, las colillas de Camel sin filtro y la colección de cerillas que eran iguales que la que acababa de encender Thea—. Es tan discreto. ¡Jope! Nunca se sabe en qué está ni qué hace.

—No lo sabía —dijo. Se dio la vuelta para darme la cara, con la espalda en la pila y apoyada en una pierna.

Me estaba calentando con el tema y las mentiras salían mezcladas con algún atisbo de verdad.

—Te doy mi palabra. Mickey nunca da una respuesta directa sobre nada. Es imposible.

—¿Y eso no te molesta? —preguntó.

—Qué va. Antes era celosa, pero ¿de qué sirve? La monogamia no es lo suyo. Y me dije ¡qué demonios! A su manera sigue siendo un semental. Tómalo o déjalo. Siempre tiene a alguien esperando en los pasillos.

—¿Vives en Los Angeles?

—Estoy casi siempre aquí. Pero cada vez que voy paso por su casa.

La información que le estaba dando pareció inquietarla.

—Tengo que volver al trabajo —dijo—. Si lo ves, dale recuerdos de Thea. —Tiró el cigarrillo al suelo y lo pisó—. Si lo encuentras, dímelo. Me debe dinero.

—A mí también, rica —repliqué.

Thea salió. Confieso que me sonreí cuando cerró la puerta de golpe. Me miré en el espejo.

—Pero qué zorra eres —dije.

Me quedé un rato apoyada en la pila, tratando de recomponer lo que me había contado. Thea no sabía nada del tiroteo, de lo contrario no habría querido sonsacarme información. Seguramente pensaba que Mickey se encontraba fuera, motivo que explicaría que no se hubiera puesto en contacto con ella. No me costaba imaginarla con un buen berrinche. No hay nada tan irracional como una mujer con ambiciones. Ella podía aprovechar la oportunidad de ponerle los cuernos a su novio fijo, pero ay del novio fijo si se le ocurría ponérselos a ella. Como el teléfono de Mickey estaba desconectado, seguramente había ido a su casa a recoger sus efectos personales. Desde luego, no le había gustado la idea de que Mickey y yo estuviéramos liados. Me pregunté cómo se sentiría Scottie Shackelford si descubriera que se la estaba pegando con Mick. Quizá lo supiera. En cuyo caso me pregunté si no habría dado los pasos necesarios para poner fin a aquello.

17

Salí del lavabo y me detuve en la entrada del bar mirando a la izquierda. Scott Shackelford ya no estaba en el reservado. Lo vi en la barra, hablando con Charlie, el camarero. Los clientes habían empezado a desertar. El grupo de música había recogido los trastos y se había ido. Eran casi las dos menos cuarto y los que aspiraban a dormir acompañados no tenían más remedio que fijarse en las pocas mujeres solas que quedaban. Los mozos recogían los vasos sucios y los metían en cajas de plástico. Thea estaba en la barra con Scott, sumando las propinas con una calculadora. Me subí la cremallera de la cazadora. Mientras me dirigía a la puerta, me di cuenta de que me observaba.

El aire frío fue un alivio después del humo estancado del bar. Olía a pino y a tierra. La calle principal de Colgate estaba desierta y las tiendas habían cerrado hacía rato. Fui en busca del coche, atajando por el aparcamiento, con las manos en los bolsillos y el bolso colgando del hombro derecho. Las farolas dibujaban círculos pálidos en el suelo, acentuando la oscuridad circundante. A mis espaldas oí el rugido de una moto. Miré por encima del hombro y vi que el conductor entraba en el callejón que había detrás del bar. Me quedé mirando, andando de espaldas, sin dar crédito a mis ojos. Aunque sólo lo había visto de paso, habría jurado que era el mismo tipo que había aparecido por casa de Mickey el miércoles por la noche. Apagó el motor y, sin bajarse, empujó la moto hacia los cubos de basura. La débil bombilla de la puerta trasera le iluminó el pelo de panocha y se reflejó en el cromo de la moto. Izó la moto para dejarla apoyada en el soporte central. Echó la llave, desmontó y rodeó el edificio hacia la puerta delantera, con un tintineo y la cazadora abierta. La constitución física era la misma; alto, delgado, con hombros huesudos y pecho hundido.

Lo seguí al trote, reduciendo la velocidad cuando llegué a la esquina, para no tropezar con él. Al parecer ya había entrado en el bar. El gorila me vio y miró su reloj con afectación teatral. Era cuarentón, medio calvo, barrigudo y llevaba una chaqueta muy ceñida. Le enseñé el sello del dorso de la mano para indicarle que ya me habían autorizado a entrar.

—He olvidado algo —dije—. ¿Te importa si entro un momento?

—Lo siento, señora. Hemos cerrado.

—Sólo son las dos menos diez. Hay un montón de gente dentro todavía. Cinco minutos, lo juro.

—El último aviso fue a la una y media. No se puede.

—No voy a tomar nada. Es que me he dejado una cosa. No tardaré más de dos minutos en salir. Por favor, por favor. ¿Por favor? —Junté las rodillas y las manos como si fuera una niña rezando.

Le vi contener una sonrisa y me indicó que entrara levantando los ojos al cielo. Es alucinante lo que puedes conseguir de un hombre haciéndote la infantil. Me detuve y me volví a mirarlo como si acabara de ocurrírseme la pregunta.

—Por cierto..., ¿quién es el tipo que acaba de entrar?

Me miró sin expresión, sin ganas de ceder ni un ápice más.

Levanté una mano por encima de la cabeza.

—Más o menos así de alto. Cazadora vaquera y espuelas. Ha llegado en moto hace menos de un minuto.

—¿Qué pasa con él?

—¿Sabes cómo se llama? Lo conocí hace un par de noches y lo he olvidado. Me da vergüenza preguntarle y he pensado que a lo mejor lo sabías tú.

—Es amigo del propietario. Un mierda total. No sacarás nada saliendo con un gilipollas así.

—¿Y Tim? ¿Qué tiene que ver con él?

Miró el reloj otra vez y habló con voz exasperada.

—¿Vas a entrar? Porque técnicamente está cerrado. En teoría no puedo dejar entrar a nadie después del último aviso.

—Ya voy, ya voy. Saldré enseguida. Perdona que sea tan plasta.

—Duffy no sé qué —murmuró—. Una buena chica como tú debería avergonzarse.

—Lo estoy. No sabes cuánto.

Una vez dentro, me quité la máscara y observé las caras que me rodeaban. Las luces del techo estaban encendidas y los mozos ponían las sillas encima de las mesas. El camarero de la barra estaba cerrando la caja y parecía que los últimos marchosos pescaban la indirecta. Thea y Scott se habían sentado en un reservado. Tenían un cigarrillo en la mano y un vaso recién servido delante; para el camino, para elevar el nivel de alcohol. Crucé la sala delantera tratando de no llamar la atención. Tuve suerte. Tres hombres me escrutaron de arriba abajo y apartaron la vista sin interés, lo cual me pareció una grosería.

Me dirigí al pasillo trasero partiendo de la base de que Duffy no sé qué estaría en la oficina de Tim, ya que no lo veía en ningún otro sitio. Pasé por delante del lavabo de señoras y de los teléfonos y giré a la derecha por el pasillo. La puerta de las dependencias de los empleados estaba abierta y vi a un par de camareras sentadas en un sofá, fumando y cambiándose los zapatos. Me miraron y una se quitó el cigarrillo de los labios.

—¿Quieres algo? —El humo le salió de la boca como un SOS.

—Estoy buscando a Tim.

—Ahí enfrente.

—Gracias. —Retrocedí preguntándome qué haría a continuación. No podía llamar a la puerta sin más. Ni tenía razones para interrumpir ni quería que me viera el de la moto. Miré la puerta y volví a mirar a las dos camareras—. ¿Hay alguien con él?

—Nadie importante.

—Detesto interrumpir.

—Pues sí que somos finas. Abre de un puntapié y entra. No es tan difícil.

—No es tan importante. Prefiero no entrar.

—Mierda. Dime cómo te llamas y le diré que estás aquí.

—Es igual. No pasa nada. Ya lo veré luego. —Retrocedí a toda prisa y doblé pitando la esquina, en busca de la puerta trasera. Anduve unos pasos y me di la vuelta para mirar. Aunque la parte delantera del edificio sólo constaba de una planta, la parte trasera tenía dos. Vi luces encendidas en la de arriba. Me pareció que las sombras se movían, pero no estaba segura. ¿Qué pasaría allí arriba? La única manera de saberlo era crear la ocasión para colarme.

Habría dado un ojo de la cara por saber de qué estaba hablando el motero con Tim. Por la situación del despacho de Tim, las ventanas tenían que estar doblando la esquina a la izquierda. Me quedé quieta, meditando si era prudente escuchar a escondidas. Aquella esquina del edificio estaba bañada en sombras y todo auguraba que tendría que introducirme en el estrecho espacio que había entre el Honky-Tonk y el edificio contiguo. Era una hazaña que garantizaba no sólo un poco de claustrofobia, sino también un ataque de hordas de arañas peludas, grandes como mi mano. Con mi suerte, el alféizar estaría demasiado alto para asomarme y la conversación se desarrollaría en voz demasiado baja para oírla. La idea de las arañas fue lo que inclinó la balanza.

A cambio, decidí inspeccionar la moto a conciencia. Saqué la linterna y la iluminé. Era una Triumph. No llevaba matrícula, aunque según el código de circulación debía llevar el número en alguna parte visible. Recorrí el asiento con la mano, con la esperanza de que se levantara y dejase al descubierto un compartimento secreto. Estaba buscando cuando se abrió la puerta de atrás y salieron las dos camareras. Me metí la linterna en el bolsillo y miré la calle como si estuviera esperando a alguien. Se alejaron por la derecha, absortas en su conversación, y desaparecieron de mi campo visual sin manifestar curiosidad alguna por lo que yo hiciera. En cuanto las perdí de vista, apagué la linterna y la guardé en el bolso.

En la calle, los últimos clientes buscaban sus vehículos. Oí cómo iban cerrándose las puertas y encendiéndose los motores. Abandoné la búsqueda y decidí volver a mi coche. Recorrí las dos manzanas corriendo, con el bolso golpeándome la cadera. Cuando llegué al VW, abrí la puerta y me puse al volante. Metí la llave en el contacto, arranqué y encendí los faros. Hice una maniobra prohibida y fui hacia el Tonk.

Al llegar apagué las luces y aparqué a la derecha, al lado de un enebro. Me deslicé en el asiento sin apartar los ojos del espejo retrovisor, por el que se veía la puerta trasera del bar. El motero apareció a los diez minutos. Montó en la máquina, subió el soporte central y cargó todo su peso en el pedal de arranque, para poner la moto en marcha. Giró el acelerador con una mano hasta que el motor protestó con un rugido de ferocidad. Mantuvo el pie derecho en el suelo mientras la moto giraba sobre su eje; la parte trasera trazó un arco salvaje. Pasó despacio junto a la señal de stop y dobló a la izquierda, por la calle principal. Cuando estuve lista para seguirlo ya estaba a unas cinco manzanas de distancia. Al poco rato lo perdí de vista.

Seguí conduciendo y preguntándome si habría girado por alguna calle cercana. Era una zona que consistía sobre todo en casas unifamiliares. Las calles que discurrían entre las parcelas y los centros comerciales estaban flanqueadas por huertecillos de naranjos. El Hospital de Colgate quedaba a mi derecha. Giré a la izquierda, hacia la autovía, pero no vi el menor rastro del piloto trasero del motorista. Si ya había tomado la 101, estaría muy lejos y no existía ni la más remota posibilidad de que fuera a alcanzarlo. Aparqué junto a la acera y apagué el motor. Bajé la ventanilla y saqué la cabeza, buscando el petardeo de la moto en el silencio de la noche. Al principio no oí nada; luego, débilmente, percibí el run-run-run, a velocidad lenta. Era imposible adivinar de dónde venía el sonido, pero no podía ser de muy lejos. Suponiendo que fuera él, claro.

Puse en marcha el VW y arranqué otra vez. La calle tenía cuatro carriles y la única travesía visible estaba a la izquierda. Había unos jardines en el cruce. El cartel decía VIVERO BERNARD HIMES: ÁRBOLES DE SOMBRA, ROSALES, ÁRBOLES FRUTALES, ARBUSTOS DECORATIVOS. La calle se curvaba hacia la derecha, bordeando el vivero, y luego a la derecha otra vez. Yo sabía que no tenía otra salida y cualquiera que entrase por allí debía dar la vuelta por narices. La Asociación Humana de Santa Teresa tenía su sede al final de aquel callejón sin salida, así como la Inspección Veterinaria del Condado. Los demás establecimientos eran empresas particulares: una constructora, almacenes y un depósito de maquinaria pesada.

Giré a la izquierda despacio, inspeccionando las aceras por si veía al motorista. Mientras avanzaba con el vivero a mi derecha me pareció ver un destello, una especie de reflejo, en la espesura de los árboles. Miré con atención, dudando, pero la oscuridad parecía total y no se oía nada. Recorrí algo menos de un kilómetro, hasta el final de la calle. Casi todas las propiedades ante las que pasé estaban a oscuras o iluminadas con las luces imprescindibles para ahuyentar a los ladrones. En dos ocasiones vi vehículos de seguridad privada aparcados a un lado. Imaginé guardias de uniforme vigilando, posiblemente con perros adiestrados para atacar. Volví a la calle principal sin haber recogido ningún indicio de que el motorista hubiera pasado por allí. Eran más de las dos. Tomé la rampa que llevaba a la 101 en dirección sur. Casi no había tráfico y regresé a casa sin volver a verlo.

Por fortuna, el día siguiente era sábado y no me tocaba hacer ejercicio. Me puse la almohada encima de la cabeza para no oír ni ver nada. Permanecí yerta bajo el edredón, rodeada de oscuridad artificial, sintiéndome como un animal de peluche. A las nueve salí de la madriguera. Me cepillé los dientes, me duché y me lavé la cabeza para quitarme el olor a tabaco. Luego bajé las escaleras de caracol y preparé una cafetera antes de recoger el periódico matutino.

Terminado al desayuno, llamé a casa de Jonah Robb. Había conocido a Jonah cuatro años antes, cuando trabajaba en el departamento de personas desaparecidas de Santa Teresa. Yo andaba buscando a una mujer que al final resultó que estaba muerta. Jonah se había separado de su media naranja después de muchas peleas por estabilizar su extraña relación, que había empezado en el instituto y desde entonces siempre había ido de mal en peor. Durante los años que habían pasado juntos se habían separado tantas veces que habían perdido la cuenta. Camilla lo manejaba como a un yoyó. Primero le daba la patada, luego lo hacía volver o lo abandonaba meses enteros durante los cuales ni siquiera podía ver a sus hijas. Nos conocimos durante una de aquellas largas separaciones y nos liamos. En cierto momento comprendí que nunca se libraría de ella. Rompí el contacto íntimo y pasamos a ser amigos.

Desde entonces había ascendido a teniente y ahora trabajaba en homicidios. Nuestra amistad continuaba, pero hacía meses que no lo veía. La última vez había sido en el escenario de un homicidio; allí me había confiado que Camilla estaba embarazada... de otro, desde luego.

—¿Ocurre algo? —preguntó cuando le dije quién era.

Le resumí la situación. Los agentes de Los Ángeles le habían puesto al corriente del tiroteo, así que ya lo sabía. Le di una versión abreviada de mis negociaciones con ellos y luego más detalles: el dinero que Tim debía a Mickey y la aparición del motorista en el apartamento de Culver City y en el Honky-Tonk.

—¿Tomaste el número de la matrícula? —dijo Jonah.

—No llevaba —dije—. A lo mejor la ha robado, pero no estoy segura. No puedo jurar que tenga algo que ver con el tiroteo, pero es mucha casualidad que aparezca en los dos sitios, entre otras cosas porque dicen que es amigo de Tim. ¿Puedes pedir a Tráfico que echen un vistazo? Me gustaría saber quién es y qué pinta en todo esto.

—Veré qué puedo hacer y te llamaré —dijo—. ¿Qué pasa con la pistola que encontraron en el escenario del crimen? ¿De verdad era tuya?

—Me temo que sí —contesté—. Fue un regalo de bodas de Mickey y estaba a su nombre. Más tarde la pusimos al mío. Es una bonita y pequeña Smith & Wesson que no veo desde la primavera del 72, cuando lo dejé. Quizá Mickey la llevara encima y se la quitase quien le disparó.

—¿Qué tal está?

—No lo sé. Llamaré dentro de un rato, aunque la verdad es que me da miedo preguntar y que las noticias no sean buenas.

—No te culpo. Es para asustarse. ¿Quieres algo más?

—¿Qué se dice del Honky-Tonk? ¿Pasa algo allí?

—No he oído nada. ¿Qué crees que puede pasar?

—No lo sé. Podría tratarse de drogas —respondí—. He estado un par de veces y me parece un sitio de gente colgada. En lo más profundo de mi cabeza me pregunto si Mickey no estaría también en el ajo. Es posible que la primera vez que apareciera por allí fuera para que Tim le devolviera el dinero que le debía. Pero ¿y las visitas siguientes?

—Preguntaré. Es posible que los de estupefacientes sepan algo. ¿Y tú? ¿Cómo estás?

—Muy bien, si se tiene en cuenta que soy sospechosa de querer matar a mi ex. Hablando del tema, ¿cómo está Camilla?

—Gorda. El niño tiene que nacer el 4 de julio y, según la ecografía, es un varón. Estamos muy emocionados.

—¿Vive contigo?

—Temporalmente.

—Ya.

—Pues así es. El sinvergüenza de su amante la abandonó nada más enterarse de que estaba embarazada. No tiene a nadie más.

—Pobrecita —dije, con un tonillo que no creo que entendiera.

—Bueno, así puedo pasar una temporada con las niñas.

—Eso sí —dije—. Bueno, es tu vida. Buena suerte.

—La voy a necesitar —dijo con rapidez, aunque parecía muy contento para tratarse de un tipo al que le habían pillado los huevos al cerrar la puerta del coche.

Cuando colgó, marqué el número de la UCLA y pedí que me pusieran con la UCI. Me identifiqué a la mujer que se puso al habla y pregunté por Mickey. Me dejó a la espera y, cuando contestó, una eternidad después, me di cuenta de que había estado conteniendo la respiración.

—Está más o menos igual.

—Gracias —dije y colgué rápidamente, antes de que cambiara de opinión.

Pasé el resto del día limpiando, pertrechada con esponjas y trapos, un cubo de agua con detergente, un paño para el polvo y una aspiradora, además de periódicos y agua con vinagre para las ventanas a las que podía llegar. El teléfono sonó a las cuatro. Me detuve, tentada de dejar que se pusiera en marcha el contestador. Pero me venció la curiosidad.

—Hola, Kinsey. Soy Eric Hightower. Espero no pillarte en un mal momento.

—Está bien, Eric. ¿Qué tal estás?

—Perfecto —dijo—. Escucha, Dixie y yo vamos a organizar una pequeña reunión..., cócteles y entremeses. Algo totalmente improvisado, sólo dos docenas de amigos, y nos gustaría que vinieras. Cuando quieras, entre las cinco y las siete.

Aproveché el momento para abrir la correspondencia,

sin olvidarme del sobre marrón que me había enviado la secretaria de Bethel. Contenía el currículo del abogado. Lo tiré a la papelera, lo recogí y lo guardé en el cajón inferior.

—¿Te refieres a esta tarde?

—Claro. Han venido unos amigos de Palm Springs y vamos a celebrarlo de todas formas. ¿Podrás venir?

—No estoy segura. Echaré un vistazo a la agenda y te volveré a llamar.

—Mentira. No vas a hacer eso. Lo que quieres es buscar una excusa. Son las cuatro. Puedes darte una ducha y estar lista en media hora. Te enviaré el coche a las cinco menos cuarto.

—No, no. No hace falta. Iré en el mío.

—Estupendo. Hasta luego.

—Haré lo que pueda, pero no te prometo nada.

—Si no estás aquí a las seis, iré a buscarte yo mismo.

Cuando colgó, lancé un gemido, imaginándome la casa con los criados y toda aquella gente de postín. Prefería tener una caries a asistir a aquellas reuniones. ¿Por qué no le había mentido y le había dicho que tenía otro compromiso? Bueno, ya era demasiado tarde. Guardé los útiles de limpieza y subí la escalera de caracol. Abrí el armario y miré el vestido. Confieso que, salvo en casos como aquél, siento un orgullo neurótico por no poseer más que uno. Lo saqué del armario y lo puse a la luz. No estaba tan mal. Entonces se me ocurrió una idea peor. ¿Y si todos los invitados se presentaban con vaqueros de diseño? ¿Y si yo era la única que aparecía con un vestido antiarrugas y de un tejido sintético que los científicos acabarían demostrando que era cancerígeno? Al final parecería lo que soy, una palurda.

18

Entré en el aparcamiento de la finca de los Hightower poco después de las seis. La casa parecía un ascua de luz, aunque todavía faltaba una hora para que oscureciera. La tarde era fresca, diecisiete grados centígrados según el parte que había oído en la radio del coche. Estacioné el VW del 74 entre un Jaguar rojo y un Rolls negro y cromado, y me dio un poco de pena verlo allí, semejante a una ballenita jorobada nadando juguetonamente en un banco de tiburones. En un arranque final de ingenio había resuelto el dilema de la indumentaria con unos zapatos negros sin tacón, unos pantis negros, una falda negra cortísima y una camiseta negra de manga larga. Incluso me había dado un toque cosmético: polvos, brillo de labios y una sucia raya negra en el borde de los párpados.

Respondió al timbre de la puerta una criada de uniforme negro, cuarentona y blanca, que me introdujo en el vestíbulo y quiso quedarse con mi bolso. Decliné el ofrecimiento, ya que prefería llevarlo conmigo por si se presentaba la oportunidad de huir de allí. Oía un rumor de conversaciones y las típicas carcajadas que sugieren un rato largo de consumo de alcohol. La criada me murmuró con discreción cómo orientarme y se dispuso a cruzar la salita calzada con sus zapatos de doncella, especialmente silenciosos. La seguí por el comedor y accedimos al patio cubierto, donde deambulaban unas quince o veinte personas con bebidas y servilletas de cóctel. Un mozo del servicio se desplazaba entre ellas con una bandeja de entremeses, que consistían en unas deliciosas costillitas de cordero con sendas caperuzas de papel en las puntas.

Como es habitual en las fiestas de California, unos vestían muchísimo mejor que yo y otros parecían pordioseros. Los muy ricos parecían particularmente expertos en lo segundo, con sus pantalones anchos de faena, sus informes camisas de algodón y sus zapatos náuticos sin calcetines. Los menos ricos tenían que trabajárselo un poco más, añadiendo un montón de joyas de oro que podían ser falsas o no. Metí el bolso entre la pared y el respaldo de una silla y me quedé donde estaba, con la esperanza de ponerme a la altura de las circunstancias antes de que me invadiera el pánico. No conocía a nadie y ya coqueteaba con la idea de salir corriendo. Si no veía a Eric o a Dixie antes de veinte segundos, me iría por la puerta.

Un camarero negro con chaqueta blanca apareció junto a mi hombro y me preguntó si quería beber algo. Era alto y con manchas en la cara, cuarentón, de voz educada y expresión indiferente. Su tarjetita de identificación decía STEWART. Me pregunté qué pensaría Stewart de la *set* de Montebello y esperé sinceramente que no me tomara por un miembro de la tribu. Pensándolo bien, no había muchas probabilidades de que cometiera el error.

—¿Podría traerme un chardonnay?

—Desde luego. Tenemos Kistler, Sonoma-Cutrer y Beringer Reserva Privada.

—Sorpréndame —dije ladeando la cabeza—. ¿No lo he visto antes en alguna parte?

—En el local de Rosie. Casi todos los domingos.

Lo señalé con el dedo al reconocerlo.

—Tercer reservado del fondo. Siempre leyendo un libro.

—Exactamente. En la actualidad tengo dos empleos y el domingo es mi único día libre. Tengo tres chicos en la universidad y el cuarto irá el año que viene. En 1991 volveré a ser un hombre libre.

—¿Cuál es el otro empleo?

225

—Ventas por teléfono. El propietario de la empresa es amigo mío y me deja trabajar entre horas. El servicio es rápido y yo soy un hacha soltando el rollo. Vuelvo enseguida. No se vaya.

—Aquí estaré.

En el centro del patio vi a Mark Bethel, agachado junto a la silla de ruedas de Eric, hablando con él. Eric me daba la espalda y Mark estaba a su izquierda, de cara a mí. Mark era de facciones alargadas y las entradas del pelo daban a su cabeza una forma de cúpula, además de ampliarle la frente. Las gafas de montura de concha protegían sus ojos de un gris luminoso. Aunque en el aspecto técnico no era bien parecido, las cámaras de televisión lo acariciaban de un modo increíble. Se había quitado el abrigo y lo vi aflojarse la corbata y arremangarse la impecable camisa de vestir. El gesto sugería que, a pesar de ir de punta en blanco, estaba preparado para trabajar por los electores. Era la típica imagen difusa que seguramente aparecería más tarde en sus publirreportajes. La ofensiva de su campaña se había orquestado sin la menor vergüenza: niños de pecho, ancianos, la bandera estadounidense ondeando al viento y música patriótica. Sus rivales aparecían en imágenes granuladas en blanco y negro, debajo de frases propias de la prensa amarilla y que describían su mala fe. Me abofeteé mentalmente por ser tan cínica. La mujer de Mark, Laddie, y su hijo Malcolm estaban a unos pasos de mí, charlando con una pareja.

Laddie era la compañera política ejemplar: sensible, humanitaria y con tanta sutileza en sus manifestaciones de simpatía que pocos imaginaban el poder que tenía. Sus ojos eran de un frío color avellana y su pelo oscuro tenía mechas rubias, lo más probable que para disimular las primeras canas. Su nariz era más grande de lo normal, lo que la salvaba de la perfección y despertaba cierta ternura. Como nunca había necesitado trabajar, empleaba el tiempo dedicándose a causas dignas: la filarmónica, la sociedad humana, la comisaría de bellas artes y numerosas obras benéficas. Ya que su cara era de las pocas conocidas que había allí, pensé en acercarme para iniciar una conversación con ella. Sabía que por lo menos fingiría estar interesada, aunque no me recordara en absoluto.

Malcolm, con cinco años más, llegaría a ser un buen mozo. Poseía ya cierta belleza juvenil: pelo y ojos oscuros, boca carnosa y postura indolente. Me fascina esta clase de hombres, aunque procuro tener cuidado con los ejemplares tan guapos, pues suelen ser traicioneros. Parecía pendiente de las señoras, que, a su vez, estaban más que pendientes de él. Llevaba botas de ante, vaqueros desteñidos, camisa de vestir azul pálido y chaqueta azul marino. Parecía seguro, desenvuelto, acostumbrado a asistir a las fiestas que daban los amigos pijos de sus padres. Tenía el aspecto de un corredor de bolsa en acción o un analista de mercado. Terminaría en un programa económico de televisión hablando de déficits, mercados emergentes y crecimiento de ataque. Terminado el programa, la presentadora, siempre provocativa, lo acosaría tomando unas copas y luego se lo jodería a conciencia, totalmente libre de responsabilidades si todo terminaba allí.

—Disculpa, querida.

Me volví. La mujer de mi derecha me dio su vaso vacío y lo acepté sin pensar. Aunque estaba claro que hablaba conmigo, se las arregló para evitar el contacto visual. Era una cincuentona delgada y flamante, con una cara alargada y sin arrugas, y el cabello cardado y rojo. Llevaba una blusa de seda negra y manga larga, y unos tejanos tan ceñidos que me sorprendió que pudiera respirar. Con su estómago plano, su delgada cintura y sus minúsculas caderas, deduje que le habían hecho liposucciones suficientes para fabricar otro ser humano.

—Me apetece repetir. Ginebra con tónica. Bombay Saffire y esta vez sin hielo, por favor.

—Bombay Saffire. Sin hielo.

—Por cierto —dijo acercándoseme—, ¿dónde está el servicio más cercano? Me voy a mear en las bragas.

227

—¿El servicio? Veamos. —Señalé las puertas correderas de cristal que daban al comedor—. Cruce aquella puerta, gire a la izquierda, la primera puerta a la derecha.

—Muchas gracias.

Dejé el vaso vacío en una maceta con palmera y la vi alejarse correteando, con sus tacones de diez centímetros. Hizo lo que le había dicho y entró en el comedor por las puertas de cristal. Dobló a la izquierda, en dirección a la primera puerta, acercó la cabeza, llamó con suavidad, giró el pomo y entró. Resultó que era un armario de ropa blanca, y salió ligeramente avergonzada y confusa. Vio otra puerta y purgó su equivocación echando un rápido vistazo alrededor, para ver si alguien se había dado cuenta. Llamó, entró y salió al instante del cuartito donde estaba el equipo de música. En fin. Creo que sé tanto de servicios como de ginebras caras.

Me deslicé entre la multitud, cortándole el paso a Stewart, que volvía con mi vino. Cuando volví a ver a la mujer, ella también me evitó, aunque probablemente insinuó a Dixie que me despidiera. En el ínterin apareció una joven con más entremeses, que esta vez eran patatas partidas y cubiertas de salsa agria y un montoncito de caviar. El aliento de todo el mundo no tardaría en oler a pescado.

La conversación de Eric y Mark había llegado a su fin. Llamé la atención de Mark desde el otro lado del patio y vino hacia mí, deteniéndose por el camino para estrechar algunas manos. Cuando llegó donde yo estaba, había cambiado la expresión pública por otra de auténtica preocupación.

—Kinsey. Qué bien. Me pareció que eras tú. He estado buscándote —dijo—. ¿Cuándo has llegado?

—Hace poco. Supuse que nos veríamos.

—Bueno, no tenemos mucho tiempo. Laddie ha quedado para ir a otra fiesta y estamos a punto de marcharnos. Judy me ha contado todo lo de Mickey. Es terrible. ¿Qué tal está?

—No muy bien.

228

Cabeceó.

–Vaya mierda de mundo. Como si no tuviera ya suficientes problemas.

–Judy me dijo que hablaste con él en marzo.

–Sí. Me pidió ayuda de un modo indirecto. Ya sabes cómo es. Por cierto, hablé con el agente Claas cuando estuve en Los Angeles, aunque no me contó mucho. Son muy reservados.

–Y que lo digas. Decididamente, no les gusta mi presencia.

–Eso he oído.

Imaginaba los comentarios que le habrían hecho en el Departamento de Policía de Los Angeles.

–Lo que me preocupa ahora son los gastos médicos de Mickey –dije–. Por lo que sé, perdió la cobertura del seguro cuando lo despidieron.

–Estoy seguro de que no será un problema. Las facturas puede pagarlas la fundación Víctimas del Delito a través de la fiscalía del distrito. Probablemente ya esté en marcha la operación, pero lo comprobaré. A propósito, pasé por el apartamento de Mickey al volver de Los Angeles. Me pareció oportuno conocer a su casera por si se presentaba luego la necesidad.

–Ah, estupendo. Porque el otro tema que me preocupa es su desahucio. El sheriff ya ha pasado por la casa y cambiado la cerradura.

–Eso parece –dijo–. Francamente, me sorprende que te tomes tanto interés. Tenía la impresión de que no habíais hablado durante años.

–Y así es, pero tengo la sensación de que le debo una.

–¿Por qué?

–Sabes que lo responsabilicé de la muerte de Benny Quintero. Y ahora me entero de que Mickey estuvo con Dixie aquella noche.

–También he oído esa historia, pero nunca le di crédito.

–¿Estás diciendo que mintieron?

—¿Quién sabe? No me gusta especular. Mickey no me confió nada y yo no le obligué a informarme. Por suerte no tuvimos que litigar por el asunto en ningún sentido.

Vi que miraba a Laddie, calculando el momento de irse, que era inminente. Laddie había encontrado a Dixie y se despedía con expresiones de pesar, intercambiando abrazos, besos al aire y cumplidos.

—Será mejor que me vaya —dijo Mark—. Dame un par de días y te informaré sobre sus gastos. Me alegro de que hayamos tenido ocasión de hablar. —Me dio un apretón en el hombro y se reunió con Laddie y Malcolm, que esperaban en el comedor. Dixie los siguió, seguro que para verlos salir.

Eric había girado la silla de ruedas y su cara se iluminó al verme. Señaló una silla que había en un rincón y se dirigió hacia allí. Asentí y fui tras él, admirando su físico. La ceñida camisa de punto le resaltaba los hombros, el pecho y los musculosos brazos. Parecía un anuncio de un equipo de culturista. Cuando giró la silla, vi el punto donde terminaban sus muslos, unos quince centímetros más allá de las rodillas. Me tendió la mano. Me incliné sobre él y le besuqueé la mejilla antes de sentarme. Usaba una loción de afeitado con olor a cítrico y su piel parecía de raso.

—Pensaba que no vendrías —dijo.

—No creo que me quede mucho rato. Sólo conozco a Mark y su prole. El hijo es muy guapo.

—Y brillante. Lástima de padre. Es una pérdida de tiempo.

—Pensaba que Mark te caía bien.

—Sí y no. Es más falso que Judas, pero por lo demás es magnífico.

—Todo un elogio. ¿Qué te ha hecho?

Desestimó la cuestión con un gesto.

—Nada. Olvídalo. Me pidió que participara en un reportaje de promoción de su campaña electoral. Las primarias son dentro de diez días, pero no hay nada como un lisiado para captar los votos de los indecisos.

—Mira que eres escéptico. Peor que yo. ¿No se te ha ocurrido pensar que tal vez te vea como un brillante ejemplo de triunfo y conquistas, capaz de vencer las adversidades y las emociones inherentes?

—No. Se me ha ocurrido pensar que me quiere en su equipo con la esperanza de que otros veteranos de Vietnam sigan el ejemplo. El Punto 42 es su proyecto favorito. La verdad es que necesita una idea fuerte porque se está tambaleando. A Laddie no le gustará si lo machacan en las elecciones.

—¿Por qué? Yo creo que no tiene ninguna oportunidad de ganar.

—Una cosa es perder y otra perder estrepitosamente. No quiere quedar como un fracasado que mira desde la puerta.

—Las cosas se van como vienen. Sobrevivirán, estoy segura.

—Es posible.

—¿Posible? Eso me gusta. ¿Qué quiere decir?

Vi que desviaba la mirada, levanté la mía y vi a Dixie que entraba en aquel momento.

—Las cosas no siempre son lo que parecen.

—¿Los Bethel son desdichados?

—Yo no he dicho eso.

—¿Incompatibles?

—Tampoco he dicho eso.

—¿Entonces qué? Vamos. No se lo contaré a nadie. Me has despertado la curiosidad.

—Mark ha de ir a ciertos sitios y no podrá hacerlo si se divorcia. Necesita el dinero de Laddie para que la cosa funcione.

—¿Y ella? ¿Qué se juega?

—Es más ambiciosa que él. Sueña con la Casa Blanca.

—No hablas en serio.

—Sí. Creció en la época de Jackie O y Camelot. Mientras otras niñas jugaban con la Barbie, ella hacía la lista de las habitaciones que pensaba reformar.

—No tenía ni idea.

—Oye, Mark también quiere lo mismo. No me malinterpretes, pero él se contentaría con el Senado, mientras que ella anhela un lugar en los libros de historia. Puede que no salga elegido esta vez, la competencia es demasiado feroz, pero dentro de cuatro años, ¿quién sabe? Mientras pueda conseguir apoyo, algún día sonará la flauta. Pero si empieza a parecer un perdedor, ella le dará la patada y se irá.

—¿Y eso es suficiente para mantener un matrimonio a flote?

—Hasta cierto punto. En ausencia de pasión, la ambición desenfrenada basta. Además, el divorcio es un lujo.

—Venga ya. La gente se divorcia todos los días.

—La que no se juega nada. Esa gente puede permitirse poner la felicidad personal por encima de todo lo demás.

—¿Y qué hay que jugarse?

—La posición social. Además, ¿quién quiere volver a empezar a estas alturas de la vida? ¿Acaso estás tú deseosa de entablar una nueva relación?

—No.

Sonrió.

—A mí me pasa lo mismo. Me refiero a todas las historias que tendrías que repetir, las revelaciones personales, la aburrida historia familiar. Luego tendrías que hacer frente a los sentimientos dolorosos, al miedo y a los malentendidos absurdos mientras vas conociendo a la otra persona y la otra persona empieza a conocerte a ti. Aunque corras el riesgo y penetres en cuerpo y alma en otra persona, lo más probable es que el nuevo amor sea un clónico del que acabas de dejar.

—Me estás poniendo enferma —dije.

—No te extrañe. Has empezado tú. Crees lo contrario y a veces no tienes más remedio que morderte la lengua. Si las dos partes se comprometen, sean cuales fueren sus razones, puede funcionar.

—¿Y si no se comprometen las dos partes?

—Entonces tienes un problema y debes afrontarlo.

19

Me saltaré en este punto un largo fragmento porque, la verdad, ¿a quién le importa? Comimos. Bebimos y luego comimos más. No derramé la bebida, ni me tiré pedos, ni me caí, ni hice nada que me dejara en ridículo. Hablé con la pareja de Palm Springs y los dos me resultaron muy simpáticos, como casi todos los demás. Escuché con fingido interés una larga charla sobre Jaguars de época y Rolls antiguos, y otra en la que los participantes contaban dónde estaban el día del último terremoto. Algunas respuestas: en el sur de Francia, en Barbados, en las islas de los Galápagos. Yo confesé que estaba en mi casa, fregando la taza del lavabo, cuando saltó un chorro de agua y me dio en la cara. El comentario mereció una carcajada general. Qué chica más graciosa. Tenía la impresión de que ya sabía hablar con los ricos cuando ocurrió lo siguiente.

Stewart cruzó el patio con una botella de chardonnay y se ofreció a llenarme el vaso. Decliné el ofrecimiento, pues ya había bebido bastante, pero Dixie se acercó para que le llenara el suyo. El escote de su blusa de seda se abrió ligeramente y pude ver lo que llevaba al cuello. Colgando de una cadena de oro había un corazoncito dorado con una rosa esmaltada en el centro. Mi sonrisa desapareció. Por suerte, Dixie miraba a otra parte y no se dio cuenta de mi cambio de expresión. Las mejillas me ardían. El colgante era igual que el que había visto en la mesita de Mickey.

También era posible, remotamente posible, que se lo hubiera dado hacía catorce años, en recuerdo de la aventura que habían tenido entonces. Dejé el vaso en la mesa más cercana y me puse en pie. Nadie prestó atención cuando crucé el patio. Franqueé las puertas del comedor y vi a la criada que me había abierto la puerta.

—Disculpe —dije—. ¿Dónde está el lavabo más cercano?

—No podría decir «el servicio» ni aunque me fuera la vida en ello.

—En el vestíbulo, la segunda puerta a la derecha.

—Creo que ése está ocupado. Dixie dijo que utilizara el suyo.

—El dormitorio principal está al final del pasillo que hay a la izquierda del vestíbulo.

—Gracias —dije. Al pasar junto a la silla tras la que había dejado el bolso, me incliné y lo recogí. Crucé el salón y el vestíbulo y giré a la izquierda. Andaba con rapidez, echando el cuerpo hacia atrás para que el ruido de mis pasos no me delatara. Las puertas dobles del dormitorio principal estaban abiertas y dejaban ver un dormitorio que medía el doble que mi casa. El suelo era de piedra caliza, como en el resto de la mansión. Los colores del dormitorio estaban como amortiguados: sábanas que parecían de gasa y paredes acolchadas con seda pálida. Había dos cuartos de baño, el de él y el de ella, uno a cada lado de la estancia. El de Eric era el más cercano y tenía una gigantesca ducha cerrada y una barra empotrada en la pared, junto al inodoro. Di media vuelta y me dirigí al otro cuarto de baño.

El tocador de Dixie era una tabla de mármol de cinco metros que abarcaba toda la pared. En otra pared estaban los armarios, la ducha cerrada, la maciza bañera de jacuzzi y un vestidor aparte con un espacio semicircular para colgar trapos. Cerré la puerta y me puse a registrar sus cosas. Este impulso a fisgonear se me estaba descontrolando. No podía dejar de meter la nariz en los asuntos de los demás. Cuantos más obstáculos, más disfrutaba. Encontré el frasco de colonia entre otros diez, en una bandeja de plata. En el fondo del frasco estaba la misma etiqueta medio rasgada que había visto en casa de Mickey. Olí el atomizador. Inconfundible, era el mismo.

Volví al dormitorio y me acerqué a la cama. Abrí el cajón superior de una de las dos mesitas. Allí estaba el estuche del diafragma. Me costaba creer que Dixie se lo estuviera tirando otra vez... ¿O es que seguían jodiendo? No era de extrañar que se hubiera puesto nerviosa y hubiera rondado por mi patio en busca de información sobre el estado de Mickey. Debía de haberle intrigado su silencio y que no estuviera en casa cuando fue a recoger sus cosas. ¿Sabía que le habían disparado? Maldita sea, a lo mejor lo había hecho ella porque había descubierto lo de Thea. Quizá sólo me había interrogado para averiguar si sabía algo. Recordé mi conversación con Thea en el Honky-Tonk y me pregunté si habría visto el diafragma y todo lo demás, y si habría supuesto que era mío mientras yo suponía que era suyo.

Cerré el cajón y volví sobre mis pasos; salí del dormitorio en el momento en que apareció Eric impulsando la silla de ruedas.

—Vaya lavabo —dije—. La criada me envió aquí porque el otro estaba ocupado.

—No sabía dónde estabas. Pensé que te habías marchado.

—Sólo estaba empolvándome la nariz —dije y miré el reloj—. En realidad, tengo que irme ya, ahora que lo dices. He quedado a las ocho y ya es casi la hora.

—¿Es un ligue?

—No tienes por qué parecer tan sorprendido.

—Perdona —dijo sonriendo—. No quería entrometerme.

—¿Puedes darle las gracias a Dixie? Ya sé que es de mala educación no hacerlo personalmente, pero preferiría irme sin que se note. A veces se va una persona y comienza el éxodo.

—Es verdad.

—Gracias por la invitación. Ha estado bien.

—Tenemos que repetir. ¿Cómo está tu agenda la semana que viene?

—¿Mi agenda?

—He pensado que podríamos comer juntos, los dos solos —dijo.

—Ya. Pues ahora no lo recuerdo. Lo consultaré cuando llegue al despacho y te llamaré el lunes.

—Estaré esperando.

Me vi retrocediendo en mi interior. En general no imagino a los hombres detrás de mí, pero me había hablado con una actitud insinuante que no me gustaba. Me despedí con animación exagerada. A Eric pareció hacerle gracia mi turbación.

Quince minutos más tarde, mientras entraba en mi casa, oía el final de un mensaje que estaban dejando en el contestador. Era Jonah. Tiré el bolso al suelo y me lancé sobre el teléfono, pero ya había colgado. Rebobiné la cinta y escuché el breve comunicado.

—Kinsey, soy Jonah. Parece que hemos encontrado a tu hombre. Llámame y te pondré al corriente de los detalles esenciales. No es un buen muchacho, aunque probablemente ya lo sabes. Estoy en mi casa.

Busqué su número de teléfono y marqué con impaciencia, escuché un timbrazo tras otro.

—Venga, venga...

—¿Sí?

Mierda. Camilla.

—¿Podría hablar con el teniente Robb? —dije—. Acaba de llamarme.

—¿Quién es?

—Kinsey Millhone.

Silencio sepulcral.

—Ahora está ocupado —dijo—. ¿Puedo ayudarla en algo?

—No. Tiene información para mí. ¿Podría hablar con él, por favor?

—Un momento —replicó, no muy contenta con la situación. Oí el golpe del auricular contra la mesa y luego su taconeo al alejarse. Acto seguido tuve el placer de escuchar los curiosos sonidos domésticos de un sábado por la noche en casa de los Robb. Oí la televisión en otro cuarto. Más cerca del teléfono, una de las niñas, probablemente Courtney, la mayor, aporreaba con los índices un piano electrónico sin acabar de completar su parte del dúo. Repetía sin cansarse las primeras quince o veinte notas. La otra hija, cuyo nombre había olvidado, empezaba a pulsar las teclas cuando no le tocaba, la primera protestaba y volvía al comienzo. La segunda no dejaba de decir «para ya», pero la primera tenía otras intenciones. Mientras, oía los comentarios que le hacía Camilla a Jonah, al que por lo visto no le habían dicho que tenía una llamada en espera. Oí correr el agua del grifo y un tintineo de platos. Sabía que Camilla lo hacía adrede, para obligarme a escuchar el pequeño drama casero que se representaba en mi honor.

Silbé. Chillé «¡HOLA!» unas seis veces, pero fue en vano. Sabía que si colgaba y volvía a marcar el número, me saldría la señal de que comunicaba. Clop, clop, clop. Oí pasos en el suelo de madera. Grité: «¡EH!». Clop, clop, clop. Los pasos se alejaron. El piano volvió a sonar. Chillidos infantiles. Parloteo entre marido y mujer. La risa seductora de Camilla mientras pinchaba a Jonah por lo que fuera. Volví a maldecirme por no haber aprendido a silbar con fuerza, con los dedos en la boca. Pagaría seiscientos dólares por un cursillo rápido. Pensad en la cantidad de taxis que pueden llamarse y en los camareros a los que se puede avisar en un local abarrotado. Clop, clop, clop. Alguien se acercó al teléfono y oí decir a Jonah con voz de enfado:

—¿Quién ha dejado el teléfono descolgado? Estoy esperando una llamada.

—¡Jonah! —grité, pero no lo bastante rápido para impedir que pusiera el auricular en la horquilla. Volví a marcar, pero la línea estaba ocupada. Seguro que Camilla había descolgado el otro teléfono a toda velocidad para obstaculizarme el acceso. Esperé un minuto y volví a intentarlo. Seguía comunicando. Al cuarto intento oí los timbrazos y volvió a responder Camilla. Esta vez ni siquiera se molestó en decir diga. Escuché su respiración.

—Camilla, si no se pone Jonah inmediatamente, subo al coche y estoy ahí en menos de un minuto.

—¿Jonah? —canturreó—. Para ti.

—¿Diga? —contestó Jonah a los cuatro segundos.

—Hola, Jonah. Soy Kinsey. Acabo de llegar y he oído tu mensaje. ¿Qué pasa?

—Escucha, te va a encantar. La agente Bobbi Deems paró a tu motorista anoche porque le faltaba la luz trasera. Se llama Carlin Duffy, su permiso de conducir es de Kentucky, pero ha caducado, y no ha renovado la inscripción en el registro. Bobbi lo denunció por ambas cosas y le requisó la moto.

—¿De qué parte de Kentucky?

—Louisville. Si te interesa el sujeto, tiene el juicio dentro de treinta días.

—¿No podría ser antes? ¿Está domiciliado por aquí?

—Más o menos. Asegura que vive en un cobertizo de mantenimiento del vivero que hay en la 101, en la salida de Peterson. Al parecer trabaja allí media jornada a cambio del alojamiento; el propietario lo ha confirmado. Bobbi comprobó los antecedentes de este tipo y tiene un historial delictivo más largo que un brazo: detenciones y condenas desde 1980.

—¿Por qué?

—Por baratijas. No ha matado a nadie.

—Qué alivio —dije.

—Veamos qué hay aquí: conducta dolosa, imprudencia criminal, robo, receptación, gamberrismo, intento de fuga de un centro de reinserción social cuando estaba cumpliendo una condena de noventa días por dar un nombre falso a un agente del orden. No es un tipo brillante, pero sí coherente.

—¿Hay alguna orden de búsqueda y captura?

—Nada. De momento está limpio.

—Lástima. Habría estado bien que lo encerraran, habría podido hablar con él.

—Está claro que quieres hablar con él. Ahora viene lo mejor. ¿Estás lista? ¿Quieres saber quién es su hermano? Nunca lo imaginarías.

—Me rindo.

—Benny Quintero.

Bizqueé.

—Bromeas.

—Es verdad.

—¿Cómo lo has averiguado?

—No fui yo. Fue Bobbi. Al parecer, la moto estaba registrada a nombre de Benny, y por el hilo se sacó el ovillo. Bobbie ha olvidado la historia, pero recordaba el nombre de Benny. Duffy afirma que son hermanastros. Su madre estuvo casada en primeras nupcias con el padre de Benny, que murió en la segunda guerra mundial. Diez años después se fue a vivir a Kentucky y se casó con el padre de Duffy, que nació al año siguiente, quince años después que su hermano. Carlin Duffy tenía trece años cuando Benny vino a California y lo mataron.

—¿Por eso está Duffy aquí?

—Tendrás que preguntárselo a él. A mí me parece una buena suposición, a menos que creas en las coincidencias.

—No creo.

—Yo tampoco.

—¿Y dónde está ahora?

—No podrá ir muy lejos andando.

—Quizás haya robado un coche.

—Siempre es posible, aunque no entra en su especialidad. De todas formas, si decides buscarlo, llévate a alguien. No me gusta la idea de que te entrevistes con él a solas.

—¿Quieres venir conmigo?

—Sí, me encantaría. Espera un momento. —Puso la mano

en el micrófono. Camilla debía de rondar por allí, para no perder prenda, pues frustró la iniciativa antes incluso de que Jonah tuviera tiempo de expresarla con palabras. Apartó la mano del auricular–: Esta noche no puedo, pero el lunes sí. ¿Te va bien?

–Estupendo.

–¿Me llamarás?

–Claro.

–Pues hasta entonces –dijo.

En cuanto colgó, recogí el bolso y salí. No iba a esperar hasta el lunes. Qué absurdo. Duffy podía haber desaparecido por entonces y no quería correr el riesgo. Me detuve a poner gasolina. El vivero sólo estaba a unos diez minutos, pero la aguja del combustible estaba en la E y no sabía cuánto tendría que conducir para encontrarlo.

Eran las nueve menos veinte cuando entré en el aparcamiento del vivero. El rótulo delantero indicaba que los fines de semana permanecía abierto hasta las nueve de la noche. El establecimiento abarcaba unas seis hectáreas y estaba flanqueado por la autopista y por la travesía por la que había girado con el coche. El centro de jardinería se encontraba delante de mí, un edificio bajo de cristal y madera con multitud de plantas de arriate, paisaje e interior, semillas, libros de jardinería, bulbos, hierbas, macetas y regalos para «esa persona especial que sabe de siembra y abonos».

A la derecha, detrás de la cadena de protección, había un surtido de fuentes y esculturas en venta, macetas de barro, plástico y madera de secoya, junto con grandes bolsas de abono, mantillo, fertilizantes y otras sustancias. A la izquierda vi una serie de invernaderos, semejantes a barracones militares de cristal traslúcido y, detrás de ellos, filas incontables de árboles, una selva de sombras que se alejaba hacia la autopista.

El sol se había puesto del todo, la luz que quedaba había adquirido un matiz carbón y olía a tierra. La travesía estaba bien iluminada, pero la parte trasera del vivero permanecía envuelta en sombras. Rebusqué en el asiento trasero y encontré una cazadora tejana que esperaba que me protegiera del aire frío de la noche. Cerré el coche y entré en el centro de jardinería, cuyas crudas luces fluorescentes iluminaban los bancos de bolsas de semillas y aparatosas flores de interior.

La joven del mostrador llevaba una bata verde bosque con el nombre Himes bordado en el bolsillo. Dio un discreto manotazo al aire mientras yo cerraba la puerta. Era una quinceañera de pelo rubio y seco, y una gruesa capa de maquillaje en las regordetas mejillas y en la barbilla. El aire olía a cigarrillo de hierbabuena recién apagado.

—Hola. Estoy buscando a Carlin. ¿Está aquí?

—¿Quién?

—Carlin Duffy, el tipo de la moto que vive en el cobertizo.

—Ah, Duffy. No está. La poli se llevó su moto al depósito municipal. Dice que le costará un pastón recuperarla.

—Una putada.

—Estaba muy cabreado. Son unos cerdos.

—Lo peor que hay. ¿Sois amigos?

Se encogió de hombros.

—A mi madre no le gusta. Dice que es un vago. A mí no me parece que sea culpa suya. Es nuevo en la ciudad.

—¿Cuánto tiempo lleva aquí?

—Cinco o seis meses. Vino antes de Navidad, más o menos por entonces. El señor Himes pilló al otro tío, Marcelle. ¿Lo conoces?

—No.

—Marcelle robó unas macetas y las vendió en la calle, ¿sabes? El señor Himes lo echó de aquí en cuanto lo descubrió.

—¿Duffy ocupó su puesto poco después?

—Bueno, sí. El señor Himes no sabía que Marcelle le estaba robando hasta que Duffy le compró una Dieffenbachia y la trajo aquí. Duffy es listo. Se dio cuenta de inmediato de que había truco. Creo que sólo le dio a Marcelle un par de dólares, y mira, ahí está la etiqueta, nosotros la vendemos a 12,99.

—¿Y Marcelle? Seguro que juró y perjuró que él no había sido, ¿verdad?

—Sí. Menudo cabrón. Se hizo el deprimido y la víctima, como si fuera totalmente inocente. Bueno, claro. Dijo que nos demandaría, pero no sé cómo.

—Es su palabra contra la de Duffy ¿y quién va a creer a ése? Marcelle es negro, ¿verdad?

Asintió con la cabeza.

—Ya sabes cómo son —dijo, elevando los ojos al techo. Finalmente reparó en mí—. ¿Cómo es que conoces a Duffy?

—Por su hermano, Ben.

—¿Duffy tiene un hermano? Qué raro —dijo—. Me contó que toda su familia había muerto.

—Ben murió hace mucho tiempo.

—¿Sí? Qué lástima.

—¿A qué hora volverá?

—No creo que llegue antes de las diez.

—Pues qué bien —dije.

—¿Habéis quedado aquí?

—No. Lo vi anoche en el Tonk y luego le perdí el rastro.

—Es probable que ahora esté allí —dijo—. ¿Quieres llamar por teléfono? Puedes hacer que le avisen. Es amigo del propietario. Creo que se llama Tim.

—Sí. Conozco a Tim —dije—. Puede que me acerque por allí. Si viene, dile por favor que he estado aquí. Me gustaría hablar con él.

—¿De qué?

—¿De qué? —repetí.

—Por si pregunta —dijo.

—Es una especie de sorpresa.

20

Recorrí el aparcamiento que había enfrente del Honky-Tonk y milagrosamente encontré sitio seis plazas más allá. No eran aún las nueve y los marchosos del sábado noche empezaban a concentrarse. El Tonk no estaría en plena ebullición hasta las diez, cuando llegara el grupo de música. Crucé la calle y me detuve mientras una furgoneta roja y blanca ronroneaba en punto muerto al lado de los cubos de basura. No se veía al conductor, pero en uno de los laterales ponía PLAS-STOCK. Vi que las luces del primer piso estaban encendidas. Los desplazamientos de las sombras sugerían que alguien se movía por allí.

Acabé de cruzar la calle y me aproximé al bar por detrás. Fingiendo indiferencia, traté de abrir la puerta trasera, pero estaba cerrada con llave. Claro, sería una estupidez dejarla abierta para que los listillos se colaran sin pagar. Fui a la puerta delantera. El gorila me recordaba de la noche anterior, dio un manotazo al aire cuando fui a enseñarle la documentación y me estampó el sello. Era la tercera noche seguida que iba a aquel antro y empezaba a sentirme una cliente habitual. Durante el tiempo que Mickey y yo estuvimos casados, íbamos allí cuatro noches de cada siete y por aquel entonces no parecía extraño. Era lo que solían hacer él y sus compañeros cuando salían del trabajo. Como yo estaba con Mickey, hacía lo mismo que él. El Honky-Tonk era como la familia y proporcionaba un contexto social a quienes no teníamos vínculos personales. Al mirar atrás me doy cuenta de la enorme cantidad de tiempo que perdíamos allí, pero quizás era nuestra forma de evitarnos y de eludir la parte seria del matrimonio, que es la intimidad. Sigo siendo un desastre para las relaciones estrechas, ya que he tenido muy poca práctica en los últimos tropecientos años.

Encontré un taburete vacío en la barra y pedí una cerveza. Me senté de espaldas a la pared con espejo donde estaban las estanterías de las botellas, con un codo en la barra y moviendo el pie al ritmo de la música anónima que tal vez estuviera sonando. Vi a Thea en el mismo instante en que ella me vio a mí. Me sostuvo un momento la mirada con expresión rígida y tensa. Ya no vestía el chaleco de cuero que le dejaba al descubierto los brazos, sino un jersey de cuello alto con unos tejanos ceñidos. Llevaba un cinturón de plata con una hebilla que parecía una cerradura, con el ojo de la llave diseñado como un corazón. Con aire preocupado, tomó nota de los pedidos de una mesa de cuatro personas, fue a la barra, habló brevemente con Charlie y vino hacia mí.

—Hola, Thea —saludé. Enseguida me di cuenta de que estaba de un humor de perros—. ¿Estás enfadada?

—Mira quién pregunta. ¿Por qué no me contaste lo de Mickey? Sabías que le habían disparado y no me dijiste nada.

—¿Cómo te has enterado?

—Nos lo dijo el padre de Scottie. Has hablado al menos dos veces conmigo, podías habérmelo dicho.

—Thea, no iba a venir aquí y anunciarlo en frío. No sabía que fuerais amigos hasta que preguntaste por la cazadora. Por entonces sospechaba que pasaba algo más.

Lanzó una mirada de inquietud hacia una mesa situada junto a la puerta de la sala de billares y donde se hallaba Scottie con dos hombres que nos daban la espalda. Al parecer, Scottie nos había estado observando. En aquel momento se disculpó ante sus compañeros, se levantó de la silla y se acercó con una botella de cerveza en la mano. Era imposible no advertir el cambio que se había operado en su aspecto. Llevaba el bigote bien cortado y se había afeitado la perilla. También se había vestido mejor, nada del otro mundo, pero quedaba atractivo. Botas camperas, vaqueros y camisa vaquera azul con las mangas abotonadas en las muñecas. Pensé que se había cortado el pelo, pero al acercarse vi que se lo había recogido detrás con una goma.

—Por favor, no digas nada —murmuró Thea—. Me mataría si lo supiera.

—¿A qué hora terminas aquí? ¿Podríamos reunirnos para hablar?

—¿Dónde?

—¿Qué te parece la cafetería que no cierra que hay al lado de la autovía?

—A las dos, pero no te lo prometo...

Scottie llegó a nuestra altura y callamos. Su sonrisa era agradable y su voz suave.

—Hola. ¿Qué tal? Tengo entendido que eres amiga de mi padre. Soy Scott Shackelford. —Alargó la mano y se la estreché. No vi indicios de que estuviera drogado o borracho.

—Mucho gusto en conocerte —dije—. Tim me dijo quién eras, pero no tuve la oportunidad de presentarme.

Pasó el brazo izquierdo por los hombros de Thea y la cerveza quedó delante de la boca de la joven. El gesto fue a la vez indiferente y posesivo.

—Ya veo que conoces a Thea. ¿Cómo estás, pequeña? —preguntó. La besó con afecto en la mejilla. Los ojos de Thea no se apartaban de mí mientras murmuraba algo neutral. El abrazo de Scott no la volvía loca precisamente.

Scott se dirigió a mí con voz preocupada.

—Nos hemos enterado de lo de Mickey. Vaya putada. ¿Qué tal está?

—Está bien. He llamado esta mañana y la enfermera dijo que seguía igual.

Cabeceó.

—Lo siento por él. No lo conocía mucho, pero solía venir por aquí... ¿Cuánto? ¿Cada dos semanas?

—Más o menos —respondió Thea.

—De todas formas, hace meses que no viene.

—He oído que vendió el coche, así que quizá por eso no venía tan a menudo —dije, mientras buscaba una excusa convincente para escaparme. Había ido allí en busca de Duffy y no lo veía por ninguna parte.

—A propósito —repuso Scottie—, Tim dijo que si venías, que quiere hablar contigo.

—¿De qué?

—Ni idea.

—¿Dónde está?

Miró a su alrededor con indiferencia, con las comisuras de la boca hacia abajo.

—No estoy seguro. Lo he visto hace un rato. Estará en su despacho, a no ser que haya ido a otra parte.

—Ya lo veré luego. Ahora...

—Oye, ¿sabes qué? Mi padre y un amigo suyo están sentados ahí. ¿Por qué no vas a saludarlo? —Señaló a los dos hombres con los que le había visto antes.

Miré la hora.

—Oh, cielos. Ojalá pudiera, pero tengo una cita.

—No seas así. Le gustaría invitarte a una copa. Si pregunta alguien, Thea o Charlie le dirán dónde estás, ¿verdad, Thea?

—Tengo que volver al trabajo —replicó Thea. Se deshizo del abrazo y volvió a la barra, donde la esperaba el último pedido. Recogió la bandeja y se alejó sin mirarnos.

Scottie la siguió con los ojos.

—¿Qué le pasa?

—No lo sé. Oye, estaba a punto de ir al lavabo. Volveré enseguida, aunque la verdad es que no puedo quedarme mucho rato.

—Hasta luego —dijo.

Scottie echó a andar hacia la mesa. Llegué a la conclusión de que había cambiado su aspecto por deferencia a su padre. Pete Shackelford siempre había sido muy exigente con la higiene personal. Yo me dirigí a la izquierda, hacia los lavabos. Cuando estuve fuera de su campo visual, me encaminé a la puerta trasera por el pasillo. No tenía la menor intención de tomarme una copa con Shack. Sabía demasiado de mí y, por lo que sabía yo, ya estaba preparado para tirarme de la lengua.

Me detuve al pasar por delante del breve corredor donde estaba el despacho de Tim. Pegadas a la pared había unas cajas cubiertas por una lona. Me venció la curiosidad y eché un rápido vistazo: diez cajas precintadas, con el logotipo de Plas-Stock en los lados. Estaba claro que las habían descargado de la furgoneta que había visto fuera. Volví a colocar la lona. Las cuatro puertas que había en aquel pasillo estaban cerradas, pero vi una débil raya de luz por debajo de la tercera puerta, que quedaba a la izquierda. Había estado cerrada con llave la última vez que había andado por allí y no pude sino preguntarme si seguiría cerrada. Miré alrededor con indiferencia. Me encontraba sola en el pasillo y no tardaría más de dos segundos en comprobarlo. Fui hacia la izquierda y puse la mano en el pomo, procurando que no gimiera al girarlo. Vaya. Abierta. Me pregunté qué habría allí para necesitar tantas medidas de seguridad.

Empujé la puerta y asomé la cabeza. El espacio que vi tenía el tamaño justo para albergar el pie de unas escaleras y, a la izquierda, una especie de armario empotrado, con candado en la puerta. Vi una débil luz al final de la estrecha serie de peldaños. Entré, cerré con cuidado la puerta del pasillo y empecé a subir. No era mi intención pasar inadvertida, pero me di cuenta de que subía apoyando los pies en los extremos de los peldaños para reducir las probabilidades de que crujiesen.

En lo alto de la escalera había un descansillo de unos tres metros cuadrados, con una escalera de mano pegada a una pared y que probablemente conducía al tejado. La única puerta que daba al descansillo estaba entornada y de dentro salía luz. La abrí del todo. La habitación era inmensa, ya que se perdía en las sombras del fondo y sin duda abarcaba a lo largo y a lo ancho las cuatro grandes salas de abajo. El suelo era de linóleo y estaba desgastado por donde multitud de pies sucios lo habían desteñido. Vi muchos enchufes a lo largo de las paredes y media docena de espacios vacíos y grandes. El ambiente estaba cargado con el calor seco que produce el mal aislamiento. Las paredes eran de contrachapado sin barnizar. Vi una mesa de madera, dos docenas de sillas plegables y un gran cubo de basura lleno. Había supuesto que por allí habría cajas de vino y cerveza, pero no había nada. ¿Qué había imaginado? ¿Drogas, inmigrantes ilegales, pornografía infantil, prostitución? En el peor de los casos, material de restaurante roto y anticuado, la vieja máquina de discos, recuerdos de Nocheviejas y San Patricios celebrados hacía años. Pero allí no había nada.

Recorrí la estancia procurando no hacer ruido. No quería que me oyeran abajo y se preguntaran quién andaba por allí. Seguía sin ver nada interesante. Dejé las luces como estaban y bajé por las escaleras. Volví a poner cuidadosamente la mano en el pomo y lo giré con el mayor sigilo. El pequeño corredor parecía vacío. Salí y cerré la puerta, amortiguando el chasquido con la palma de la mano.

—¿Puedo ayudarte?

Tim me habló desde las sombras que bañaban la parte izquierda de la puerta.

Di un chillido. Levanté las manos y se me cayó el bolso, todo su contenido se desparramó por el suelo.

—¡Mierda!

Tim se echó a reír.

—Perdona. Creía que me habías visto. ¿Qué estabas haciendo?

Llevaba ropa informal, vaqueros y un jersey de punto con escote de pico.

—Nada. Me equivoqué de puerta —respondí. Me puse de rodillas para recoger los objetos del bolso, que se habían ido por todas partes—. Scottie me dijo que querías verme. Fui a tu despacho, pero no estabas allí. Esta puerta no estaba cerrada con llave, así que la abrí y entré. Supuse que estarías dentro y grité «¡yuju!».

—¿De veras? Pues no te oí.

Se agachó y puso derecho el bolso. Empezó a meter el contenido mientras yo lo observaba con fascinación. Por suerte, yo no llevaba ninguna pistola encima y él no pareció percatarse de la presencia de las ganzúas.

—No sé cómo os apañáis las mujeres —dijo—. Fíjate. ¿Qué es esto?

—Cepillo dental de viaje. Soy algo fanática.

—¿Y esto? —dijo sonriendo y levantando una caja de plástico.

—Tampones.

Al recoger mi billetera, se abrió por donde tengo el permiso de conducir y lo miró con indiferencia. Al otro lado estaba la fotocopia de la licencia de investigadora privada, pero no dio a entender si se había fijado o no. Metió la billetera en el bolso. De todas formas, Shack había tenido que contarles a qué me dedicaba.

—Oye, déjame a mí —dije, con ganas de moverme para que no viera que me temblaban las manos. Cuando ya lo habíamos recogido todo, me puse en pie—. Gracias.

—¿Quieres ver lo que hay arriba? Vamos. Te lo enseñaré.

—La verdad es que no. Ha sido suficiente. Ya eché un vistazo hace unos minutos. Esperaba que todavía conservases la vieja máquina de discos.

—Por desgracia, no. La vendí poco después de que compráramos el bar. Hay mucho espacio arriba, ¿verdad? Estamos pensando en ampliarlo. Lo utilizábamos de almacén hasta que se me ocurrió que podía darle un uso mejor a un sitio tan grande. Lo único que tengo que hacer es cumplir las normas del departamento de bomberos, entre otras cosas.

—¿Y qué harás? ¿Poner más mesas?

—Otra barra y una pista de baile. Pero primero tenemos que negociar con el ayuntamiento de Colgate y con la comisión urbanística del condado. Pero no era de esto de lo que quería hablarte. ¿Quieres venir a mi despacho? No tenemos por qué quedarnos aquí, hablando a oscuras.

—Estamos bien aquí. Le dije a Scottie que me acercaría a su mesa para tomar una copa con su padre.

—Nos hemos enterado de lo de Mickey.

—Las noticias vuelan.

—No tan rápido como crees. Shack nos ha dicho que fuiste policía hace tiempo...

—¿Y qué?

Respondió de inmediato.

—Pensamos que estás investigando por tu cuenta. —«Gracias», me dije, «gracias, Pete Shackelford Cabrón.» Me esforcé por concretar mi respuesta. Tim añadió—: Tenemos un amigo en Los Angeles que podría ayudarte.

—Ah, ¿sí? ¿Quién?

—Un músico de Culver City que se llama Wary Beason. Es vecino de Mickey.

Las orejas se me enderezaron como a un perdiguero.

—¿Cómo es que lo conoces?

—Por su banda de jazz. Ha actuado aquí un par de veces. Tiene mucho talento.

—El mundo es un pañuelo.

—No. Mickey le dijo que aquí actuaban grupos, Wary se puso en contacto con nosotros e hizo una prueba. Nos gustó cómo sonaba.

—Me sorprende que Wary no te llamara para contarte lo del tiroteo.

—Sí, a nosotros también. Hemos tratado de localizarlo, pero hasta ahora no ha habido suerte. Pensamos que si ibas a Los Angeles, querrías hablar con él.

—Quizá lo haga. ¿Te importa si te hago un par de preguntas?

—En absoluto. No hay problema.

—¿Qué es Plas-Stock?

—Platos, cubiertos y vasos de plástico, esas cosas. Vamos

a organizar un bufé libre el puente del Día de los Caídos. Si te interesa, estás invitada. ¿Algo más?

—¿Llegaste a pagarle a Mickey los diez de los grandes que le debías?

Su sonrisa perdió brillo.

—¿Cómo te has enterado?

—Lo vi en sus papeles; la nota decía que el plazo de la devolución vencía el 15 de enero.

—Exacto, pero entonces andaba justo de dinero y me dio una prórroga. Le pagaré en julio.

—Si está vivo —dije—. ¿Por eso venía tan a menudo? ¿Para negociar las condiciones?

—A Mickey le gusta el alcohol.

—Me extraña que te prorrogara el plazo cuando tenía tantos problemas económicos.

Tim pareció sorprendido.

—¿Mickey tenía problemas de dinero? Eso es nuevo para mí. La última vez que lo vi no parecía un hombre en apuros. ¿Crees que el tiroteo tuvo que ver con la economía?

—La verdad es que no lo sé. Yo quería saber por qué pasaba tanto tiempo aquí.

Tim cruzó los brazos y se apoyó en la pared.

—No digas a nadie que te lo he dicho, y menos a Scottie, pero si quieres saber mi opinión, Mickey quería tirarse a Thea.

—¿Y ella? ¿Sentía interés por él?

—Digámoslo de este modo: no, si es inteligente. Scottie no es de los tipos con los que se puede jugar. —Vi que levantaba los ojos para mirar a alguien que había en el pasillo—. ¿Me estás buscando?

—Charlie necesita tu firma en una factura. El tipo quiere un cheque antes de volver a Los Angeles.

—Enseguida voy.

Miré hacia atrás. La camarera ya había girado sobre sus talones y desaparecido.

Tim me dio unas palmaditas en el brazo.

251

—Será mejor que me ocupe de eso. Cualquier cosa que te apetezca, seguro que está en la casa.

—Gracias.

Lo seguí y entré en el bar mientras echaba un vistazo alrededor, por si veía a Duffy. Seguía sin haber el menor rastro de él. Shack, en la mesa de Scottie, me vio y me hizo un saludo con la mano. No había forma de librarme esta vez. Shack disfrutaba sin duda con la oportunidad de quemarme profesionalmente. Scottie se volvió para ver a quién saludaba su padre y me indicó por señas que me acercara. Me sentía como una mula, resistiéndome con obstinación aunque tirasen de mí.

Shack estaba sentado al otro lado de la mesa y se puso en pie.

—Vaya, vaya. Mira quién llega aquí. Precisamente estábamos hablando de ti.

—No lo dudo.

—Siéntate, siéntate. Acerca una silla.

El otro comensal se levantó y se sentó de forma respetuosa, el equivalente físico del caballero que se levanta el sombrero al ver a una señora.

—No puedo quedarme mucho rato —dije.

—Claro que puedes —replicó Shack. Arrastró una silla de una mesa próxima y me la acercó. Me senté con el ánimo resignado. La mirada de Shack no se apartaba de su hijo, y la satisfacción y el orgullo aligeraban sus facciones, por lo general mustias. Vestía una camisa de cuadros, sin cerrar del todo, a causa del grosor de su cuello. Su compañero andaba por los cincuenta, llevaba el pelo gris muy corto y su piel curtida sugería muchos años pasados al sol. Al igual que Shack, era corpulento, de hombros musculosos y con una barriga que le sobresalía como si estuviera embarazado de seis meses.

Shack lo señaló con el pulgar y dijo:

—Éste es Del. Kinsey Millhone.

—Hola.

Del asintió con la cabeza y se levantó a medias para estrecharme la mano por encima de la mesa.

—Del Amburgey. Mucho gusto —dijo.

Intercambiamos las habituales tonterías de «¿qué tal?» y «¿cómo estamos?», mientras me estrujaba por dentro para que se me ocurriera algo bonito.

—¿Está de visita o es de aquí?

—Vivo en Lompoc, así que las dos cosas. Vengo de vez en cuando a ver qué hacen ustedes, los de las grandes ciudades.

—Pues no hacemos mucho.

—Eso no es del todo cierto —dijo Shack—. Esta criatura era policía cuando yo vestía el uniforme. Ahora es I.P.

—¿Qué es I.P.? —preguntó Del.

—Investigadora privada —contestó Shack.

Pensé que me estaba quedando sorda. Shack hablaba. Veía cómo se movía su boca, pero el sonido había desaparecido. Yo no miraba a Scott, pero me daba cuenta de que estaba recibiendo la información con algo parecido a la alarma. Su actitud no cambió, pero sus facciones se volvieron impenetrables. Con el rabillo del ojo vi sus manos apoyadas en la mesa, relajadas, los dedos en la botella de cerveza, que se acercó a la boca. A pesar de la indiferencia del gesto, su cuerpo estaba totalmente rígido. Volví a fijarme en lo que decía Shack y me pregunté si habría alguna manera de detener el daño que estaba haciendo.

—... en la época en que Magruder dejó el cuerpo. ¿Cuándo fue? ¿En el 71?

—En la primavera del 72 —dije, aunque él sabía con exactitud cuándo había sido. Nos miramos a los ojos durante un instante y habría jurado que hacer añicos mi tapadera le hacía gozar de un momento de venganza. Fueran cuales fuesen mis motivos para estar allí, tenía intención de dejarme en cueros vivos. Me dije que había que recuperar el control y dar un salto para no pisar la mierda—. Fue cuando Mickey y yo nos separamos. No volví a saber de él desde entonces.

—Hasta hace poco —corrigió Shack. Lo miré sin decir nada. Continuó alegremente—: Creo que esos dos polis de Los Angeles vinieron para hablar contigo. Ayer pasaron por mi casa. Por lo visto creían que habías intervenido en el asunto, pero les dije que era imposible. Pasaste por mi casa el lunes. No creo que quisieras llamar la atención si le hubieras disparado la semana anterior. No eres tan tonta.

—Fue una trampa y caíste —dije. Sonreía, pero mi tono de voz era malicioso.

—¿Qué te trae por Colgate?

—Mickey prestó a Tim diez de los grandes. Fue un préstamo sin intereses, a cinco años. Tenía curiosidad por saber si había sido puntual al devolverle el dinero. —Scottie empezó a mover un pie, cosa que provocó que su rodilla saltara. Cruzó las piernas para ocultar la inquietud.

—¿Cuándo vencía el plazo? —preguntó Shack, ex policía a fin de cuentas.

—El 15 de enero. Aproximadamente cuando Mickey empezó a venir por aquí —dije—. ¿No sabías lo del préstamo?

—¿Queréis tomar algo? Voy a la barra —preguntó Scottie. Estaba de pie y con los ojos clavados en mí.

—Yo no quiero nada, gracias.

—¿Y tú, papá? ¿Del?

—Otra ronda. Esta vez pago yo —dijo, adelantándose para sacar la cartera del bolsillo trasero.

Scottie lo contuvo agitando la mano.

—Ya pago yo. ¿Qué quieres? ¿Lo mismo?

—Sí, estupendo.

—Que sean dos —dijo Shack.

Cuando Scottie se fue, Shack cambió de tema y se puso a hablar de cosas tan superficiales que estuve a punto de gritar. Soporté unos tres minutos de conversación necia y aproveché la ausencia de Scott para levantarme.

—¿Nos dejas? —dijo Shack.

—Tengo un compromiso. Me alegro de haberte visto.

—No huyas —dijo.

No contesté. Del y yo intercambiamos un movimiento de cabeza. Recogí el bolso y di media vuelta, observando a la multitud mientras salía. Seguía sin ver el menor rastro de Duffy. Mejor. No quería que Tim o Scottie me vieran hablando con él.

21

La noche era fría. Ni siquiera eran las diez y la calle principal de Colgate estaba abarrotada de coches con la música a todo volumen. Todos los vehículos llevaban las ventanillas bajadas y cuatro o cinco pasajeros, todos buscando acción del género desinhibido. Oí un coro de bocinazos y por mi derecha apareció una limusina rosa con dos recién casados. Iban de pie en el asiento de atrás, asomando la cabeza por el tragaluz del techo. La novia se sujetaba con una mano el velo, que ondeaba tras ella como una estela de humo. En la otra mano llevaba el ramo de flores, con el brazo estirado, como si quisiera imitar la estatua de la Libertad. El novio parecía más bajo, tendría unos dieciocho años y llevaba un esmoquin de color verdoso, camisa blanca con chorreras, pajarita morada, faja, el pelo muy corto y las orejas enrojecidas de frío. Varios coches seguían a la limusina, todos tocando el claxon y casi todos con flores de papel, serpentinas y ristras de latas estrepitosas. Parecían dirigirse al restaurante mexicano que había al final de la manzana donde estaba el Tonk. Otros conductores y peatones tocaban el claxon y gritaban alegremente para saludar al desfile.

Encontré el coche, me puse al volante y me metí en la cola de vehículos que seguía al cortejo. Tuve que ir despacio a la fuerza mientras un coche tras otro giraba a la izquierda y entraba en el aparcamiento del restaurante, aprovechando los huecos del tráfico. Miré a la derecha y vi a Carlin Duffy andando con la cabeza gacha y las manos en los bolsillos de la cazadora. Sólo lo había visto dos veces, pero su estatura y su pelo de panocha eran inconfundibles. ¿Había estado en el Tonk y no lo había visto? Al parecer, se dirigía al vivero, que quedaba a un par de kilómetros de allí. Con actitud de experto, dio media vuelta y estiró el brazo con el pulgar levantado.

Reduje la velocidad, me detuve y me incliné sobre el asiento del copiloto para abrir la puerta. Pareció sorprendido de que alguien, y en especial una mujer, quisiera llevarlo a aquellas horas.

—Te puedo llevar por la 101 hasta Peterson. ¿Te vale?

—Perfecto.

Con las espuelas tintineando, se deslizó en el asiento del copiloto y cerró la puerta. Miró por encima del hombro con desdén.

—¿Has visto a esos frijoleros? Pandilla de chicanos. El novio parece que tenga trece años. Seguro que la ha dejado preñada. Tendría que haber dejado el pájaro quieto en el bolsillo.

—Bonita conversación —dije.

Me miró con curiosidad. Sus rasgos eran muy poco atractivos de cerca: cara estrecha, ojos claros y una nariz larga y afilada. Tenía un incisivo salido y el resto de los dientes era un acordeón de bordes que se superponían entre vislumbres de oro. El color del pelo se debía al agua oxigenada, aunque se veía una capa más oscura en las raíces. Olía a rayos, como a madera chamuscada y calcetines sucios.

—Yo te he visto antes —dijo.

—En el Honky-Tonk. Vengo de allí.

—Yo también. He ganado al billar un montón de dinero a unos morenos. ¿Cómo te llamas?

—Kinsey. Y tú Carlin Duffy. Te he estado buscando.

Se volvió para dedicarme una mirada rápida y luego clavó la vista en el parabrisas con cara impenetrable.

—¿Para qué?

—Conoces a Mickey Magruder.

Me midió con los ojos y se volvió para mirar por su ventanilla. Su voz sonó entre hosca y a la defensiva.

—No tengo nada que ver con ese asunto de Los Angeles.

—Ya lo sé. Pensé que entre los dos descubriríamos de qué se trataba. ¿Tus amigos te llaman Carlin?

—Duffy. No soy una fruta —dijo, mirándome con picardía—. Eres poli, ¿verdad?

—Lo fui. Ahora soy investigadora privada y trabajo por mi cuenta.

—¿Qué quieres de mí?

—Que hablemos de Mickey. ¿Cómo os conocisteis?

—¿Por qué he de decírtelo?

—¿Por qué no has de hacerlo?

—No sé nada.

—Quizá sepas más de lo que crees.

Meditó lo que le había dicho y casi llegué a ver su cerebro moviéndose. Duffy era de los que no dan nada gratis.

—¿Estás casada?

—Divorciada.

—Te diré lo que vamos a hacer. Compraremos un paquete de seis cervezas e iremos a tu casa. Hablaremos todo lo que quieras.

—Si estás en libertad condicional, lo que menos necesitas es saltarte la prohibición de beber alcohol.

Duffy me miró con recelo.

—¿Quién está en libertad condicional? Ya cumplí y soy libre como un pájaro.

—Entonces vamos a tu casa. Tengo compañera de piso y no puedo llevar amigos a estas horas.

—No tengo casa.

—Claro que sí. Vives en el cobertizo del vivero de Bernie Himes.

Dio una patada en el suelo y se pasó una agitada mano por el cabello.

—¡Maldita sea! ¿Cómo lo sabes?

Me toqué la sien.

—También sé que eres hermano de Benny Quintero. ¿Quieres hablar de él?

258

Habíamos pasado de largo la salida que conducía al vivero y seguíamos por la autovía, rumbo a las montañas.

—¿Adónde vas?

—A la tienda de licores —contesté y paré en una antigua estación de servicio reconvertida en pequeño supermercado. Saqué un billete de veinte dólares del bolso y dije—: Yo invito. Compra lo que quieras.

Miró el billete, se lo guardó y bajó del coche con agitación mal contenida. Lo miré a través del cristal mientras recorría un pasillo tras otro. Yo no podría hacer nada si optaba por dirigirse a la puerta trasera e irse andando. Pero debió de pensar que no valía la pena. A mí me bastaría con ir al vivero y esperarlo allí.

El dependiente no le quitaba los ojos de encima. Seguramente esperaba que robase algo o sacara una pistola y pidiera todo el dinero de la caja. Duffy sacó del frigorífico dos paquetes de botellas de cerveza y mientras volvía por el pasillo cargó con una bolsa grande de patatas fritas y un par de chucherías. Fue al mostrador, pagó con mi billete de veinte dólares y se metió el cambio en el bolsillo.

Cuando volvió al coche, su humor parecía haber mejorado.

—¿Has probado el regaliz con cerveza? He comprado patatas, ganchitos y otras porquerías.

—Se me hace la boca agua —dije—. Oye, ¿de dónde es tu acento? ¿De Kentucky?

—Sí, señora.

—Apuesto a que es de Louisville, ¿me equivoco?

—¿Cómo lo sabes?

—Tengo instinto para esas cosas.

—Eso parece.

Un vez confirmadas mis prodigiosas facultades, volví a la autovía, giré a la derecha por la travesía y entré en el aparcamiento del vivero. Estacioné el coche delante del centro de jardinería, que estaba cerrado y bañado por una luz fluorescente. Cerré el coche, me colgué el bolso del hombro y seguí a Carlin Duffy por el sendero cubierto de mantillo. Era como pasear por un bosque denso y ordenado, con amplias avenidas perfectamente trazadas entre árboles plantados en macetones, equidistantes y de todas las clases imaginables. Apenas podía reconocerse alguno en la oscuridad, pero algunas formas eran inconfundibles. Identifiqué palmeras y sauces, enebros, robles y pinos. Los otros árboles no los conocía por el nombre y para mí sólo eran figuras colgantes dispuestas en filas y que susurraban movidas por el viento.

Duffy parecía indiferente a lo que nos rodeaba. Iba de sendero en sendero, encorvado para protegerse del aire nocturno, y yo detrás, a unos diez pasos de distancia. Al llegar al cobertizo se detuvo y buscó las llaves. Estaba construido con tablas pintadas de verde oscuro. El tejado era plano y sólo se veía una ventana. Abrió el candado y entró. Esperé a que encendiera la luz y lo seguí. El interior medía unos nueve metros por doce y estaba dividido en cuatro cuartos pequeños que contenían dos carretillas elevadoras, un minitractor y una grúa que debía de utilizarse para plantar árboles jóvenes. Cualquier trabajo más complicado exigiría un equipo mayor, y probablemente se alquilaba cuando hacía falta.

Las paredes carecían de aislamiento, el suelo estaba sucio y la piedra artificial crujía bajo nuestros pies. En un cuarto había lonas y mantas del ejército que colgaban del techo formando una especie de subhabitación. Dentro había un camastro de madera y lona, con un saco de dormir enrollado en un extremo. Entramos en el refugio, que iluminaba una bombilla de sesenta vatios. También había una estufa eléctrica, un hornillo de dos quemadores y una nevera portátil del tamaño de un paquete de doce cervezas. Las ropas de Duffy colgaban de una serie de clavos que había en la pared: unos vaqueros, una cazadora de aviador, una camisa de lana, unos pantalones de cuero negro, un chaleco de cuero negro y dos camisetas de tirantes. Quisquillosa como soy por naturaleza, no tuve más remedio que cavilar sobre la ausencia de ropa interior limpia y de medios para bañarse y cepillarse los dientes. Duffy no era hombre con quien resultara recomendable sostener una larga charla en un espacio pequeño y sin ventilar.

—Acogedor —dije.

—Suficiente. Siéntate en el camastro, que yo pondré esto aquí.

—Gracias.

Dejó la bolsa del supermercado en un cajón de naranjas y sacó el paquete de cervezas. Retiró dos y colocó el saldo en la nevera portátil. Rebuscó en los bolsillos, sacó un abrebotellas y abrió las dos cervezas. Apartó la suya para abrir la bolsa de patatas y una lata de salsa de judías, que me alargó. Tomé un puñado de patatas fritas y me las puse en el regazo, sujetando la lata para poder mojar las patatas.

—¿Quieres un plato de cartón?

—No hace falta —dije.

Duffy despejó el cajón de naranjas y lo utilizó de taburete para sentarse. Abrió la caja de pastillas de regaliz dulce y se metió dos en la boca, sorbiendo a continuación la cerveza con un suspiro de placer. No tardaría en tener los dientes y la lengua negros como el carbón. Se inclinó y encendió la estufa eléctrica. Las resistencias se pusieron rojas casi en el acto y el metal empezó a crujir. La estrecha franja de aire caliente hizo que, en comparación, el resto del cuarto pareciera mucho más frío. Confieso que aquello de la habitación dentro de otra habitación resultaba en cierto modo atractivo. Me recordaba las casitas que hacía de pequeña poniendo mantas encima de mesas y sillas.

—¿Cómo diste conmigo? —preguntó.

—Fue fácil. Te pararon y denunciaron por no llevar la luz trasera. Cuando comprobaron tu nombre en los ficheros, apareciste con toda tu gloria. Has pasado mucho tiempo en la cárcel.

—Vaya, ¿te das cuenta? Un montón de mentiras. De acuerdo, he hecho algunas cosas malas, pero nada terrible.

—Nunca has matado a nadie.

—Exacto. Tampoco he robado a nadie. Ni he utilizado armas de fuego... Bueno, sólo una vez. Nunca he tenido nada que ver con drogas, ni he tonteado con mujeres que no quisieran tontear conmigo, y nunca le he puesto la mano encima a ningún niño. Además, no he pasado encerrado ni un solo día por delitos nacionales. Todo ha sido municipal y del condado, lo máximo un arresto de noventa días. Imprudencia criminal, ¿qué coño quiere decir eso?

—No lo sé, Duffy. Dímelo tú.

—Disparo accidental de arma de fuego —dijo con desdén. Parecía tan descaradamente inventado que me sorprendió que lo admitiera—. Fue en Nochevieja... hace un par de años. Yo estaba en un motel, pasándomelo de maravilla y haciendo el burro, como todo el mundo. Se me escapó un tiro y, antes de darme cuenta de lo que pasaba, la bala atravesó el techo y le dio a una señora en el culo. ¿Acaso fue culpa mía?

—¿Tuya? —dije con idéntica indignación.

—Además, la cárcel no es tan mala. Hay limpieza y calor confortable. Hay voleibol, cuartito de baño privado y tele en color. La comida apesta, pero el médico no cuesta un centavo. De todas formas, la mitad del tiempo no sé qué hacer. Me sube la presión y estallo. La cárcel es como una especie de tiempo muerto hasta que la cabeza se me pone bien.

—¿Cuántos años tienes? —pregunté.

—Veintisiete. ¿Por qué?

—Ya eres mayorcito para que te manden a tu habitación sin postre.

—Supongo que sí. Procuro enmendar mi conducta ahora que estoy fuera. Pero es divertido saltarse las reglas. Hace que te sientas libre.

—Yo tengo algo que ver con eso —dije—. ¿Has tenido alguna vez un trabajo de verdad?

Pareció un poco ofendido.

—Soy operario de maquinaria pesada. Fui a la escuela en Tennessee y me dieron el título. Andamios, grúas, carretillas elevadoras, palas mecánicas, lo que quieras. Niveladoras, excavadoras, apisonadoras, remolcadoras, cualquier cosa que hayan hecho Caterpillar o John Deere. Tendrías que verme. Me siento en la cabina y derecho a la urbe. —Estuvo unos momentos haciendo ruido de motores con la boca, utilizando la botella de cerveza como palanca mientras maniobraba con una carga imaginaria.

—Háblame de tu hermano.

Dejó la botella vacía a sus pies, apoyó los codos en las rodillas y su cara se animó.

—Benny era el mejor. Me cuidaba mejor que mis padres. Lo hacíamos todo juntos, menos cuando se fue a la guerra. Yo sólo tenía seis años entonces. Me acuerdo de cuando volvió a casa. Había estado en el hospital y en un centro de rehabilitación, por la cabeza. A partir de entonces mamá dijo que había cambiado. Decía que se había vuelto imprevisible y brusco, y más lento de reflejos. A mí no me importaba. En 1971 compró la Triumph: motor de tres cilindros y pedal doble. Era de segunda mano, pero muy chula. Por aquel entonces casi nadie tenía una Harley Davidson. Ni motos japonesas, qué va. Todo era BSA y Triumph. —Me indicó por señas que le pasara las patatas y la lata de salsa.

—¿Qué le trajo a California?

—Fijo no lo sé. Creo que tenía que ver con el subsidio que percibía, la Administración de Veteranos que le pedía papeles.

—¿Por qué no lo arregló en Kentucky? Allí tiene que haber oficinas de la Administración de Veteranos.

Duffy agachó la cabeza, masticando patatas fritas mientras se limpiaba los labios con el dorso de la mano.

—Conocía a alguien aquí que podía ayudarle a saltarse todo el rollo burocrático. Oye, he comprado frutos secos. Alcánzame la bolsa, por favor.

Empujé la bolsa marrón hacia él. Duffy sacó una lata de cacahuetes y tiró de la anilla. Echó unos cuantos en su mano y otros pocos en la mía.

—¿Alguien de la AV? —pregunté.

—Nunca me dijo quién era, y si lo hizo no lo recuerdo. Yo era un niño entonces.

—¿Cuánto tiempo pasó Benny aquí antes de morir?

—Un par de semanas. Mamá tuvo que venir a recoger el cuerpo para enterrarlo; además, también se encargó de que llevaran la moto a casa. Yo voy a visitarlo siempre que puedo. Tienen una zona en el cementerio de Cave Hill sólo para veteranos.

—¿Qué le contaron a tu madre sobre las circunstancias de su muerte?

—Un poli le dio una paliza. Se pelearon en el Honky-Tonk y Benny murió a consecuencia de las lesiones.

—Tuvo que ser duro.

—Veo que lo entiendes. Fue entonces cuando empecé a tener problemas con la ley —dijo—. Pasé por el reformatorio hasta que crecí y me trataron como a un adulto.

—¿Cuándo viniste aquí?

—Hace cinco o seis meses. Mi padre murió en septiembre. De un enfisema, fumaba tres paquetes al día. Incluso al final seguía fumando, conectado a la botella de oxígeno y arriesgándose a saltar por los aires. Mamá murió un mes después. Creo que le falló el corazón mientras recogía hojas secas. Yo me encontraba en la cárcel del condado de Shelby por conducir en estado de embriaguez. Eso sí que fue una injusticia. Al hacerme la prueba del alcohol, sólo me pasaba un par de puntos por encima del límite. Una mierda, eso es lo que yo digo. En todo caso, cuando me soltaron, me fui para casa en autostop, y allí estaba, toda la casa para mí, además de los muebles, la moto y un montón de trastos. Me costó arreglar la moto.

—Te sentirías raro.

—Pues sí. Me movía por la casa haciendo lo que me daba la gana, pero no era divertido. Me sentía solo. Cuando pasas un tiempo en la cárcel, te acostumbras a tener gente alrededor.

264

—¿Y después?

—Bueno, mamá siempre conservó la habitación de Benny como estaba. Ropa en el suelo y la cama igual de revuelta que cuando la dejó el día que vino a California. Recogí las cosas, limpié, ordené y tiré lo que no hacía falta. Por una parte tenía curiosidad y por otra necesitaba hacer algo. Entonces encontré la caja fuerte de Benny.

—¿Qué clase de caja era?

—De metal gris, de este tamaño. —Abrió las manos para indicar una caja de unos treinta centímetros por quince—. Estaba debajo de la cama, metida entre los muelles del somier.

—¿Todavía la tienes?

—No. El señor Magruder se la llevó y debió de esconderla en algún sitio.

—¿Qué había en la caja?

—Veamos. Un pase de prensa que pertenecía a un tal Duncan Oaks. Las chapas de identificación de Oaks y una foto en blanco y negro de Benny con un tipo que supusimos que sería Oaks.

Otra vez Duncan Oaks. Me pregunté si Mickey habría guardado los objetos en algún banco. Tomé nota mentalmente. La próxima vez que fuera volvería a intentarlo. Hasta el momento no había encontrado ninguna llave de ninguna caja de seguridad, pero quizás otro registro diera resultado.

—Háblame de tu relación con Mickey.

—El señor Magruder es buen tipo. Me cae bien. Es perro viejo. Una vez me dio en el culo una patada tan fuerte que nunca la olvidaré. Me atizó en la mandíbula y todavía se me mueve un diente. —Me enseñó un incisivo para ilustrar el argumento.

—¿Por qué viniste a California? ¿Para seguirle la pista?

—Sí, señora.

—¿Cómo lo encontraste? Se fue a vivir a Culver City hace catorce años. Era muy reservado con su teléfono y su dirección.

—Joder, ya lo sé. Me los consiguió Tim, el propietario del Tonk. Fui al bar nada más llegar, porque allí fue donde había ocurrido la pelea entre él y mi hermano. Supuse que alguien lo recordaría y me diría dónde estaba.

—¿Qué intenciones tenías?

—Matarlo, ¿qué si no? Había oído que había sido quien había zurrado a mi hermano. Después de hablar con él vi las cosas de otra forma.

—¿De qué forma?

—Él pensaba que le habían tendido una trampa y yo estuve de acuerdo.

—¿Cómo es eso?

—Tenía una coartada. Le estaba poniendo los cuernos a su mujer y no quería que se enterase, por eso tuvo que cerrar la boca. Hablé con un poli que decía que lo había visto todo. La pelea había consistido en insultos y empujones. No cruzaron ni un puñetazo. Supongo que alguien llegó después y le dio a Benny una somanta. Lo que lo mató fue la placa de metal que llevaba en la cabeza. La sangre se le metió en el cerebro y se le hinchó como si fuera una esponja.

—¿Recuerdas el nombre del policía?

—Shackelford. Lo he visto esta noche en el Honky-Tonk.

—¿Y la foto de la caja?

—Dos tíos en la quinta puñeta, supongo que en Vietnam. Palmeras al fondo. Benny lleva el uniforme y el casco grande y viejo que él mismo decoró con el símbolo de la paz. Ya lo conoces. Es como un esternón de pollo con una cosa que sale por el extremo. Benny sonríe como si hubiera comido mierda y apoya el brazo en los hombros del otro tío, que está desnudo hasta la cintura. El otro tiene un cigarrillo en los labios. Parece que la chapa que lleva es como las que hay en la caja.

—¿Qué aspecto tiene?

—Joven, sin afeitar, con cejas grandes y oscuras y bigote negro; pinta sucia, de soldadito que trabaja. Sin pelo en el pecho. Algo amariconado en este aspecto.

—¿Había nombres o fechas en el dorso de la foto?

—No, pero está claro que es Benny. Tenía que ser en 1965, entre el 10 de agosto, que fue el día que embarcó, y el 17 de noviembre, que es cuando lo hirieron. Benny se hallaba en Ia Drang con el dos siete cuando un francotirador le dio en la cabeza. Tenían que evacuarlo de inmediato, pero los helicópteros no pudieron aterrizar debido al tiroteo. Cuando se lo llevaron, dijo que los muertos y los heridos estaban amontonados como troncos de leña.

—¿Cuál era la teoría de Mickey?

—No me contó nada. Dijo que investigaría, es todo lo que sé.

—¿Dónde está ahora la caja? Me gustaría ver su contenido.

—Dijo que tenía un sitio donde guardarla. Aprendí a no meterme en sus asuntos. Él es el que manda.

—Volvamos a Duncan Oaks. ¿Qué tiene que ver en esto?

—Ni idea. Supongo que era de la unidad de Benny.

—Es lo que Mickey estaba investigando. Sé que llamó a un instituto de Louisville...

—Al Manual, seguro. Benny estuvo en el Manual. Jugaba al rugby y a todo.

—No fue al Manual —dije—, sino al Instituto Masculino de Louisville. Habló con la bibliotecaria acerca de Duncan Oaks. Al día siguiente tomó un avión y se marchó allí. ¿Hablaste con él después de su vuelta?

—No tuve oportunidad. Lo llamé un par de veces. Como no respondía, decidí ir a su casa. Es de locos. Supuse que me esquivaba.

—¿No sabías que le habían disparado?

—No. Entonces no. Me lo dijo un tipo de allí. El que vive al lado. He olvidado su nombre, sonaba raro.

—¿Wary Beason?

—Ése es. Le rompí la ventana y así nos conocimos. —Duffy tuvo el detalle de hacer como que se avergonzaba por lo de la ventana. Sin embargo, no parecía entender que era yo quien había estado allí aquella noche.

267

Cuando me di cuenta, estaba mirando al suelo y dando vueltas a lo que estaba pasando. ¿Cómo encajaban las piezas? Tim Littenberg y Scott Shackelford habían combatido en Vietnam, pero más tarde. Benny había estado al principio de la guerra y por poco tiempo. Tim y Scottie fueron después, a principios de los años setenta. También estuvo Eric Hightower, cuya segunda excursión se interrumpió cuando pisó una mina y perdió las dos piernas. También esto había ocurrido mucho después de que Benny volviera a casa. ¿Y qué tenía que ver todo aquello con los dos tiros que le habían disparado a Mickey? Lo conocía lo bastante para saber que andaba detrás de algo, pero ¿qué era?

—¿Estás aquí?

Levanté los ojos y vi a Duffy mirándome con preocupación. Dejé a un lado la cerveza, ya caliente.

—Creo que por hoy renuncio. Necesito tiempo para asimilar la información. Por el momento no se me ocurre cómo encaja nada de esto..., si es que encaja de alguna manera —dije—. Puede que vuelva a hablar contigo cuando haya meditado. ¿Estarás por aquí?

—Aquí o en el Tonk. ¿Quieres que te acompañe hasta el coche?

—Sí, por favor —dije—. Está oscuro como boca de lobo.

22

Eran las once y cuarto cuando llegué a mi casa, asombrada de que la conversación con Duffy sólo hubiera durado una hora. Preparé la cafetera, le di al interruptor y dejé que se hiciera el café mientras me masajeaba el cuello. Me dolía la cabeza, entre los ojos, como si tuviera el entrecejo fruncido. Deseaba meterme en la cama, pero había trabajo que hacer. Aún tenía la información fresca, así que abrí el cajón del escritorio y saqué un paquete de fichas. Luego saqué de su escondrijo los objetos que me había llevado de casa de Mickey.

Me senté en la silla giratoria y anoté todo lo que recordaba de aquella noche. Por lo visto, las actividades del Honky-Tonk eran menos siniestras de lo que había imaginado. Como había dicho Tim, es posible que Mickey sólo fuera allí a beber y a ligar con Thea. Andar detrás de las mujeres iba con su carácter, eso tenía que admitirlo. Cuando el café estuvo listo, me levanté de la silla y me serví una taza, a la que añadí un poco de leche que no estaba agria del todo. Volví al escritorio y me quedé de pie, moviendo las fichas al azar. Aún había infinitos puntos menores que no encajaban: que a Mickey le dispararan con mi pistola, el largo y susurrante mensaje dejado en mi contestador automático... desde su casa la tarde del 27 de marzo. ¿Quién me había llamado y por qué? Si había sido Mickey, ¿por qué no se había identificado? ¿Por qué había dejado que la cinta corriera hasta el final? Si no había sido Mickey, ¿con qué fin se había efectuado la llamada? ¿Para dar a entender que había algún contacto entre nosotros? Ciertamente, el detallito me había colocado en mala posición ante la policía.

Me senté y me puse a barajar las fichas. Suponía ya que Mickey había ido tras el rastro del asesino de Benny Quintero. Aquel contencioso le perseguiría mientras viviese. La muerte de Benny no se había considerado de forma oficial un homicidio, pero Mickey sabía que se le echaba la culpa a pesar de que no se había presentado ninguna acusación formal. Dadas sus accidentadas relaciones con el departamento, su participación en el asunto había puesto en entredicho su credibilidad y dañado más aún su ya precaria reputación. Desde su punto de vista, no le quedó otra salida que abandonar la profesión que amaba. Después de aquello no había hecho gran cosa en la vida: alcohol, mujeres y un piso barato. Ni siquiera había podido conservar el triste empleo que había encontrado en Pacific Coast Security, con un uniforme que imitaba el de la policía y una insignia de cuatro cuartos. Seguramente había soñado con huir y tenía planeado algo con el dinero escondido y los falsos documentos de identidad. Puse boca arriba unas cuantas fichas, formando una columna, yuxtaponiendo datos sin ningún orden.

Para entretenerme, puse dos fichas de canto y apoyé una contra la otra. Añadí otra ficha, dejando la parte derecha de mi cerebro vacía mientras construía un laberinto. Hacer castillos de naipes era otro de mis pasatiempos cuando era niña. La planta baja era fácil, requería paciencia y destreza, pero poco más. Para construir el primer piso había que poner una fila de cartas horizontales, una especie de techo que cubriera toda la estructura inferior. Luego venía el auténtico trabajo, ya que había que comenzar desde el principio. Primero se colocaban dos cartas en equilibrio, apoyando una contra otra encima de la estructura inferior. Luego se ponía la tercera en ángulo con las dos primeras. Luego se añadía la cuarta, después la quinta. En cualquier momento, mientras aumentaba el tamaño del castillo, cabía la posibilidad de que se viniera abajo y se desplomara como..., bueno, como un castillo de naipes. A veces lo había hecho yo misma, por morbo, derribando con el dedo una esquina para ver caer los naipes igual que en una demolición programada.

Miré la ficha que tenía en la mano y la leí antes de integrarla cuidadosamente en el laberinto. Me detuve, la retiré y volví a leer los datos escritos. El corazón me dio un vuelco y parpadeé varias veces. Había encontrado una conexión, dos fichas aparecían de pronto relacionadas. Qué idiota había sido por no darme cuenta antes. Un nombre se mencionaba dos veces y mi percepción de las cosas sufrió una ligera modificación. Fue como el brusco desenfoque que produce un temblor que no se sabe de dónde llega y se desvanece enseguida. Había visto el nombre de Del Amburgey, el hombre que Shack me había presentado en el Tonk. El nombre Delbert Amburgey figuraba de igual manera en uno de los paquetes de documentaciones falsas de Mickey: permiso de conducir expedido en California, tarjetas de crédito y tarjeta de la Seguridad Social.

Aparté las fichas y saqué los documentos que ostentaban la foto de Mickey, plastificada encima de estadísticas vitales que sin duda correspondían a Delbert. Giré en la silla y analicé el efecto. ¿Pertenecían aquellos documentos a Delbert o se habían copiado sus datos? ¿Era auténtica la fecha de nacimiento o falsa? ¿Se había copiado o inventado? ¿Y cómo lo habían hecho? Sabía que los manipuladores de tarjetas de crédito solían bucear en los contenedores de basura, y que encontraban resguardos o copias de recibos, incluso extractos bancarios que se habían tirado al terminar de pagar las deudas mensuales. La información de los extractos podía utilizarse para generar otro crédito. El manipulador solicita tarjetas basadas en modalidades de crédito previamente establecidas por el titular. Se pueden abrir muchas cuentas adicionales de esta forma. Con un nombre, una dirección y el número de la Seguridad Social pueden obtenerse tarjetas de débito, además de talonarios de cheques y beneficios de pólizas de seguros. El manipulador facilita a la compañía de crédito una dirección distinta para que la existencia de la tarjeta no se note mientras se cargan ventas y servicios al titular de la cuenta. Las tarjetas también pueden explotarse retirando dinero en los cajeros automáticos. Cuando se llega al límite del crédito, el manipulador puede hacer dos cosas, retirar lo poco que queda o seguir adelante, guardando los objetos adquiridos o vendiéndolos para embolsarse los beneficios. En realidad, los documentos falsificados como los de Mickey valían mucho en el mercado abierto en el que los bellacos, los inmigrantes ilegales y los arruinados crónicos podían comprar un nuevo comienzo en la vida, con miles de dólares de crédito inmaculado a su disposición.

Volví a mirar los extractos bancarios de Mickey. Examiné las libretas de ahorros y empecé a entender por qué coincidían las fechas en que sacaban regularmente seiscientos dólares con sus viajes al Tonk. Pensé en Tim y en la conversación que habíamos tenido sobre el primer piso, donde iba a poner más mesas. Entonces me di cuenta de lo bien que me había engañado. Me había puesto un cebo, la puerta sin cerrar y la posibilidad de echar un vistazo furtivo a un lugar que parecía desaprovechado. El gorila de la puerta del Tonk escaneaba el permiso de conducir de los que entraban en el bar. Como el bar se quedaba con una copia de cada transacción efectuada con tarjeta de crédito, no costaba buscar los números de las tarjetas que correspondían con los datos de los permisos de conducir. Yo no podía entenderlo del todo, pero había gente que sí.

Volví a mirar el reloj. Las dos menos cinco. Mierda. Le había dicho a Thea que me reuniría con ella a las dos, cuando saliera del trabajo. Di un salto, guardé las fichas en el cajón, lo cerré con llave y metí los documentos falsos de Mickey en su escondite secreto. Recogí la cazadora y las llaves del coche y a los pocos minutos estaba en la 101, otra vez rumbo al norte y a Colgate, y conteniendo el impulso de pisar el acelerador a fondo. La autovía estaba casi desierta,

272

pero sabía que era la hora en que circulaba la policía de tráfico. No quería que me parasen ni que me pusieran una multa por exceso de velocidad. Sin darme cuenta hablaba en voz alta, animando al VW y rezando para que Thea me esperase en la cafetería. El local compartía el aparcamiento con la bolera de al lado. Todas las plazas estaban ocupadas y gruñí mientras daba vueltas buscando sitio. Por fin dejé el coche en un lugar no del todo lícito. Apagué las luces y el motor mientras abría la puerta y bajaba. Eran las dos y trece minutos. Cerré el coche con llave y eché a correr hacia el restaurante, sólo cuando abrí la puerta me detuve a respirar y me puse a buscarla.

Localicé a Thea en un reservado, al fondo, fumando un cigarrillo. Las luces fluorescentes le lavaban los rasgos faciales, dejando su expresión tan neutral como el maquillaje kabuki.

Me senté enfrente de ella.

—Gracias por esperar —dije—. Estaba liada con los papeles y perdí la noción del tiempo.

—No importa —dijo—. Mi vida está convirtiéndose en una mierda de todas formas. ¿Hay algo más?

Parecía extrañamente retraída y supuse que había tenido mucho tiempo para recapacitar. Cuando la había visto en el Honky-Tonk, habría jurado que confiaría en mí. La gente con problemas suele sentirse aliviada cuando tiene la oportunidad de desahogarse. Si la pillas en el momento oportuno, te contará todo lo que quieras. Me habría dado de bofetadas por no haber hablado con ella entonces. Ahora podía ser demasiado tarde.

—Mira, ya sé que estás cabreada porque no te expliqué quién era yo... —dije.

—Entre otras cosas —replicó con acritud—. Dame un respiro, por favor. Eres investigadora privada y además la ex mujer de Mickey.

—Pero Thea, seamos serias. Si te lo hubiera dicho al principio, ¿me habrías contado algo?

—No —concedió—. Pero no tenías por qué mentir.

—Claro que sí. Era la única manera de llegar a la verdad.

—¿Qué tiene de malo ser sincera? ¿O es superior a tus fuerzas?

—¡Yo, sincera! ¿Y tú? Tú te has tirado a Mickey a espaldas de Scott.

—¡También tú te lo has estado tirando!

—No. Lo siento. No he sido yo.

Me miró sin expresión.

—Pero dijiste...

—No. Puede que llegaras a esa conclusión, pero yo nunca dije nada parecido.

—¿No? —Negué con la cabeza. Thea empezó a parpadear, desconcertada—. Entonces ¿de quién era el diafragma?

—Buena pregunta. Y acabo de averiguar la respuesta. Parece que nuestro querido Mickey jodía con otra.

—¿Con quién?

—Creo que es mejor que me lo calle por el momento.

—No te creo.

—¿Qué parte no crees? Sabes que se veía con alguien. Tú misma viste las pruebas. Desde luego, si no estuvieras traicionando de forma sistemática a Scottie, no tendrías que preocuparte por esas cosas. —Me miró fijamente—. No tienes por qué ponerte triste —añadí—. Mickey también me lo hizo a mí. Es su forma de ser.

—No es eso. Acabo de darme cuenta de que no me importaba mientras pensaba que eras tú. Al menos habías estado casada con él, así que no parecía tan mal. ¿Está enamorado de esa otra mujer?

—Si lo está, no le impidió buscarte a ti.

—Fui yo quien lo buscó a él.

—Vaya por Dios. Detesto decirlo, pero ¿eres idiota o qué? Mickey es un borracho. Está en el paro y es más viejo que tú. ¿Cuánto te lleva? ¿Quince años?

—Parecía..., no sé..., sexualmente atractivo y protector. Es un hombre maduro. Scottie es temperamental y está muy pendiente de sí mismo. Con Mickey me sentía a salvo. Ama a las mujeres.

—Eso sí. Por eso nos traiciona siempre que puede. Nos ama a todas más que a la última, a menudo a la vez, pero nunca mucho tiempo. Así es de maduro.

—¿Crees que se pondrá bien? He estado preocupadísima, pero en el hospital no me dicen nada.

—Espero que sí, pero en realidad no lo sé.

—Pero a ti también te tira, ¿verdad?

—Supongo. Lo raro es que me lo había quitado de la cabeza. Si soy sincera, no había pensado en él durante años. Ahora que está hundido, parece que lo veo por todas partes.

—Yo siento lo mismo. No dejo de buscarlo. Cada vez que se abre la puerta del Tonk, creo que es él quien entra.

—¿Por qué seguía yendo? ¿Era por ti o andaba metido en otra cosa?

—No preguntes. No puedo ayudarte. Me preocupa Mickey, pero no tanto como para poner en juego mi vida.

—¿No es posible que Scottie lo sepa?

—¿Lo de Mickey y yo?

—De eso estamos hablando —dije con paciencia.

—¿Por qué lo preguntas?

—¿Cómo sabes que no fue Scott quien disparó a Mickey?

—Scott no haría eso. Además, su padre nos dijo que a Mickey le habían disparado a dos manzanas de su casa. Scottie ni siquiera sabe dónde vive Mickey.

—Un argumento débil. Quiero decir que lo medites, Thea. ¿Dónde estaba Scottie el miércoles de la semana pasada?

—¿Cómo quieres que lo sepa?

—¿Estaba contigo?

—Creo que no —contestó. Se quedó mirando la mesa para concentrarse—. El martes no fui a trabajar. No me encontraba bien.

—¿Hablaste con Scott por teléfono?

—No. Llamé y no estaba, le dejé un recado y me llamó al día siguiente.

—En otras palabras, no estuvo contigo el martes por la noche ni el miércoles por la mañana. Hablamos del 14 de mayo.

Thea negó con la cabeza.

—¿Y el día siguiente? ¿Lo viste?

Apagó el cigarrillo.

—No recuerdo todos los días.

—Empieza por lo que recuerdes. ¿Cuándo fue la última vez que viste a Scottie?

—El lunes —dijo a regañadientes—. Tim y él se reunieron el domingo. Cuando se fue, ya no volvió y al día siguiente se marchó a Los Angeles. No volví a verlo hasta el fin de semana. Es decir, el sábado pasado. Vino ayer y mañana regresa a Los Angeles.

—¿Y tú? ¿Estuviste con Mickey la noche que le dispararon?

Vaciló.

—Fui a su apartamento, pero no estaba.

—¿Pudo haberte seguido Scottie? Pudo haberse quedado en la ciudad y haberte seguido cuando fuiste a casa de Mickey.

Me miró fijamente.

—No habría hecho eso. Ya sé que no te cae bien, pero eso no lo convierte en mala persona.

—¿De veras? Me dijiste que te mataría si alguna vez lo averiguaba.

—Cuando dije que me mataría fue..., cómo se dice...

—En sentido figurado.

—En sentido figurado —repitió—. Scottie nunca dispararía contra nadie.

—Quizá tuviera razones más serias.

—¿Por ejemplo?

—Negocios sucios.

Su cara cambió.

—No quiero hablar de eso.

—Entonces cambiemos de conversación. Cuando llegué al Tonk el jueves, Tim estaba enfadado contigo. ¿Por qué?

—No es asunto tuyo.

—¿Son socios Tim y Scottie?

—Tendrás que preguntárselo a ellos.

—¿Qué se traen entre manos?

—Sin comentarios.

—¿Por qué? ¿Tú también estás metida?

—Debo irme —dijo bruscamente. Recogió la cazadora y el bolso sin mirarme y salió del reservado.

Eran las tres menos cuarto cuando me metí por fin en la cama. Me levanté a las seis, siguiendo una larga costumbre, y cuando iba a salir a correr recordé que era domingo. Me quedé acostada, mirando al tragaluz. El sol debía de estar a punto de salir porque el cielo se iluminaba como si estuvieran subiendo la intensidad de la luz con un potenciómetro. Me sentía demasiado resacosa para haber bebido tan poco. Tenía que ser por el humo del bar, la conversación con Duffy y la tensión entre Thea y yo, por no hablar de las especulaciones de madrugada ni de los innumerables paseos en coche. Me levanté, me cepillé los dientes, me tomé un par de aspirinas con un gran vaso de agua y me volví a la cama. Al minuto estaba dormida. La vejiga me despertó a las diez. Me hice un rápido chequeo corporal, buscando síntomas de dolor de cabeza, náuseas y debilidad. Todo parecía estar bien y decidí que podía enfrentarme a la vida, con la promesa, eso sí, de dormir una siesta más tarde.

Hice la rutina cotidiana: me duché, me puse la sudadera y preparé una cafetera. Leí el periódico dominical casi entero, me envolví en un edredón y me acomodé en el sofá con un libro. Me puse a dar cabezadas a la una y no desperté hasta las cinco. Subí la escalera de caracol y me miré en el espejo del cuarto de baño. Como sospechaba, tenía el pelo aplastado por un lado y de punta por el otro, como ho-

277

jas de palmera. Me mojé la cabeza debajo del grifo y mi *look* mejoró notablemente. Me quité la ropa de deporte y me puse unos vaqueros, un jersey de cuello alto, calcetines de gimnasia, las Saucony y la cazadora de Mickey. Recogí el bolso, cerré la puerta y crucé el patio hacia la casa de Henry. Llamé a su puerta trasera. No hubo respuesta, pero vi que la ventana del cuarto de baño estaba entreabierta y oía el rumor de la ducha. El vapor que salía olía a jabón y a champú. Golpeé la ventana con un repique amistoso.

Henry gritó dentro:

—¡Qué!

—Eh, Henry. Soy yo. Me voy a cenar al local de Rosie. ¿Quiere venir?

—Estaré allí enseguida. En cuanto me vista.

Recorrí la media manzana que había hasta el local de Rosie y llegué a las cinco y media, en el momento en que abría el establecimiento. Cambiamos plácemes y parabienes, que en su caso fueron comentarios desagradables sobre mi peso, mi pelo y mi estado civil. Supongo que Rosie es una figura maternal, sobre todo si te gustan las que aparecen en los cuentos de hadas de los hermanos Grimm. Su intención declarada era engordarme, que me hicieran una buena permanente y conseguirme un marido. Sabe muy bien que nunca he tenido suerte en este apartado, pero dice que al final de todo (es decir, cuando sea una vieja chiflada y achacosa) necesitaré a alguien que me cuide. Yo sugerí una enfermera, pero no le vio la gracia. ¿Y por qué iba a vérsela? Yo hablaba en serio.

Me senté en el reservado de siempre con un vaso de vino blanco. Es un asco aprender la diferencia entre el vino bueno y el malo. Henry llegó al poco rato y dejamos que Rosie nos intimidara con una cena dominguera que consistía en *savanyu marhahus* (ternera en escabeche caliente para mis colegas) y *kirantott karfiol tejfolos martassal*, que es coliflor rebozada en crema agria y muy frita. Mientras rebañábamos el plato con el pan casero de Henry, lo puse al corriente de

278

los sucesos de los últimos días. He de confesar que la situación no me pareció más clara cuando se la expuse.

—Si Mickey y la señora Hightower están liados, su marido tenía tantas razones para dispararle como el novio de Thea —señaló.

—Quizá sí —dije—, pero me dio la impresión de que Eric la había perdonado. No dejo de pensar que hay algo más, algo que todavía no se me ha ocurrido.

—¿Puedo hacer algo para ayudarte?

—No que yo sepa, pero gracias. —Levanté los ojos cuando se abrió la puerta y entró el camarero de la fiesta de los Hightower, con un libro bajo el brazo. Llevaba una chaqueta de mezclilla y un jersey negro de cuello alto, pantalones oscuros y unos zapatos náuticos impecablemente cepillados. Después de haberlo visto con la chaqueta blanca y sirviendo bebidas, tardé un momento en recordar su nombre.

Me volví a Henry.

—¿Me disculpa un momento? Tengo que hablar con alguien.

—No hay problema. Estaba deseando poder terminar esto —dijo. Sacó un bolígrafo y un ejemplar del *New York Times* del domingo, perfectamente doblado por la página del crucigrama. Vi que estaba a medio hacer, que sus respuestas seguían una línea espiral, empezando por los bordes y avanzando hacia el centro. A veces ponía las respuestas omitiendo tal o cual letra, porque le gustaba más cómo quedaba.

Stewart pasó junto al reservado y me vio.

—Vaya, hola. ¿Qué tal? Me preguntaba si estarías aquí.

—¿Podemos hablar?

—Eres mi invitada —dijo, señalando el reservado donde solía instalarse. Me levanté y di a Henry un apretón en el brazo, pero apenas se percató a causa de la concentración. Stewart esperó a que estuviera sentada y se sentó frente a mí, en el asiento de al lado dejó el libro.

—¿Qué libro es? —pregunté.

Lo alcanzó y me puso el lomo delante para que leyera el título, *The conjure-man dies*, de Rudolph Fisher.

—En general leo biografías, pero se me ocurrió leer algo distinto. Es una novela policiaca de principios de los años treinta. Protagonista negro.

—¿Es buena?

—Todavía no lo sé. Acabo de empezarla. Es interesante.

Apareció Rosie. Se quedó al lado de la mesa con los ojos fijos en la pared del fondo, evitando mirarnos. Combinaba la vistosa saya hawaiana de color azul con unas zapatillas de estar por casa.

Stewart recogió la carta y dijo:

—Buenas noches, Rosie. ¿Qué tal está usted? ¿Tenemos hoy algún plato especial?

—Di que está buena, la ternera en escabeche —respondió. Rosie es capaz de hablar a la perfección cuando quiere. Aquella noche, por alguna razón, se comportaba como si acabara de entrar en el país con un visado temporal. Raras veces se dirige directamente a los hombres, a no ser que esté coqueteando con ellos. Esta ley la aplica por igual a las mujeres desconocidas, los niños, los camareros y la gente que entra a preguntarle cualquier cosa. Contestará la pregunta, pero sin mirar a la cara.

—La ternera en escabeche está de muerte —dije—. Fabulosa. Y la coliflor frita es increíble.

—Creo que comeré eso —dijo Stewart, dejando la carta a un lado.

—¿Y para beber? —preguntó Rosie.

—Prueba el vino blanco. Es fuerte. El complemento perfecto de la ternera en escabeche —le aconsejé.

—Suena bien. Lo probaré. —Rosie asintió y se fue mientras Stewart cabeceaba—. Ojalá tuviera valor para pedir otra cosa. La comida húngara es para los pollos. Vengo porque esto es tranquilo, sobre todo los domingos. Pero luego vuelvo a casa con una indigestión que me tiene en vela la mitad de la noche. Y bien, ¿qué puedo hacer por ti?

—Necesito hacerte algunas preguntas sobre los Hightower.

—¿Qué pasa con ellos? —preguntó con una cautela que no auguraba nada bueno.

Respiré hondo.

—Ahí está el problema. A mi ex marido le dispararon en Los Angeles. Fue la madrugada del 14 de mayo. Ahora está en coma y no se sabe si saldrá. Por diversas razones, demasiado complicadas para explicarlas ahora, quiero averiguar qué pasó. Y la policía también, por supuesto. —Observé su expresión: inteligente, atenta y sin reflejar nada. Continué—: Los Hightower conocen a Mickey y estoy tratando de determinar si hay aquí alguna conexión.

—¿Cuál es la pregunta? Porque ciertas cosas te las diré, pero otras no.

—Lo entiendo. Me parece justo. ¿Cuál es tu trabajo?

—¿Mi trabajo?

—Sí, qué haces para ellos.

—Chófer, mantenimiento. A veces sirvo a la mesa.

—¿Cuánto tiempo llevas allí?

—Hará dos años en junio. Igual que Clifton. Él se encarga del bar en fiestas como la de ayer. Si no, es el responsable de la casa y del mantenimiento general. Para las averías importantes se llama a una empresa, aunque siempre hay algo roto o que necesita arreglarse.

—¿Y Stephanie? ¿Trabaja para los dos o sólo para Dixie?

—Es la doncella personal de la señora H. Va los lunes y los jueves, de doce a cinco o cinco y media. El señor H se encarga de sus asuntos él solo. Llamadas telefónicas, cartas y compromisos. Lo lleva todo aquí —dijo, golpeándose la sien.

—También hay un cocinero, ¿no?

—Cocinera y personal de limpieza. Dos mujeres se encargan de la lavandería y otra de las flores. Además están los jardineros y el mozo de la piscina. Yo lavo los coches y el todoterreno del señor H. Clifton y la cocinera, que se llama Ima, viven en la finca. Los demás vivimos fuera y acudimos cuando se nos llama.

—¿Cuándo es eso?

—Varía. A mí no suelen necesitarme durante la semana. Los viernes y sábados estoy siempre preparado, sobre todo si van a salir los dos. Otras veces, el señor H prefiere conducir él. A la señora H le gusta el coche. Tienen una limusina para seis pasajeros y a ella le chifla.

—¿Llevaste a alguno de los dos a Los Angeles la semana pasada?

—No, pero eso no quiere decir que no fueran.

—¿Conoces a Mickey Magruder? ¿Atractivo, cincuentón, ex policía?

—No me suena. ¿Qué tiene que ver?

—Los cuatro nos veíamos hace mucho tiempo. Más de quince años. Mickey y Dixie tenían una aventura por entonces. Tengo razones para creer que han reavivado la llama. Me pregunto si Eric lo sabe.

Stewart pensó un momento y negó con la cabeza.

—Yo no cuento chismes.

—Es de agradecer. ¿Hay algo que puedas contarme?

—Creo que es mejor que les preguntes a ellos —dijo.

—¿Y su relación matrimonial? ¿Se llevan bien?

Stewart guardó silencio y vi que había un conflicto entre su conocimiento y sus reticencias.

—Últimamente no —dijo.

23

Fue todo lo que pude sacarle. He de decir que admiraba su lealtad, pero fue frustrante. La noche no fue completamente improductiva. Henry había hecho una buena observación. Si los celos habían sido el motivo de la agresión, el número de sospechosos acababa de aumentar. Eric Hightower estaba en el ajo y Thea era otra candidata, aunque no muy firme. Se había arriesgado mucho por Mickey y, aunque afirmaba que estaba preocupada por él, podía haber fingido ante mí. Dixie era otra posibilidad. ¿Qué habría hecho si hubiera descubierto la aventura de Mickey y Thea?

El problema era que todo parecía muy melodramático. Se trataba de personas maduras. Me costaba imaginar a cualquiera de ellas deslizándose en las sombras y disparando a Mickey con mi pistola. Ya sé que en la prensa aparecen casos parecidos, pero el guión dejaba demasiados puntos sin explicar. Por ejemplo, ¿quién era Duncan Oaks? ¿Qué tenía que ver con los sucesos? ¿Estaba siguiendo Mickey la pista de la persona o personas responsables de la paliza que había precipitado la muerte de Benny?

Henry y yo nos fuimos del local de Rosie a las ocho y volvimos paseando en la oscuridad y sin hablar apenas. Cuando llegué a mi casa, me senté al escritorio una vez más y repasé las notas. Al poco rato me di cuenta de que no ponía el alma en el trabajo. Coloqué las fichas en un montón y las fui descubriendo sobre la mesa, para enfocar los datos como si fueran cartas de tarot. No apareció ninguna intuición y acabé guardándolas. Quizás al día siguiente mejorase mi perspicacia. Siempre quedaba esa remota posibilidad.

Seis en punto del lunes por la mañana. Salí de la cama, me puse ropa de deporte, me cepillé los dientes y me fui a correr los cinco kilómetros. El alba era fastuosa: el océano de un azul luminoso, el horizonte de un naranja que se disolvía en una fina capa de amarillo, y un cielo azul claro encima. Las plataformas petrolíferas brillaban en alta mar como una línea irregular de alfileres de diamantes. La ausencia de nubes eliminó los efectos especiales cuando al final salió el sol, pero el día prometía estar despejado y aquello me bastaba. Terminado el *footing*, fui al gimnasio a estirarme, doblarme, abrirme, cerrarme, desplegarme, apisonarme, hociquearme, tirarme, convulsionarme, izarme, y subir y bajar pesas. Cuando acabé me sentía como nueva.

Volví a casa, me duché y salí a las nueve en tejanos, lista para afrontar otro día. Fui hacia el norte por la 101 y tomé la rampa de salida que conducía a las oficinas administrativas del condado y a las de la Administración de Veteranos. Aparqué y entré en la Oficina de Urbanismo; di la dirección del Honky-Tonk y pedí ver todos los planos y proyectos que tuvieran. Me dieron una colección de fotocopias en serie donde se veían el plano de la zona, el plano del solar, el proyecto de demolición, el plano de los cimientos y la estructura, las alturas y el croquis del tendido eléctrico. No tardé en descubrir lo que estaba buscando. Devolví las fotocopias y fui al aparcamiento en busca de un teléfono que había visto.

Marqué el número de información y pedí el teléfono del Servicio Secreto de Los Angeles, cuyas oficinas figuraban entre las dependencias del Ministerio de Hacienda. Además de este número me dieron el de la delegación de Perdido. Cargué la llamada en mi tarjeta de crédito y marqué el número de Perdido. El teléfono sonó una vez.

—Servicio Secreto —dijo una mujer.

¿Cómo podía ser secreto si lo decían directamente al contestar?

Pedí hablar con un agente y me dejó a la espera. Miré el aparcamiento y escuché el rumor del tráfico de la autopista. La mañana estaba despejada y el termómetro marcaba diez grados. Por la tarde habría subido a los veintitantos de costumbre. Me pusieron al habla momentos después y me habló una voz masculina y monocorde.

—Soy Wallace Burkhoff.

—¿Podrían hacerme un favor? —pregunté—. Llamo porque creo que en un bar de Colgate se cometen estafas con tarjetas de crédito.

—¿Qué clase de estafas?

—No lo sé con exactitud. Un amigo mío, en realidad mi ex marido, le compró allí unos documentos falsos a un tipo. Creo que el propietario del bar dirige una pequeña industria.

Le hablé del Honky-Tonk, del escaneo de los permisos de conducir y mis suposiciones sobre la comparación de los resguardos de las tarjetas de crédito con los nombres de los permisos. Explicado así, no parecía tener mucho fundamento, pero me escuchó con educación.

—Hace un par de días vi una furgoneta al lado del bar —añadí—. Habían descargado diez cajas y las habían puesto en un pasillo. Las cajas llevaban la marca Plas-Stock. El propietario me dijo que era vajilla y cubertería de plástico.

—Nada de eso —replicó—. Plas-Stock vende equipo para fabricar tarjetas plastificadas para instituciones médicas y gimnasios.

—¿En serio? Mi ex marido tenía tres juegos de documentos de identidad falsos: permisos de conducir, tarjetas de la Seguridad Social y diversas tarjetas de crédito. Estoy razonablemente convencida de que algunos datos pertenecen a un cliente habitual del bar, porque me lo presentaron y el nombre y la fecha aproximada de nacimiento coinciden.

—¿Por qué adquirió su ex marido documentos falsos?

—Fue policía, de la brigada de estupefacientes, y sospecho que empezó a investigar hace tres o cuatro meses. No puedo jurar que todo esto sea cierto, pero tengo los tíquets de caja de sus visitas al bar y los documentos falsos con su foto encima.

—¿Estaría su ex marido dispuesto a hablar con nosotros?

—Mi ex marido no está disponible en este momento.
—Puse al corriente al agente Burkhoff sobre la situación de Mickey.

—¿Y usted?

—Oiga, yo ya he dicho todo lo que sé. Lo otro queda fuera de mi especialidad. Yo me limito a hacer la llamada. Ustedes hagan lo que quieran.

—¿Dónde se encuentra la base de operaciones?

—Creo que en alguna parte del edificio. Ayer, el propietario hizo una maniobra para que yo echara un vistazo al primer piso. Por supuesto, estaba vacío, pero vi multitud de enchufes. No sé qué clase de equipo se necesita para...

—Eso se lo puedo decir yo —dijo—. Escáneres, máquinas codificadoras, trituradoras de papel, troqueladoras, punzones para poner el oro en los números en relieve, laminadoras y aparatos para grabar hologramas. ¿Vio algo parecido?

—No, pero sospecho que estuvieron trabajando allí hasta hace un par de días. He comprobado los archivos de la Oficina de Urbanismo y he echado un vistazo a los planos que se presentaron cuando el propietario solicitó el permiso de obras. La estructura es de las pocas de la ciudad que tiene sótano. Yo creo que han trasladado abajo todos los aparatos.

—Déme los detalles. Los comprobaremos —dijo.

Di el nombre y dirección del Honky-Tonk y de Tim. Añadí el nombre de Scottie al paquete, junto con las fechas en que Mickey había estado allí y los nombres que figuraban en los documentos falsos.

—¿Necesita algo más?

—Su nombre, dirección y teléfono.

—Preferiría no dárselos —dije—. Pero haré copias de los documentos falsos y se los mandaré por correo.

—Se lo agradeceríamos.

Colgué, abrí la guía telefónica, busqué el número de mi agencia de viajes y metí un par de monedas. Le expuse que necesitaba unos pasajes de avión para Louisville y le conté mis limitaciones presupuestarias.

—¿Cuánto?

—Quinientos dólares —contesté yo.

—Está bromeando —dijo ella.

Le juré que no. Tecleó la información en el ordenador. Después de un rato de silencio, muchos suspiros y algunos clics, me comunicó que lo mejor que había encontrado era una compañía aérea que operaba desde hacía menos de dos años y ofrecía vuelos sin pretensiones a Louisville desde el aeropuerto internacional de Los Angeles, con sólo dos escalas: Santa Fe y Tulsa. No había reserva de asiento, ni película ni servicio de comidas. Me aseguró que la compañía no estaba en bancarrota (todavía) y que hasta la fecha no había notificado ningún accidente importante. La cuestión era que me transportaba por 577 dólares.

Le dije que me reservara plaza en un vuelo temprano y que dejara la vuelta abierta, ya que no sabía cuánto iba a durar mi investigación. Básicamente, lo sabría sobre la marcha. Además del pasaje, reservé un coche de alquiler en el aeropuerto de Louisville. Ya buscaría un motel cuando llegara, preferiblemente barato. Cuando terminara todo, por lo menos habría saldado por completo mi deuda de culpabilidad con Mickey. Me fui a casa, preparé un petate y hablé un instante con Henry para que supiera que estaría fuera durante un periodo indeterminado. También llamé a Cordia Hatfield, para decirle que pasaría por su casa a última hora de la tarde.

Me detuve en la agencia de viajes y recogí el pasaje, luego enfilé a la oficina, donde pasé el resto de la mañana poniendo en orden mi vida, por si no volvía con ella. El viaje a Culver City fue tranquilo y a las cinco menos cinco aparcaba en el callejón que había detrás del edificio de Mickey. Dejé el petate en el coche para no dar la impresión de que quería quedarme a pasar la noche. Cordia me había invitado, pero no creo que le entusiasmara la idea.

Llamé a la puerta de las Hatfield, preguntándome si me oirían con el ruido del televisor. Esperé un momento y volví a llamar. Abrió Cordia.

Había visto por última vez a las dos hermanas el jueves, hacía sólo cuatro días, pero vi algo raro en su conducta. Retrocedió para dejarme entrar. La calefacción, como la otra vez, estaba demasiado alta, casi a treinta grados, y las ventanas estaban empañadas de vaho. De un puchero que hervía en la cocina salían chorros de vapor. El líquido burbujeante era turbio y tenía una corona de espuma en la superficie. El aire olía a carne de cerdo chamuscada y a algo que no conseguía reconocer, aunque recordaba a la bosta de vacuno. El televisor había enmudecido, pero proseguía el desfile de imágenes: las noticias de la tarde con su inquebrantable dieta de calamidades. Belmira parecía en trance. Estaba sentada a la mesa de la cocina con una baraja de tarot en la mano, mientras Dorothy, debajo de la silla, masticaba una masa huesuda de algo crujiente y muerto.

—¿Es mal momento? —pregunté.

—Tan bueno como cualquier otro —dijo Cordia.

—Puedo venir más tarde si lo prefieren.

—No importa. —Llevaba una bata casera de algodón y manga larga, con estampados malvas y grises, y encima un delantal que parecía un guardapolvo y casi le llegaba al suelo. Se volvió hacia la cocina y con un cucharón perforado añadió ingredientes al agua hirviendo. Algo flotaba en la superficie: un cráneo en forma de corazón y un tronco pequeñito con poca carne. Habría jurado que era una ardilla.

—¿Y cómo están? —dije, y esperé una respuesta que me permitiera adaptarme al ambiente.

—Bien. Estamos bien. Dinos qué quieres.

Parcas, al grano y no totalmente cordiales.

—Me marcho fuera y tengo que encontrar algo que se dejó alguien en el piso de Mickey.

—¿Otra vez? —preguntó con voz de ofendida—. Pero si ya estuviste anoche. Vimos luces hasta cerca de medianoche.

—¿En casa de Mickey? No era yo. He estado en Santa Teresa todo el fin de semana. No vengo por aquí desde el jueves por la mañana —dije. Me miró—. Se lo juro, Cordia. Si hubiera querido entrar, habría pedido la llave. No quiero entrar sin permiso.

—La primera vez lo hiciste.

—Pero eso fue antes de que nos conociéramos. Me han ayudado ustedes mucho. No haría nada a sus espaldas.

—Di lo que te parezca. No voy a discutir. No puedo probarlo.

—Pero ¿por qué iba a estar aquí ahora si ya hubiera estado anoche? Es absurdo.

Buscó en el bolsillo y sacó una llave.

—Devuélvemela cuando hayas terminado y esperemos que sea la última vez.

—Claro. —Me quedé la llave, consciente de la frialdad que persistía en su actitud. Me sentía fatal.

—¡Oh, querida! —exclamó Belmira. Volvió cuatro cartas. La primera era la sota de espadas, que ya sabía que era yo. Las otras tres eran el Diablo, la Luna y la Muerte. Bueno, era estimulante. Bel me miró consternada.

Cordia fue inmediatamente a la mesa y recogió las cartas. Luego se dirigió al fregadero, abrió el armario inferior y tiró la baraja a la basura.

—Te dije que no echaras más las cartas. Ella no cree en el tarot. Te lo dijo la semana pasada.

—Cordia, de verdad... —comencé.

—Sube y termina de una vez —me ordenó.

La tristeza de Belmira era palpable, pero no se atrevió a desafiar a Cordia. Yo tampoco. Me guardé la llave en el bolsillo y salí. Antes de cerrar la puerta oí que Belmira se quejaba por la baraja perdida.

Abrí la puerta delantera de Mickey y entré en el apartamento. Las cortinas seguían corridas, impidiendo la entrada de la luz, excepción hecha de un último destello de sol vespertino que se filtraba como si fuera un láser por una estrecha abertura y calentaba el interior. El aire estaba cargado de motas de polvo y tenía ese olor mohoso que despiden los domicilios vacíos. Me detuve un momento para contemplar el escenario. Como nadie limpiaba el piso, en muchas superficies quedaba todavía el polvo de los expertos en huellas dactilares. No había indicios de que hubiera entrado nadie la noche anterior. No quise ponerme los guantes de goma e hice un recorrido rápido. En principio estaba igual que lo había dejado. Me detuve en la puerta del dormitorio. De debajo de la cama salía una tela transparente. Me puse a gatas, levanté el borde del edredón y miré. Habían arrancado el tejido que cubría la parte inferior del somier, que estaba tirado en la moqueta como la camisa de una serpiente. Me arrodillé junto a la cama y levanté una punta del colchón. Habían rasgado el tejido con algo punzante. Levanté el colchón entero y lo doblé sin quitar las sábanas. Lo habían destripado por abajo, con cortes cada veinticinco centímetros en sentido longitudinal. El relleno colgaba y puñados de borra rodeaban los puntos sometidos a registro. Había algo deliberado y feroz en aquel destripamiento. Hice lo que pude por restaurar el orden de la cama.

Miré en el armario. Habían tratado las ropas de Mickey de forma parecida: costuras y bolsillos rotos, forros rasgados; sin embargo, habían dejado la ropa colgada como estaba, como si no la hubieran tocado. Todo estaría en su sitio para un observador superficial. Seguramente no se habrían descubierto los daños hasta que Mickey hubiera regresado o hasta que hubieran llevado sus pertenencias a algún almacén. Volví al salón y, por primera vez, me di cuenta de que los cojines del sofá no estaban bien puestos. Les di la vuelta y vi que los habían abierto. También la tela del sofá presentaba multitud de pinchazos en la costura. Los daños se verían en el momento en que movieran el sofá, pero a primera vista no se notaba nada.

Inspeccioné los macizos sillones tapizados y los volqué para mirarlos por debajo. Levanté las sillas una por una, inclinándolas para comprobar la armazón. En la parte inferior de la segunda, en el acolchado, había un corte rectangular. Quité el tapón de espuma. En el agujero había una caja de metal gris de quince centímetros por treinta, como la que había descrito Duffy. La cerradura estaba en pésimo estado y cedió nada más tocarla. Abrí la tapa con cautela. Vacía. Me quedé en cuclillas y dije: «¡Mickey, cabrón!».

¡Qué escondrijo más bobo! Con su ingenio y su paranoia podía haber buscado otro mejor. Desde luego, yo había registrado el piso dos veces y no había encontrado el maldito chisme, pero otra persona sí. Me moría de desilusión, aunque estaba claro que ya no había remedio. Ni siquiera había oído hablar de la caja hasta el sábado por la noche. Entonces no se me había ocurrido dejarlo todo y ponerme en camino. Quizá si lo hubiera hecho me habría adelantado a la «otra persona».

Bueno. Qué le íbamos a hacer. Tendría que arreglármelas sin ella. Ya encontraría una foto de Duncan Oaks en el anuario del instituto, pero me habría gustado tener las chapas de identificación y el pase de prensa que había mencionado Duffy. Los documentos auténticos tienen algo que los convierte en talismanes, en objetos totémicos investidos con el poder del primer propietario. Quizá fuera superstición por mi parte, pero lamentaba la pérdida.

Volví a meter la caja en el agujero, enderecé la silla, salí por la parte delantera y cerré la puerta a mis espaldas. Bajé y llamé a la vivienda de Cordia. Entreabrió y le devolví la llave. La recogió sin hacer comentarios y volvió a cerrar. No era precisamente una invitación a pasar la noche con ellas.

Fui al callejón, subí al coche y me dirigí al aeropuerto. Encontré cerca un motel del que cada hora salía un autobús al aeropuerto. Tomé una olvidable cena en un restaurante anónimo que había a un extremo del edificio. A las nueve estaba en la cama y dormí hasta las seis menos cuarto; me levanté, me duché, me puse la misma ropa del día anterior, dejé el VW en el aparcamiento del motel y tomé el autobús del aeropuerto internacional de Los Angeles, donde embarqué en el avión de las siete. Cuando se apagó el aviso de prohibido fumar, todos los pasajeros de los asientos posteriores encendieron los cigarrillos.

Me encontraba en el aeropuerto de Tulsa esperando el trasbordo cuando hice un descubrimiento que fue definitivo para levantarme el ánimo. Tenía una hora por delante, así que me arrellané en el asiento, con las piernas estiradas hacia el centro del pasillo en que estaba. La postura, pese a su anormalidad, permitía echar una siesta, aunque luego seguramente necesitaría múltiples sesiones quiroprácticas por valor de cientos de dólares. Utilizaba la cazadora de cuero de Mickey como almohada, para no forzar el cuello. Me puse de lado, pues no es fácil dormir sentada y con el torso recto. Mientras me acomodaba noté un bulto bajo la cara, la cremallera de metal, tal vez un botón. No sabía lo que era, sólo que llevaba la incomodidad a un nivel inaceptable. Me incorporé y palpé aquella parte de la cazadora. No se veía ningún objeto, pero al apretar noté que había algo en el forro. Me puse la cazadora abierta en el regazo e inspeccioné la costura hasta que vi una variación en las puntadas. Abrí el bolso y saqué las tijeras de uñas (las mismas que utilizo para los cortes de pelo de urgencia). Solté algunos puntos y utilicé los dedos para ensanchar la abertura. Cayeron las chapas de Duncan Oaks, la foto en blanco y negro y el pase de prensa. La verdad es que el escondite tenía su lógica. Era muy probable que Mickey llevara puesta aquella misma cazadora cuando hizo el viaje.

Las chapas llevaban el nombre de Duncan Oaks y la fecha de nacimiento. Incluso después de tantos años, la cadena estaba oxidada o manchada de sangre. La foto era tal como la había descrito Duffy. Dejé los objetos a un lado y presté atención al pase de prensa, expedido por el Ministerio de Defensa. La impresión del borde decía: «Infórmese inmediatamente de la pérdida de este documento. Propiedad del Gobierno de Estados Unidos». Bajo la línea que decía «certificado de identidad del desmovilizado» estaba el nombre de Duncan Oaks y a la izquierda su foto. Cabello oscuro, serio, parecía muy joven, y lo era, como es lógico. La fecha de expedición del documento era el 10 de septiembre de 1965. Cuatro años después del instituto, no tendría más de veintitrés años. Observé su cara. Me resultaba extrañamente conocida, aunque no se me ocurría por qué. Le di la vuelta. En el dorso había pegado un trozo de papel en el que había escrito: «En caso de emergencia, por favor notifíquese a Porter Yount, redactor jefe del *Louisville Tribune*».

24

El avión llegó a Louisville, Kentucky, a las cinco y veinte de la tarde, y estacionó ante una puerta tan alejada que parecía abandonada o en cuarentena. Había estado una vez en Louisville, hacía seis meses, donde tras una carrera a campo traviesa acabé en un cementerio y con una herida en la cabeza sin merecerlo. En aquel caso, como en el presente, había soltado un buen montón de dinero con pocas esperanzas de recuperarlo.

Mientras cruzaba la terminal, me detuve en un teléfono público y busqué en la guía telefónica por si por una casualidad improbable encontraba el número de Yount. El apellido no era muy común y no habría muchos en la zona de Louisville. La bibliotecaria del instituto me había dicho que el *Tribune* había quedado en poder de un grupo empresarial hacía unos veinte años. Imaginaba a Porter Yount viejo y jubilado, en el caso de que estuviera vivo. Por una vez tuve suerte y encontré la dirección y el teléfono de un Porter Yount, que supuse que era el que estaba buscando. Según la guía telefónica, vivía en la calle Tercera, número 1500. Anoté la dirección y fui a la planta de recogida de equipajes, donde entregué la tarjeta de crédito y me dieron las llaves del coche de alquiler. La empleada de Frugal me dio un plano y me señaló una ruta: Watterson Expressway hacia el este y luego la Interestatal 65 Norte hasta el centro de la población. Encontré el coche en la plaza que me habían dicho y metí mis pertenencias. El aparcamiento estaba tachonado de charcos de un aguacero reciente. Dado lo poco que llueve en California, respiré el perfume a pleno pulmón. Hasta el aire parecía diferente: templado y húmedo, con una temperatura que andaría por los veinte grados. A pesar de que Santa Teresa está pegada al Pacífico, su clima es desértico. En Lousville soplaba una brisa húmeda que acariciaba el follaje y había azaleas rosas y blancas bordeando la hierba. Me quité la cazadora de Mickey y la guardé en el maletero con el petate.

Decidí buscar el motel después de hablar con Yount. Era casi la hora de cenar y pensé que tenía posibilidades de encontrarlo en casa. Siguiendo las instrucciones, tomé una de las salidas que se dirigían al centro de la ciudad, atajé por la Tercera, donde giré a la derecha y atravesé Broadway. Avancé despacio por la Tercera para ver los números de las casas. Por fin vi el que buscaba y aparqué en un espacio libre que había unas cuantas puertas más allá. La calle de tres carriles, con casas de tres plantas de ladrillo rojo oscuro, tuvo que ser encantadora a principios de siglo. Ahora había edificios que amenazaban ruina y los comercios empezaban a invadir la zona, adulterando su carácter. Saltaba a la vista que los vecinos habían empezado a abandonar el centro, antaño señorial, para instalarse en anodinas urbanizaciones periféricas.

La casa de Yount tenía dos plantas y media de ladrillo rojo y fachada de mampostería clara. Un ancho porche bordeaba la parte delantera. Había tres miradores grandes, uno por planta. En una ventana del ático sobresalía un aparato de aire acondicionado. La calle estaba flanqueada por casas parecidas, unas cerca de otras, con patios y callejones detrás. Delante, entre la acera y la calzada, discurría una frontera de hierba, con arces y robles que debían de llevar allí entre ochenta y cien años.

Subí tres escalones, recorrí una corta y agrietada pasarela y subí otros seis peldaños hasta llegar a la puerta de cristal que permitía ver el pequeño vestíbulo que había dentro. Al parecer, la residencia de Yount había sido antaño una vivienda unifamiliar convertida ahora en cinco apartamentos, a juzgar por los nombres que figuraban en los buzones. Cada apartamento tenía un timbre conectado con el portero automático que había al lado de la puerta. Llamé al apartamento de Yount y esperé dos minutos. Cuando quedó claro que no había nadie, llamé al timbre de un vecino. Al poco rato oí a una señora mayor que contestaba por el telefonillo.

—¿Sí?

—¿Podría hacerme un favor? —dije—. Estoy buscando a Porter Yount.

—Más alto.

—A Porter Yount, del apartamento tres.

—¿Qué hora es?

Miré el reloj.

—Las seis y cuarto.

—Estará allí, en la esquina. En Buttercup Tavern.

—Gracias.

Volví a la acera y observé la calle en ambas direcciones. Aunque no vi ningún rótulo, había algo parecido a un bar a media manzana. Dejé el coche donde estaba y recorrí a pie la corta distancia, respirando el aire primaveral.

En Buttercup Tavern había poca luz y el ambiente estaba cargado de humo de tabaco y olor a cerveza. En un extremo de la sala un televisor en color daba las noticias locales a todo volumen. Las luces de neón de una serie de anuncios de distintas cervezas, Fehr's, Stroh's y Rolling Rock, acentuaban la oscuridad general. Las paredes estaban revestidas de lienzos de madera muy barnizada y delante de la barra había taburetes de cuero rojo. Casi todos los clientes parecían solos; todos eran hombres, todos fumaban y todos estaban separados por tantos taburetes vacíos como permitía el espacio. Todos sin excepción se volvieron a mirarme cuando entré.

Me detuve nada más cruzar la puerta y dije:

—Estoy buscando a Porter Yount.

Un hombre que había al final de la barra levantó la mano.

A juzgar por el giro de las cabezas, mi llegada había sido el acontecimiento más interesante desde el desbordamiento del río Ohio, en 1937. Cuando llegué a su altura, alargué la mano y dije:

—Soy Kinsey Millhone.

—Mucho gusto en conocerla —contestó.

Nos estrechamos la mano y me subí al taburete contiguo al suyo.

—¿Qué tal está? —dije.

—No muy mal, gracias. —Porter Yount era corpulento y de voz cascada, y andaba por los ochenta. Estaba casi calvo, pero sus cejas eran todavía oscuras, un ingobernable matorral encima de unos ojos de un verde extraordinario. En aquel momento tenía los ojos acuosos por el bourbon y el aliento le olía a pastel de frutas. El camarero vino hacia nosotros y se detuvo delante.

Yount encendió un cigarrillo y me miró. Le costaba centrar la mirada en los objetos. Su boca funcionaba, pero sus ojos se movían como dos aceitunas en un platito vacío.

—¿Qué vas a tomar?

—¿Qué tal una Fehr's?

—No quieres una Fehr's —contestó. Y al camarero—: La señora quiere una ración de Early Times con agua.

—Prefiero la cerveza —le corregí.

El camarero buscó la cerveza en el frigorífico, la abrió y la dejó en el mostrador, delante de mí.

Yount le recriminó con brusquedad:

—Dale un vaso a la señora. ¿Dónde están tus modales?

—El camarero puso un vaso en la barra y Yount volvió a dirigirse a él—: ¿Quién cocina esta noche?

—Patsy. ¿Quieres ver la carta?

—¿He dicho eso? Esta señora y yo necesitamos intimidad.

—Por supuesto. —El camarero fue al otro extremo de la barra, al parecer acostumbrado al comportamiento de Yount.

Yount cabeceó con exasperación y su mirada resbaló hacia mí. Tenía el cráneo redondo como un balón y descansaba en los hombros sin que apenas hubiera cuello por medio. Llevaba una camisa oscura de poliéster, que sin duda había seleccionado porque podían camuflarse las manchas y era fácil de lavar. Un par de tirantes oscuros le sostenía los pantalones por encima de la cintura. Calzaba sandalias y calcetines oscuros, y se le veían tres centímetros de pantorrilla.

—¿Te gusta el traje? Si hubiera sabido que venías me habría puesto el de los domingos —dijo.

Tuve que echarme a reír.

—Perdone —dije—. Siempre me fijo en todo lo que veo.

—No es mala costumbre. ¿Eres periodista?

Negué con la cabeza.

—Investigadora privada. Estoy siguiendo la pista de Duncan Oaks. ¿Lo recuerda?

—Desde luego. Eres el segundo detective que viene preguntando por él este mes.

—¿Habló usted con Mickey Magruder?

—Sí, así se llamaba —dijo.

—Me lo imaginaba.

—¿Por qué te ha enviado? ¿No se creyó lo que le dije?

—No llegamos a hablar. Le dispararon la semana pasada y está en coma desde entonces.

—Me entristece saberlo. Me cayó bien. Es listo. El primer tipo que conozco que aguanta la bebida tanto como yo.

—Tiene mucho talento para eso. El caso es que estoy haciendo lo que puedo para continuar su investigación. Es difícil, porque no sé qué había conseguido él exactamente. Espero no hacerle perder el tiempo.

—Beber es una pérdida de tiempo, hablar con mujeres guapas no. ¿A qué viene este súbito interés por Oaks?

—Su nombre ha surgido relacionado con otro asunto, en California, que es de donde vengo. Sé que trabajó para el *Tribune*. El nombre de usted figuraba en su pase de prensa, por eso se me ocurrió venir.

—El viaje más tonto que se pueda hacer. Lleva muerto veinte años.

—Eso he oído. Perdóneme por la repetición, pero si me cuenta lo que le dijo a Mickey, quizás averigüemos si Oaks era importante.

Yount tomó un trago de whisky y sacudió la ceniza del cigarrillo.

—Era «corresponsal de guerra»..., un cargo de fantasía para un periódico como el *Tribune*. Creo que ni siquiera el *Courier-Journal* tenía un corresponsal por entonces. Era a principios de los sesenta.

—¿Lo contrató usted?

—Sí. Era de aquí, de sangre azul, alta sociedad: buen aspecto, ambición y una vanidad tan grande como tu cabeza. Más carisma que carácter. —Se le salió el codo de la barra y se irguió con una sacudida que los dos pasamos por alto. Mentalmente parecía agudo. Era su cuerpo el que no funcionaba bien.

—¿Qué quiere decir?

—No es por hablar mal de los muertos, pero sospecho que ya había tocado fondo. Tú tienes que conocer gente así. Los días gloriosos del instituto y después poco más. No es que hiciera mal las cosas, sino que nunca las hacía bien. Iba siempre por la vía rápida, nunca se ganó realmente los galones, por decirlo de alguna manera.

—¿A qué universidad fue?

—A ninguna. Duncan no era un empollón. Era un muchacho brillante y sacaba buenas notas, pero no le preocupaban los títulos académicos. Tenía empuje y aspiraciones. Supuso que aprendería más en el mundo real y rechazó la idea.

—¿Acertó en eso?

—Resulta difícil decirlo. Al muchacho le gustaba pisar a fondo. Me dijo que le diera setenta y cinco dólares por semana... Un dinero que francamente no teníamos. Incluso entonces su salario era una miseria, pero no le importaba.

—¿Porque venía de familia adinerada?

—Exacto. Revel Oaks, su padre, amasó una fortuna con el estraperlo, whisky y tabaco. Eso y especulación inmobiliaria. Duncan creció en un ambiente privilegiado. Maldita sea, su padre le habría dado lo que hubiera querido..., viajes, las mejores escuelas, un puesto en los negocios familiares. Pero Duncan pensaba en otros horizontes.

—¿Por ejemplo?

Sacudió el cigarrillo en el aire.

—Como he dicho, consiguió un trabajo en el *Trib*, en gran parte gracias a la influencia de su padre.

—¿Y qué quería?

—Aventura, reconocimiento. A Duncan le gustaba vivir al límite. Deseaba ser el centro de atención, deseaba el riesgo. Quería ir a Vietnam a informar sobre la guerra. No paró hasta salirse con la suya.

—¿Y por qué no se alistó? Si deseaba vivir al límite, ¿por qué no se alistó en infantería? Creo que no hay nada más al límite.

—El ejército no le tentaba. Tenía un soplo en el corazón que sonaba como el agua cayendo por un canalón. Entonces acudió a nosotros. No había manera de que el *Trib* pudiera pagarle el pasaje a Saigón, pero le dio igual. Se lo pagó él. Mientras pudiera ir, era más feliz que un ocho. Era la época de Neil Sheehan, David Halberstam, Mal Browne y Homer Bigart. Duncan imaginaba su firma en los periódicos de todo el país. Realizó una serie de entrevistas locales a recién casadas cuyos maridos habían ido al frente. La idea era hablar después con los maridos y ver la contienda desde su punto de vista.

—No era mala idea.

—Pensamos que prometía, sobre todo porque muchos de sus compañeros de estudios se habían alistado. El caso es que consiguió las credenciales de prensa y el pasaporte. Voló de Hong Kong a Saigón y de allí a Pleiku. Durante un tiempo le fue bien, se desplazaba en transportes militares a donde quisieran llevarlo. He de decir en su honor que habría podido ser un periodista cojonudo. Sabía manejar las palabras, pero le faltaba experiencia.

—¿Cuánto tiempo estuvo allí?

—Un par de meses en total. Se enteró de que iba a haber un ataque en un lugar llamado Ia Drang. Creo que lo supo moviendo algunos hilos, puede que por su viejo otra vez, o por su encanto personal. Fue una batalla terrible, dicen que la peor de la guerra. Después vino LZ Albany; alrededor de trescientos muertos en cuatro días. Debió de encontrarse en lo más gordo sin manera de salir. Más tarde supimos que había resultado herido, pero no imaginábamos la gravedad de la herida.

—¿Y luego qué pasó?

Yount hizo una pausa para apagar el cigarrillo. No acertó a dar con el cenicero y lo aplastó en el mostrador.

—Es todo lo que sé. Se cree que lo evacuaron, pero no llegó a su punto de destino. El helicóptero despegó con unas cuantas bolsas de cadáveres y un montón de heridos. Aterrizó cuarenta minutos después sin ningún Duncan a bordo. Su padre removió cielo y tierra y consiguió que un alto funcionario del Pentágono iniciara una investigación, pero no se sacó nada en claro.

—¿Y eso es todo?

—Me temo que sí. ¿Tienes hambre? Yo sí, es hora de comer.

—Me parece bien —dije.

Porter hizo una seña al camarero y éste se acercó.

—Dile a Patsy que nos haga un par de Hot Brown.

—Muy bien —dijo el hombre. Dejó el trapo a un lado, salió de detrás de la barra y entró por una puerta que supuse que conducía a la cocina y hasta Patsy.

—Apuesto a que nunca los has comido —dijo Yount.

—¿Qué es un Hot Brown?

—Lo inventaron en el Brown Hotel. Espera y verás. ¿Por dónde iba?

—Trataba usted de adivinar el destino de Duncan Oaks —le recordé.

—Está muerto —dijo, encendiendo otro cigarrillo.

—¿Cómo lo sabe?

—Porque desde entonces no se ha sabido nada de él.

—¿No es posible que le entrara el pánico y saliera corriendo?

—A falta de cadáver, supongo que cualquier cosa es posible.

—¿Pero no probable?

—Yo diría que no. Los norvietnamitas estuvieron en todas partes y peinaron la zona en busca de heridos, los mataban por deporte. Duncan carecía de adiestramiento. No habría podido recorrer ni cien metros él solo.

—¿Podría echar un vistazo a esto? —Recogí el bolso del suelo y saqué la foto, el pase de prensa y las chapas con el nombre de Duncan en relieve.

Yount se llevó el cigarrillo a la comisura de la boca e inspeccionó los objetos a través de una espiral de humo.

—Es lo mismo que me enseñó Magruder. ¿Cómo los consiguió él?

—Los tenía un sujeto llamado Benny Quintero. ¿Lo conoce?

—Me suena el nombre.

—Es el de la foto. Y supongo que el otro es Duncan.

—Sí, es él. ¿Cuándo se hizo?

—El hermano de Quintero cree que en Ia Drang. Benny fue herido el 17 de noviembre.

—Igual que Duncan —dijo—. Entonces tiene que ser de las últimas fotos que se hizo Duncan.

—No lo había pensado, pero es muy probable. —Me devolvió la foto y la guardé en el bolso—. Benny era otro cachorro de Louisville. Murió en Santa Teresa en 1972, probablemente asesinado, aunque no detuvieron a nadie. —Le conté en pocos minutos la historia de la muerte de Benny—. ¿No le habló Mickey de esto?

—Ni una palabra. ¿Cómo encaja Quintero en la historia?

—Puedo darle una respuesta superficial. Su hermano dice que fue al Manual y supongo que por entonces Duncan iba al Masculino. Es curioso que terminara con los efectos personales de Duncan.

Porter cabeceó.

—Me pregunto por qué los guardaría.

—Ni idea —dije—. Estaban en una pequeña caja de seguridad en su habitación. Su hermano la encontró hace unos seis meses y se la llevó a California. —Medité lo que estaba contando y añadí—: ¿Por qué tenía Duncan las chapas de identificación si no se había alistado en el ejército?

—Encargó que se las hicieran. Le gustaba lo teatral. Otro ejemplo de cómo funcionaba: parecer un soldado era tan fascinante como serlo. Me sorprende que no fuera con uniforme, pero supongo que habría sido apurar demasiado. No me malinterpretes. Duncan me caía bien, pero era un sujeto de principios mezquinos.

Una mujer, probablemente Patsy, salió de la cocina con dos humeantes cazuelitas en las manos, enfundadas en mitones de cocina. Puso una delante de cada uno y nos dio dos juegos de cubiertos envueltos en servilletas de papel. Yount le dio las gracias.

—De nada —respondió ella.

Miré el plato, que parecía un lago de burbujeante barro amarillo, espolvoreado con pimentón y con algo grumoso debajo.

—¿Qué es esto?

—Come y lo sabrás.

Empuñé el tenedor con recelo y probé un poco. El Hot Brown era un sándwich abierto de pavo, beicon y tomate, cocido con la crema de queso más rica que habían probado mis labios. Maullé como una gatita.

—Ya te avisé —dijo Porter con satisfacción.

Cuando terminé, me limpié la boca y tomé un sorbo de cerveza.

—¿Y los padres de Duncan? ¿Todavía viven por aquí?

Yount negó con la cabeza.

—Revel murió de un ataque al corazón hace unos años, en 1974, si la memoria no me falla. Su madre murió tres años después, de una apoplejía.

—¿Hermanos, primos?

—Nadie —contestó—. Duncan era hijo único y su padre también. Y dudo que encuentres algún pariente vivo de la madre. Su familia era de Pike County, en la frontera con Virginia Occidental. Más pobres que las ratas. Cuando se casó con Revel, cortó todos los lazos.

Miró el reloj. Eran cerca de las ocho.

—Hora de irme. Mi programa favorito empieza dentro de dos minutos.

—Gracias por su tiempo. ¿Puedo invitarlo a cenar?

Yount me miró.

—Se nota que no has vivido en el sur. Una señora nunca invita a cenar a un caballero. Es prerrogativa masculina.

—Sacó un puñado de billetes del bolsillo y dejó unos cuantos en la barra.

Por sugerencia suya pasé la noche en el Leisure Inn de Broadway. Habría probado el Brown Hotel, pero parecía demasiado elegante para mi gusto. El Leisure Inn era normal: un sensato establecimiento de formica, moqueta de nylon, almohadas de espuma y una funda de plástico bajo las sábanas por si los clientes mojaban la cama. Llamé a la compañía aérea y comentamos las posibilidades de la vuelta. La primera (y única) plaza disponible era en un avión que salía a las tres de la tarde del día siguiente. Acepté, sin saber lo que haría hasta entonces. Pensé en visitar el Instituto Masculino donde Duncan había terminado el bachillerato en 1961, aunque en el fondo dudaba que me sirviera de mucho. El retrato del joven Duncan Oaks que había pintado Porter Yount era poco interesante. El individuo me parecía superficial, mimado y manipulador. Por otra parte, sólo era un niño cuando murió, veintidós años, veintitrés a lo sumo. Creo que a esa edad todos nos complicamos mucho la vida. Yo ya me había casado y divorciado a los veintidós años. A los veintitrés me había casado con Daniel, había dejado la policía y navegaba ya sin brújula. Pensaba que era una mujer madura, pero era idiota e inexperta. Tenía poco criterio y no me enteraba de casi nada. Así pues, ¿quién era yo para juzgar a Duncan? Podía haber sido un buen hombre si hubiera vivido. Al pensar aquello sentí un extraño e indirecto pesar por todas las oportunidades que Duncan había perdido, las lecciones que nunca aprendió y los sueños que no pudo cumplir por culpa de una muerte prematura. Fuera quien fuese y lo que hubiera sido, al menos le presentaría mis respetos.

A las diez de la mañana siguiente aparqué el coche de alquiler en una travesía próxima al Instituto Masculino de Louisville, que se alzaba en el cruce de Brook Street con Breckinridge. El edificio constaba de tres plantas y estaba construido con ladrillo rojo oscuro y zócalos y cenefas de hormigón blanco. El barrio consistía en estrechas casas de ladrillo rojo oscuro con pasajes estrechos entre ellas. Muchas tenían aspecto de oler por dentro de un modo característico. Subí las escaleras de hormigón. Encima de la entrada dos enanos sabios estaban metidos en hornacinas iguales, leyendo unas placas. Las fechas 1914 y 1915 aparecían cinceladas en piedra y supuse que indicaban el año de construcción del edificio. Empujé la puerta y entré.

En el interior dominaban los zócalos de mármol gris y las paredes pintadas del mismo color. El suelo del vestíbulo era de mármol gris jaspeado, con un surtido de grietas inexplicables. En el auditorio, a lo lejos, se distinguían las filas descendentes de asientos curvos de madera, y las gradas también de madera y ligeramente combadas por el tiempo. Los alumnos debían de encontrarse en clase, porque los pasillos estaban vacíos y había poco movimiento en las escaleras. Entré en secretaría. Las ventanas eran altas. Largos tubos fluorescentes colgaban de un techo cubierto de módulos aislantes. Pregunté por la biblioteca y me enviaron al segundo piso.

La señora Calloway, la bibliotecaria, era un espíritu de aspecto fuerte y enfundado en una falda vaquera que le llegaba a la pantorrilla y en un par de indestructibles zapatos de paseo. El pelo, de color gris acero, lo llevaba cortado en un estilo libre de conmociones que probablemente cultivaba desde hacía muchos años. Cerca ya de la jubilación, parecía una ciudadana partidaria del muesli, el yoga, los linimentos, las pegatinas de SALVEMOS LAS BALLENAS, bañarse en agua helada y hacer largas excursiones en bicicleta por países extranjeros. Cuando le pedí una copia del anuario de 1961, me miró un largo rato pero no dijo nada. Me tendió el *Bulldog* y me senté a una mesa vacía. Volvió a su mesa y se dedicó a sus cosas, aunque habría jurado que tenía intención de vigilarme.

Hojeé durante unos minutos el *Bulldog*, mirando las fotos en blanco y negro del último curso. No busqué el nombre de Duncan. Sólo quería absorber el conjunto para hacerme una idea de la época, que era seis años anterior a la mía. El instituto había sido exclusivamente masculino al principio, pero en algún momento se había vuelto mixto. Los alumnos de último curso llevaban traje y corbata, y el pelo cortado a cepillo, lo que realzaba las orejas y la peculiaridad de los cráneos. Muchos llevaban gafas de montura grande y negra. Las chicas tendían a llevar el pelo corto y jersey de cuello redondo gris oscuro o negro. Todas mostraban un sencillo collar de perlas, probablemente un adorno proporcionado por el fotógrafo, para que hubiera uniformidad. En 1967, el año que terminé yo el bachillerato, estaba de moda el pelo cardado, con tanta laca y tan rígido que parecía una peluca, con las puntas vueltas hacia arriba. Los chicos se habían vuelto clónicos de Elvis Presley. Allí, en las fotos tomadas de forma improvisada, casi todos los estudiantes llevaban zapatos náuticos y mocasines con calcetines blancos, y las chicas falda recta o plisada hasta la rodilla.

Miré por encima el Club de las Buenas Noticias, el Club de Debates, el Club de Arte, el Club de Animación y el Club de Ajedrez. En las fotos de las clases de diseño industrial, economía doméstica y ciencia del mundo, los estudiantes aparecían apelotonados, señalando los mapas de las paredes o apiñados alrededor de la mesa del profesor, sonriendo y fingiendo interés. Todos los profesores parecían tener cincuenta y cinco años y ser más sosos que el polvo.

En otoño de 1960, el Día de Acción de Gracias, se jugó el partido anual Masculino-Manual. El Instituto Masculino ganó por 20 a 6. «Masculino machaca a Manual por 20 a 6 y se lleva la copa municipal y la de la AAA», decía el artículo. «Una limpia y merecida derrota de los Arietes del DuPont Manual.» Los capitanes fueron Walter Morris y Joe Blankenship. Desde hacía tiempo la rivalidad entre los dos institutos era feroz; se remontaba a 1893 y sin duda continuaría en el presente. En aquella época, las estadísticas estaban en 39 victorias para el Masculino, 19 para el Manual y cinco empates. Al final de la página, en la foto del ofendido equipo de Manual, vi a un medio llamado Quintero, de setenta y tres kilos de peso.

Volví a la primera página y empecé de nuevo. Duncan Oaks aparecía en varias fotos, moreno y atractivo. Había sido elegido tercer vicepresidente, rey de la promoción y fotógrafo de la clase. El nombre y la cara aparecían en multitud de contextos: la obra de teatro de los mayores, el club literario, el coro. Era delegado de La Juventud Habla, meritorio de secretaría y ayudante de biblioteca.

No había cosechado títulos académicos, pero había jugado al rugby. Encontré su foto en el equipo del Instituto Masculino, un medio de setenta y dos kilos. Aquello era interesante. Duncan Oaks y Benny Quintero habían jugado en la misma posición en equipos enfrentados. Debían de haberse conocido, aunque sólo fuera de oídas. Recordé que Porter Yount había comentado que aquéllos habían sido los días de gloria de Duncan, que no había vuelto a alcanzar semejantes niveles. Seguramente habría podido decirse lo mismo de Quintero. Visto con retrospectiva, que sus caminos se hubieran cruzado en Vietnam resultaba conmovedor.

Volví al principio del libro y observé la foto de Duncan en su papel de rey de la promoción. Iba de esmoquin; pelo corto, bien afeitado y un ramito blanco en el ojal. Volví la página y observé a la reina; me pregunté si aquellos dos eran ya pareja o si los habían elegido por separado para coronarlos juntos. Darlene LaDestro. Bueno, conocía bien el tipo. Largo pelo rubio enrollado sobre la cabeza, nariz fuerte y aire superior. Parecía educada con clase y me recordaba a alguien, a las hijas de los ricos que iban a mi instituto. Aunque no era exactamente guapa, Darlene era de las mujeres que envejecen con estilo. Asistiría a las reuniones de ex alumnos tras haberse casado con alguien de su misma categoría, delgada como un pasamanos, con elegantes mechas grises en el pelo. Darlene LaDestro, vaya nombre. Cualquier otra se lo habría cambiado a la primera oportunidad para hacerse llamar Dodie, o Dessie, o...

Sentí un escalofrío y solté un grito involuntario de asombro. La señora Calloway levantó la cara y le hice una seña con la cabeza para indicarle que no pasaba nada... aunque pasaba. Claro que Darlene me recordaba a alguien. Era la señora Laddie Bethel, vivita, coleando y en Santa Teresa.

25

Retrasé la vuelta, cambié la reserva del miércoles por la tarde a un vuelo matutino del jueves, para poder recabar más información. Había revisado los anuarios de 1958, 1959, 1960, 1961 y 1962, en busca de alguna mención de Mark Bethel, pero no había encontrado nada. Si Laddie lo había conocido entonces, no había sido porque fuera alumno del Instituto Masculino de Louisville. Fotocopié las páginas en que salían Laddie y Duncan, juntos o separados, empezando por el último año y terminando por el primero. En muchas fotos improvisadas estaban el uno al lado del otro.

Dejé los anuarios en la mesa de la señora Calloway. Salí del instituto y fui con el coche hasta que encontré una tienda; compré un paquete de fichas y un plano de la ciudad más completo que el que me habían dado en el mostrador de Frugal Rents. Volví al coche y me dirigí a la biblioteca municipal, que no quedaba muy lejos. Pregunté en recepción y me enviaron a la sala de consulta. Entonces me puse a trabajar. Comparando directorios municipales antiguos con las guías telefónicas de la misma época, encontré un La-Destro y anoté la dirección. Según las páginas amarillas de 1959, 1960 y 1961, el padre de Laddie, Harold LaDestro, había sido propietario de un taller en Market y en el listado de profesiones figuraba como mecánico de precisión e inventor. Había dado por supuesto que Laddie, por su pose, su elegancia y su aire aristocrático, venía de familia acomodada, pero por lo visto me había equivocado. En aquella época, su padre era un pequeño empresario y no había nada que indicara que sus inversiones económicas se extendieran más allá de lo que se veía. Por el anuario sabía que le habían concedido un premio honorífico al terminar el bachillerato, pero la lista de sus hazañas no hablaba de planes universitarios. Puede que hubiera ido a la universidad de Louisville, que no sería muy cara para los estudiantes locales. También era posible que hubiera asistido a alguna academia de comercio cercana para realizar un curso de secretariado y poder trabajar con su padre. Eran la clase de cosas que una buena hija habría hecho por entonces.

Pero ¿dónde había conocido a Mark? Por hacer algo, abrí la guía telefónica de 1961 y encontré veintiuna familias apellidadas Bethel y cuatro apellidadas Oaks. Sólo había un Revel Oaks y apunté la dirección. En cuanto a los Bethel, se me ocurrió una idea para saber cuál era la familia de Mark. Hice fotocopias de las páginas de las guías y directorios que me interesaban y las puse con las que había hecho de los anuarios. No estaba segura del camino que seguía, pero ¿por qué no dejarse guiar por el olfato? Me había gastado todo el dinero en el pasaje de avión. Estaba empantanada hasta que tomase el vuelo de la mañana siguiente. ¿Qué otra cosa podía hacer?

Puse en marcha el coche y empecé por la casa de la familia Oaks que vivía en la calle Cuarta, siempre en el centro de la ciudad. El edificio era impresionante: una estructura colosal de tres plantas de piedra y superficies estucadas, construida probablemente a finales del siglo XIX. El estilo se situaba entre el renacimiento y el barroco, con frisos, columnas acanaladas, contrafuertes, balaustrada y ventanas de arco. El color exterior era infrecuente: rosa oscuro, bañado en pardo, como si los años hubieran dado a la fachada varias manos de tristeza. Según el rótulo del césped, el edificio lo ocupaban ahora dos bufetes de abogados, una compañía de taquígrafos de tribunales y un contable. La propiedad era grande y el muro de piedra que la rodeaba todavía podía verse, al igual que el jambaje de la puerta primitiva. Dos robles majestuosos daban sombra a los jardines traseros y al final de un sendero empedrado se veía una cochera de coches de caballos.

El domicilio de los LaDestro estaba a menos de tres kilómetros, a una manzana de la universidad, en una estrecha travesía. Busqué el número, pero la casa había desaparecido, evidentemente para ampliar el campus universitario. Las casas que quedaban en aquella calle eran bloques ensanchados de una planta, revestidos de asfalto rojo oscuro. Deprimente. No imaginaba cómo, apoyándose en aquellos sombríos comienzos, había saltado Laddie hasta su riqueza presente. ¿Se habría casado antes? En aquella época, un marido rico era el mejor medio para que una mujer ascendiera de categoría y mejorase sus perspectivas. Y seguro que había deseado salir corriendo de allí.

Mientras iba todavía por el centro de la ciudad, vi el Registro Civil del Condado de Jefferson en los juzgados, entre las calles Quinta y Sexta, en West Jefferson. El empleado no pudo ser más amable cuando le dije lo que quería: el certificado de matrimonio de Darlene LaDestro y Mark Bethel, que en mi opinión tenían que haberse casado en el verano de 1965. No podía darle la fecha exacta, pero recordaba que su secretaria, Judy, me había dicho que se había alistado en el ejército nada más terminar la universidad. ¿No habría sido lo más natural del mundo que se casara con Laddie aquel verano, antes de irse a ultramar? También partía de la hipótesis de que Laddie (también conocida por Darlene LaDestro) había sido una opción obvia para las entrevistas de Duncan. Era joven, encantadora y de allí. Al vivir en la misma ciudad y conocerla desde hacía tantos años, no habría sido difícil acercarse a ella. Las credenciales de Duncan se habían expedido el 10 de septiembre de 1965. Si había hablado con Laddie, tuvo que ser después de su boda y de la partida de Mark, y antes de irse él.

Me invadió una sensación de júbilo cuando, quince minutos después, el funcionario encontró el registro matrimonial.

—¡Guau! Es fantástico. ¿Verdad que es asombroso? —pregunté.

El funcionario tenía cara de pasar de todo.

—Estoy muy impresionado.

—Bueno, me gusta tener razón, sobre todo cuando obedezco las corazonadas.

Se reclinó sobre el mostrador y apoyó la mejilla en la mano mientras me veía sacar fichas y anotar la información del certificado. La licencia estaba expedida el 3 de junio de 1965 y caducaba a los treinta días, así que la boda había tenido que celebrarse antes de fin de mes. Darlene LaDestro, de veintidós años, de profesión contable, hija de Harold y Millicent LaDestro, domiciliada en la dirección que figuraba en la guía telefónica de 1961. Mark Charles Bethel, veintitrés años, de profesión soldado, hijo de Vernon y Shirley Bethel, domiciliado en Trevillian Way. Ninguno de los dos había estado casado antes.

El funcionario dijo con indiferencia:

—Sabe quién es el hombre, ¿verdad?

Levanté los ojos y lo miré con curiosidad.

—¿Quién? ¿Mark Bethel?

—No, LaDestro.

—No sé nada de él. ¿Cuál es la historia?

—Le concedieron la patente de un chisme que se utilizó en los vuelos espaciales a Mercurio.

—¿Así hizo fortuna?

—Sí. Aún es famoso por aquí. Autodidacta, muy suyo. Ni siquiera tenía que ver con la industria espacial. Trabajaba por su cuenta. Vi una foto suya una vez, parecía un tío sesudo. Se pasaba la vida haciendo chapuzas sin ganar un centavo. Tenía deudas y vivía en un cuchitril. Todo el mundo lo consideraba un perdedor y entonces va, compite con McDonnell-Douglas por los derechos del chisme y gana. Murió rico. O sea, riquísimo.

—Bueno, me deja usted de piedra —dije—. ¿Qué patentó?

—Pues un aparato. ¿Quién sabe? He oído que todavía se

utiliza. El mundo está lleno de tipos que diseñan aparatitos que nadie sabe que son suyos. LaDestro contrató a un abogado especializado en marcas y patentes y asustó a los grandullones.

—Increíble.

—Su hija sí que tuvo suerte. He oído decir que vive en California, en una finca de película. —Señaló la licencia—. ¿Quiere una copia?

—¿Cuánto vale?

—Dos dólares la normal, cinco la certificada.

—La normal servirá —dije.

Fui de Jefferson a la Tercera, luego doblé a la izquierda por Broadway y seguí por esta arteria hasta que torcí hacia Bardstown Road. Recorrí esta calle por una parte de la ciudad conocida como Highlands, o Tierras Altas. Ya en Trevillian, encontré el domicilio en el que habían vivido los Bethel. La blanca casa de madera parecía confortable, no era grande, pero estaba bien conservada en una zona de sólida clase media, ciertamente superior al barrio en que había crecido Laddie. Aparqué ante la casa, recorrí el largo y empinado sendero y subí los peldaños del porche. No había nadie, pero una mirada al buzón me indicó que la casa la ocupaba ahora una familia llamada Poynter. Aquello era el país de Donna Reed: postigos verdes en las ventanas, pensamientos en los maceteros, un triciclo en la acera y un hueso de perro en el jardín. Los cristales de las ventanas centelleaban y los setos estaban podados de manera minuciosa. Un gato delgado y gris recorría delicadamente el césped recién cortado.

Volví al coche y me senté a estudiar el plano. Por la distancia a que estaban los colegios, supuse que Mark había asistido al Instituto Highland y luego a Atherton o a St. Xavier, el instituto católico de Broadway. Podía haber ido a un colegio privado, pero me daba la impresión de que había sido de los que se enorgullecían de haberse educado en los colegios públicos. Bueno, ¿y qué?

Hojeé los papeles que había acumulado, mientras dejaba vagar la mente. Había trazado multitud de puntos, pero no conseguía ver todas las líneas que los conectaban. Duncan Oaks parecía ser el centro. Sentía su presencia como si fuera el eje de una gran rueda. Podía ver la relación que había habido entre él y Benny Quintero. De la misma ciudad, de la misma edad, atletas de instituto que habían jugado en la misma posición en equipos rivales de rugby, sus caminos se habían cruzado años más tarde en el suelo ensangrentado de Ia Drang. Después, Duncan Oaks se había desvanecido, pero Quintero había sobrevivido y conservado las chapas de Duncan, sus credenciales de prensa y una foto. También podía relacionar a Duncan con Laddie Bethel, nacida Darlene LaDestro, que fue al instituto con él. Y aquí es donde la intriga se complicaba. Laddie ahora estaba casada con el abogado que había representado siete años antes a mi ex marido, cuando recayó sobre éste la sospecha de haber matado a golpes a Quintero.

Arranqué y me fui al motel. Incluso sin eslabones se perfilaba allí una imagen, tosca y desenfocada, que Mickey también debía de haber visto. El problema era que carecía de pruebas de que se hubiera cometido un delito tan alejado en el tiempo, y menos aún de que hubiera tenido consecuencias en el presente. El asunto caía por su peso. La muerte de Benny Quintero y la agresión armada contra Mickey Magruder eran resultado de una combinación de acontecimientos. Debía imaginar una historia que incluyera a todos los actores y explicara el destino de cada uno. Si la vida es una comedia, entonces hay una explicación lógica, un argumento subyacente que lo articula todo, por confuso que parezca al principio.

Antes de tomar el avión llamé a Porter Yount y le pregunté si podía conseguir los artículos que Duncan Oaks había escrito antes de ir a Vietnam. Hubo muchos carraspeos y vacilaciones, pero dijo que vería lo que podía hacer. Le di mi dirección y un fuerte beso telefónico, y le dije que se cuidara y que estaría en contacto con él.

La vuelta a casa transcurrió sin incidencias, aunque duró casi todo el día. De Louisville a Tulsa, de Tulsa a Santa Fe, de Santa Fe a Los Angeles, de allí al motel, donde recogí el VW; hora y media más tarde entraba en mi casa. Entre las horas de vuelo, las esperas en los aeropuertos y el viaje final en coche, llegué a Santa Teresa a las cuatro y media de la tarde. Estaba irritable, cansada, hambrienta, con el pelo aplastado y la cara grasienta. También estaba deshidratada por culpa de los frutos secos que había ingerido en sustitución de las comidas. Tuve que abofetearme para no gritar.

En cuanto llegué a casa, me senté a la mesa y saqué el currículo de Mark Bethel del cajón donde lo había dejado el sábado. En la primera página constaba la fecha y el lugar de nacimiento: el 1 de agosto de 1942, en Dayton, Ohio. Se había licenciado en Filosofía y Letras en la Universidad de Kentucky en 1965. Debajo de Experiencia Militar ponía que se había alistado en el ejército y, modestamente, se silenciaba lo de su Corazón Púrpura. Para concretar todo aquello llamaría a Judy por la mañana con el paladar impregnado de mantequilla de cacahuete, y me fingiría periodista. Si Mark había estado en Ia Drang, habría adelantado otro paso en la terminación de la imagen, que ya tenía casi formada.

Me desnudé, me duché, me lavé la cabeza y me cepillé los dientes, volví a vestirme y subí la escalera de caracol.

Mi intención inicial había sido hablar con Carlin Duffy y contarle una versión resumida de lo que había averiguado en Louisville, pero aún no sabía muy bien qué pensar de aquellos datos. Me ceñiría a los hechos, dejando a un lado las especulaciones y suposiciones con las que aún estaba jugando. Verlo era, más que nada, una cortesía por mi parte. No me había contratado. Ni me pagaba ni yo me sentía obligada a darle explicaciones. Pero esperaba que tuviera

315

algo útil, alguna pieza del rompecabezas que hubiera olvidado contarme. Además, recordaba la furia y contrariedad de Duffy la noche que había aparecido por casa de Mickey. No me hacía ninguna gracia que repitiese el espectáculo y aquélla era mi forma de protegerme. Su hermano había muerto y él tenía una poderosa razón en el asunto.

Fui al vivero y encontré sitio para aparcar delante del centro de jardinería. Rezaba para que Duffy estuviera allí y no en el Honky-Tonk. El bar estaría ya abierto, pero no me atrevía a volver. Era mejor mantenerse a distancia, ya que Tim y Scottie podían caer en la cuenta de que había sido yo quien los había delatado. Eran casi las cinco y media, aún era de día y recorrí sin problemas los senderos que discurrían entre los árboles. Vi el tejado del cobertizo al fondo de la parcela y tracé mi ruta mentalmente. No había ningún camino directo y giré a un lado y a otro entre los árboles enmacetados.

Cuando llegué al cobertizo, vi una carretilla elevadora amarilla aparcada a la puerta. Estaba cargada con sacos de mantillo. El vehículo, alto y cuadrado, era una versión en tamaño real de los juguetes Tonka con los que jugaba yo cuando tenía seis años. La fase había durado poco, entre el Lego y la defunción de la muñeca que había atropellado con el triciclo. Entré en el cobertizo apartando la manta que Duffy había colgado para que no hubiera corrientes. Estaba tirado en el camastro, durmiendo y sin zapatos. Tenía la boca abierta y los ronquidos llenaban el recinto de olor a bourbon. Abrazaba un frasco vacío de medio litro de Early Times. Tenía un calcetín a medio quitar y se le veía el talón. Parecía absurdamente joven para haber pasado media vida en la cárcel. «Mierda», pensé. Busqué una manta y se la eché encima; luego dejé las chapas, el pase de prensa, la foto y una nota en un lugar que viera cuando despertase. La nota decía que lo llamaría al día siguiente para informarle de mi viaje. Salí del cobertizo para dejarle dormir la borrachera.

Volví al coche pensando en la frecuencia con que me

identificaba con los hombres como él. A pesar de lo grosero de sus comentarios racistas y de su postura ante el delito, comprendía sus anhelos. Qué liberador era desafiar a la autoridad, burlarse de las convenciones, pasar por alto los principios corrientes de la moralidad. Yo conocía mi propia ambivalencia. Por una parte defendía la ley y el orden, era remilgada en mis juicios y me indignaban quienes transgredían las reglas de la honradez y el juego limpio. Por otra, mentía más que hablaba, espiaba conversaciones, forzaba cerraduras y allanaba moradas de cualquier manera, registraba sus bienes y me llevaba lo que me convenía. No era correcto, pero saboreaba cada momento en que era una niña mala. Luego me sentía culpable, pero no podía resistirme. Estaba dividida en dos, con mi ángela buena sentada en un hombro y Lucifer en el otro. El conflicto de Duffy era idéntico y mientras él se inclinaba en un sentido, yo tendía a inclinarme en el otro, buscando justicia en el corazón de la anarquía. Desde mi punto de vista, la moraleja venía a decir: si los malos no juegan limpio, ¿por qué han de hacerlo los buenos?

Volví a la ciudad. Eran las seis menos diez y, como es lógico, estaba muerta de hambre, así que hice un rápido desvío. Me detuve ante la ventanilla para coches del McDonald's y pedí una hamburguesa súper con queso, una ración grande de patatas fritas y un refresco de cola para llevar. Casi gemía de emoción mientras esperaba la bolsa de manjares. Volvería a casa, me pondría cómoda y me tiraría en el sofá a ver telebasura y engullir comida basura. Mientras volvía a casa, el coche olía a gloria, como si fuera un microondas móvil. Encontré un sitio estupendo para aparcar, cerré el coche y entré por la chirriante verja del jardín. Doblé la esquina, feliz y contenta por los placeres que me esperaban. Me detuve en seco.

Los agentes Claas y Aldo estaban en el porche. Era una

repetición de nuestro primer encuentro: los mismos treinta-
ñeros, el uno moreno y el otro rubio, y las mismas chaquetas. Claas llevaba un maletín, igual que la vez anterior. Gian
Aldo masticaba chicle. Se había cortado el pelo, pero sus cejas seguían unidas en el seto que le sombreaba el entrecejo.
Me entraron ganas de lanzarme sobre él con unas pinzas y
dejarlo sin un pelo.

—¿Qué quieren? —pregunté.

El agente Claas parecía de buen humor. Aquello por lo
menos había cambiado.

—Sea buena. Nos hemos desplazado hasta aquí para hablar con usted.

Pasé junto a él con las llaves en la mano y abrí la puerta. El agente Claas llevaba un producto capilar que olía
como el laboratorio de química de un instituto. Ambos me
siguieron. Dejé el bolso en el suelo, junto a la mesa, y miré
el contestador automático. No había mensajes.

Levanté la bolsa del McDonald's, cuyo contenido igual
que mis esperanzas se enfriaba cada minuto que pasaba.

—Antes tengo que comer. Estoy medio muerta.

—A ello entonces.

Fui a la cocina y abrí la nevera. Saqué una botella de
chardonnay y rebusqué en el cajón de los cubiertos hasta
que encontré el sacacorchos.

—¿Quieren vino? Yo voy a tomar un vaso. Pueden unirse.

Cambiaron una mirada. Iba contra las normas, pero sin
duda pensaron que sería más fácil hablar si estábamos un
poco entonados.

—Será un placer. Gracias —dijo Claas.

Le alargué la botella y el sacacorchos para que la abriera, mientras yo sacaba tres vasos y un plato de cartón. Vacié
las patatas del paquete y saqué del armario la botella de ket-
chup.

—Sírvanse —dije.

El agente Claas sirvió el vino y allí nos quedamos los
tres, de pie, comiendo con los dedos patatas fritas a la fran-

cesa; ya estaban tibias y flácidas y nos las poníamos en el pico como si fuéramos tres pajaritos comiendo gusanos pálidos. Siempre generosa, corté la hamburguesa en tres partes iguales, que engullimos de igual manera. Después de cenar, dimos los seis pasos que nos separaban de la salita. Esta vez me senté en el sofá y les dejé a ellos las sillas de director de cine. Advertí que el agente Claas no se separaba del maletín, como la vez anterior. Sabía que llevaba una grabadora dentro, y tentada estuve de inclinarme y dirigir mis comentarios al agujerito.

—Y ahora ¿qué? —dije, cruzándome de brazos.

El agente Aldo sonrió.

—Tenemos algunas noticias y pensamos que le gustaría oírlas de primera mano. Descubrimos parte de una huella dactilar en la Smith & Wesson que coincide con ciertas huellas que aparecieron en el apartamento de Magruder.

—¿Recuerda una caja de metal gris escondida en el fondo de una silla? —dijo Claas.

Se me secó la boca.

—Claro. —No salió ningún sonido. Me aclaré la garganta—. Claro.

—Encontramos un juego de huellas precioso en el borde interior de la tapa, como si alguien la hubieran abierto con la yema de los dedos.

Fui a hacerle una observación sobre la concordancia de sujeto y predicado, pero me mordí la lengua. Por el contrario, pregunté:

—¿Quién? —¿Fue un muelle del sofá lo que se oyó?

Aldo se encargó de responder, disfrutando a ojos vistas.

—Mark Bethel.

Lo miré parpadeando.

—Se burla de mí. Tiene que estar burlándose —dije.

—Fue allí el domingo por la noche y dejó huellas por todas partes.

—Estupendo. Me encanta. Bien por él —dije.

—No sabemos con exactitud qué buscaba...

Levanté la mano.

—Yo se lo puedo decir. —Les hice un rápido resumen de mis andanzas, sin olvidar el hallazgo de las pertenencias de Duncan Oaks en el forro de la cazadora de Mickey—. No puedo creer que sea tan bobo como para dejar sus huellas. ¿Ha perdido la cabeza?

—Está cada vez más desesperado —dijo Claas—. Vería el polvo de los técnicos por todas partes y pensaría que ya habíamos terminado.

—¿Volvieron a buscar huellas?

—Sí. El martes por la mañana —respondió Aldo.

—¿Por qué? ¿Qué les impulsó a hacerlo?

—Nos llamó Cordia Hatfield. Había visto luces el domingo por la noche. Usted le juró que no había sido y entonces sospechó que había sido él —dijo Claas.

—¿Y cómo entró?

—Con la llave que le dio Cordia. Bethel había pasado por allí la semana anterior y le había dicho que era el abogado de Magruder. Que iba a pagar los gastos de Mickey hasta que éste se recuperase y que quería recoger las pólizas de seguros y los extractos bancarios. Ella le dio una llave. Él se la devolvió, desde luego, pero probablemente después de hacer una copia —dijo Claas.

El agente Aldo tomó la palabra.

—El ordenador no habría encontrado nada sin las huellas que dejó. Por supuesto, perdimos muchísimo tiempo eliminando las de usted.

Me ruboricé hasta las orejas.

—Pido disculpas por eso.

Aldo me amonestó con el dedo, pero no parecía muy enfadado.

Claas dijo:

—También podemos situar a Bethel en el lugar y a la hora del tiroteo.

—Han trabajado ustedes mucho. ¿Cómo lo han hecho?

A Claas se le notaba complacido.

–El día 13, Bethel estaba en Los Angeles para tomar parte en un programa de televisión. La grabación terminó a las diez. Pidió una habitación en el Four Seasons, salió y volvió la madrugada del 14. Podía haberlo hecho sin que lo vieran, pero resultó que el empleado del aparcamiento era simpatizante suyo y lo reconoció.

–Dile lo otro –dijo el agente Aldo–. Alguien los vio juntos aquella noche.

–No.

–Sí. Encontramos unas cajas de cerillas que Magruder guardaba en una pecera. Había siete de un antro de Pico, cerca de las oficinas de Pacific Coast Security. Un cliente del bar recordaba haberlos visto. –El agente Aldo se arrellanó y la silla de lona crujió bajo su volumen–. ¿Y usted? ¿Qué ha descubierto por el este? Su casero nos dijo que se fue a Louisville.

–Sí. He vuelto hace poco.

–¿Se enteró de algo?

–La verdad es que sí. Estoy juntando las piezas y aún no estoy segura, pero he aquí lo que sé. Laddie Bethel fue al instituto de Louisville con un tipo llamado Duncan Oaks. Fueron rey y reina de la promoción del 61, el año en que terminaron el bachillerato. En algún momento, Laddie conoció a Mark. Se casaron en el verano de 1965, después de que él se licenciara en la Universidad de Kentucky. Mark se alistó en el ejército por la misma época en que Duncan Oaks estaba escribiendo una serie de artículos para el *Louisville Tribune*. Sospecho que Mark fue a Vietnam, pero no he podido comprobarlo...

–En eso podemos ayudarla. No hemos estado precisamente ociosos. –Claas rebuscó en el maletín, sacó un sobre marrón, lo abrió y hojeó el contenido–. Compañía Alfa, Primer Batallón, Quinto Regimiento de Caballería.

–Vaya, estupendo –dije–. No sé cómo encaja en todo esto, pero ya lo averiguaremos. En cualquier caso, Duncan concibió una serie de reportajes y se puso a entrevistar a las mujeres de los soldados. Su intención era hablar de la guerra desde dos puntos de vista, el de los que estaban en Vietnam y el de las que se quedaban en el frente doméstico. Creo que Duncan y Laddie tuvieron una aventura breve, aunque es pura conjetura. A las pocas semanas, Oaks fue a Vietnam. Su camino debió de cruzarse con el de Mark. En realidad es probable que Oaks lo buscara para hacer la segunda parte de la entrevista.

—¿Y?

—No he podido ir más lejos —dije, encogiéndome de hombros.

—Puede que Mark le diera el paseo —dijo Aldo—. A mí me parece que fue eso.

—¿Darle el paseo?

—Ya sabe, llevárselo por delante. Borrarlo del mapa. No sería muy difícil con tantas balas perdidas como habría por allí. No creo que los médicos hicieran pruebas de balística.

Medité aquello unos momentos.

—No es una mala hipótesis. Sobre todo si Mark descubrió que Duncan y su mujer se entendían.

—Suponiendo que se entendieran —intervino Claas.

—Bueno, sí.

—En fin, continúe. Perdone la interrupción.

—Aquí es donde empiezo a cojear y donde comienzan las especulaciones. Quiero decir que hay cosas que encajan, pero no tengo pruebas. Benny Quintero también era de Louisville y sé que Duncan y él estuvieron juntos en Ia Drang porque vi una foto de los dos. Según mi información, Duncan Oaks fue herido: por Mark, por fuego amigo o por el vietcong, pero como nunca lo sabremos, mejor nos saltamos esa parte. En cualquier caso, lo metieron en un helicóptero lleno de heridos y muertos. Cuando el helicóptero aterrizó, había desaparecido sin dejar rastro.

—Quizá Mark iba en el helicóptero y lo empujó por la puerta —dijo Aldo—. El tipo cae..., no sé, de doscientos a cuatrocientos metros de altura, y aterriza, en fin, en la jungla. Créame, a las dos semanas sólo quedarían los huesos.

Por lo que usted dice, Oaks ni siquiera era militar, así que es perfecto. ¿A quién le importa un puto periodista?

—Exacto —dije—. Pero el caso es que creo que Benny lo sabía y que por eso se quedó con los objetos identificadores de Duncan. Tampoco tengo pruebas pero existe una lógica. Quizá pensara que podía sacar provecho del asunto.

—¿Qué fue de Benny? —preguntó Claas.

—Lo hirió un francotirador y terminó con una placa de metal en la cabeza. En 1971 vino a California, es todo lo que sabemos. Mickey y Benny se dieron unos cuantos empujones. Al día siguiente, Benny quedó sin sentido a causa de una paliza y murió. —Les detallé la historia de las infracciones de Mickey y por qué había parecido que era él el responsable cuando intervino Asuntos Internos.

—No veo la conexión —dijo Claas.

—Mark era el abogado de Mickey. El que le aconsejó que dejara la policía para eludir el interrogatorio.

—Entiendo.

Aldo se adelantó.

—Ya que estamos en ello, ¿cómo es que Bethel tenía la Smith & Wesson de usted? Parece una trampa.

—Creo que Mickey se la vendió. Tengo un extracto bancario de marzo y hay un ingreso de doscientos dólares. Mark me dijo que Mickey lo había llamado para pedirle dinero. Conozco demasiado a Mickey para creérmelo. Sé que escondía un pequeño tesoro de monedas de oro y billetes, aunque no es probable que quisiera tocarlo. Vendió el coche por entonces y también es posible que estuviera deshaciéndose de otras posesiones, para no gastar más de lo que tenía. Cuando Mark compró la pistola, tuvo que ver claro lo que iba a hacer, porque fue durante aquella visita cuando llamó a mi casa por el teléfono de Mickey. Sólo tenía que distraer la atención de Mickey, marcar el número y dejar que la cinta corriera cuando se puso en marcha mi contestador.

—¿Y si hubiera estado usted?

—Perdón, me he equivocado; y trataría de llamar más tarde. Sabía que Mickey y Duffy eran uña y carne por entonces. Mickey podrá tener defectos, pero siempre ha sido un policía estupendo. Mark debía de saber que sólo era cuestión de tiempo. Tenía una pistola registrada a mi nombre. Había establecido una conexión conmigo en la factura telefónica de Mickey. Se me implicaría de todos modos en cuanto se supiera a quién pertenecía la pistola.

—Muy listo el cabronazo —dijo Aldo.

Claas se frotó las manos, estiró los brazos y enlazó los dedos con las palmas hacia fuera hasta que le crujieron los nudillos.

—Bueno, chicos y chicas, lo he pasado muy bien con estos cuentos infantiles. Lástima que no sirvan para nada en un juzgado.

—Sí, sí que sirven. Lo cual nos lleva al siguiente paso —intervino Aldo en el momento justo—. ¿Le cuento el plan?

—Esto no me gusta —protesté—. Suena a preparado.

—Exacto —dijo Claas—. Vea lo que se nos ha ocurrido. Olvide Vietnam. Nunca conseguiríamos pillarlo por cargarse a Duncan Oaks. No hay arma, no hay testigos, no hay suerte.

—Quintero es otro —dijo Aldo—. Quiero decir que aunque consiga demostrarse, lo más que se puede esperar es un homicidio involuntario, y eso es caca de la vaca.

—Lo que nos lleva a Mickey —dije.

—Y a usted —dijo Claas. Rebuscó en el maletín, sacó la grabadora y la levantó para que pudiera verla.

—Sabía que estaba ahí —comenté

—Pero ¿sabía lo bien que funciona? —Apretó la tecla de rebobinado y puso la cinta en marcha; oímos claramente la conversación que acabábamos de tener—. Hemos pensado que podría usted metérsela en el bolso, ir a ver a Bethel y echarnos una mano.

—¿Tienen autorización judicial?

—No.

—¿Y no es ilegal? Pensaba que necesitaban una orden del

324

juez. ¿Qué le pasó a la Cuarta Enmienda? —Lo decía Kinsey Millhone, puntal de la Constitución.

—Lo que haría usted sería una grabación de conformidad. Los confidentes y policías de paisano no paran de grabar de esta manera. Mientras sólo grabe comentarios que le hacen otras personas, el juzgado no pone objeciones. En el peor de los casos, suponiendo que consiga algo jugoso, puede utilizar la grabación para refrescarse la memoria cuando testifique en el juicio.

—¿Voy a testificar en un juicio?

—Si Mickey muere, lo hará. ¿De acuerdo?

Los miré, primero a Aldo y luego a Claas, que dijo:

—Mírelo de esta manera. Estamos construyendo un caso. Necesitamos algo concreto para el fiscal del distrito.

Aldo se adelantó.

—Lo que queremos es encerrar a ese mamón, y disculpe usted mi griego.

—¿Y Mark no se imaginará a qué voy? No es tan tonto —dije.

—Es el abogado de Mickey. Usted acaba de llegar de Kentucky con mucha información y quiere ponerlo al corriente. No se resistirá. Querrá saber lo que sabe usted, para poder medir la profundidad del agujero en que está metido. Desde luego, si deduce que va usted detrás de él, querrá matarla.

—Gracias. Eso ayuda. Ahora me siento realmente bien.

—Vamos. No es tan grave. No la matará en el salón de su casa.

Aldo fue al teléfono y descolgó.

—Llámelo.

—¿Ahora?

—¿Por qué no? Dígale que hay cierto asunto del que quiere hablarle.

—Sí —dije con cautela—. ¿Y luego qué?

—Esa parte no la hemos preparado todavía.

26

La finca de los Bethel se encontraba en la periferia de Montebello, sobre una colina desde la que se veía el océano Pacífico. Había hablado con Laddie por teléfono y me había indicado cómo llegar hasta la casa por Savanna Lane. Mark no estaba, pero Laddie me dijo que llegaría pronto. Me intrigaba que no se hubiera sorprendido más ni manifestado curiosidad por el motivo de mi llamada. Le había mencionado el viaje a Louisville, que había algo de lo que quería hablar, a ser posible con los dos, aunque ciertamente valoraba la oportunidad de hablar antes con ella. Si estaba alarmada por una conversación de aquella naturaleza, no mostró el menor indicio.

A las siete en punto llamaba a la puerta. Los agentes Claas y Aldo me habían seguido en su coche y habían aparcado en un grupo de eucaliptos, a unos cien metros. Llevaba la grabadora en el bolso, pero ningún micrófono bajo la ropa, así que no podrían oír la conversación en cuanto yo entrase en la casa. Nadie (es decir, ellos) creía que fuera a haber problemas, porque estaría en el domicilio de los Bethel con otras personas (es decir, los criados) bajo el mismo techo. Nuestro plan, si así puede llamársele, era que ellos esperarían fuera y me seguirían cuando saliese de la finca. Iríamos a mi casa, oiríamos la cinta y veríamos si había algo susceptible de aceptarse como causa. Si se daba el caso, buscaríamos un juez que firmara una orden de detención contra Mark, acusándolo de agresión con arma mortal e intento de asesinato de Mickey Magruder. Si no, pasaríamos al plan B, sobre el que todavía no nos habíamos puesto de acuerdo. Bien mirado, incluso el plan A parecía un poco subnormal, pero yo estaba ya en la puerta y acababa de pulsar el timbre.

Esperaba que me preguntaran el nombre por el telefonillo, pero el aparato siguió mudo. Las puertas se abrieron sin más ni más, permitiéndome la entrada. Me despedí de los «muchachos» con la mano y puse el coche en marcha. El camino de acceso era largo y se curvaba a la izquierda. A ambos lados la tierra no criaba más que hierba azotada por los vientos marinos. De vez en cuando aparecía un árbol que interrumpía la línea del horizonte, una forma perfilada contra el cielo oscuro. Vi las ventanas iluminadas, amarillo y blanco, deslumbrantes en medio de una voluminosa masa de piedra oscura. Aparqué enfrente, en una amplia pista de grava. Apagué el motor y observé la casa por la ventanilla.

La estructura recordaba ligeramente la casa de Duncan Oaks en Louisville. A pesar de parecer antigua, sabía que se había construido hacía cinco años, lo que explicaba la ausencia de árboles crecidos. El exterior consistía en piedra y superficies estucadas. Los focos bañaban la fachada, su resplandor magenta sobre fondo pardo. En teoría, el estilo era mediterráneo o italianizado, una de esas formas bastardas que tanto gustan a los californianos, aunque los arcos de las ventanas se parecían notablemente a los que había visto en Kentucky. La puerta principal quedaba en un entrante, protegida por un pórtico de columnas acanaladas. Incluso la balaustrada tenía un diseño parecido. ¿Era Laddie consciente de lo que había hecho o había imitado la casa de Duncan sin darse cuenta? ¿Qué nos impulsa a revivir los temas sin resolver? Reabrimos nuestras heridas y reconstruimos el pasado con la esperanza de que esta vez nos salga un final feliz.

Los faroles que flanqueaban la puerta se encendieron. Metí la mano en el bolso, a regañadientes. Abrí el compartimento de la cremallera para tener la grabadora al alcance de la mano. Bajé del coche, recorrí el aparcamiento entre crujidos y subí los bajos peldaños de la entrada. Laddie abrió la puerta antes de que tuviera tiempo de pulsar el timbre.

—Hola, Kinsey. Has sido muy amable viniendo de tan lejos. Creo que no te ha costado encontrar la casa.

—En absoluto. Es preciosa.

—Nos gusta —dijo con ternura—. ¿Me das la cazadora?

—Déjalo, gracias. Hace frío.

Cerró la puerta cuando entré.

—Pasa al salón. La chimenea está encendida. ¿Quieres beber algo? Yo estaba tomando vino —dijo mientras se dirigía al salón taconeando con elegancia en el pulido suelo de mármol.

—Mejor no, pero gracias —dije mientras la seguía—. He tomado vino con la cena y ése es mi límite.

Entramos en el salón, con el techo artesonado a casi cuatro metros del suelo. Una pared consistía toda ella en puertas de cristal que daban a un patio interior. La habitación era sorprendentemente luminosa gracias a los tonos cremosos que había por todas partes: en la alfombra de seis metros por siete, en las paredes y en los tres blandos sofás para dos personas que formaban un semicírculo ante la chimenea. Había detalles negros en los cojines y las pantallas de las lámparas, y puntos verdes que ponían aquí y allá unos helechos de Boston. Puede que robara alguna idea decorativa para mi palacio. La mesa de café era un cuadrado de cristal de dos centímetros, apoyado en tres gigantescas esferas de bronce pulido. Había otro vaso de vino al lado de una botella de chardonnay metida en un cubo. Para estar sola había bebido mucho. Puse en marcha la grabadora aprovechando el momento en que recogía su vaso de vino y se acomodaba en uno de los sofás que cercaban la chimenea. El fogón era de un granito negro y brillante que reflejaba las llamas. En realidad estaba tomando nota..., tenía que conseguir una igual.

Me senté delante de ella, preguntándome cómo empezar. Estos instantes de transición pueden ser incómodos, sobre todo cuando hay que pasar de los cumplidos a un asesinato.

—¿Qué has estado haciendo en Louisville? —preguntó—. Antes íbamos al Derby, pero hace años que no.

En la puerta apareció una criada.

—He dejado la bandeja del señor Bethel en el horno. ¿Desea algo más?

—No, querida. Todo está perfecto. Hasta mañana.

—Hasta mañana, señora —dijo la mujer y se retiró.

—En realidad, fui a Louisville a hacer una investigación —dije—. ¿Recuerdas a Benny Quintero, el sujeto que mataron aquí hace unos años?

—Desde luego. Mark representó a Mickey.

—Bien, pues resulta que Benny era de Louisville. Estuvo en el Manual en la misma época que tú ibas al Instituto Masculino.

Entreabrió los labios con expectación.

—¿Qué clase de investigación? No alcanzo a imaginármela.

—Creo que hay una conexión entre la muerte de Benny Quintero y la agresión que sufrió Mickey la semana pasada.

Laddie frunció el entrecejo con delicadeza.

—Vaya salto.

—No creas —dije—, aunque es verdad que parece raro. Resulta que los cuatro erais de la misma ciudad.

—¿Los cuatro?

—Sí. Tú, Mark, Benny y Duncan Oaks. Recuerdas a Duncan —di por hecho.

—Claro, pero hace años que murió.

—Ése es el asunto —expuse. Vaya, aquello iba mejor de lo que había pensado—. Cuando lo enviaron a Vietnam, Mark estuvo en Ia Drang, ¿no?

—Tendrías que preguntárselo a él para confirmarlo, pero creo que sí.

—Resulta que Benny también estuvo.

Laddie parpadeó.

—No entiendo. ¿Qué tiene que ver todo esto conmigo?

—Retrocedamos un paso. ¿Te entrevistó Duncan Oaks para el *Louisville Tribune?*

—Kinsey, ¿qué es esto? —preguntó—. No quiero ser grosera, pero saltas de una cosa a otra y me confundes. No veo la importancia que pueda tener.

—Escucha —dije—. Duncan estaba haciendo una serie de artículos para el periódico local. Entrevistaba a mujeres de soldados, como tú, que se habían quedado en casa, y hablaba de la guerra desde su punto de vista. Su idea era contar la misma historia desde el punto de vista de los maridos que mientras tanto combatían en Vietnam.

Laddie cabeceó y se encogió de hombros.

—Supongo que tendré que creerte.

—En cualquier caso, habló contigo.

Bebió un sorbo de vino.

—Es posible. No lo recuerdo.

—No te preocupes por la fecha. He pedido a su antiguo redactor jefe que me envíe una copia del artículo. Por aquí la averiguaremos. El redactor jefe de Duncan dice que salió para Vietnam en septiembre del 65. Se encontró con Mark y con Benny en Ia Drang, que es donde Duncan desapareció. —Era pura especulación, pero noté que dejaba de hacer remilgos—. Siete años después, Benny aparece en Santa Teresa con objetos personales de Duncan Oaks. Y lo siguiente que sabemos es que lo han asesinado. ¿Ves la conexión?

—Benny no fue *asesinado*. Estás exagerando la situación. Por lo que yo recuerdo, Benny tenía un hematoma subdural y murió a consecuencia de una hemorragia arterial. Dada la naturaleza de su herida, podía haberle sucedido en cualquier momento. Incluso el informe del forense lo decía.

—¿De veras? Es probable que tengas razón. Tienes buena memoria para los detalles —dije.

—Mark y yo lo hablamos entonces. Supongo que se me quedó grabado en la memoria.

—Mickey es otro eslabón. Fue a Louisville el jueves 8 de

mayo. Volvió el lunes siguiente y le dispararon en la madrugada del miércoles.

Esbozó una semisonrisa.

—No quiero hacerme la superior, pero estás cometiendo lo que se llama falacia *post hoc*. Que un fenómeno siga a otro no quiere decir que haya una relación de causa y efecto.

—Entiendo. En otras palabras, que Benny supiera algo no significa que muriera por eso.

—¿Es de eso de lo que quieres hablar con Mark?

—En parte.

—Entonces dejémoslo aquí. Estoy segura de que es preferible esperar a que venga.

—Por mí, de acuerdo —accedí—. ¿Podemos hablar de tu relación con Duncan?

—Yo no lo llamaría relación. Lo conocía, desde luego. Fuimos juntos al instituto.

—¿Erais amigos, confidentes o novios?

—Éramos amigos, simplemente. Nunca hubo nada entre nosotros, si es eso a lo que quieres llegar.

—La verdad es que sí —dije—. Pensaba que, como habíais sido rey y reina de la promoción, podíais haberos liado.

Laddie sonrió, tras recuperar la compostura. Ya había pensado en aquello y tenía preparada y preenvasada su versión de la historia.

—Duncan no sentía interés romántico por mí, ni yo por él.

—Qué lástima. Parecía guapito.

—Era guapito. También era muy narcisista, lo que me resultaba desagradable. No hay nada peor que un crío de diecisiete años que se cree el mejor.

—¿Crees que tenía carisma?

—Él creía que sí —contestó—. Yo pensaba que era un engreído..., simpático, gracioso, pero muy creído.

—¿Y tu padre?

Me miró con recelo.

—¿Mi padre? ¿Qué tiene que ver en esto?

—Es periférico y probablemente no de mi incumbencia...

—Nada de esto es de tu incumbencia —replicó con malestar.

Sonreí para dar a entender que no me había ofendido.

—Me han contado que le concedieron una patente que le hizo ganar mucho dinero. He sabido que antes lo consideraban un poco excéntrico.

—¿Y qué si lo era? Ve al grano.

—Sólo pensaba que su fortuna debió de cambiar la opinión que los demás tenían de ti. Sobre todo Duncan. —Guardó silencio—. ¿Sí? ¿No?

—Supongo —dijo.

—Desde su punto de vista, pasaste de ser nadie a ser alguien. Me parece que era de los que disfrutan haciendo una conquista... aunque sólo fuera para demostrar que podía.

—¿Tratas de defender algo?

—Sólo trato de imaginarme la clase de persona que era.

—Una persona muerta.

—Antes de eso. ¿Nunca tuviste una aventura con él?

—Por favor. No seas tonta. No estuvimos liados.

—Eh, eh. Un lío dura seis semanas o más. Una aventura oscila entre una noche y media docena.

—No tuve ninguna aventura con él.

—¿Cuándo se fue Mark a Vietnam? Sé que os casasteis en junio. El llamamiento a filas lo recibió...

—El 26 de julio —dijo, mordiendo las palabras.

—Tal como yo veo la situación, Duncan se encontraba en Louisville cuando Mark se fue. Y allí estabas tú, una recién casada con el marido en el frente. Estoy segura de que te sentías sola..., necesitada...

—Eso es una grosería. Estás comportándote de un modo muy ofensivo, no sólo para mí, sino también para Mark.

—¿Ofensivo en qué? —preguntó Mark desde el pasillo. Se quitó el abrigo y lo dejó en el respaldo de una silla. Tenía que haber entrado por la cocina. La frente despejada y las entradas del pelo le daban el mismo aire de inocencia que tienen los niños antes de aprender a morder y a ser respondones. Laddie se levantó a recibirlo. Los miré mientras él la besaba en la mejilla.

—Esperad a que haga una llamada —dijo. Se dirigió al teléfono y marcó el 911.

—¿Qué pasa? —inquirió Laddie.

Mark levantó un dedo para indicar que habían atendido al teléfono.

—Hola, soy Mark Bethel. Vivo en Savanna Lane, 448. Hay un par de sujetos en un coche aparcado cerca de mi puerta. ¿Podrían enviar un coche patrulla? No me gusta su aspecto. Gracias. Muchas gracias. —Colgó y se volvió hacia nosotras cabeceando—. Probablemente sean inofensivos, un encuentro de amor..., pero podrían estar reconociendo el terreno... —Se frotó las manos—. Me tomaría un vaso de vino.

Me esforcé por imaginar a los agentes Claas y Aldo acusados de escándalo público y detenidos por los policías locales.

Laddie sirvió chardonnay en una copa, sujetándola por el pie para no ensuciar el borde con los dedos. Como le temblaba la mano, el vino bailaba. Mark no pareció darse cuenta. Recogió la copa, tomó asiento, y me dedicó toda su atención.

—Espero no haberos interrumpido.

—Estábamos hablando de Benny Quintero —dijo Laddie—. Acaba de llegar de Louisville, de hacer una investigación.

—Benny. Pobre hombre.

—No me había dado cuenta de que todos erais de la misma ciudad —dije.

—Bueno, eso no es totalmente cierto. Yo nací en Dayton, Ohio. Mi familia se mudó a Louisville cuando yo tenía seis años. Viví allí hasta que fui a la Universidad de Kentucky.

—¿Conociste a Benny entonces?

—Lo conocía de oídas, igual que él a mí, supongo, por el rugby.

333

—No sabía que jugaras al rugby.

—Más o menos —dijo con pesar—. Yo fui a Atherton, que había sido exclusivamente femenino durante años y no fue mixto hasta 1954. Incluso entonces, pocas veces ganábamos a los del Manual o el Masculino. Los jugadores nos conocíamos sobre todo por la reputación. Recuerdo a uno que se llamaba Byck Snell, del Eastern...

—Así que Benny vino a California y te buscó —dije.

—Sí. Se enteraría de que era abogado y sin saber por qué se le metió en la cabeza que podía ayudarle con el subsidio de la Administración de Veteranos. Ya se lo dije: que no por ser abogado era un experto. Por entonces yo no sabía prácticamente nada de la Administración de Veteranos. En la actualidad, como es lógico, estoy tomando conciencia del problema porque comprendo la importancia que yo...

—Parece un discurso electoral —atajé.

—Lo siento —se excusó Mark sonriendo—. El caso es que no conseguí convencer a Benny de mi ignorancia. Era ridículo, pero no podía librarme de él. Benny empezó a acosarme; aparecía por el despacho, aparecía por casa. El teléfono no dejaba de sonar por la noche. Laddie empezó a inquietarse y no puedo reprochárselo. Entonces pedí a Mickey que interviniera y viese qué se podía hacer.

—¿Qué quieres decir?

Vi que titubeaba.

—Bueno, ya sabes, Mickey era un tipo duro. Pensé que podía meterle el temor de Dios en el cuerpo. No digo que Mickey tuviera intención de hacerle daño, pero lo amenazó.

—¿Cuándo?

—Durante el incidente que se produjo en el aparcamiento del Honky-Tonk.

—¿Hablaste con Benny después?

—Claro. Me llamó y estaba furioso. Le dije que hablaría con Mickey. Hice unas cuantas llamadas, pero, como sabes, no lo localicé.

—Porque estaba con Dixie —dije para ayudarle.

—Eso afirmaron. Francamente, siempre he tenido dudas. Era demasiado perfecto, dadas las circunstancias.

—Así que estás diciendo que Mickey buscó a Benny y le dio una paliza de muerte.

—Digo que es posible. Mickey siempre tuvo muy mal genio. No soportaba que un tirado le ganara la partida.

—Yo no afirmaría que Benny le ganara la partida. Shack dice que fue una riña de empujones, sin puñetazos.

—Bueno, eso es cierto. He oído la misma declaración en boca de los demás testigos. El caso es que Mickey ya estaba en mala posición y eso es lo peor que podía pasarle a un tipo como él.

—¿Sabes que es la segunda vez que implicas a Mickey?

—Vaya, lo siento, pero tú preguntaste.

—¿Por qué no revelaste nunca que habías conocido a Benny en el instituto?

—¿Cuándo he tenido oportunidad? Por entonces tú y yo casi no nos hablábamos. Y después, créeme, he sido muy consciente de que no te entusiasmo. Si nos hemos encontrado en público, prácticamente te has escondido para evitar tener que hablar conmigo. En cualquier caso, tampoco te hablabas con Mickey, y te habría dicho lo mismo.

Su puntillosidad hizo que me ruborizase. Y yo que me creía tan sutil.

—¿Puedo preguntar otra cosa?

—¿Qué? —Mark tomó un sorbo de vino.

—Después de alistarte en el ejército, te enviaron a Vietnam. ¿Correcto?

—Totalmente. Estoy orgulloso de mi hoja de servicios.

—Estoy convencida —dije—. Benny Quintero estaba allí y también Duncan Oaks. —Le hice un resumen de lo que me había contado Porter Yount.

Su cara adquirió la expresión de quien procura prestar atención a lo que le dicen mientras su mente está en otra parte. Habría jurado que maquinaba la respuesta antes de que yo terminara de hablar. Su sonrisa final contenía un elemento de perplejidad.

—Has de entender que había cientos de hombres combatiendo en Ia Drang. La uno cinco, la uno siete, la dos siete, el Segundo Batallón del 19 de Artillería, la Unidad 227 de helicópteros de asalto, el Octavo Batallón de Ingenieros...

—Entiendo —dije—. Había muchos hombres. Eso lo entiendo, pero Duncan era periodista y había ido expresamente para hablar contigo por los artículos que estaba escribiendo. Debió de decirte que había hablado con Laddie. Creo que durante años Duncan representó para ti una especie de amenaza. Laddie y él habían estado muy unidos. Ella era pobre entonces y no lo bastante buena para él, pero apuesto a que sus compañeras de clase me dirían que estaba enamorada de él, que habría dado cualquier cosa por que él le hiciera caso...

—Eso es absurdo. Ridículo —interpuso Laddie.

Mark le indicó con la mano que callara... La típica orden que se da a los perros cuando aprenden a obedecer. Laddie cerró la boca, pero el significado del ademán no se le escapó. Mark estaba visiblemente indignado.

—Vayamos al fondo de la cuestión. ¿Qué estás sugiriendo?

—Sugiero que los tres estabais en contacto. Benny, Duncan Oaks y tú.

—No. Estás equivocada... —dijo Mark, negando con la cabeza.

—No, no lo estoy. Tengo una foto de ellos y al fondo se te ve a ti.

—¿Y qué? —intervino Laddie.

—Yo me encargo de esto —le dijo Mark. Y volviéndose hacia mí—: Sigue. Es fascinante. Está claro que has urdido una teoría y quieres que las piezas encajen.

—Ya sé cómo encajan. Duncan entrevistó a Laddie para el periódico después de tu partida. Entonces su papi tenía dinero y Duncan no podía resistirse. Después de todo, una conquista es una conquista, por tarde que se produzca. Tuvieron una aventura y lo descubriste. O bien ella te lo confesó o él te lo dijo...

—No quiero hablar de eso —dijo Laddie—. Está terminado y olvidado. Cometí un error, pero fue hace muchos años.

—Sí, y sé quién lo pagó —atajé con sorna.

—Laddie, por el amor de Dios, ¿quieres cerrar la boca? —Mark se volvió hacia mí con expresión sombría—. ¿Y?

—Y tú lo mataste. Benny Quintero lo vio y por eso te acosaba. Tendiste una trampa a Mickey. Mataste a Benny e hiciste que le echaran la culpa a Mickey.

Habló con ligereza, pero sin convicción.

—¿Qué dices, que también disparé contra Mickey?

—Sí.

Levantó las manos con desconcierto.

—¿Por qué iba a hacerlo?

—Porque Mickey reconstruyó lo sucedido, tal como he hecho yo.

—Un momento, Kinsey. Nunca encontraron el cuerpo de Duncan, así que, por lo que sabes, puede estar vivo y coleando. ¿Crees que puedes hacer una acusación así, sin pruebas?

—Tengo la foto. Ayudará.

—Ah, es verdad. La foto. Vaya mierda. Es un farol, pero lo voy a ver. ¿La llevas encima?

—No. Se la dejé a un amigo.

Chascó los dedos.

—Había olvidado al hermano de Benny. ¿Cómo se llama? Duffy. Carlin Duffy. Bueno, es un muchacho brillante. —No dije nada—. Mis fuentes informativas me han dicho que vive en un cobertizo del Vivero Himes —prosiguió—. Con su historial delictivo, sería fácil apretarle las clavijas.

—Pensaba que no estabas preocupado.

—Llámalo afán de limpieza —dijo.

—No me digas. Ahora que compites por un cargo público, tienes que enterrar los errores y asegurarte de que el pasado no reaparecerá para morderte en el culo cuando menos lo esperes.

—Bingo —dijo señalándome.

—¿Tanto lo odiabas?

—¿A Duncan? Te diré lo que no soportaba de aquel individuo. No fue tanto que se tirase a Laddie nada más darme la vuelta como que apareciera en Ia Drang, haciéndose el boina verde. Yo tenía compañeros, buenos amigos, tipos jóvenes, que habían muerto con valor, valientes que creían en lo que estaban haciendo. Los vi morir sufriendo, los vi lisiados y mutilados, sin miembros, con las tripas fuera. Duncan Oaks era un mierda. Tenía dinero y pretensiones, pero ni un gramo de dignidad. Merecía morir y me sentí contento de echarle una mano. Ya que tocamos el tema, me gustaría guardar sus efectos personales.

—¿Efectos?

—El pase de prensa, las chapas.

—No puedo serte útil. Tendrás que hablar con Duffy.

En las profundidades de mi bolso sonó un ligero pero claro chasquido cuando se acabó la cinta y la grabadora se apagó sola.

Mark bajó la vista durante un segundo y me miró a los ojos. Su sonrisa se desvaneció y oí el jadeo de Laddie. Mark alargó la mano.

—¿Quieres dármelo?

—Oye, papá.

Los tres nos volvimos al mismo tiempo. Malcolm, el hijo de Bethel, estaba en la puerta del comedor.

—¿Qué ocurre? —preguntó Mark, procurando no parecer irritado con el chico.

—¿Me prestas el Mercedes? Salgo con una chica.

—Desde luego.

Malcolm no se movió.

—Necesito las llaves.

—Bueno, pues llévatelas. Estamos en medio de una conversación —dijo Mark, indicándole por señas que entrase.

Malcolm me dirigió una mirada de turbación al entrar en la sala. Con movimientos impacientes, Mark sacó las llaves del bolsillo, corriendo la llave por el llavero para desengancharla. Yo miraba al chico. No me extrañaba que el Duncan Oaks de las fotos me resultara vagamente conocido. Lo había visto ya, a él o a su reencarnación, en el hijo de Laddie. La misma juventud, el mismo aspecto, moreno, no podía negarse que atractivo. Malcolm, a los veinte años, era el vivo retrato de Duncan a los diecisiete y de Duncan a los veintitrés. Me volví a mirar a Laddie, que sin duda se dio cuenta de que la última pieza del rompecabezas acababa de encajar.

—Mark —dijo. La miró y cambiaron un rápido mensaje silencioso.

—¿Adónde vas, Malcolm? —dije, siempre desbordando alegría.

—Voy a llevar a mi amiga a una fiesta del campus.

—Estupendo. Yo ya me iba. Te seguiré. Casi me pierdo al venir aquí. ¿Puedes guiarme con el coche?

—Claro. No hay problema. Será un placer —dijo.

No aparté la vista del maletero del Mercedes negro de Mark Bethel mientras seguía a Malcolm por el camino que recorría la finca. Por el espejo retrovisor vi otro par de faros. Al parecer, Mark había tardado poco en subir al BMW de Laddie, un modelo deportivo de color rojo, perfecto para atropellar a alguien y salir corriendo o para emprender una persecución a altas velocidades. Malcolm llegó a la verja y puso en funcionamiento el mecanismo que la abría, enterrado en el camino. Las puertas se abrieron despacio. Al otro lado, aparcados en el arcén, vi dos coches de la comisaría del sheriff de Santa Teresa, con las luces destellantes girando. Había cuatro ayudantes hablando con los agentes Aldo y Claas, que en aquel momento estaban identificándose. Malcolm giró a la izquierda, por Savanna, y fui tras él. Aldo me vio, pero no podía hacer nada hasta que los ayudantes del sheriff hubieran terminado. Fin del plan A.

Miré por el retrovisor. Mark iba tan pegado a mi popa que podía ver su cara sonriente. Me acerqué todo lo que pude al Mercedes, pensando que Mark no cargaría contra mí ni me dispararía estando Malcolm tan cerca. Quizás acompañara a Malcolm y a su amiga a la fiesta del campus, me tomara una cerveza, charlara un rato con la gente, cualquier cosa para eludir a Mark. Pasamos ante un cementerio y redujimos la velocidad en el cruce que hay junto al refugio de los pájaros. Malcolm tocó el claxon, se despidió con la mano y dobló a la izquierda por Cabana mientras yo giraba a la derecha en dirección a la autovía.

Salí a la 101, en dirección norte, manteniendo una velocidad estable de noventa y cinco kilómetros por hora. Vi que Mark hacía lo mismo. El tráfico era escaso. Ningún policía a la vista. Busqué a tientas en el bolso mientras conducía con la otra mano. Abrí la grabadora, saqué la cinta gastada y la metí en la guantera. Luego saqué una cinta virgen del paquete que llevaba en el asiento del copiloto y la introduje en la grabadora. No llevaba la pistola. Soy investigadora privada, no Harry el Sucio. Hago casi todo el trabajo en la biblioteca municipal y en el registro civil. En términos generales, estos lugares no son peligrosos y pocas veces necesito una automática para protegerme.

Bueno ¿y ahora qué? Que Mark se veía al fondo de la foto en la que aparecían Duncan y Benny era una invención. Si existía una foto así, yo no la tenía... ni Duffy, para el caso. Me estremecí. La sola idea había sacado a Mark de sus casillas, creyendo que teníamos pruebas de su encuentro. Maldita sea. Aunque hubiéramos tenido una foto así, ¿qué habría probado? Debería haber mantenido la boca cerrada. El pobre Duffy no tenía ni idea de la desgracia que le iba a caer encima. La última vez que lo había visto estaba borracho como una cuba, tirado en su camastro.

Salí por la rampa de Peterson y giré a la izquierda en el semáforo. No me molesté en acelerar ni en despistarlo. Mark tampoco parecía tener mucha prisa. Sabía adónde iba y, aunque me dirigiese a otra parte, él iría a Himes de todos modos. Creo que le gustaba aquella persecución lenta en la que podía tomarse su tiempo mientras yo buscaba ayuda frenéticamente. Giré a la derecha, por la travesía, y entré en el aparcamiento del vivero. Mi coche era el único que había. El centro de jardinería estaba cerrado y el interior del edificio oscuro, con la excepción de alguna que otra luz para disuadir a los ladrones insólitos con sensibilidad botánica o con una necesidad apremiante de macetas. El resto de la parcela estaba sumido en tinieblas.

Aparqué, cerré el coche y seguí a pie. Confieso que corría, ya que había abandonado toda pretensión de hacerme la indiferente. Al mirar hacia atrás vi los faros del Beamer entrando en el aparcamiento. Esperé a oír el ruido de la portezuela al cerrarse, pero Mark había saltado la barrera de cemento y conducía por los anchos callejones que formaban los árboles enmacetados. Corrí en zigzag, sujetando el bolso para que no diera botes. Advertí por encima que el laberinto de árboles había cambiado. Los callejones que había visto en anteriores ocasiones habían desaparecido o girado sobre su eje, formando ahora caminos paralelos. No sabía si había más árboles o menos, ni si se habían limitado a cambiarlos de sitio. Puede que Himes estuviera metido en negocios paisajísticos que requiriesen árboles jóvenes.

Grité el nombre de Duffy, para alertarlo antes de llegar, pero el bosque portátil que me rodeaba ahogó el sonido.

Mark seguía corriendo detrás de mí, aunque las apuradas vueltas y revueltas que tenía que dar le obligaban a reducir la velocidad. Me sentía como si hubiera fumado marihuana, todo se movía más despacio, incluida yo. Llegué al cobertizo de mantenimiento con el corazón latiéndome con fuerza y la respiración entrecortada. La carretilla elevadora bloqueaba el sendero, aparcada al lado del cobertizo, con un árbol de cinco metros en los dientes. La puerta estaba abierta y una pálida luz bañaba el umbral como si fuera agua.

—¿Duffy? —llamé.

En el refugio de mantas estaban las luces encendidas, pero no había ni rastro de él. Sus zapatos habían desaparecido y la manta que le había echado encima estaba tirada en el suelo. Sobre el hornillo había una sartén barata con una especie de puré beis de judías refritas. En el quemador libre había un envase de plástico, sin abrir, con tortillas de harina. La sartén todavía estaba caliente, así que cabía la posibilidad de que hubiera salido a mear. Oí detenerse el BMW.

—¡Duffy!

Miré el cajón de naranjas. El pase de prensa, las chapas y la foto de Duncan Oaks estaban todavía donde yo los había dejado. Oí fuera el portazo del coche, el rumor de alguien dando zancadas hacia mí. Recogí a toda prisa las cosas de Duncan, buscando un lugar donde esconderlas antes de que apareciera Bethel. Medité y descarté en un segundo la idea de ponerlas entre las ropas de Duffy. El cobertizo era austero, pocos muebles y nada de rincones o grietas. A falta de material aislante, no había más que tablas desnudas y ni siquiera una caja de herramientas donde meter los objetos. Me los guardé en el bolsillo trasero del pantalón en el momento en que Mark aparecía en la puerta con una pistola en la mano.

—Mierda —dije.

—Te agradecería que me dieras la grabadora y la cinta.

—Claro. —Busqué en el bolso, saqué la grabadora y se la alargué. Se la apoyó en el pecho, pulsó el botón de EJECT con la mano libre y extrajo la cinta. Dejó caer la grabadora en el sucio suelo y la aplastó con el pie. Vi que algo se movía detrás de él, Duffy apareció en la puerta y desapareció—. No lo entiendo —dije, enfocando a Mark para no delatar la presencia de Duffy con la mirada.

—¿Qué no entiendes? —Mark estaba distraído. Procuraba mantener los ojos fijos en mí mientras con una mano sujetaba la pistola y la cinta y con la otra la sacaba del carrete. Los bucles de cinta plana y brillante se enredaban en sus dedos, cayendo al suelo poco a poco.

—No entiendo por qué te preocupa tanto. Ahí no hay nada que te incrimine.

—No sé lo que te contó Laddie antes de llegar yo.

—Fue el espíritu de la discreción —dije secamente.

Mark sonrió a pesar suyo.

—Es maestra en eso.

—¿Por qué mataste a Benny?

—Para quitármelo de encima. ¿Qué pensabas?

—Que sabía que mataste a Duncan.

—Me vio hacerlo.

—¿Así de sencillo?

—Así de sencillo. Llámalo golpe de inspiración. Al helicóptero subimos seis con las bolsas de los cadáveres. Duncan se quejaba y lloriqueaba, pero era evidente que no tenía ninguna herida grave. Maldito niñato. Antes de despegar, alcanzaron al oficial médico con fuego de ametralladora. Benny parecía inconsciente. Yo había recibido un balazo en la pierna y tenía metralla en la espalda y en el costado. Nos elevamos. Recuerdo que el helicóptero daba bandazos y no creí que lo consiguiéramos con todo aquel fuego de armas pequeñas. En cuanto estuvimos en el aire, me arrastré hasta Duncan, le quité el pase y las chapas del cuello y lo tiré todo a un lado. El helicóptero se movía y vibraba como si un loco lo zarandease. Duncan me miraba, aunque no creo que llegara a entender lo que estaba haciendo hasta que lo tiré de un empujón. Benny me vio, el muy mierda. Fingía estar inconsciente, pero lo vio todo. Encogido de costado y cubierto de sudor, me sentía mareado. Entonces Benny recogió las chapas y las escondió...

—Y te presionó demasiado.

—Oye, hice por él lo que pude. Lo maté tanto por idiota como por querer joderme cuando debería haberse contentado con lo que ya tenía.

—¿Y Mickey?

—Dejémonos de cháchara y vayamos a eso. —Chascó los dedos y señaló el bolso.

—No llevo pistola.

—Lo que quiero son las chapas de Duncan.

—Lo dejé todo en el cajón de naranjas. Debió de llevárselo Duffy.

Chascó los dedos, indicándome por señas que le diera el bolso.

—Te mentí en lo de la fotografía.

—¡DAME EL PUTO BOLSO!

Se lo di y lo miré mientras lo registraba. Como no podía dejar la pistola, tenía que apoyarse el bolso en el pecho. Costaba un poco inspeccionar el interior y vigilarme al mismo tiempo. Lleno de impaciencia, puso el bolso boca abajo y tiró todo el contenido al suelo. En algún lugar próximo oí el zumbido de una máquina pesada y sin darme cuenta me puse a rezar: por favor, por favor, por favor.

Mark también lo oyó. Arrojó el bolso a un lado y movió la pistola para indicarme que saliera delante de él. De repente tuve miedo. Mientras hablábamos y estábamos cara a cara, creía que no me mataría porque no tendría valor. Como si mi suerte no estuviera en mis manos. Lo que me importaba en aquel momento era saber la verdad, averiguar qué le había ocurrido a Duncan, a Benny y a Mick. Ahora no me atrevía a darle la espalda.

Me moví hacia la puerta. Oía el gruñido de un motor Diesel, de una máquina que adquiría velocidad conforme avanzaba. Me brillaba la piel. La angustia me corría por las tripas como rayos de verano. Necesitaba saber qué estaba haciendo Mark. Si me apuntaba por la espalda o si ya estaba quitando el seguro de la pistola y curvando el dedo en el gatillo para enviarme al otro mundo. Sobre todo quería saber si la bala me alcanzaría antes de oír el disparo.

Oí un impacto espantoso, me volví y me quedé mirando con estupefacción la pared del cobertizo que reventaba, las tablas que se partían conforme entraba el tractor. El camastro de Duffy quedó aplastado bajo la oruga, que por lo visto tenía el peso y el poder destructivo de un tanque en movimiento. La pala delantera golpeó la estufa, que salió volando hacia mí. Agaché la cabeza, pero me dio en la espalda con tal fuerza que me tiró de rodillas. Mientras me ponía en pie, miré por encima del hombro. Toda la pared trasera del cobertizo estaba en el suelo.

Duffy dio marcha atrás y salió del cobertizo, haciendo una maniobra en tres movimientos. Eché a correr y cuando salí pude ver a Mark subiendo de un salto al BMW e introduciendo la llave en el contacto. El motor carraspeó sin acabar de arrancar. Duffy, encaramado en la cabina del tractor, cargó contra el coche. Por su sonrisa deduje que había inutilizado el motor del BMW. Mark apuntó e hizo fuego contra Duffy. Yo me hallaba entre los dos hombres y me detuve, hipnotizada por la violencia que se desarrollaba. El corazón me ardía en el pecho y las ganas de correr eran irresistibles. Mark estaba acorralado entre las ruinas del cobertizo, una fila de árboles enmacetados y el tractor, que aceleraba otra vez. Su única vía de escape la bloqueaba yo.

Mark echó a correr hacia mí, con la esperanza de derribarme con sus ansias de libertad. Volvió a disparar a Duffy y el proyectil rebotó en la cabina con una nota musical. Duffy movió la palanca de la pala mientras el tractor cargaba contra Mark. Eché a correr hacia él. Mark se desvió en el último instante y dio media vuelta. Saltó hacia uno de los macetones con árbol, esperando cruzar la barrera y huir por el pasillo que había detrás. Lo pillé en medio del salto y le di un empujón. Mark perdió el equilibrio, trastabilló hacia atrás, cayó encima de mí y los dos caímos al suelo revueltos. Mientras forcejeaba por ponerse en pie, le agarré el tobillo y me así a él como si me fuera la vida en ello. Se tambaleó, medio arrastrándome hacia la trayectoria del tractor. Duffy pisó el acelerador. Solté a Mark y di varias vueltas de costado. El tractor cargó hacia delante, con el motor zumbando y la pala moviéndose entre chirridos. Mark giró sobre sus talones y echó a correr en dirección opuesta, pero

Duffy se echó sobre él con la pala hacia arriba igual que una cuna. Mark se volvió para afrontar el tractor, calculando su velocidad para esquivarlo. Disparó otro proyectil que alcanzó la pala con un inofensivo ruido metálico. Había subestimado la habilidad de Duffy. El borde de metal golpeó el pecho de Mark con tal fuerza que casi lo levantó en el aire y lo empujó contra la pared lateral del cobertizo. Permaneció allí durante unos instantes, aprisionado entre la pared y la pala. Forcejeó y su propio peso le hizo resbalar hasta que el borde metálico de la pala quedó pegado contra su cuello. Duffy me miró y vi que su expresión se apaciguaba. Soltó el freno y la cabeza de Mark cayó limpiamente en la pala como si fuera un melón.

No era exactamente el plan B, pero serviría.

Epílogo

La redada del Honky-Tonk tuvo lugar seis meses después. Un gran jurado nacional formuló quince cargos contra Tim Littenberg y otros quince contra Scott Shackelford por falsificar tarjetas de crédito, lo que suponía un mínimo de cinco años de prisión y una multa de 250.000 dólares por cabeza. Los dos están ya en libertad bajo fianza. Carlin Duffy fue detenido y acusado de homicidio intencionado, y está esperando el juicio en la penitenciaría del condado de Santa Teresa, con campo de voleibol, cuartito de baño privado y televisor en color.

Mickey murió el 1 de junio. Más tarde vendí sus pistolas y puse el dinero que obtuve junto con los billetes y monedas que me había llevado de su casa. No se había molestado en modificar el testamento y, como yo era la única beneficiaria, sus bienes (cierta cantidad que había ingresado en otra cuenta más los cincuenta mil dólares del seguro de vida) pasaron a ser de mi propiedad. Movido seguramente por la culpa, Pete Shackelford hizo efectivos los diez de los grandes que Tim Littenberg debía a Mickey, así que al final reuní una suma considerable que entregué al Departamento de Policía de Santa Teresa, para que le dieran el destino que quisieran. Si hubiera vivido, sospecho que Mickey habría sido de esos excéntricos impenitentes que viven como pobres y dejan millones a las instituciones de caridad.

El caso es que me sentaba a su lado, con la mirada fija en el monitor que había encima de su cama. Miraba la raya quebrada que reflejaba los latidos de su corazón, fuertes y constantes, aunque el color empezó a írsele y su respiración se volvió más laboriosa cada día. Le toqué la cara, palpé la carne tibia que nunca más volvería a calentarse. Tras el arrebato del amor viene el desastre, al menos en mi experiencia. Pensé en todas las cosas que me había enseñado y en lo que habíamos significado el uno para el otro durante nuestra breve historia matrimonial. Mi vida era más rica porque él había formado parte de ella. A pesar de sus defectos e imperfecciones, al final había conseguido redimirse. Apoyé la mejilla en su mano y respiré con él hasta que dio el último aliento.

–Lo hiciste bien, chico –susurré cuando descansó por fin en paz.

Atentamente,
Kinsey Millhone